De ontdekking

De ontdekking is het derde en laatste deel in de serie *De geheimen van Lancaster County*. Eerder verschenen in deze serie:

De beslissing
Onverwacht

Suzanne Woods Fisher

De ontdekking

Roman

Vertaald door Geraldine Damstra

 de groot goudriaan

© Uitgeverij De Groot Goudriaan – Utrecht, 2012
Postbus 13288, 3507 LG Utrecht
www.kok.nl

Oorspronkelijk verschenen onder de titel *The Search* bij Revell, een onderdeel
van Baker Publishing Group, Grand Rapids, USA.
© Suzanne Woods Fisher, 2011

Vertaling Geraldine Damstra
Omslagillustratie Revell
Omslagontwerp Prins en Prins vormgevers
ISBN 978 90 8865 259 2
ISBN e-book 978 90 8865 260 8
NUR 302

Voor mijn echtgenoot Steve,
die mij zo veel liefde en steun geeft,
dat niemand het zou geloven
als ik het in een boek zou schrijven!
Bedankt uit de grond van mijn hart.

1

Het was een warme juniochtend, zo warm dat er nevel boven de velden hing. Billy Lapp was nu al doodop. Er was maar één iemand die een jongen van achttien zo kon afmatten en toevallig had zij hem ingehuurd. Twee weken geleden had Bertha Riehl hem bij de schuurdeur van Rose Hill Farm opgewacht met een lijst met klusjes die elk uur langer leek te worden. Mevrouw Riehls kleindochter Bess kwam op bezoek en zou de hele zomer blijven. Ze wilde dat de boerderij spic en span was, zodat je zelfs in de schuur van de vloer kon eten. Hetgeen betekende, wist Billy, dat hij degene was die de vloer moest schrobben tot hij glom.

Hij had geen idee waarom mevrouw Riehl vond dat haar boerderij moest worden geschrobd en geboend. *So sauwer wie gschleckt.* Om door een ringetje te halen, zo keurig. De groentetuin lag er netjes bij op het stuk tussen de trap naar de keuken en de broeikas, naast het grasveld met de waslijn. Maar er hoefde maar een blaadje slap te hangen aan haar rozen of mevrouw Riehl vloog naar buiten met een snoeischaar in haar grote handen. En bovendien, mensen gingen de hele tijd bij elkaar op bezoek. Maar toen herinnerde Billy zich ineens dat het niet helemaal goed zat tussen mevrouw Riehl en haar zoon Jonah, de vader van Bess. Jaren geleden was hij vertrokken. Billy wist niet wat de oorzaak was van de breuk, maar hij wist wel dat hij er beter niet naar kon vragen. Bertha Riehl kon zeer gesloten zijn, ze hield haar zaakjes binnenskamers.

'Kunt u me eens iets over Bess vertellen?' vroeg hij haar onlangs toen hij haar hielp de matras te draaien in de logeerkamer die ze voor Bess aan het klaarmaken was.

Bertha streek even met haar hand over het uiteinde van de matras en liet hem met een lichte zucht in het houten bed vallen. 'Wat wil je weten?'

'Nou, hoe oud is Bess nu?' Hij herinnerde zich vaag een sprietig ding met vlashaar uit Ohio, dat een paar jaar geleden langskwam toen Samuel, Bertha's man, stierf.

Bertha keek hem aan en fronste een van haar wenkbrauwen, alsof ze zijn motieven hoogst verdacht vond. 'Oud genoeg,' zei ze en haar grote kin ging een eindje omhoog. 'Maar te jong voor jou.'

Billy sputterde: 'Dat vroeg ik niet. Bovendien, Betsy en ik…' Hij slikte de rest van de zin abrupt in. Billy wist hoe mevrouw Riehl over hem en Betsy Mast dacht en hij had geen zin in weer een reprimande dat hij moest nadenken met zijn hoofd en niet met zijn lichaam. Een beledigende opmerking, vond hij. Maar zo was ze nu eenmaal. Mevrouw Riehl nam geen blad voor de mond en zei precies wat ze ervan vond. Meer dan eens.

Op deze zonnige dag gaf Bertha hem een bezem. 'Als je klaar bent met de hooizolder, wil ik dat je de as in de haard opruimt.' Ze boog zich voorover en pakte haar favoriete haan op, een veertien jaar oude leghorn die luisterde naar de naam Otto en die haar de hele dag achternaliep op de boerderij. Bertha hield Otto onder haar arm alsof hij een voetbal was en liep de heuvel op naar de boerderij. Links van haar liep Boomer, een grote zwarte hond die er op een dag gewoon was en nooit meer weg was gegaan.

'Gaat die oude haan nu eindelijk toch in de pan voor het avondeten, mevrouw Riehl?' vroeg Billy grinnikend.

'Daar heb ik serieus over nagedacht,' antwoordde ze over

haar schouder, terwijl ze met haar vingers door Otto's veren kroelde.

Mevrouw Riehl dreigde altijd dat Otto nog eens in de zondagse stoofpot zou eindigen, maar Billy wist wel beter. Bertha Riehl maakte gauw drukte. Hij moest toegeven dat ze een speciale manier had om indruk te maken op mensen en dat was heel vreemd om te zien. Het was Billy een keer overkomen toen hij de fout maakte haar te vragen hoe lang ze was. Mevrouw Richl had haar vuisten op haar weelderige heupen geplant en hem met toegeknepen ogen aangekeken. 'Ik ben een meter achtenzeventig.' Vervolgens had ze hem een tijdlang zo strak aangekeken, dat hij het gevoel had dat hij ter plekke wel twintig centimeter kromp.

Bertha draaide zich om in de keukendeur van de schots en scheef gebouwde boerderij en riep naar Billy: '*Es is noch lang net faerich wann's yuscht halwe gedus is!*' Met andere woorden: half af is niet af!

Hij rende de schuur in en ging verder waar hij gebleven was, veegde de betonnen vloer alsof zijn leven ervan afhing. Eén ding om dankbaar voor te zijn, dacht hij terwijl hooi en stof hem om de oren vlogen, Bess kwam eindelijk.

Jonah Riehl bracht zijn dochter Bess naar het busstation van Berlin, in Ohio. Hij gaf haar een boterham met ham mee voor de lunch en genoeg geld voor een kaartje voor de terugreis. Bess zou de hele zomer doorbrengen bij zijn moeder op de boerderij in Stoney Ridge, in Pennsylvania. Onlangs schreef zijn moeder dat ze nogal veel last had van een vrouwenoperatie die ze had moeten ondergaan en of Bess niet alsjeblieft kon komen. Ze had dringend behoefte aan hulp.

Jonah wist dat het niet waar was dat zijn moeder hulp nodig had. Ze woonde haar hele leven al in Stoney Ridge en had genoeg zussen, nichten en buren op wie ze kon rekenen. Daar ging het toch om als je van Eenvoud was?

Toch kon hij het niet over zijn hart verkrijgen tegen zijn moeder te zeggen dat Bess deze zomer niet zou komen. Zijn moeder werd ook een jaartje ouder en was bovendien het type dat nooit echt jong was geweest. Zijn vader Samuel kreeg een paar jaar geleden een ongeluk terwijl hij hout aan het zagen was. Een grote boom viel tegen een kleinere aan en die knapte onder het gewicht, waarna de stam met een vreselijke klap tegen zijn vaders voorhoofd sloeg. Zeven dagen later stierf hij. Na de begrafenis vroeg Jonah zijn moeder of ze bij hen in Ohio wilde komen wonen. Dat weigerde ze, ze wilde in haar eigen huis blijven. Maar hij wist dat zijn moeder het moeilijk had nu ze de man moest missen met wie ze al die jaren samen was geweest. Bertha Riehl deed wat ze altijd had gedaan: ze zette haar hakken in het zand en ging zo goed en zo kwaad als het ging door met haar leven.

Uiteindelijk liet Jonah Bess de brief van zijn moeder lezen.

'De hele zomer?' Bess schudde haar hoofd. 'Ik kan u niet alleen laten, vader. U hebt mij hier nodig.'

Dat kon hij niet ontkennen. Ze woonden maar met z'n tweetjes in het grote huis. Hij moest er niet aan denken dat Bess er de hele zomer niet was… en al helemaal niet aan het feit dat ze al zo groot werd. Het zou niet lang meer duren of dan begonnen de jongens om haar heen te draaien. Ze zou maar al te snel haar eigen leven gaan leiden. Het was de natuurlijke gang van zaken, hij wist het, zo gingen die dingen nu eenmaal, maar het deed pijn als hij eraan dacht. Zo'n pijn, dat hij zijn moeder een brief had geschreven om haar te vertellen dat hij Bess niet kon missen.

Die middag, nog voordat hij de brief op de bus had kunnen doen, kwam Bess thuis uit school en kondigde aan dat ze van gedachten was veranderd. Ze zou toch naar Stoney Ridge gaan. 'Het is goed om wel te gaan en u zegt altijd tegen mij dat we moeten doen wat goed is,' zei ze met een theatraal gebaar.

Jonah vroeg zich nog steeds af waarom ze ineens van standpunt was veranderd.

De luidspreker kondigde aan dat de bus ging vertrekken en Jonahs ogen werden wazig. 'Doe voorzichtig, Bess,' zei hij, 'want…'

'…want u denkt dat ik vijf ben en geen vijftien.' Ze glimlachte naar hem.

Jonah klemde zijn kaken op elkaar. Bess plaagde hem ermee dat hij haar elke keer als hij haar gedag zei, al was het maar wanneer ze 's morgens naar school ging, waarschuwde: 'Doe voorzichtig, want…' *Want… ik ben er niet om je te beschermen. Want… ongelukken gebeuren nu eenmaal.* Het was waar. Er kon altijd iets gebeuren. Jonah veegde een pluk haar van zijn voorhoofd en gaf zijn dochter nog snel een kneepje in haar schouders, zijn manier om haar te zeggen dat hij van haar hield en haar zou missen.

Terwijl de bus het busstation uit reed en Bess haar vader gedag zwaaide, werden ook haar ogen wazig. Ze was slechts één keer in Stoney Ridge op bezoek geweest, voor de begrafenis van haar opa. Toen was haar vader bij haar. Nu was ze helemaal alleen. Aan het einde van de rit… *Mammi.* Zonder *Daadi* om haar oma's scherpe kantjes bij te vijlen. Bess had ontzettend veel van haar opa gehouden. Hij was om het jaar bij hen in Ohio op bezoek geweest… zo vaak hij kon. Hij was een man met een zacht hart, zo slank en slungelachtig als *Mammi* breed en rond was.

Terwijl Bess keek hoe de telefoonlijnen bij elke paal langs de weg omhoogliepen en weer naar beneden, herinnerde ze zich dat er geen telefoon in de schuur zou zijn, zoals thuis. Geen fietsen, geen scooters. En geen waterleiding in huis. Toen ze haar vader vroeg waarom haar oma nog steeds een latrine had terwijl ze wist dat ze in haar district waterleiding mochten hebben, zei hij tegen haar dat zijn moeder strikt vasthield aan de oude gewoonten. 'Als iets niet kapot is, waarom zou je het dan repareren?' was haar levensmotto, zei hij.

Toen de bus uren later Stoney Ridge binnenreed, stapte Bess uit en ging op de stoep staan. De chauffeur sjorde haar koffer uit de bagageruimte van de bus en zette hem met een smak naast haar neer. Daar stond Bess dan, aan het einde van de wereld, en dit was alles wat ze had. Haar koffer en Blackie, haar kat.

Blackie was in een picknickmand met haar meegereisd en had het grootste deel van de reis geprobeerd zich een weg naar buiten te klauwen. Terwijl Bess op de mand ging zitten en om zich heen keek, voelde ze dat haar keel een beetje dichtgeknepen werd van angst. Ze had verwacht dat haar oma haar hier zou opwachten. Wat als ze vergeten was dat Bess kwam? Wat als niemand haar kwam ophalen? Hoe moest ze ooit de boerderij vinden? Misschien was haar oma nog wel zieker geworden na die vrouwenoperatie. Misschien was Bess te laat, was *Mammi* voor Gods altaar geroepen en overleden. Bess moest haar ogen bedekken tegen de middagzon, die op haar hoofd brandde. Ze was moe van de lange, hete rit en dacht er even aan weer in de bedompte bus te stappen en terug te gaan naar huis. Naar haar vader in Ohio, naar alles wat bekend was.

Dit was zo'n moment in het leven waarop ze zich afvroeg of haar moeder daarboven in de hemel op haar neerkeek en misschien bedacht hoe ze haar kon helpen. Ze vond het fijn aan haar moeder te denken, wat die zou zeggen of zou doen. Ze kon geen genoeg krijgen van de verhalen die haar vader over haar vertelde. Bess hoopte dat ze deze zomer via haar oma nog meer te weten zou komen. Tenminste, als ze ooit uit zou vinden waar *Mammi* woonde. Ze legde haar hand boven haar ogen en tuurde de weg af.

Bess slaakte een zucht van verlichting toen ze een paard en een rijtuigje met een grijze kap de hoek om zag draaien. Het rijtuigje helde zo ver naar rechts, dat Bess bang was dat het omsloeg. Het paard kwam abrupt naast Bess tot stilstand en het rijtuigje helde nog verder opzij toen haar oma uitstapte. Lieve help, wat was ze dik. Bess had *Mammi* in geen drie jaar gezien en ze was nog dikker dan toen. En een stuk groter, dankzij haar grote zwarte bonnet. Ze had een aantal onderkinnen en lellen als een kalkoen. Ze kwam zo dicht bij Bess staan dat ze de zon verduisterde.

'Waar is je vader?' vroeg *Mammi* en ze speurde het perron af.

'Hij is niet meegekomen,' antwoordde Bess. 'Ik ben oud genoeg om alleen te reizen.'

Mammi staarde haar een flinke poos aan. Toen schoot er iets door die donkerbruine ogen van haar, Bess wist niet precies wat. Ergernis? Teleurstelling, misschien? Wat het ook was, ze schudde het in een flits van zich af.

'Oud genoeg, zeg je?' *Mammi* plantte haar handen in haar zij en bekeek Bess van top tot teen. 'Je ziet er verlept uit, alsof je wel een stevig maal kunt gebruiken.' De picknickmand in Bess' hand schudde en *Mammi* zag het. Ze wees er met haar vinger naar. 'Wat is dat?'

'Blackie,' antwoordde Bess. 'Mijn kat.'

'Zo,' zei *Mammi*. 'Ik hoop dat hij goed muizen kan vangen.'

Met een van haar stevige armen zwaaide ze Bess' koffer in het rijtuigje. Ze tilde hem zo hoog op dat het leek alsof hij zo licht was als een veertje. 'Goed, tempo.' Ze klom in het rijtuigje en Bess haastte zich naast haar op het bankje. Een grote zwarte hond met een muilkorf van witte touw zat achterin, hij stak zijn kop naar voren om Bess te besnuffelen. Kennelijk besloot hij dat Bess goed volk was, want hij gaf haar een lik over haar oor. 'Dat is Boomer,' zei *Mammi*. 'Na opa's dood kwam hij op een dag zomaar binnenlopen.'

'Boomer?' vroeg Bess en ze probeerde de hond naar achteren te duwen. 'Hoe komt u aan die naam?' De hond snuffelde belangstellend aan de mand. Blackie blies een keer flink en Boomer deinsde achteruit.

Mammi haalde haar schouders op. 'Wacht maar tot hij blaft. Het klinkt alsof er een staaf dynamiet ontploft.'

Boomer ging op de vloer van het rijtuigje liggen en viel in slaap.

'Een goede waakhond,' zei Bessie, in een poging vriendelijk te zijn.

Mammi snoof verachtelijk, maar ze legde haar grote hand op de kop van Boomer en aaide hem. 'Je kunt wachten tot je een ons weegt voordat die hond blaft voor iets wat de moeite waard is om voor te blaffen.'

'*Mammi*, wilt u dat ik rijd? U voelt zich vast nog niet helemaal goed na die vrouwenoperatie en zo.' Bess hoopte dat ze ja zou zeggen. Ze vond het leuk om paarden te mennen. Een van haar dierbaarste herinneringen was dat ze samen met haar vader op de ploeg zat en de teugels van die enorme trekpaarden in haar handjes hield, met zijn grote handen over de hare.

'Vrouwenoperatie?' *Mammi* keek haar niet-begrijpend aan. 'O, ja! Ik heb mijn tanden en kiezen laten trekken.' Ze deed haar mond open en klikte met haar tanden. 'Een paar vreetijzers, gekocht in de winkel. Zo goed als nieuw.'

Wat doe ik dan hier? vroeg Bess zich af.

Mammi klapte met de teugels van het paard en het schoot weg, alsof ze onderweg waren naar een brand. Maar in plaats dat ze de weg nam die hen naar Rose Hill Farm zou brengen, stuurde *Mammi* het paard naar een kleine bakkerij, 'The Sweet Tooth' genaamd. Ze stopte onder een schaduwrijke boom en bond de teugels rond een laaghangende tak. 'Je hebt vast honger. We gaan iets te eten halen.' Ze draaide zich om naar Boomer, die haar hoopvol aankeek. Zwaaiend met haar vinger zei ze dat hij niet mee mocht. Boomer liet zijn kop hangen en ging weer liggen om nog een dutje te doen.

Bess had inderdaad honger. De laatste maanden groeide ze zo hard, dat ze altijd honger had. Maar het verbaasde haar dat *Mammi* geld wilde uitgeven aan kant-en-klaar voedsel. Haar vader vertelde haar dat er in de hele county niemand was die zo goed kon bakken en koken als zij. En dat ze heel zuinig was! *Mammi* kocht nooit iets nieuws en gooide nooit iets weg; ze schreef zelfs haar brieven op de achterkant van oude rekeningen.

Bess liep achter haar aan naar binnen en ging samen met *Mammi* in de rij voor de toonbank staan. Achter de toonbank stond een oudere vrouw. Ze moest nog eens een keer goed kijken toen ze *Mammi* zag. De vrouw had een lange opgerolde vlecht vastgepind op haar hoofd, het leek net een opgerolde slang. Bess vroeg zich af hoe ze 's nachts moest slapen.

De vrouw herstelde zich van haar verbazing. Ze legde een hand op haar borst. 'Nee maar, Bertha Riehl.'

'Dottie Stroot,' zei *Mammi*. 'Pas op, niet omvallen.'

'Heb je eindelijk besloten dat ik je rozenblaadjesjam in mijn bakkerij mag verkopen?'

'Nee,' antwoordde *Mammi* beslist.

Mevrouw Stroot zuchtte diep. 'De mensen vragen er de hele tijd naar, Bertha. Ze weten je niet altijd te vinden, zodat ze het bij jou op de boerderij kunnen kopen.'

'Het loopt prima.'

'Ik ben bereid je een flinke provisie te geven.'

'Voor mijn eigen jam?' *Mammi* keek haar strak aan en Bess zag mevrouw Stroot ineenkrimpen.

Gelaten vroeg mevrouw Stroot: 'Waar kom je dan voor?'

'Ik wil even een praatje maken met die daar.' *Mammi* wees naar de keuken, naar de rug van een meisje met een schort om en werkkleding aan dat een taart in een roze doos deed, waarna ze hem stevig dichtbond met een touw.

Mevrouw Stroot keek verbaasd, maar riep: 'Lainey! Deze mevrouw wil door jou geholpen worden.' De zoemer van de oven ging af; mevrouw Stroot liet *Mammi* gewoon staan en liep naar de keuken.

Zonder op te kijken riep het meisje dat Lainey heette: 'Momentje, ik kom zo bij u.' Bess zag haar iets op de roze doos schrijven en de dop terugdoen op haar pen. Daarna draaide het meisje zich snel om, keek *Mammi* aan en verstijfde. Ze bleef stokstijf staan en slikte moeizaam. Bess kreeg het gevoel dat mensen vaak moesten slikken als ze haar oma zagen. Dat gevoel had ze zelf ook.

'Mevrouw Riehl,' zei Lainey flauwtjes.

Bess had het bij het verkeerde eind. Lainey was geen meisje. Ze was een jonge vrouw, waarschijnlijk zo rond de vijfentwintig. Ze was heel knap. Haar – bijna kolenzwarte – haar was kortgeknipt en ze had krullen. Onder haar zware wimpers hadden haar ogen dezelfde kleur als de bosbessen die bij haar vader in de tuin groeiden. Ze had een prachtige huid, bleek als porselein.

'Lainey O'Toole,' zei *Mammi* op haar beurt op vlakke toon. 'De laatste keer dat ik je zag, was je tien jaar oud en zo dun dat de zon bijna door je heen scheen. Je bent groot geworden.'

Lainey slikte nog eens. 'Goed u te zien, mevrouw Riehl.'

'Dit hier is Bess.' *Mammi* gebaarde met haar duim naar Bess, zonder erbij te vermelden dat ze haar kleindochter was. *Mammi* zei nooit meer dan het strikt noodzakelijke.

Lainey knikte even kort naar Bess, waarna ze zich weer terugdraaide naar *Mammi*. 'Ik was van plan een keer bij u langs te komen nu ik weer terug ben in Stoney Ridge.'

'Mooi zo. Ik verwacht je zondag voor het middageten.' *Mammi* keek door het glas van de toonbank. Ze wees naar een kersentaartje. 'Heb jij die gemaakt?'

Lainey knikte. 'Vanochtend.'

'Geef mij die maar. Doe er maar twee van. En een kop koffie.' Ze keek even vluchtig naar Bess. 'Wat wil jij?'

'Een Deens gebakje, alstublieft,' antwoordde Bess. 'En ook een koffie.'

'Doe maar melk,' zei *Mammi*. 'En je kunt beter zo'n kersentaartje nemen. Als ze nog net zo lekker zijn als ik me kan herinneren, ben je mal als je die niet neemt.' Ze betaalde Lainey voor het gebak en nam haar koffie mee naar een tafeltje bij het raam.

Bess vroeg haar oma hoe ze haar kende.

'Wie?' vroeg *Mammi*, een en al verbazing.

'Die mevrouw uit de bakkerij. Lainey.'

'Ze is hier opgegroeid. En daarna vertrokken.'

Mammi maakte er verder geen woorden meer aan vuil. Ze pakte de vork in haar ene hand, het mes in haar andere, werkte haar twee kersentaartjes naar binnen en keek toen naar dat van Bess. Bess propte het snel in haar mond. Ze had nog nooit zo'n lekker kersentaartje gegeten, met een kruimelige korst en kersen die precies de juiste zoetzure smaak hadden. *Mammi* wilde al snel weg en ze keek Bess doordrin-

17

gend aan. Bess veronderstelde dat als *Mammi* klaar was om te gaan, zij er maar beter voor kon zorgen dat zij dat ook was.

Dat was nog zoiets raars aan *Mammi*... hoe fors ze ook was, ze schoot soms als een bliksemschicht heen en weer. Ze was in een mum van tijd bij de deur en stak haar vinger op naar Lainey. 'Zondagmiddag dan.' Het klonk als een voldongen feit, niet alsof ze het vroeg.

De dame van de bakkerij zag een beetje bleek maar knikte.

Lainey O'Toole keek Bertha Riehl na terwijl die de deur uitliep en in haar rijtuigje klom. Ze was altijd een grote, stevige vrouw geweest, nog groter dan Lainey zich kon herinneren. Ouder ook, maar ze liep nog als een schip onder vol zeil. En ze had een meisje bij zich met platinablond haar onder een organza muts die anders was dan de hartvormige muts uit Lancaster. Haar grote blauwe ogen werden omzoomd door een paar witte wimpers. Ze vormden een vreemd stel. Het meisje draaide zich om en zwaaide naar Lainey, alsof ze wist dat die naar haar keek. Dat jonge meisje oogde zo fris als een hoentje. Maar die blauwe ogen... ze waren saffierblauw.

Zo verbaasd Lainey was geweest mevrouw Riehl de bakkerij binnen te zien lopen, zo opgelucht was ze nu. Ze wilde haar graag nog eens zien, maar wist niet hoe ze dat moest aanpakken. Ze was al twee weken in Stoney Ridge, maar had nog niet voldoende moed verzameld om naar Rose Hill Farm te gaan. Mevrouw Riehl was niet iemand waar je gewoon even langsging om een paar persoonlijke vragen te stellen. Lainey hoefde zich maar voor te stellen hoe mevrouw Riehl haar aan zou kijken of dan was ze de kluts kwijt en wist ze niet meer wat ze ook alweer kwam doen.

Zoals nog maar een kwartiertje geleden, toen ze zich omdraaide en oog in oog met haar in de bakkerij stond.

Maar toch, er waren dingen die alleen mevrouw Riehl haar kon vertellen. Dat was ook de belangrijkste reden waarom ze in Stoney Ridge was.

Lainey had een plan. Ze wilde naar het Culinary Institute of America, een kookopleiding meer in het binnenland van de staat New York. Vanaf haar achttiende had ze elke penny bezuinigd en gespaard om het schoolgeld te kunnen betalen. Uiteindelijk had ze genoeg en was ze aangenomen. Nu kon ze niet wachten tot haar nieuwe leven zou beginnen. Het nieuwe schooljaar begon pas in september, maar ze wilde alvast een plek zoeken om te wonen en zich settelen. Ze dacht wel een baantje als serveerster te kunnen nemen om die tijd te overbruggen. Lainey plande haar toekomst graag. Het was een truc die ze jaren geleden al had geleerd. Plannen maken gaf haar een rustig gevoel; het voelde altijd beter als ze een plan had... alsof ze dan enigszins controle over haar leven had.

Twee weken geleden pakte Lainey al haar spullen en nam ze met tranen in haar ogen afscheid van haar twee beste vriendinnen, Robin en Ally. Ze wilde een korte tussenstop maken in Stoney Ridge, voordat ze naar New York ging. Tenminste, dat was het plan, totdat haar elf jaar oude kever het voor de deur van The Sweet Tooth begaf en zij daar naar binnen stapte om gebruik te maken van de telefoon. Klaarblijkelijk had de eigenaresse van de bakkerij net een oproep voor een hulpkracht aan het raam gehangen, want ze dacht dat Lainey kwam om te solliciteren.

'Kun je bakken?' vroeg de eigenaresse, mevrouw Stroot.

'Ik heb wel eens een prijs voor mijn kersentaartjes gewonnen op de jaarmarkt,' zei Lainey naar waarheid. Ze wilde net zeggen dat ze naar binnen was gekomen om te bellen, maar mevrouw Stroot kapte haar af en knikte vastberaden.

'Je bent aangenomen,' zei mevrouw Stroot. 'Ik ben wanhopig. Mijn beste meisje heeft vanochtend opgezegd en mijn andere meisje is er niet omdat ze aan haar eeltknobbels moet worden geopereerd. Het is zo druk, ik krijg het werk nooit af. Hier heb je een schort en daar is de keuken.'

Lainey probeerde een paar keer te zeggen dat ze niet lang in de stad zou blijven, maar mevrouw Stroot praatte beter dan dat ze luisterde. 'Zie je dat stenen gebouw aan de overkant van de weg? Het is van mijn bloedeigen zus…' – ze stak een vinger in de lucht toen ze de telefoon opnam – 'Ellie? Ik heb iemand voor de kamer die je te huur hebt. Wat hoor ik daar? Zet je tv eens uit.' Ze rolde met haar ogen naar Lainey en fluisterde: 'Ze vindt het niet fijn om gestoord te worden tijdens *General Hospital*.' Ellie moet iets hebben gezegd, want de aandacht van mevrouw Stroot ging weer naar de telefoon. 'Een vrouwelijke kostganger. Uh, uh.' Ze legde haar hand over het spreekgedeelte. 'Rook je?'

Lainey schudde haar hoofd.

'Nee, Ellie. Ze rookt niet.' Mevrouw Stroot legde opnieuw haar hand op het spreekgedeelte. 'Huisdieren?'

Lainey schudde nogmaals haar hoofd.

'Per week of per maand?'

'Per week,' antwoordde Lainey. 'Beslist per week. Weet u, ik ben niet van plan hier lang te blijven…' Ze gaf het op. Mevrouw Stroot luisterde niet. Ze vroeg haar zus wat er vandaag allemaal in *General Hospital* was gebeurd.

Lainey moest toegeven dat Gods manier om haar gebeden te verhoren vreemd was. Toen ze op weg ging naar New York, had ze tot God gebeden of Hij haar wilde leiden als ze door Stoney Ridge reed. Ze wilde maar bij één persoon op bezoek… mevrouw Riehl. Daar was ze dan, slechts een paar uur later, en ze had een baan… hoewel ze niet eens op zoek was naar een baan. En het was er ook nog één waarin ze moest doen wat ze het liefst deed: bakken.

Nog geen tien minuten na haar aankomst in Stoney Ridge had Lainey een dak boven haar hoofd en een baan waarmee ze wat geld verdiende, zodat ze niet het geld voor haar opleiding hoefde aan te spreken. Haar auto kon niet meer worden gerepareerd, zei de monteur. Dit was wel heel ironisch. God wees haar blijkbaar de weg. Maar ze was wel volledig tot stilstand gekomen.

Het was pijnlijk stil in huis. Jonah keek op de klok in de keuken en telde er een uur bij op. Bess zou nu wel in Stoney Ridge zijn, waarschijnlijk op Rose Hill Farm. Er waren honderden dingen in huis die hem aan zijn dochter deden denken, meer dan hij zich ooit had gerealiseerd. Tientallen herinneringen aan Bess op verschillende leeftijden schoten door zijn hoofd: hoe ze als peuter haar eerste wankele stapjes zette, elke middag naar de brievenbus rende om de post aan te nemen van de postbode, op haar blote voeten vanuit het huis naar de schuur rende en weer terug.

Hij nam een slok koffie uit zijn mok, tilde de bladen van de kalender bij het raam op en telde af. Nog maar twaalf weken en dan was ze weer terug.

Jonah vroeg zich af of Bess en zijn moeder het goed met elkaar konden vinden. Hij hoopte dat Bess hem zou vertellen wat zijn moeder precies mankeerde, want hij maakte zich zorgen om haar. Dat gevoel was nieuw voor hem. In haar brief schreef zijn moeder dat ze hevig naar haar kleindochter verlangde en niet goed at. Hij maakte zich zorgen vanwege die brief. Het was niets voor zijn moeder om te hunkeren naar iets. Of slecht te eten. Ze had een stevige eetlust. Hij kon zich niet herinneren dat ze ooit iets mankeerde, nooit, ze was zelfs nog nooit verkouden geweest.

Jonah zuchtte. Er klopte iets niet. De gezondheid van zijn moeder was echt zorgelijk of… zijn moeder voerde iets in haar schild.

Precies op dat moment zag Jonah zijn buurvrouw en speciale vriendin Sallie Stutzman met een stoofschotel de oprijlaan op lopen. Hij zette zijn koffiebeker neer en ging kijken wat Sallie in die schotel had zitten. Bess was nog maar een paar uur geleden vertrokken, maar hij had nu al genoeg van zijn eigen kookkunst. En hij voelde zich eenzaam.

Bess was vlug van begrip. Na slechts één ritje met haar oma in het rijtuigje wist ze dat ze de rand van het bankje stevig moest vasthouden om er niet vanaf te glijden en op de vloer te belanden als *Mammi* de bochten nam. Haar oma reed als een jonge knul over de wegen, waarbij het rijtuigje gevaarlijk naar één kant overhelde. Ze maakte een krappe bocht naar rechts en ineens was daar Rose Hill Farm.

De boerderij stond in een lieflijke vallei omgeven door golvende heuvels, de velden kregen water uit een afgelegen meertje dat werd gevoed door een bron. Het woonhuis – een onsamenhangend bouwwerk met buitenmuren van overnaadse witte planken op een stenen fundament – was nog mooier dan Bess zich kon herinneren. Toen ze drie jaar geleden hier was voor de begrafenis van haar opa, was ze onder de indruk geweest van de keurig onderhouden velden, de geschoren heggen en de kersenbomen langs de oprijlaan. Dat was vandaag ook zo. Haar oma mocht dan ouderwets zijn, ze had de boerderij goed onderhouden, dat zag je meteen.

Een aangename geur streek langs Bess' neusvleugels en haar ogen gleden naar de velden rond het huis: tientallen acres bloeiende rozen op wat eens weidegrond was. De rozen waren nu op hun mooist. Allerlei schakeringen roze, rood, geel en oranje vormden met elkaar een prachtig kleurenpalet. Bess herinnerde zich dat haar oma een tijdje terug geschreven had dat ze een zaakje had opgezet en jam en gelatinepudding van rozenblaadjes ging verkopen. Maar *dit…* dit was veel meer dan een zaakje.

Mammi liet het paard stoppen onder een schaduwrijke boom naast een hek waar ze het paard aan vastbond. 'We moeten maar eens aan het werk.'

O, nee. Bess bracht haar handen naar haar voorhoofd. 'Op mijn eerste dag hier?'

Mammi fronste een van haar dunne wenkbrauwen. '*Es hot sich noch niemand dodschafft.*' Er was nog nooit iemand doodgegaan van werken.

Boomer blafte één keer zo hard dat haar trommelvliezen bijna knapten, hij sprong met een grote boog uit het rijtuigje en rende de velden in. *Mammi* sprong ook uit het rijtuigje, stak haar stevige hand uit en trok Bess aan haar arm met zich mee. Ineens bleef ze staan en keek Bess streng aan. 'Van een beetje werken krijg je misschien wat spieren op je botten.'

Er waren van die momenten, zoals nu, dat Bess dacht dat het een heel stuk makkelijker zou zijn als ze *Englisch* was. Die ochtend in de bus vroeg een klein meisje haar moeder iets te eten. De moeder weigerde en het meisje zette het op een schreeuwen. Dat wilde Bess nu ook wel doen, gewoon schreeuwen. Natuurlijk kon dat niet.

Maar o! Wat had ze het warm, wat was ze moe van de rit met de bus en gefrustreerd over wat haar ineens duidelijk was. Ze zou naar Stoney Ridge zijn gekomen om voor haar ziekelijke oma te zorgen, maar in werkelijkheid was ze alleen maar een paar extra handen… om rozen te plukken. Een hele zomer lang! Haar vader had gelijk. Haar oma was geniepig. Bess wilde dat ze gewoon thuis was gebleven om samen met haar vader op hun boerderij te werken. Ze miste hem vreselijk. Veel erger dan ze had gedacht.

Bess hoorde Boomer nog een keer blaffen en keek waarom de hond zo tekeerging. Boomer stond op zijn achterpoten het gezicht van een jongen te likken – of was het een jongeman? – met als uiteindelijke resultaat dat zijn strohoed afviel.

'Dat is Billy Lapp,' zei *Mammi*. 'Ik heb hem ingehuurd om me te helpen.'

De jongen duwde Boomer van zich af en strekte zijn hand naar beneden om de hond een zacht klopje op zijn grote kop te geven. Hij bukte zich en raapte zijn strohoed op, waarna hij er een paar keer mee op zijn knie sloeg om de viezigheid eraf te schudden. Billy Lapp leek een jaar of zeventien, achttien. Hij was een flinke jongen. Toen hij opstond, kruisten hun blikken elkaar en Bess voelde dat haar hart een klein sprongetje maakte. Aan zijn kleren en haardracht was duidelijk te zien dat hij Amish was. Hij was lang, had brede schouders, bruin krulhaar en guitige ogen met een paar donkere wenkbrauwen erboven. Zonder meer de knapste jongen die Bess ooit had gezien. Haar hart ging zo vreemd tekeer, dat ze het gevoel had flauw te zullen vallen.

Ineens zag de situatie er een stuk beter uit.

2

Toen Bess de volgende ochtend wakker werd, hoorde ze *Mammi* in de keuken met potten en pannen rammelen. Ze kleedde zich snel aan, ongerust vanwege haar oma's opmerkingen gisteren dat ze lui was. Bess vloog de trap af, in de veronderstelling daar te worden opgewacht door een afkeurend fronsende oma met de handen stevig in de zij, maar *Mammi* stond op haar gebruikelijke plek achter het grote fornuis, op het grijs gespikkelde linoleum dat tot op de draad versleten was. *Mammi* wees met haar duim naar de tafel, waar ze al voor twee had gedekt. Bess schoof op haar stoel en *Mammi* zette een ontbijt voor haar op tafel zo groot, dat haar buik er wel van moest knappen.

'Hoe wil je je ei gekookt hebben?'

'Is er keuze dan?' vroeg Bess.

'Kraamvrouweneitje, zacht of hard?'

Bess keek verschrikt. 'Bij mij zijn de dooiers altijd hard.'

Haar oma tikte met haar vinger op een eierwekker. 'Drie minuten voor een kraamvrouweneitje, vier voor een zacht, vijf voor een hard ei.'

'Papa en ik koken onze eieren vijftien minuten.'

Mammi snoof verontwaardigd. 'Dan is de dooier net een stuiterbal.'

Bess grinnikte. Blackie had ook met een dooier gespeeld, hem op de grond met zijn poten in het rond geslagen.

Waar was Blackie eigenlijk? Meteen nadat hij uit de mand mocht en de grote Boomer zag staan, was hij ervandoor gegaan. *Mammi* had gezegd dat ze zich geen zorgen hoefde te maken, dat Blackie wel een plekje in de schuur zou vinden. Bess was met afschuw vervuld. Ze had geprobeerd uit te leggen dat Blackie een huiskat was, maar *Mammi* had slechts spottend opgemerkt: 'Beesten horen buiten.' Boomer was kennelijk geen beest, want hij was direct achter *Mammi* aan het woonhuis binnengelopen en volgde haar als een schaduw.

Ze bogen hun hoofd om te bidden en gingen daarna eten. Tijdens het eten was het stil, maar na een poosje vroeg *Mammi*: 'Wat heeft je vader nu op het land staan?'

Bess tikte de schaal van haar gekookte eitje met haar lepeltje kapot en pelde het. 'Hij verhuurt zijn land aan een buurman.'

Mammi sneed haar eitje op een geroosterde boterham in stukken, waarna de gele dooier uitvloeide over de boterham. 'Hij bebouwt zijn grond niet?'

Bess keek verbaasd op. 'Nou ja, door zijn slechte rug is dat te zwaar voor hem. Vorig jaar is hij meubels gaan maken en de zaken lopen goed. Hij heeft voor maanden werk.' Bess schonk stroop over haar havermout. Ze had verwacht dat *Mammi* dat wel wist. Ze leek alles te weten, vaak nog voordat het gebeurde. Maar haar oma was zo verbaasd, dat ze niet wist wat ze moest zeggen. Het was zo stil, dat Bess een wesp die op de vensterbank zat kon horen zoemen.

Mammi was nog steeds diep in gedachten verzonken. 'Dat verbaast me. Het idee dat mijn zoon niet voor een boerderij zorgt.' Ze nam haar bril van haar hoofd en poetste de glazen. Vervolgens stak ze haar hand in de zak van haar schort en haalde er een zakdoek uit om haar neus te snuiten. Ze toeterde zo luid, dat het glas rinkelde in de sponningen. 'Last van allergieën,' mompelde ze, maar daar trapte Bess niet in. Tot haar grote schrik had haar oma een zwakke plek. *Mammi* herstelde zich snel. Ze gaf Bess een pot zachtroze jam. 'Smeer dat maar op je geroosterde boterham.'

Bess smeerde er wat op en nam een hap. Haar ogen werden groot van verbazing. 'O, *Mammi*. Wel heb ik ooit. Lieve help. Is dit uw rozenblaadjesjam?'

'Ja,' antwoordde *Mammi*. 'Het is voedsel waar je beslist vrolijk van wordt.'

Bess nam nog wat jam uit de pot en smeerde het dik op haar geroosterde boterham. Ze nam een grote hap en kauwde, goed proevend. Zulke lekkere jam had ze nog nooit gegeten.

Mammi nam een slok van haar koffie, probeerde een glimlach te onderdrukken, terwijl Bess zo verrukt keek. 'Wat doet je vader nog meer?'

'Niet veel,' antwoordde Bess, terwijl ze nog een volle lepel jam pakte. 'Nou ja, behalve dan... dat hij erover nadenkt om weer te gaan trouwen.'

Mammi fronste een wenkbrauw. 'Werd tijd.'

Bessie haalde haar schouders op. 'U kent pappa. Zodra er ook maar iets wordt gezegd over trouwen, is hij net een schaap dat schrikt en hard wegrent. Hij zegt dat dat komt omdat zijn hart alleen mijn moeder toebehoorde.'

Mammi knikte.

Bess nam nog een hap van haar geroosterde boterham. En nog een, ze kauwde, slikte hem door en fronste toen haar wenkbrauwen. 'Maar een van de buurvrouwen staat op het punt zijn verzet tegen het huwelijk te breken.' Ze hoopte dat het verdriet daarover niet al te zeer doorklonk in haar stem.

'*En grossi Fraa un en grossi Scheier sin kem Mann ken Schaade.*' Een flinke vrouw en een grote schuur schaden een man niet.

Bess haalde haar schouders op. 'Dat is het niet. Ik wil dat papa een vrouw vindt...'

Ze voelde *Mammi's* starre blik op zich gericht. 'Wat is er mis met haar?'

'O, niets. Ze is… heel opgewekt. En ze praat graag. Opgewekt en praat graag.' *Professioneel opgewekt.*

Mammi fronste een wenkbrauw. 'Jouw vader is een uitstekende partij.'

Dat wist Bess. Haar vader was een knappe man. Zelfs haar vriendinnen zeiden dat. En hij was jong, vijfendertig nog maar. Hij stond in goed aanzien in hun gemeenschap, zowel bij de mannen als de vrouwen. Bijna alle niet-getrouwde vrouwen in hun district – plus de twee aangrenzende districten – hadden een oogje op hem. Koekjes en taarten, uitnodigingen om te komen eten of picknicken. Er was zelfs één vader die de hare had geopperd dat zijn melkboerderij naar zijn enige dochter ging als hij met haar zou trouwen. Maar haar vader had nooit toegehapt.

Tot nu toe, dan.

Dat was ook een van de redenen waarom Bess besloten had deze zomer naar Stoney Ridge te komen. Haar vader bracht veel tijd door met Sallie Stutzman, een vrouw met een jongenstweeling van zes die gretig op zoek was naar een man… het idee alleen al, Bess' maag draaide zich om. Sallie Stutzman had een hart van goud, dat vond iedereen, maar alleen al haar aanwezigheid irriteerde Bess mateloos. Niet dat er iets mis was met haar, ze hield alleen nooit op met praten. *Nooit.* Zelfs als er niemand luisterde, praatte ze nog in zichzelf.

Bess hoopte dat haar vader weer verliefd zou worden, ze had gewoon niet het idee dat hij verliefd was op Sallie Stutzman. Maar dat leek *haar* niet te deren. Bess zag dat de vrouw subtiel het leven van haar vader probeerde binnen te dringen. Ze vroeg of ze met hem mee kon rijden naar de kerk of als er een *frolic* was. Zo vaak, dat andere mensen dachten dat ze een stel waren omdat ze altijd samen ergens naartoe gingen. Sallie kwam elke dag langs met een stoofpot, een taart of een pastei. Het feit dat ze het elke dag deed, was het verschil tussen Sallie Stutzman en andere vasthoudende vrouwen op vrijersvoeten. Zelfs Bess betrapte zich erop dat ze rekende op haar goede kookkunsten. Sallie gaf vaak omstandig een hint dat het veel makkelijker zou zijn als ze in hun eigen keuken voor haar vader en haar kon koken. Dat hun nieuwe fornuis met oven het veel beter deed dan haar oude dat nogal eens kuren had.

Haar vader verschoot altijd enigszins van kleur als Sallie Stutzman een hint in die richting deed. Maar ze ging er gewoon mee door. Bess had haar tegen vader horen zeggen dat ieder meisje een moeder nodig heeft en dat die arme Bess – arme Bess noemde ze haar altijd, alsof die twee woorden onlosmakelijk met elkaar verbonden waren – het al veel te lang zonder moest doen. Ze had een liefhebbende moeder nodig, voordat het te laat was.

Wat kon haar vader daar tegen inbrengen? Sallie Stutzman was zo koppig en vastberaden, dat haar vader op het punt stond toe te geven. Vorige week nog vroeg hij Bess wat ze ervan vond als er een paar broertjes in huis zouden komen.

De waarheid was dat Bess dat een verschrikkelijk idee vond. De tweeling van Sallie Stutzman was niet zoals de meeste jongens van Eenvoud. Ze waren net een stel apen. Hun idee van een geintje was vaseline op Bess' wc-bril smeren. Maar tegen haar vader zei ze: 'Nou ja, dat is iets waar ik eens heel goed over moet nadenken.' *Lang en hard.*

Haar antwoord zorgde ervoor dat haar vader nog meer in gepeins verzonk. En dat was het moment dat Bess besloot de hele zomer naar Stoney Ridge te gaan. Ze kon misschien niet voorkomen dat haar vader met Sallie Stutzman zou trouwen, maar ze wilde niet zien hoe het zover kwam.

Ineens werd Bess zich ervan bewust dat *Mammi* haar strak aan zat te kijken, ze wist zeker dat haar oma de sombere gedachten kon lezen die door haar hoofd spookten. Haar wangen begonnen te gloeien en ze keek door het raam naar buiten, waar Billy de oprijlaan op kwam rijden. Hij zwaaide naar hen, waarna hij in de schuur verdween.

Mammi plantte met een klap haar handpalmen op de tafel. 'We moeten aan het werk bij de rozen.' Ze stond op en deed snel de vaat.

Nog geen tien minuten later voegden de twee vrouwen zich bij Billy tussen de rozen. *Mammi* herhaalde haar instructies van gisteren hoe de rozenblaadjes moesten worden geplukt. Bess onderbrak haar niet om te zeggen dat ze dat al wist; haar oma was per slot van rekening ouder dan de heuvels.

'De beste tijd is laat in de ochtend, als de dauw verdampt is, en voor de sterke middagzon.' *Mammi* pakte met haar vingertoppen voorzichtig een grote roze roos beet en trok de blaadjes van de knop. 'Knip het wit weg met een schaar... dat spaart tijd.' Snel knipte ze het wit van de blaadjes en liet die vervolgens in de mand aan haar voeten dwarrelen. 'Dan de stengel terugknippen tot het eerstvolgende takje met vijf blaadjes. Daar vormt zich dan een nieuwe knop.'

Met verbazing keek Bess toe hoe *Mammi's* ruwe, grove handen de rozen beetpakten alsof ze van gesponnen suiker waren. Vergeleken met die van haar oma zagen haar eigen handen eruit als die van een kind. En het irriteerde haar hoe zacht haar handen waren. Hoe voorzichtig ze ook probeerde te zijn, ze prikte zich steeds aan de doorns. Binnen het kwartier zaten haar handen vol sneden en schrammen. En wat deed haar rug zeer als ze zo voorover stond!

Toen ze een grote mandvol hadden geoogst, knikte *Mammi* naar Bess dat ze mee moest komen en ze liepen naar de schuur. Boomer kwam op een sukkeldrafje achter hen aan, op een paar passen afstand van *Mammi*. Toen ze binnen waren, bleef Bess abrupt staan. De halsbeugels van de koeien en de paardenstallen waren leeg. Er waren geen dieren, behalve Frieda, het paard voor het rijtuigje. Ze was gisteren zo afgeleid toen ze Billy Lapp zag, dat ze niet eens in de schuur was geweest.

'Wat is er met de dieren gebeurd?' De laatste keer dat ze hier was, had de schuur vol gestaan met paarden, muilezels, koeien en zelfs twee lelijke zeugen.

'Toen opa er niet meer was, kon ik niet meer voor hen zorgen, dus ik heb ze bij opbod verkocht,' antwoordde *Mammi* op een toon van 'het is niet anders'. 'Ik koop melk bij een buurman. Maar ik heb nog wel de dames.' Daarmee bedoelde ze haar kippen. Ze hield van ze en noemde elk bij haar naam. Ze schoof de deur achter Bess dicht. Midden in de schuur stonden een paar rijen zaagbokken met hordeuren erop. 'Zo drogen we de rozenblaadjes. We leggen ze erop, zodat ze aan de lucht kunnen drogen. Ze mogen niet over elkaar heen liggen, anders gaan ze schimmelen. Ze moeten even knapperig worden als cornflakes.'

'Waarom legt u ze niet gewoon buiten in de zon te drogen?' vroeg Bess. 'Dat doen wij met onze abrikozen en perziken. En zelfs met onze appels.'

'Nee. Ik houd ze in de schuur en uit het directe zonlicht.'

'Hebt u er wel eens over nagedacht ze in een warme oven te laten drogen?' vroeg Bess. 'Toen het een keer de hele zomer regende, had papa het fruit in plakjes gesneden in de oven gelegd om het echt helemaal gedroogd te krijgen.' Ze vond het fijn dat ze deze tip kon geven. Misschien kon ze haar oma deze zomer zo helpen, door haar tips te geven hoe ze haar bedrijf kon verbeteren. Ze was vijftien en Bess had best een paar goede ideeën hoe ze kon moderniseren, en haar oma woonde al een eeuwigheid hier. *Mammi* kon Bess' hulp bij dit soort dingen best gebruiken. *Net als sanitair binnenshuis.*

Mammi wierp haar een blik toe alsof ze niet helemaal goed snik was. 'Dat werkt misschien bij fruit, maar niet bij mijn rozen. Dan raak je de olie kwijt. Olie weg, aroma weg.' Ze rechtte haar rug en drukte met een van haar handen tegen haar lende. 'Breng me nog maar een mandvol.' *Mammi* gaf de lege mand terug aan Bess. 'En snel een beetje. Vanmiddag kunnen we niet plukken. Het wordt vandaag bloedheet.'

Bess pakte de mand aan en liep naar buiten, naar Billy in het veld. Gisteren was hij snel vertrokken toen zij er was, dus ze had nog niet echt kennis met hem kunnen maken. *Mammi* zei dat hij meestal een paar uur op een dag werkte en dan weer naar huis moest om zijn vader te helpen op de boerderij. Bess keek ernaar uit Billy beter te leren kennen. Ze liep achter hem aan terwijl hij zijn werk deed. Hij selecteerde de bloemen uit de rechter rij struiken, zij uit de linker. Bess zag dat Billy geconcentreerd werkte. Hij tuurde naar de rozen alsof hij iets van hen leerde. Bess pijnigde haar hersens of ze niet een nuttige opmerking kon maken, maar er schoot haar niets te binnen. Op het laatst bleef Billy even staan om naar een goudarend te kijken die boven hun hoofd vloog en hij leek verrast dat ze achter hem stond.

'Hé Bess, waar kom jij vandaan?' vroeg hij.

'Uit Berlin, in Ohio.'

Billy ging weer verder met het inspecteren van de rozen, dus Bess haastte zich eraan toe te voegen: 'Sommige mensen denken dat het Ber-lin is, zoals die plaats in Duitsland. Maar je spreekt het uit als Burrr-lin. Tijdens de Eerste Wereldoorlog veranderden de mensen de manier waarop de naam werd uitgesproken, zodat hij minder Duits klonk.' Volgens haar luisterde Billy niet echt. Er viel opnieuw een stilte. Ze probeerde een onderwerp te verzinnen voor een gesprek. Iets waardoor ze opviel en waardoor hij zich zou realiseren dat ze slim, intelligent en mysterieus was. Maar er schoot haar niets te binnen.

Billy bleef staan bij een struik en bestudeerde een paar bloemen, vervolgens plukte hij de blaadjes. 'Je lijkt totaal niet op je oma.'

Volgens Bess was dat goed. *Mammi* was bijna een meter tachtig lang en half zo breed.

Hij keek naar haar fleurige blauwe jurk. 'Is het anders in Ohio? Om Amish te zijn?'

'Hoe bedoel je?' Bess haalde een schouder op. 'Amish is Amish.'

Billy snoof verontwaardigd. 'Dan kun je ook zeggen: rozen zijn rozen.' Hij legde een hand op zijn onderrug en rekte zich uit, terwijl hij keek naar de grote verscheidenheid aan bloemen. 'Hoe ziet jouw rijtuigje eruit?'

'Zwart.' Misschien waren er toch wel verschillen. De rijtuigjes in Lancaster hadden een grijze kap.

'Sommige mensen denken dat de kerken in Ohio wereldser zijn dan die bij ons.' Hij schudde de mand leeg en de blaadjes verspreidden zich op de hordeur. 'Kun jij fietsen?'

'Ja.'

'Hebben jullie telefoon?'

'Alleen in de schuur.'

'Kun je autorijden?'

'Nee, zeg.' Billy keek zo teleurgesteld dat ze eraan toevoegde: 'Maar ik heb wel een keer op de tractor van een van de buren gereden. En ik ga met de bus naar een openbare school.'

Zijn hoofd schoot omhoog. 'Je gaat naar een openbare school?'

'Middelbare school.' Bess had net op haar sloffen de negende klas gedaan en woonde op loopafstand van een middelbare school in Berlin. Het enige waar ze nog op zou kunnen blijven zitten, was dat vreselijke algebra. Dat was nog een reden waarom ze van gedachten was veranderd en de zomer bij *Mammi* wilde doorbrengen. De dag dat ze haar laatste algebra-proefwerk deed, had ze besloten dat Stoney Ridge eigenlijk helemaal niet zo slecht klonk. En als ze snel was, kon ze nog weg zijn uit Berlin voordat haar rapport thuis werd gestuurd, dat kwam heel goed uit. Op die manier was ze niet oneerlijk. Ze wist niet zeker of ze zou blijven zitten. Ze had het idee van wel, maar tot ze haar rapport kreeg, was er nog een klein beetje hoop dat ze het net had gehaald. En als ze bleef zitten, nou ja, als ze in Pennsylvania was, kon ze met geen mogelijkheid een zomercursus doen in Ohio.

Bess zocht naar iets – het maakte niet uit wat – waarmee ze Billy's nieuwsgierigheid kon prikkelen. 'Mijn vader is gearresteerd omdat hij me van school liet gaan,' flapte ze eruit. Meteen sloeg ze haar hand voor haar mond. Waarom zei ze *dat*?

Billy draaide zich snel om en keek haar recht in het gezicht aan.

Lieve help! Wat zag hij er knap uit. Bess raakte haast van streek door zijn donkerbruine ogen. Haar wangen begonnen te gloeien. 'Vorig jaar september zei mijn vader tegen me dat ik niet meer naar school hoefde. Kinderen in de county naast de onze gingen sinds het voorjaar ook al niet meer en niemand had er last mee gekregen, dus een paar families in ons district besloten er ook mee te stoppen. Maar die vlieger ging niet op. De spijbelambtenaar klopte bij ons aan en nam mijn vader mee naar de gevangenis.'

'Wat gebeurde er toen?'

'Hij kreeg een boete en ze lieten hem weer gaan. Nu moet ik naar school tot ik zestien ben. Zo is de wet in Ohio.' Haar vader nam niet nog een keer een loopje met de wet, had hij meer dan eens gezegd als ze probeerde hem ervan te overtuigen dat ze thuis wilde blijven. 'Ik kan me niet voorstellen dat je na de achtste zou stoppen.' Bess ook niet, maar ze zou het wel graag willen. Ze bedacht vaak dat ze alles wel geleerd had wat er te leren viel. Vooral wiskunde.

Billy keek nu alsof hij vond dat ze een heel dom kind was. 'Waarom denk je dat je moet stoppen met je opleiding?'

Daar had Bess nog niet over nagedacht. Ze keek eens goed naar Billy's rug. Uit zijn achterzak stak een boek. Ze had er nooit de lol van ingezien je druk te maken om boeken als dat niet nodig was. 'Mijn leraren zeggen dat je een officiële opleiding moet hebben gedaan, wil je het verder kunnen schoppen in de wereld.' Waarom zei ze dat nu weer? Waarom zei ze vandaag andere dingen dan ze dacht?

Billy nam de tijd voor een antwoord. Hij trok nog een paar bloemen van de rozenstruiken, knipte de blaadjes en gooide ze in de mand. Toen tilde hij zijn hoofd op en keek haar aan. 'Het gaat er helemaal om welke wereld.'

Ze plukten een hele tijd samen zwijgend bloemblaadjes. Toen de mand vol was, pakte hij hem op en zette hem tegen zijn heup. 'Heb je het proces in Wisconsin gevolgd?'

'Nee.'

Billy schudde zijn hoofd alsof ze net was teruggekomen van de maan. 'De zaak "Wisconsin versus Yoder". Dat is een grote zaak momenteel in Wisconsin. Zou voor ons wel eens tot een hoop veranderingen kunnen leiden.'

Bess vond het vreselijk dat ze er niets van wist, maar haar nieuwsgierigheid won het van haar trots. 'Wat voor veranderingen?'

'Waarschijnlijk hoeven we niet naar een openbare school. Dan kunnen we onze eigen school hebben in ons eigen district. Een school die stopt na de achtste klas.'

De gedachte daaraan maakte dat Bess' hart zong van vreugde. Dan… hoefde… ze… nooit… meer… naar… algebra!

Billy gaf haar de mand, zodat ze die naar de schuur kon brengen. Onderweg maakte ze een sprongetje, zo blij was ze met het nieuws over de zaak 'Wisconsin versus Yoder'.

Billy en Bess plukten nog een paar uur rozenblaadjes. De zon brandde al genadeloos op hen neer toen Billy zei dat het tijd was om te stoppen.

'Ik ga ervandoor,' zei Billy tegen *Mammi* terwijl hij haar de laatste mand overhandigde. Hij zette zijn strohoed weer op. 'Maar morgenochtend vroeg ben ik er weer.'

Hij knikte goedendag en tikte zacht tegen zijn hoed terwijl hij in Bess' richting keek. Die werd week in haar knieën. De jongens in Berlin dachten er niet aan voor een meisje tegen hun hoed te tikken.

Terwijl hij wegliep, keek *Mammi* hem na en zei tegen niemand in het bijzonder: 'Die jongen is een goeie.'

Bess wilde *Mammi* nog wat over Billy Lapp vragen, maar ze bedacht zich. *Mammi* was niet iemand die de moeite nam nieuwsgierige vragen te beantwoorden en bespaarde zichzelf daardoor een hoop moeite.

Mammi schoof de deur van de schuur dicht, zodat het binnen koel bleef. 'Na de lunch,' zei ze, 'gaan we een boodschap doen.'

Een paar uur later haastte Bess zich achter *Mammi* aan die door het Veterans Hospital in Lebanon vloog. Tijdens de busrit naar het ziekenhuis had *Mammi* haar verteld dat ze op bezoek gingen bij haar broer Simon, die ernstig ziek was. Bess had vreselijke verhalen over Simon gehoord, stukjes en beetjes van de verhalen die haar nichten haar tijdens de begrafenis van haar opa hadden toegefluisterd. Ze wist dat hij *Mammi's* enige broer was, de jongste van het gezin, altijd het zwarte schaap was geweest en – het ergst van alles – dat hij in de *Bann* was.

Maar Simon was heel anders dan Bess had verwacht.

Ze had zichzelf erop voorbereid een beer van een vent te treffen, een bruut met kleine spleetoogjes, scherpe tanden en hoorntjes op zijn hoofd. Een monster.

In plaats daarvan lag er voor haar een vermoeid ogende, oude bleke man in bed, die eruitzag alsof hij het leven moe was en klaar was om te sterven.

Bess en *Mammi* stonden naast Simons bed en probeerden erachter te komen of hij wakker was of sliep. Bess dacht even dat hij misschien dood was.

Ze keek naar haar oma en fluisterde: 'Zal ik een zuster halen?'

Mammi negeerde haar en boog zich over haar broer heen. 'Wakker worden, Simon!' bulderde ze en het weergalmde in de kamer.

Simons ogen schoten open. 'Lieve help. Daar heb je die wereldverbeteraarster.' Hij wierp een vluchtige blik op de mand die *Mammi* in haar handen hield. 'Heb je jam meegenomen?'

'Ja, dat heb ik,' antwoordde *Mammi*.

'Je eigengebakken brood?'

'Zit erin.' Ze zette de mand op het tafeltje naast zijn bed. 'Je hebt altijd beter voor je buik gezorgd dan voor je ziel.'

Simon keek met een scheel oog naar Bess. 'Wie is dat?'

'Bess,' antwoordde *Mammi*. Ze vlijde zich neer op een plastic stoel met een harde rug.

'Jonah – uw neef – is mijn vader,' completeerde Bess het plaatje voor hem. Ze stond aan het voeteneind van het bed verlegen van haar ene voet op haar andere te wippen. Er was niet nog een stoel waar ze op kon zitten. 'Dan bent u volgens mij mijn oudoom.'

Simon keek Bess spottend met wijd opengesperde ogen aan. 'Nog zo'n vrome huilebalk.' Hij keek haar lang, kil en nors aan met zijn blauwe ogen.

Ze had nog nooit zulke kille ogen gezien. Zijn ijle glimlach had iets gemeens. Bess voelde een druppel zweet langs het gootje tussen haar schouderbladen naar beneden glijden.

Mammi keek naar haar. '*Bess, en rauher Glotz nemmt'n rauher Keidel.*' Ruwe bolster, blanke pit. 'Onthoud dat.'

Hoe kon Bess dat onthouden als ze het niet eens begreep? Bess keek haar verward aan, maar *Mammi's* aandacht was weer op haar broer gericht.

'Simon, je kunt nog niet eens een paard van een ezel onderscheiden,' zei ze. 'Als je weet dat een en een twee is, zou je nu zo langzamerhand ook moeten weten dat Bess familie is.'

'Dus?' vroeg Simon.

'*Mebbe* is ze wel bereid een bloedtest te laten doen om te zien of ze je kan helpen. *Mebbe* matcht haar beenmerg wel met dat van jou.'

Bess' ogen werden groot als schoteltjes.

'Maar dan moet ze wel willen,' zei *Mammi*, terwijl ze vermeed Bess aan te kijken.

Ze reden zwijgend naar huis.

Een zuster had *Mammi* verteld dat omdat Bess nog minderjarig was, het ziekenhuis de toestemming van de ouders nodig had om haar bloed te kunnen testen. Daar had *Mammi* geen rekening mee gehouden, zag Bess. Maar Bess was heel opgelucht. Het was niet makkelijk om nee tegen *Mammi* te zeggen, maar ze was er helemaal nog niet zo zeker van dat ze haar bloed wilde laten testen. De test op zich was eenvoudig, dat wist ze, maar wat als ze zouden matchen? Bloed geven was één ding. Beenmerg iets heel anders. Ze had geen idee wat het inhield en wilde het ook niet vragen. Haar enige ervaring met beenmerg was dat ze een pan soep kookte en daar een hele poos een paar botten in lieten trekken. Bovendien, Simon mocht dan haar oudoom zijn, hij was geen aardige man. Hij was een heel vervelende man, kon je wel zeggen. Aangezien ze nog maar vijftien was en haar vader in Ohio zat – en niet van plan was om naar Pennsylvania te komen – was er geen denken aan dat ze een bloedtest zou laten doen. Bess keek door het raam naar buiten en glimlachte. Dingen liepen nu eenmaal zoals ze liepen.

'Bess,' vroeg *Mammi* haar met een licht opgetrokken wenkbrauw, 'heb je wel eens een auto bestuurd?'

Bess schudde haar hoofd. 'Alleen een tractor.'

Mammi lachte een van haar zeldzame glimlachen. 'Dat is hetzelfde. Als we terug zijn in Stoney Ridge, moeten we nog iets anders doen.'

Lainey O'Tool herlas de brief die ze aan haar vriendinnen had geschreven nog een keer voordat ze aan de envelop likte en hem dichtplakte. Ze had de brief die dag tijdens haar pauze geschreven en net zolang bijgeschaafd tot hij helemaal goed was.

Lieve Robin en Ally,

Een moment stilte alsjeblieft, mijn kever heeft het begeven. Hij kwam sputterend tot stilstand in het stadje Stoney Ridge, maar het was allemaal niet voor niets. Hij blies zijn laatste adem uit voor een bakkerij, 'The Sweet Tooth' genaamd, net op het moment dat de eigenaresse een oproep op het raam had gehangen dat ze een hulp zocht. Nee, het is geen geintje! Van het een kwam het ander en… nou ja, in plaats dat ik in het binnenland van New York op jacht moet naar een tijdelijke baan, bepalen de omstandigheden dat ik de rest van de zomer hier blijf. Maar maak je geen zorgen! Het is slechts een tijdelijke onverwachte wending der gebeurtenissen.

Ik houd ontzettend veel van jullie en mis jullie nog meer.

Lainey

PS Had ik jullie verteld dat mijn moeder en ik tot mijn tiende in Stoney Ridge hebben gewoond?

Tevreden gooide Lainey de envelop in de brievenbus, waarna ze de straat overstak naar haar gehuurde kamertje.

Toen de bus Bess en *Mammi* had afgezet in Stoney Ridge, zei *Mammi* tegen haar dat ze haar moest volgen, terwijl ze door de straten liep. Uiteindelijk vond haar oma kennelijk wat ze zocht. Ze liep linea recta naar de auto van de sheriff, die bij de ijzerwarenwinkel geparkeerd stond.

Mammi gluurde door het open raam naar binnen in de auto van de sheriff en zag dat de sleutels nog in het contact zaten. Ze draaide zich om naar Bess. 'Kom op, jij met je grote mond. Laat me maar eens zien wat je kunt.'

Bess' mond viel open van verbazing. '*Mammi*, u wilt toch niet zeggen…'

'Jawel.' *Mammi* ging op de passagiersstoel zitten. 'De sheriff vindt het vast niet erg. We zijn goede vrienden. Ik ken die jongen al van toen hij nog in de luiers lag.'

'Maar toch…' Haar vader waarschuwde haar altijd dat ze geen dingen moest doen die niet door de beugel konden en nu leek ze gehoor te moeten geven aan het eerste het beste verzoek van haar oma!

Mammi boog zich voorover en duwde het portier aan de bestuurderskant open. Voorzichtig glipte Bess de auto in.

Ze wierp vluchtig een bezorgde blik naar haar oma. 'Volgens mij zijn er regels…'

Mammi draaide zich om naar Bess en keek haar op haar speciale manier verbaasd aan. '*Es is en schlechdi Ruhl as net zqwee Wege schafft.*' Een goeie regel werkt meer dan één kant op. 'Onthoud dat goed.' Ze keek recht voor zich uit. 'Kom op, we gaan.'

Bess zuchtte en bad dat God het zou begrijpen. Ze draaide de contactsleutel om en de auto sloeg aan. Ze deed haar mond open om nog een keer te proberen haar oma van dit idee af te brengen, maar het enige wat *Mammi* deed, was met haar vinger wijzen. 'Die kant op.'

Alsof Bess een auto bestuurde die van eierschaalporselein was gemaakt, zette ze de auto in de versnelling. Ze haalde haar voet van de rem en de auto schoot vooruit. Dit was heel anders dan een tractor besturen in het open veld. Bess was doodsbang dat ze iets of iemand zou raken. Ze reed zo langzaam, dat een aantal winkeliers naar buiten kwam en de twee vrouwen van Eenvoud die stapvoets in de politieauto door de straat reden, nastaarden.

'Zo is het wel genoeg,' zei *Mammi* toen ze een rondje rond een huizenblok hadden gereden. 'Parkeer hem daar maar.' Ze wees naar de stoeprand.

Bess stuurde ernaartoe en zette de versnelling in de parkeerstand. De auto kwam abrupt tot stilstand en de motor sloeg af. Ze slaakte een diepe zucht van verlichting. Ze wist hoe ze een auto moest starten, maar niet zo goed hoe ze hem moest laten stoppen. Haar oma keek in de achteruitspiegel. Op haar gezicht lag haar bekende vreemde glimlach. De sheriff, een gezette man, kwam zwaaiend met zijn armen in de lucht over de weg aangerend. *Mammi* opende het portier en stapte uit de auto, klaar voor een confrontatie met de sheriff. Bess stapte langzaam uit, ze vroeg zich af hoeveel jaar een autodief kreeg.

Toen de sheriff vlakbij was, holde hij langzaam uit, hevig naar adem snakkend. 'Mevrouw Riehl! Bent u wel helemaal lekker?'

'Hoi, Johnny,' antwoordde *Mammi* poeslief. 'Had ik je al voorgesteld aan mijn kleindochter?'

Nog steeds zwaar ademend bekeek de sheriff Bess van top tot teen en hij glimlachte.

Bess stond daar maar en zakte bijna door de grond van schaamte. De sheriff plantte zijn handen in zijn zij. '*Waarom* pakt u gewoon mijn politieauto?'

Mammi keek als een lammetje zo onschuldig. 'Bess is hier op bezoek uit Ohio. Ze heeft wel eens op een tractor gereden. We vroegen ons alleen maar af…'

We? dacht Bess verbaasd.

'…of het niet hetzelfde was… een auto besturen of een tractor. Ik ken niet zo veel mensen met een auto. Dus ik dacht dat jij het niet erg zou vinden als we de jouwe zouden lenen.'

'Mijn auto lenen? Mevrouw Riehl, wat u deed, was een politieauto stelen! Dat is strafbaar! Ik kan u daarvoor arresteren.'

Mammi knikte instemmend. 'Dat moet dan maar.' Ze strekte haar handen uit, zodat hij haar de handboeien kon omdoen.

De sheriff keek naar de vuisten die in zijn richting werden geduwd en keek haar vervolgens verbijsterd aan. 'Mevrouw Riehl, ik ga *niet* een weduwe in de lik gooien.'

'De wet is de wet,' zei *Mammi*. 'Maar ik mag één keer bellen.'

'Mevrouw Riehl, ik wil alleen niet dat u mijn politieauto verplaatst.'

'Diefstal,' zei *Mammi*. 'Je noemde het diefstal.'

De sheriff zuchtte geërgerd. 'Omdat u hem weer terug hebt gebracht en er niets ergs is gebeurd, krijgt u deze keer alleen een waarschuwing van mij.' Hij stapte in de auto, deed het portier dicht en stak zijn hoofd door het raampje naar buiten, waarbij hij zijn ronde kin uitstak in Bess' richting. 'Ik houd je in de gaten, jongedame. Je moet weten dat ik beschik over b.z.w., buitenzintuiglijke waarneming. Ik zie dingen nog voordat ze gebeuren.' De sheriff wierp een woedende blik naar haar. 'Ik weet niet wat Amish tieners in Ohio allemaal uitspoken, maar in Stoney Ridge kom je niet weg met dit soort geintjes.' Hij keek haar vol afkeer aan en schudde zijn hoofd. 'Een beetje een lief oud dametje bedotten door met haar te gaan joyriden. Je moest je schamen.'

Bess' ogen werden groot van verbazing. *Mammi*? *Een lief oud dametje?*

Mammi fronste haar wenkbrauwen. Toen liep ze door het stadje, de weg af naar Rose Hill Farm. Bess haastte zich om haar bij te houden. Ze vroeg zich af wat haar oma in vredesnaam van plan was en hoe ze dit ooit aan haar vader moest uitleggen.

3

Lieve papa,

Mammi en ik kunnen het goed met elkaar vinden, echt waar. Ze lijkt helemaal hersteld van haar vrouwenoperatie. Ik wist niet dat één of twee kiezen trekken een vrouwenoperatie was, maar zij zegt dat dit echt onder die categorie valt. En waar ik inmiddels ook achter ben, is dat je het maar beter met haar eens kunt zijn. Wist u dat Mammi haar rozenzaak drijft op Daadi's weidegrond? Die rozen van haar... dat is nog eens wat anders. Ze staan in volle bloei! Een en al bloeiende rozen. Ze moeten met de hand worden geplukt en gesnoeid. Elke dag. Ik heb zo vaak mijn handen geprikt aan de doorns, dat ze wel een speldenkussen lijken.

Liefs,

Bess

Jonah smeerde nog een laatste laag politoer op de picknicktafel voor mevrouw Petersheim. Ze was een van zijn beste klanten en hij had haar beloofd de tafel te leveren voor de familiereünie die ze dit weekend gepland had. Eigenlijk was het te vochtig en de beits werd niet zo goed opgenomen als eigenlijk zou moeten. Jonah legde de oude doek neer en deed de deur van de werkplaats open om wat frisse lucht binnen te laten. Het was een warme junimaand geweest. Zelfs na dertien jaar was hij nog niet echt gewend aan het extreme weer in Ohio. In de zomer was het hier warmer dan in Pennsylvania en in de winter kouder. Hij stond bij de deur en keek uit over de havervelden van zijn buurman. Het vrat nog steeds aan hem dat hij zijn velden niet meer zelf kon bewerken. Hij miste het boerenbedrijf. Net als bij zijn vader werd zijn leven bepaald door de gewassen die hij teelde. Een dag na de nieuwe maan plantte hij alfalfa. Daarna gingen de haver en klaver de grond in. In april plantte hij de mais, als de sapstroom in de esdoorns op gang kwam. De seizoenen draaiden als een wiel steeds hetzelfde rondje.

Het had Jonah altijd veel voldoening gegeven de oogst op het land te zien groeien, dan voelde hij dat hij deel uitmaakte van iets wat groter was dan hij. Maar hij kon het lichamelijk niet meer aan om een boerenbedrijf te runnen. Hij had jaren geprobeerd het vol te houden, maar uiteindelijk ging het gewoon niet meer. Hij was niet meer dezelfde man als voor het ongeluk. De dokter had hem gewaarschuwd dat hij in een rolstoel zou eindigen als hij te veel van zijn rug bleef vragen. 'Meneer Riehl,' had de dokter gezegd, 'dat u een beetje kreupel loopt is jammer, maar u mag blij zijn dat u nog leeft.'

Jammer? Hij was ook de enige vrouw van wie hij ooit gehouden had kwijt. Hij moest in zijn eentje een kind grootbrengen. Zijn dochter zou nooit haar moeder kennen.

Jonah had zo zijn best gedaan de nagedachtenis aan Rebecca in ere te houden en Bess zo opgevoed als zij dat graag had gewild. Hij was samen met Bess een nieuw leven begonnen en God had zijn inspanningen gezegend. Toen hij ten langen leste besloot zijn grond te verhuren en meubels te gaan maken, maakte hij een vliegende start met zijn bedrijf. Het ging zo goed, dat hij een partner had gezocht, Mose

Weaver. Mose was zijn hele leven al vrijgezel, een oudere, rustige man die een beetje lispelde als hij iets zei en dat deed hij niet veel. De meeste mensen wisten dat Mose zweeg als het graf, een man van stille wateren en diepe gronden. Sommige mensen dachten dat dit zo was omdat hij nooit over iets nadacht, maar Jonah wist wel beter. Mose woonde bij zijn ouders, werkte hard en vroeg niet veel. Hij was een prima zakenpartner voor Jonah. Er was meer dan genoeg werk voor hen tweeën.

Jonah had geen klagen over zijn leven. Maar nu Bess deze zomer weg was en hij zich pijnlijk realiseerde dat ze groot werd, wist hij dat het spoedig zou veranderen. Hij hield niet van verandering.

En hoe zou zijn leven eruitzien als Bess volwassen was? Sallie liet het niet na hem daarop te wijzen, alsof hij daar zelf niet over nadacht.

Jonah veegde met zijn hand het zweet uit zijn nek. Sallie maakte de laatste tijd hardop toespelingen of ze niet zouden trouwen. Hij was op Sallie gesteld, maar het idee van trouwen gaf hem een verstikkend gevoel. Een jaar of vier, vijf geleden had Jonah geprobeerd een nieuwe moeder te zoeken voor Bess, maar zijn hart deed niet mee. Hij wilde weer van iemand houden zoals hij van Rebecca had gehouden.

Sallie had heel andere ideeën over het huwelijk. Ze was nog geen jaar weduwe en pakte de draad nu alweer op, ze wilde heel graag opnieuw trouwen. Dat was iets wat hij in haar bewonderde. Dat ze niet vasthield aan het verleden. Gisteravond had ze nog tegen hem gezegd dat ze niet verwachtte dat een tweede huwelijk net zo zou zijn als het eerste. 'Niets voelt hetzelfde als die eerste liefde, als je jong bent, zonder zorgen en het leven vol beloften lijkt te zijn,' zei ze. 'Maar dat betekent niet dat een oprechte vriendschap niet een goede start is voor een huwelijk.'

Sallie vond Jonahs ideeën over het huwelijk onrealistisch. En zij kon het weten… ze was twee keer eerder getrouwd geweest.

Haar jongens hadden een vader nodig, had ze ronduit tegen hem gezegd, en zijn Bess een moeder. Het plaatje paste precies, zei ze.

Jonah raapte de oude doek op en doopte hem in de bus met politoer, klaar om de tafel voor mevrouw Petersheim af te maken. Misschien had Sallie wel gelijk.

Het was de zondag na Bess' aankomst in Stoney Ridge en er was geen kerk. *Mammi* had vanochtend vroeg speciaal een kip, Delilah, uitgezocht en haar vervolgens de nek omgedraaid. Het ging allemaal zo snel, dat Bess er licht van in het hoofd werd. *Mammi* was haar dames eten aan het geven, ze strooide geplette mais op de grond en maakte zachte kloekgeluidjes tegen hen. Plotseling bukte ze zich, greep een van de kippen in haar nekvel en draaide die snel boven haar hoofd in het rond, waardoor het dier haar nek brak. Binnen een paar tellen lag de kip op een boomstronk. Nadat *Mammi* de kip had geplukt en de veren in een kussensloop had gestopt, haalde ze haar door de karnemelk en de broodkruim en braadde haar in de pan. Daarna kruimelde ze snel een paar beschuiten om de jus mee te binden en deed er sperziebonen en plakjes verse tomaat uit de tuin bij. Bess had nog nooit een kip zo snel vanuit de tuin op tafel zien belanden. Het was een recordtijd.

Mammi vroeg haar de tafel te dekken en alles klaar te zetten voor het zondagse maal, dus Bess pakte drie sets bestek.

Zonder op te kijken van de braadpan zei *Mammi*: 'Dek maar voor vier.'

'Waarom vier?' vroeg Bess.

'Je weet maar nooit,' antwoordde *Mammi* mysterieus. Ze duwde een pluk grijs haar die onder haar muts vandaan piepte terug. '*Mebbe* beschik ik wel over dezelfde buitenzintuiglijke waarneming als de sheriff.'

Dus dekte Bess de tafel voor vier. Ach, waarom vroeg ze het ook?

Jonah vond deze tijd van het jaar heerlijk. Op weg naar Sallies huis, waar hij haar en de jongens zou oppikken om naar de kerk te gaan, kwam hij langs de boerderij van een van de buren, die rechte rijen gewas op het veld had staan die duidelijk liefdevol werden verzorgd. Hij hield het meest van de zomer. De eerste zomeropbrengsten zouden na de kerkdienst op tafel staan: dieprode vleestomaten, in dikke plakken gesneden; komkommersalade; een berg zoetzure perziken; schalen vol heerlijke dikke aardbeien. Ja, dit was een goed jaargetijde.

Jonah keek vooral uit naar de bijeenkomst na de kerkdienst. Bess was nu bijna een week weg en hij begon al net zo in zichzelf te praten als Sallie, zo'n behoefte aan gezelschap had hij. Toen hij het erf van Noah Miller op reed, kreeg hij een warm gevoel: er stonden tientallen rijtuigjes zij aan zij naast elkaar, als een stel varkens rond de trog.

Na de kerkdienst aten eerst de mannen en de jongens aan de gedekte tafels, daarna werd er opgeruimd zodat de vrouwen konden eten. De grote jongens gingen softballen en Jonah keek een poosje hoe het spel verliep. Hij zag dat de twee jongens van Sallie naar het verre veld waren gestuurd om de hoge ballen te vangen. Ze hadden net zolang bij de grote jongens lopen drammen tot ze ook iets mochten doen wat geen kwaad kon.

Jonah liep naar Mose toe, die met een paar andere mannen in de schaduw van een grote eik stond. Jonah luisterde half naar de sombere discussie van de mannen over het weer. Te weinig regen, constateerden ze bezorgd, een droogteperiode in wording. Maar ach, boeren maakten zich altijd zorgen over het weer. Hij hoorde het gemompel van vrouwenstemmen – en ook Sallies lach, want ze lachte altijd – door de openstaande keukendeur naar buiten komen, samen met het gerinkel van de borden en de vorken, de smakken waarmee de schalen en de schotels op tafel werden neergezet, om ze weer mee naar huis te nemen.

De jonge Levi Miller kwam naast hem staan en schopte tegen de grond. Levi was een onbeholpen jongen maar gek op Bess en daarom mocht Jonah hem wel. 'Al iets gehoord?' vroeg Levi zachtjes. Hij begon te blozen, een helderrode kleur steeg op van zijn kraag tot halverwege zijn oren. Levi had flinke oren. Zeiloren.

Jonah glimlachte. 'Nog niet. Maar ik weet zeker dat ze een goede zomer krijgt.'

Levi was teleurgesteld. 'De hele zomer? Blijft Bess de hele zomer daar?'

Jonah wist precies wat Levi voelde.

Mose legde zijn grote hand vriendelijk op Levi's schouder en stuurde hem naar de softballende jongens. Hij hielp Levi een plek in de rij te vinden, zodat hij ook een keer mocht slaan en liep toen op een sukkeldrafje naar het verre veld om Sallies jongens te helpen ballen te vangen.

Omdat ze geen auto had, zat er voor Lainey O'Toole niets anders op dan het hele eind naar de boerderij van mevrouw Riehl te lopen. Ze droeg een roze doos met daarin een kruisbessentaart die ze gisteravond in de bakkerij had gemaakt. Ze wist de weg naar Rose Hill Farm, alsof ze er gisteren nog geweest was. Toen ze Stoneleaf Road insloeg, vertraagde ze haar pas en liep de dichtbegroeide oprijlaan op naar het huisje waar ze met haar moeder en stiefvader had gewoond. Het lag een eind van de weg. Bij het zien van het huisje sloeg haar hart over. Vijftien jaar geleden had ze het voor het laatst gezien. Lainey rechtte haar schouders en liep ernaartoe. Het voelde alsof haar keel werd dichtgeknepen en ze kreeg een drukkend gevoel op haar borst. Ze keek omhoog naar de verweerde dakspanen, waar geen spatje verf meer op zat, de geroeste goten, de gebroken ramen waar planken voor ge- spijkerd zaten. Van dichtbij zag het er nog armoediger uit dan vanaf de weg. Alsof niemand er nog naar omkeek.

Lainey bleef even staan en nam de tijd om het beeld in zich op te nemen. Als klein meisje had ze geprobeerd zich voor te stellen dat het een mooi huis was, maar nu zag ze dat het altijd een armeluiswoninkje was geweest, met kromge- trokken luiken en een verzakte veranda. De overkapping van de veranda stond scheef en het leek alsof die bij de eerste de beste stevige windvlaag zou worden weggeblazen. Aan het eind van een pad van gebroken flagstones stond een oude druif, net als al het andere overwoekerd door het onkruid. In de verte kraste een kraai en een paar andere beantwoordden zijn roep waarschuwend. Onder een van de bomen stonden een moederhert en haar kalf te grazen; ze tilden tegelijk hun kop op, verbaasd dat er iemand in de tuin stond. Ze bleven roerloos staan, hun stijve voorpoten als een paar stelten ge- spreid. Met hun zwart gepunte oren controleerden ze of Lai- ney goed volk was, bang als ze waren dat ze een bedreiging vormde. Uiteindelijk stelden ze vast dat ze geen kwaad kon, ze wendden hun blik af en gingen verder met grazen. Voor het overige leek er geen leven aanwezig.

Lainey liep naar de veranda aan de voorkant van het huis en probeerde de deurknop. De deur zat niet op slot, maar ze ging niet naar binnen. Het was moeilijk zich zelfs maar voor te stellen dat ze naar binnen zou lopen, dus ze deed een paar passen naar achteren en gluurde door de ramen naar binnen. Daar was niets te zien, het was gewoon een oud, verlaten huisje. Toch had ze een vreemd gevoel. Alsof ze thuis was.

Ze liep de veranda af naar het wandelpad en viel bijna over een omgevallen 'Te Koop' bord. Ze probeerde het rechtop te zetten, vervolgens liep ze door het onkruid terug naar de weg die naar de boerderij van de familie Riehl liep.

Lainey glimlachte toen ze het oude handgeschilderde bordje op de brievenbus van Rose Hill Farm zag hangen: *Rozen te koop. Op zondag gesloten.* Ze was dat bord helemaal vergeten. Ze had het altijd vreemd gevonden dat iemand als Bertha Riehl – taai als leer – tere rozen kweekte en die verkocht. Samuel Riehl was de man met het zachte karakter, dachten de meeste mensen. Maar Lainey wist wel beter. Aan de buitenkant leek Bertha Riehl hard, maar vanbinnen was ze zacht als was.

Ze liep langzaam langs de kersenbomen langs de lange oprijlaan die al uitliepen, gebiologeerd door de eindeloze rijen rozenstruiken die vol in bloei stonden. Zoiets moois had ze in haar leven nog niet eerder gezien. Lainey zag Bertha het eerst. Ze legde net een natte theedoek te drogen op de balustrade van de veranda bij de keuken. Lainey bleef onder aan de verandatrap staan en keek omhoog naar de stevige vrouw in een vormeloze donkerrode jurk met een zwart schort rond haar stevige middel. 'Ik heb nog nooit zoiets moois gezien. Het is alsof… iets van God hierop afstraalt.' Ze keek naar de schuur. 'U hebt zo veel rozen aangeplant. Heeft uw man er geen moeite mee dat u zijn weiden verandert in rozenvelden?'

'Mijn man is 10 oktober drie jaar dood,' antwoordde Bertha op een toon van 'zo is het nu eenmaal'. 'Ik kon de boerderij niet in mijn eentje bijhouden, maar ik kon wel iets anders gaan doen.'

Lainey glimlachte. 'Rozen kweken.'

'Juist, ja. En nu verkoop ik jam die ik maak van mijn moeders rugosa's daar.' Ze wees naar de roze, meerbloemige rozenstruiken.

'Ik kan me die rozenstruiken nog herinneren,' zei Lainey. 'En uw jam ook.'

Bertha Riehl knikte. 'Ik plant er steeds meer. Zet de velden vol rozen. Ik heb een jongen ingehuurd die heel handig is in het enten van rozen en hij is bezig die rugosa's op een steviger wortelstok te zetten.' Ze knikte met haar hoofd in de richting van een kleine kas naast de schuur. 'De mensen komen van overal om mijn rozenstruiken te kopen en nu komen ze ook voor mijn jam en thee.'

Lainey knikte. 'Mevrouw Stroot hoopt dat ik u kan overhalen wat van uw producten te verkopen in The Sweet Tooth. Ze vroeg me of ik wilde proberen erachter te komen hoe u denkt over ruilhandel.'

'Hoe had ze dat gedacht?' Bertha trok een wenkbrauw op. Lainey zag dat ze geïnteresseerd was.

'U kunt wat producten uit de bakkerij uitzoeken – als een soort tegenprestatie – en in ruil daarvoor mag zij de jam en de thee verkopen.'

Bertha liet even haar gedachten over dit voorstel gaan. 'Zeg maar tegen mevrouw Stroot dat ik erover zal nadenken.'

Lainey was tevreden. Ze had verwacht dat het antwoord meteen nee zou zijn.

Bertha keek naar de roze taartdoos in Laineys handen. 'Wat zit daarin?'

'Kruisbessentaart. Uw favoriet, als ik het me goed herinner.'

'Inderdaad.' Bertha draaide zich om en liep terug naar het huis; Lainey beschouwde dat maar als een uitnodiging haar te volgen.

Lainey was verbaasd hetzelfde meisje in de keuken te zien staan dat gisteren samen met mevrouw Riehl in de bakkerij was. Nu liet ze theezakjes trekken in een blauwgespikkelde aardewerken kan. 'Jij bent Bess, is het niet?' vroeg ze. 'Werk je allang bij mevrouw Riehl?'

'Een week nog maar, maar het lijkt al een eeuwigheid,' antwoordde Bess. Ze stak een hand op die volgeplakt zat met pleisters. 'Ze mat me compleet af.'

Bertha leek er niet van onder de indruk. 'Het arme kind kan nauwelijks een theeroos onderscheiden van een Chinese roos.'

Bess schaterde van de lach. 'Maar u geeft mij een spoedcursus over alles wat met rozen te maken heeft.' Ze pakte een paar theeglazen, deed er ijs in en zette ze op het aanrecht, naast de aardewerken kan. 'Doe er zelf maar suiker in, als je wilt. Ik houd van zoete thee.' Ze wees naar de suikerpot.

'Te veel suiker en je tanden vallen een voor een uit je mond,' zei Bertha. 'Ik neem zelf nooit suiker.'

'Behalve vandaag dan,' mompelde Bess.

'*Mebbe* alleen een beetje op zondag,' zei haar oma, terwijl ze een paar flinke scheppen suiker in haar glas gooide.

Lainey zag Bess met haar ogen rollen en beet op haar lip om een glimlach te onderdrukken. Toen ze Bess voor het eerst zag in de bakkerij, dacht ze dat ze bang was voor mevrouw Riehl. Maar nu was ze duidelijk op haar gemak, ze deelde vriendelijke plaagstootjes uit en maakte grapjes met haar. Lainey zag dat Bertha ook van Bess' gezelschap genoot, hoewel ze dat waarschijnlijk nooit zou toegeven. Bess was net een veulen, een en al armen en benen. Naar Bess kijkend herinnerde Lainey zich hoe ze zelf was op die leeftijd. Ze groeide een paar centimeter per jaar en was verlegen en onhandig, alsof ze niet goed raad wist met haar nieuwe lichaamsverhoudingen.

Terwijl Bess een tweede glas ijsthee voor Bertha inschonk, ging de keukendeur open en liep een zeer knappe jongeman naar binnen, met zijn strohoed in de hand. Hij keek nieuwsgierig naar Lainey en vervolgens naar Bertha. 'Ben ik te laat?'

'Precies op tijd,' antwoordde Bertha. 'Geen minuut te laat.' Terwijl ze het zei, gleed het glas uit Bess' hand en spatte uiteen op de grond, overal lag thee.

Billy knielde op de grond en raapte zorgvuldig de stukken glas bijeen. Lainey en Bess pakten een vaatdoek om de thee op te dweilen.

'Ik heb blote voeten, dus ik kan beter niet helpen,' zei Bertha en ze stak haar armen en benen in de lucht, een en al kalmte. 'Maar nu Bess' kat in huis is komen wonen, vind ik het niet erg dat de vloer gedweild wordt.'

Lainey had nog geen teken van een kat gezien, in de hoek lag alleen een grote hond te slapen en buiten de keukendeur hield een haan de wacht.

Meteen nadat het gebroken glas opgeruimd was en de thee opgedweild, gingen ze aan tafel om te eten. De kip was heerlijk, maar Lainey had niet veel trek. Ze was zo zenuwachtig. Ze moest met mevrouw Riehl praten. Maar hoe kon ze een persoonlijk gesprek voeren als Bess en Billy erbij waren? Het viel Lainey op dat Bess niets meer zei nu Billy er was. Lainey betrapte haar terwijl ze Billy zat te bestuderen, zich bewust van elk woord dat hij zei en elke beweging die hij maakte. Lainey probeerde een glimlach te onderdrukken. Ze was blij dat ze geen vijftien meer was. Billy en mevrouw

Riehl leken zich totaal onbewust van Laineys benauwdheid en Bess' ongemak.

Billy richtte zijn aandacht op het eten, tot het onderwerp van het enten van rozen ter sprake kwam, toen hield hij niet meer op met praten. 'Sommige rozensoorten hebben veel bloemen en maar weinig wortels, waardoor ze zwak hout maken en niet lang leven,' zei hij met professoraal geduld tegen Lainey, alsof ze ernaar had gevraagd. 'Maar we kunnen die roos op een betere hoofdwortel enten en dan maakt hij veel meer wortels. Daardoor gaat hij langer mee, groeit beter en maakt grotere bloemen, en is beter bestand tegen ziekten en uitputting, wanneer het hard vriest bijvoorbeeld.'

'Waar heb je geleerd hoe je rozen moet enten, Billy?' vroeg Lainey toen hij eindelijk lang genoeg zijn mond hield om een stuk geroosterde kip in zijn mond te kunnen steken.

Hij haalde zijn schouders op en keek naar Bertha. 'Zij zei tegen me dat als ik zou uitzoeken hoe ik rozen moest enten, ze een baan voor me had. Dus ging ik naar de bibliotheek om mijn kennis bij te spijkeren en toen probeerde ik het gewoon een keer.' Hij schepte de rest van de zoetzure perziken op zijn bord en keek de tafel rond of er nog iets over was wat hij kon opmaken.

'Gewoon geprobeerd?' vroeg Lainey vol ongeloof. 'Ongelooflijk, ik heb gehoord dat mensen naar school gaan om dat te leren!'

'Zijn moeder was een Zook,' zei Bertha, alsof dat alles verklaarde.

Billy keek verlegen maar aangenaam verrast. 'Rozen enten is niet zo moeilijk, want je kunt ze op bijna elke andere roos planten.'

Toen Bertha de kruisbessentaart serveerde, werd het stil aan tafel. Lainey maakte zich zorgen dat er iets niet in orde was, totdat Billy ineens opkeek en zei: 'Dit is de lekkerste taart die ik ooit heb gegeten. Beter dan die van u, mevrouw Riehl, neemt u me niet kwalijk dat ik het zeg.'

'Excuses aanvaard,' zei Bertha, terwijl ze een tweede stuk voor zichzelf op haar bord legde. 'Je hebt gelijk. Deze taart is onovertreffelijk.'

Bess' lepel bleef halverwege haar mond steken. Ze keek verward naar haar oma. Lainey hield een glimlach tegen. Alleen Billy reageerde niet, hij leek eraan gewend dat oma nog wel eens *Englische* woorden verhaspelde.

'Ik heb Lainey geleerd hoe ze vlokkig deeg moest maken toen ze nog maar nauwelijks boven het aanrecht uit kwam,' zei Bertha.

Nu was het Billy's beurt om verbaasd te zijn. Hij keek Lainey nieuwsgierig aan.

'Dat klopt,' zei Lainey. 'Ik heb hier vlakbij gewoond. Dan mocht ik bij mevrouw Riehl langskomen en haar helpen in de keuken. Ze leerde me bakken. Als ze dat zwarte ijzeren fornuis aan de praat kreeg, kon ze ook heel goed koken.'

'Dat kan ik nog steeds,' zei Bertha tussen twee happen door.

De taart ging er zo snel doorheen, dat Lainey wist dat hij goed was. Net toen Billy nog een stuk wilde pakken, hinnikte het paard in de schuur. Lainey keek door het raam naar buiten. Een paard met rijtuigje was de oprijlaan opgedraaid en het paard van mevrouw Riehl wist dat het gezelschap kreeg. Lainey was vergeten dat paarden altijd dingen leken te weten die de mens niet wist.

Billy sprong op van de tafel. 'Dat zal mijn nichtje Maggie zijn. Ze zou langskomen om me op te halen voor de jeugdbijeenkomst vanmiddag, bij de familie Schmucker.'

'Mooi,' zei Bertha. 'Dat geeft Bess de mogelijkheid ander jong volk te ontmoeten.'

Billy verstarde. Een lichte paniek sprak uit zijn ogen. Aarzelend zei hij: 'Ze lijkt me nog veel te jong voor deze bijeen-komst…'

'Ik ben bijna zestien!' zei Bess verontwaardigd.

Billy leek niet overtuigd.

Bertha wuifde zijn bezwaar weg. *'Die Yunge kenne aa alt waerre.'* Kleine meisjes worden ook groot.

Die opmerking bracht Billy alleen maar in verwarring.

'Bovendien is die Maggie Zook van jou ook nog maar twaalf of dertien en zij mag wel komen,' zei Bertha.

'Maar… het is Maggie! U kent Maggie. Ze is dertien maar ze lijkt wel dertig. Bovendien is ze de dochter van de bis-schop. Wie zegt er tegen haar dat ze niet mag komen?'

Toen Bess zag dat Billy aarzelde, betrok haar gezicht. Moedig hief ze haar hoofd omhoog. 'Eigenlijk had ik zelf plannen voor vanmiddag.'

'Zoals?' vroeg Bertha.

Bess keek om zich heen in de keuken, tot haar oog viel op een pot eigengemaakte jam. 'U zou me laten zien hoe ik rozenblaadjesjam moet maken.'

'Dat kan niet,' zei Bertha. 'Het is zondag.'

Billy keek nog steeds ongemakkelijk. Hij krabde zich op zijn hoofd. 'Ze kan echt beter niet…'

'Natuurlijk wel,' zei Bertha, waarna ze haar kaken op el-kaar klemde. 'Bovendien, Lainey en ik moeten ook ergens op bezoek.' Ze wierp hem een dreigende blik toe.

Billy gaf zich gewonnen en liet zich tegen de muur zak-ken. Hij plukte zijn hoed van de haak en hield de deur open voor Bess. Die griste haar bonnet mee en rende langs hem heen, met haar hoofd fier in de lucht.

Lainey liep naar het raam om hen na te kijken terwijl ze wegreden in Maggies rijtuigje. Toen ze uit het zicht waren, draaide ze zich om naar Bertha, die nog steeds aan tafel zat en bezig was aan haar derde stuk taart.

Lainey ging weer aan tafel zitten. 'Ik wil graag iets tegen u zeggen.'

Bertha pakte de blauwgespikkelde aardewerken kan en vulde hun glazen nog een keer. Vervolgens deed ze drie scheppen suiker in haar glas en roerde met haar lepel. 'Vertel het maar.'

'Ik heb u nooit bedankt voor het feit dat u me jaren geleden hebt geholpen. U gaf me altijd het gevoel dat ik welkom was, u toonde belangstelling voor mij en hielp mij en mijn moeder uit de brand. Dankzij u ben ik nu een christen.'

Bertha trok een losse draad van de voorkant van haar schort.

Lainey had net zo goed een praatje kunnen houden over het weer. Ze probeerde het nog eens. 'Bess is geweldig gezelschap voor u.'

'Ze is een dartel ding. Springt rond als een hond met vlooien. Maar dat gaat wel over als ze ouder wordt.'

Opnieuw viel er een stilte. Hoe kon Lainey deze discussie in de goede richting sturen, zonder dat mevrouw Riehl achterdochtig werd? Even schoot er een verdwaalde gedachte door haar hoofd, iets waar ze niet eerder aan had gedacht. Ze rechtte haar hoofd. 'Toen Bess net wegging, noemde ze u *Mammi*.'

'Dat klopt.' Bertha nam een slok uit haar glas.

'Is dat niet het *Deitsche* woord voor oma? Ik… dacht dat zij het meisje was dat u had ingehuurd.'

Bertha snoof verontwaardigd. 'Niet ingehuurd. Ik denk niet dat ik dat zou doen… als iets gedaan moet worden, gaat ze er als een speer vandoor.' Ze keek Lainey recht in de ogen. 'Bess is mijn meisje. Mijn enige kleinkind.'

Lainey was verbijsterd. 'Ik dacht dat Jonah en Rebecca met hun dochter in Ohio woonden.'

Bertha streek haar schort glad en zoog haar lippen naar

binnen. 'Rebecca stierf tijdens dat ongeluk met dat rijtuigje, jaren geleden.'

'O, nee,' zei Lainey. Dat nieuws was een schok voor haar. 'Wat vreselijk. Ik had niet… ik dacht dat ze het had overleefd.' Ze stond op en liep naar het raam, waar ze zich verward omdraaide naar Bertha. 'Jonah is dus hertrouwd?'

Bertha schudde haar hoofd. 'Nog niet. Voor zover ik weet.'

'Bent u…?' Laineys stem brak en ze probeerde het opnieuw. 'U wilt toch niet beweren dat Bess uw kleindochter is? Dat meisje met dat blonde haar?'

Bertha knikte. 'Zo kaal als een biljartbal, tot ze twee was.'

Ineens leek het kwartje bij Lainey te vallen, haar gezicht werd warm want het bloed schoot naar haar wangen. Ze ging op een stoel zitten om niet om te vallen. 'Ik wist niet hoe ze heette,' zei ze afwezig. 'Ik wist dat uw schoondochter een kindje had gekregen, maar niet hoe het heette. Het was in dezelfde week dat mijn moeder stierf…' De woorden stokten in haar keel, ze kon niet verder praten.

Bertha leunde achterover in haar stoel en vouwde haar handen over elkaar voor haar borst. 'Het kindje van Jonah en Rebecca kreeg de naam Bess, daarom noemde hij dit kleine meisje zo.' Ze haalde diep adem. 'Daarom noemde hij het meisje zo dat jij ons gaf, Lainey. Vijftien jaar geleden.'

Lainey voelde haar hart zo luid bonken, dat ze het idee had dat Bertha het wel moest horen. Ze keek naar haar schoot en zag haar handen trillen. Het was een heel hete dag, maar ineens had ze het koud. Heel even maar leek de kamer te draaien en had ze het gevoel dat ze flauw ging vallen. 'Hoelang….?' Haar stem stierf weg.

'Hoelang ik het al weet?' Bertha leunde emotieloos voorover en nam een slok van haar ijsthee. 'Vanaf het moment dat ik in het ziekenhuis kwam, na het ongeluk.' Ze streek het tafelzeil glad. 'Denk je dat ik mijn eigen kleinkind niet herken? Mevrouw Hertz vertelde me – vertelde tegen iedereen in de stad die het maar wilde horen – dat jouw zusje dood was en dat jij naar een tehuis zou worden gestuurd. Zo dom was ik nou ook weer niet, voor mij was een en een twee.'

Lainey waagde het erop en keek Bertha aan. 'Wist uw man Samuel het ook?'

Voor het eerst leek mevrouw Riehl enigszins van streek. Ze nam de bril van haar neus en poetste de glazen. Vervolgens snoot ze luid haar neus. 'Die regen van afgelopen nacht had mij flink te pakken.'

Lainey fronste haar wenkbrauwen. 'Wat bedoelt u?'

'Hij had mij flink te pakken.' Ze snoot nog een keer luid toeterend haar neus.

'Ik denk dat u bedoelt dat u het door die regen flink te pakken heeft.'

Bertha snoof beledigd en lachte flauwtjes. 'Dat zei ik toch.' Ze propte haar zakdoek terug in de zak van haar schort.

Lainey probeerde het nog eens. 'Wist uw man het ook?'

Bertha dacht even na eer ze antwoord gaf. 'Nee. Dezelfde week dat Rebecca haar kindje kreeg, belandde de broer van mijn man in Somerset met een bloedende maagzweer in het ziekenhuis. Mijn man ging ernaartoe om zijn broer te helpen al het lentezaaigoed in de grond te krijgen. Hij had zijn kleindochter nog niet gezien. Maar toen ik hem berichtte over het ongeluk, kwam hij meteen terug naar huis.'

De woorden stokten in Laineys keel. 'Waarom... waarom hebt u het nooit verteld?'

'Toen Jonah wist dat Rebecca dood was, was het net of het vuur uit hem verdwenen was. Zijn rug lag in gruzelementen.'

Laineys ogen werden groot als schoteltjes. 'Was hij verlamd?'

'Nee. Zijn ruggenmerg was niet kapot, maar zijn onderrug was gebroken. Hij moest helemaal opnieuw leren lopen. De wetenschap dat Bess hem nodig had, was het enige wat hem op de been hield.'

Lainey staarde Bertha een hele poos aan. Ze wreef met haar hand langs haar voorhoofd. 'Wilt u daarmee zeggen dat Jonah het niet weet?'

Bertha schudde haar hoofd en keek weg. 'Je weet hoe snel baby's groeien en veranderen. Tegen de tijd dat Jonah haar kon zien en vasthouden, hield ze haar hoofd al omhoog en rolde ze van haar rug op haar buik en weer terug.' Ze zuchtte. 'Maar Jonah wist het niet. Ik was van plan het hem te vertellen. Ik wilde het echt. Maar het leek gewoon nooit het juiste moment. Daarna werden weken en maanden jaren.'

Lainey sloot haar ogen en kneep haar vuisten stevig in elkaar. Ze had het moeten zien! Ze had het moeten weten! De kleur van Bess' haar – helblond – en die saffierblauwe ogen. Simons haarkleur. Simons ogen. Ze keek Bertha aan. 'Bess… is dus… mijn halfzusje?'

Toen Bertha knikte, viel er een enkele traan op Laineys wang, gevolgd door een andere en nog een, tot het haar niet meer lukte ze terug te dringen. Ze sloeg haar handen voor haar gezicht en huilde.

Toen Bertha Riehl Billy vroeg of hij die zondag 's middags bij hen wilde komen eten, voelde hij zich een moment heel ongemakkelijk. Hij had moeten weten dat ze iets van plan was. Ze stond erom bekend dat ze ineens heel onverwacht uit de hoek kon komen. Hij werkte nu meer dan twee jaar bij haar, maar ze had hem nog nooit uitgenodigd 's zondags te komen eten… tot vandaag. Normaal gesproken kreeg hij een kick van de onvoorspelbare manier waarop ze haar zin probeerde te krijgen. Maar hij was nog nooit het slachtoffer van haar trucjes geweest. Hij vond het fijn om voor haar te werken. Ze betaalde hem goed en hij wist dat zijn hulp nodig was op Rose Hill Farm. Maar nu moest hij de rest van de middag op haar kleindochter passen, een meisje dat niet alleen bloednerveus was maar ook nog eens nauwelijks een zinnig woord uit haar mond kreeg. Hij vond jongere meisjes vermoeiend: ze giechelden alleen maar en weigerden ook maar iets serieus te nemen.

Een vreselijke gedachte schoot door zijn hoofd. Hij hoopte dat mevrouw Riehl niet probeerde hem aan haar te koppelen. Hij was erg gesteld op haar, al was ze geraffineerd, en wilde zijn baan niet kwijt. Het was niet zomaar een baantje voor hem. Het was zijn toekomst. Dit was wat hij wilde doen met zijn leven. Billy was nooit erg enthousiast als hij met een ploeg achter een stel muilezels aan moest, maar dit – een beetje experimenteren om een betere plant te krijgen – dit voelde alsof hij ervoor geschapen was. Hij bestudeerde boeken over rozen, schreef brieven aan experts en vroeg wat ze van iets vonden, en hij hield de gegevens precies bij… iets waar mevrouw Riehl niet geïnteresseerd in was. Het was zondig om trots te zijn op jezelf en hij probeerde er niet in te zwelgen, maar hij vond het fijn als mensen tegen hem zeiden dat ze een heel eind hadden gereden om rozenstruiken bij Rose Hill Farm te halen. Vorige week was een *Englische* dame helemaal uit Pittsburgh langsgekomen omdat iemand op de universiteit van Penn State tegen haar had gezegd dat dit de enige plek was waar je rozen kon kopen die net zo roken als die van honderd jaar geleden. 'Hybriden mogen een rage zijn,' had de dame gezegd, 'maar die ruiken nergens naar. Maar van deze rozen' – ze tuurde over de velden – 'kun je zeggen dat ze met passie worden gekweekt.'

Zijn vader en oudere broers lachten altijd om dat soort

opmerkingen. Zij vonden zijn ideeën maar nonsens, dus was hij gestopt met experimenteren en hij had geen boeken over horticultuur meer van de bibliotheek mee naar huis genomen. Maar zijn moeder begreep hem wel. Zij en mevrouw Riehl waren goede vriendinnen en buren. Zijn moeder had haar waarschijnlijk verteld wat hij leuk vond om te leren, want toen ze begraven werd, vroeg mevrouw Riehl of hij op Rose Hill Farm wilde komen werken.

Maar hoe graag hij mevrouw Riehl ook mocht en bewonderde, hoeveel passie hij ook had voor de rozen, hij wist dat hij nooit enige passie zou voelen voor het stakerige meisje dat naast zijn nichtje Maggie op het bankje in het rijtuigje zat. Hij schatte dat Bess zelfs kletsnat nauwelijks 45 kilo woog. Ze zag er onnatuurlijk schoon geschrobd uit, alsof ze in een fles met bleekwater was gevallen en er met ultrablond haar en witte oogharen weer uit was gekomen. En van die wat-kan-ik-voor-u-doen-glimlach van haar kreeg hij de zenuwen.

Hij was blij dat zijn nichtje met hen meeging. Maggie kon tegen een muur kletsen en had dan nog niet in de gaten dat hij niets terugzei. In elk geval hoefde hij geen pijnlijke pogingen te wagen – slechts uit beleefdheid – de conversatie op gang te houden, zoals toen Bess hem hielp met rozen plukken.

Toch was het minste wat hij kon doen, al was het maar voor mevrouw Riehl, aardig zijn, dus hij nam een omweg naar de boerderij van de familie Smucker om Bess zijn favoriete plek te laten zien: Blue Lake Pond. Een prachtig meer met dennen langs de oevers. Er was niemand, zoals hij al had verwacht. Dat was nog iets wat hij zo fijn vond aan dit meer. Hij liet het paard halt houden, sprong uit het rijtuigje en bond de teugels vast aan een boomtak. Hij liep een paar passen, bleef toen staan en zwaaide naar de meisjes. 'Nou, kom dan.'

'Ik niet. Ik blijf hier,' zei Maggie, terwijl ze haar bril omhoog duwde op haar neus. 'Ik wil niet dat mijn schoenen vies worden.'

'Wat je wilt,' zei Billy. 'Wat denk jij, Bess? Iedere bezoeker van Stoney Ridge moet een kijkje nemen bij Blue Lake Pond.'

Deze kleine aanmoediging was genoeg voor Bess om van het rijtuigje te springen, waarna ze achter Billy aan liep naar het meer.

Bij de oever aangekomen zette hij zijn handen in zijn zij en haalde diep adem. 'Dit is het mooiste meer van de county. Van heel Pennsylvania. Elk vrij uurtje ga ik hiernaartoe: zwemmen in de zomer, schaatsen in de winter. Tussendoor vissen.' Billy raapte een steen op en scheerde hem over het water. Hij wierp een zijdelingse blik op Bess. 'Mijn vriend Andy en ik zwemmen hier elke zomer in ons blootje.' Kijken wat haar reactie was.

Bess' ogen werden groot van verbazing en het rood schoot over haar wangen.

Billy grinnikte.

Duidelijk beschaamd draaide Bess zich om en liep langs de oever. Billy scheerde nog een paar keer een steen over het water. Na een poosje stopte hij ermee en keek omhoog naar de boomtoppen. 'Zo stil als hier, is het nergens,' zei Bess.

'Zeker. Stil en vredig.'

'Zo bedoelde ik het niet. Ik bedoelde dat het op een vreemde manier stil is.'

Hij rechtte zijn hoofd. 'Wat is er dan zo vreemd aan dit stille meer?'

'Dat er geen vogels zingen.'

Billy zocht met zijn ogen de lucht af en de bomen. 'Huh. Je hebt gelijk.' Hij haalde zijn schouders op. 'Misschien komt het door het tijdstip van de dag.'

Bess liep verder langs de oever. 'Je zou denken dat er wel

een teken van dierenleven zou zijn. Een fuut, een eend of een gans. Misschien zelfs een kraai of zo'n dikke, vette Vlaamse gaai.' Ze keek om zich heen. 'Niets van dat al.'

Maggie riep naar hen dat ze naar de Smuckers wilde – voordat de bijeenkomst voorbij was, als ze dat niet erg vonden – dus ze draaiden zich om en wilden naar het rijtuigje lopen. Maar voordat Billy wegliep van de oever, legde hij zijn handen boven zijn ogen om ze te beschermen tegen de zon en hij tuurde het meer af. Er dansten allemaal waterjuffers boven het water, maar hij keek of hij iets zag of hoorde dat leek op een vogel in de bomen of de lucht. Niet één.

Zodra ze bij de Smuckers waren en het paard hadden vastgebonden, verdween Billy naar zijn vrienden. Helaas bleef Maggie aan Bess klitten. Ze deed Bess denken aan een klein kaboutertje, met ogen die continu alle kanten uit keken en alles goed in de gaten hielden. Bovendien kletste ze haar de oren van het hoofd. Bess vond dat helemaal niet erg; ze was eraan gewend geraakt met een half oor te luisteren, ze moest per slot van rekening zo vaak het geklets van Sallie Stutzman aanhoren. Terwijl ze door de tuin liepen en naar een stel jongens keken die hoefijzers wierpen, vertelde Maggie wie het waren en gaf ze Bess een gedetailleerd verslag van ieder afzonderlijk. Bess knikte, vaag geïnteresseerd, maar liet intussen haar oog niet af van Billy.

Iemand klopte haar op haar schouder. 'Naar *wie* sta je te staren?'

Bess draaide zich vlug om en keek in het gezicht van een lang, knap meisje met zandblond haar en donkerbruine ogen. Als ze Bess niet zo nors had aangekeken, zou je haar zelfs aantrekkelijk kunnen noemen.

Maggie kwam tussenbeiden. Ze stak haar arm door die van Bess en trok haar mee. 'Ik had je voor Esther Schwartzentruber moeten waarschuwen. Ze heeft een tijdje geleden haar oog op Billy laten vallen en dat doet ze nog steeds. Nou ja, bijna elk meisje hier heeft een oogje op Billy, maar Esther is de enige die brutaal genoeg is om het ook nog aan iedereen te laten weten. Ze houdt hem constant in de gaten.' Ze keek achterom naar Esther, die hen boos nakeek. 'Nu jij er bent, Bess, denk ik dat het een heel leuke zomer wordt. Esther denkt dat al die jongens naar haar smachten, maar zie eens hoe ze naar jou kijken, alsof ze op de varkensmarkt zijn.'

Bess was er absoluut van overtuigd dat geen van de jongens belangstelling voor haar had, maar omdat ze zo loyaal was, verdiende Maggie een plekje in haar hart.

Precies op dat moment kwam er een rijtuigje de oprijlaan op rijden en het werd tot stilstand gebracht. Er kwamen vier meisjes uit. Het laatste meisje trok Bess' aandacht. Eigenlijk was het Billy's reactie op meisje nummer vier die haar opviel. Hij stopte met hoefijzer werpen, liep naar het meisje toe en bleef aarzelend bij haar staan. Maar wie zou dat niet doen? Ze was *zo* knap.

Maggie boog zich voorover en fluisterde: 'Dat is Betsy Mast. Alle jongens van Lancaster County zijn gek op haar.'

Bess voelde een golf van jaloezie in zich opwellen en schaamde zich daarvoor. Ze zei niets. Ze was bang dat haar stem haar zou verraden.

'Hoe kan het ook anders?' vervolgde Maggie haar verhaal. 'Kijk eens wat een prachtige grote kijkers ze heeft en wat een mooie volle lippen. En kijk eens naar die voorgevel! Ik noem haar altijd Rondborstige Betsy. Heb je ooit zulke enorme…' Ineens sloeg ze haar hand voor haar mond. 'O, dat had ik *niet* moeten zeggen! Jorie – mijn stiefmoeder –

zegt altijd tegen me dat ik eerst moet nadenken voordat ik iets zeg. Maar het is er altijd uit voordat ik er erg in heb.'

Bess keek naar haar eigen platte boezem en toen naar die van Betsy Mast. Ze zuchtte eens diep.

'Kerels schijnen dol te zijn op rondborstige dames. Ze hebben het er altijd over.' Maggie sprak op een toon alsof ze precies wist waar ze het over had en gaf Bess een klopje op haar schouder. 'Ik weet er alles van.' Ze grinnikte verlegen. 'Ik ben heel goed in luistervinkje spelen.'

De rest van de middag draaide Billy om Betsy heen als een bij die rond een bloem danste.

Lainey lag al uren in bed naar het plafond te staren terwijl de krekels in de warme, zware stilte hun lied tjirpten. Bess was haar zusje. *Bess was haar zusje!* Ze kon het nog steeds niet geloven. Ze had nooit gedacht haar nog eens terug te zien. Haar gedachten schoten terug naar die vreselijke avond toen ze impulsief een beslissing nam die het leven van een aantal mensen ingrijpend veranderde. Ze was nog maar tien en had twee weken eerder haar moeder op haar sterfbed plechtig beloofd voor haar kleine zusje Colleen te zullen zorgen. Maar al binnen een paar dagen was het Lainey allemaal te veel, ze kon niet meer. Bovendien was ze verdrietig. Zo vreselijk verdrietig. Ze miste haar moeder. Ze had achter in haar moeders dressoir wat contant geld gevonden en er twee weken lang flesvoeding van kunnen kopen, toen was het op. Lainey had erop gerekend dat Simon nu zo ongeveer wel terug zou zijn. Ze wist zo langzamerhand niet meer hoe het verder moest.

Toen ze een auto met piepende banden hoorde remmen, een paard luid hinniken en vervolgens het vreselijke geluid van een botsing, griste ze haar kleine zusje uit het wiegje en rende naar buiten om te kijken wat er was gebeurd. Het rijtuigje lag op zijn zij. Ze haastte zich ernaartoe. Haar hart sloeg over toen ze zag wie erin zaten: Rebecca en Jonah Riehl. Lainey riep hun namen, maar ze reageerden niet. De twee zagen lijkbleek en verroerden zich niet.

De vrachtwagenchauffeur die het rijtuigje had geraakt, klom uit zijn cabine. In shock liep hij naar Lainey toe. 'Ik heb ze niet gezien! Het was zo donker en ik probeerde hen in te halen…' Hij keek alsof hij verwachtte dat zij hem zou vertellen wat hij nu moest doen.

Lainey haalde diep adem. 'Loop de straat af tot aan het kruispunt. Ga naar het benzinestation en bel een ambulance.'

De man stond daar maar te kijken hoe het paard wanhopig briesend overeind probeerde te komen. Het been van het paard lag in een rare kronkel. Vervolgens keek hij naar het rijtuigje en de lichamen die erin lagen, alsof hij zijn ogen niet kon geloven.

'Schiet op!' schreeuwde Lainey en ze wees met haar vinger naar de weg.

De man deinsde achteruit, wankelde en rende toen de weg af.

Lainey hoorde een geluid en draaide zich om naar Rebecca, die haar ogen half opende. '*Mein Boppli*,' fluisterde Rebecca. '*Meine Dochder.*'

Lainey keek om zich heen en vond een klein bundeltje dat uit het rijtuigje was geslingerd. Ze haastte zich erheen en haar maag draaide om. Het baby'tje zag er haast net zo uit als haar eigen kleine zusje: even groot, net zo'n kaal hoofdje als Colleen, dezelfde grote blauwe ogen. Aan haar gezichtje was niets te zien, maar haar borstkas leek ingedeukt. Haar oogjes stonden wijd open, er was geen teken van leven. Het kindje ademde niet meer. Het knipperde niet met de ogen, zelfs niet als Lainey haar wangetje aanraakte. Lainey legde haar hand op het borstje van de baby maar voelde geen hartslag. Ze wist genoeg van het leven op de boerderij om te weten dat dit kindje dood was. Het paard kermde van pijn en schrik – ze zou dat erbarmelijke geluid haar leven lang niet vergeten – en Lainey keek achterom naar het rijtuigje, naar Jonah en Rebecca, toen naar het dode kindje. Lainey voelde zich misselijk worden en kokhalsde. Het gebeurde niet vaak dat ze wenste dat Simon thuis was, maar nu wilde ze dat hij er was, dat hij haar hielp. Ze was bang, zo bang, en wist niet wat ze nu moest doen.

Lainey hoorde Rebecca roepen. Hoe moest ze Rebecca vertellen dat haar kindje dood was? Ze liep langzaam terug naar het rijtuigje en zag dat Rebecca's ogen trilden. In een opwelling legde ze Colleen in haar armen, hopend dat het Rebecca troost zou bieden. 'Hier is ze, Rebecca,' loog Lainey. 'Alles is goed met haar.'

Rebecca probeerde haar ogen open te doen, maar Lainey zag dat ze wegzakte. '*Denki*,' mompelde ze.

Lainey hoopte dat de vrachtwagenchauffeur het benzinestation kon vinden. Ze bleef bij het rijtuigje en zei tegen Rebecca en Jonah dat ze moesten volhouden, dat er hulp onderweg was. In de verte klonk de sirene van een ambulance, Lainey haalde opgelucht adem. Toen ze zich voorover boog om Colleen op te pakken, sloeg haar hart over. Haar zusje keek haar met haar grote blauwe ogen aan, vreemd helder en vredig, ondanks dit vreselijke tafereel.

In haar hoofd rijpte een plan.

Ze zag het rode zwaailicht van de ambulance die de straat in reed. Vervolgens kuste ze haar zusje vaarwel, nam het kindje van Rebecca op en rende naar binnen.

Het daaropvolgende uur zat ze bij het raam, trillend als een espenblad, en keek wat de ambulancebroeders en de politie allemaal deden. Ze stopte het kindje van Rebecca onder de dekentjes in het wiegje van haar zusje en kroop in de hoek van de oude bruine bank die naar schimmel rook. Toen ze een geweerschot hoorde – waaruit ze concludeerde dat het paard moest worden afgemaakt – moest ze opnieuw overgeven.

Die nacht kon Lainey niet slapen. Zodra het ochtend werd, liep ze naar haar dichtstbijzijnde buurvrouw, mevrouw Hertz, om haar te vertellen dat haar kleine zusje die nacht vredig in haar slaap was gestorven. Natuurlijk zou God haar straffen voor al deze leugens. En natuurlijk zou iemand er achter komen wat ze had gedaan. Maar het enige wat mevrouw Hertz zei, was: 'God is haar genadig geweest, Lainey. Hij weet dat geen enkel kind een vader als Simon Troyer zou moeten hebben.' Ze drukte Lainey tegen haar stevige boezem en knuffelde haar. 'Ik heb nooit begrepen waarom jouw lieve moeder überhaupt met die armzalige vent is getrouwd.'

Maar ze wisten allebei wel waarom. In 1957 had een alleenstaande moeder, arm als een kerkrat, niet zo heel erg veel keuze.

Mevrouw Hertz belde eerst de lijkschouwer en daarna het maatschappelijk werk. Toen de lijkschouwer arriveerde, liep er een druppel angstzweet langs Laineys nek naar beneden. Ze was doodsbang dat hij vragen zou stellen over de dood van de baby, maar hij kwam het kindje alleen maar ophalen, zoals hij twee weken geleden ook met haar moeder had gedaan toen die gestorven was. Ze bedacht dat de lijkschouwer wel iets beters te doen had dan zich druk te maken over arme mensen zoals zij. Eigenlijk interesseerde het hem net zo weinig als Simon toen haar moeder stierf. De dag na haar begrafenis had haar stiefvader tegen Lainey gezegd dat ze

voor de baby moest zorgen, dat hij ging jagen. Volgens haar
kon dat niet, want het was nog geen jachtseizoen. Maar misschien was hij *wel* gaan jagen. Simon hield zich alleen aan de
regels als het hem uitkwam.

Toen de lijkschouwer vertrok, arriveerde de maatschappelijk werkster. Ze keek even snel naar Laineys levensom-
standigheden, naar het feit dat er geen volwassene in huis
was en bracht haar toen snel onder in een pleeggezin. Toen
Simon vervolgens niet op de zitting verscheen om de voog-
dij over Lainey op te eisen, werd ze onder toezicht van de
staat Pennsylvania geplaatst. Tot haar achttiende woonde ze
in drie pleeggezinnen. Na haar eindexamen ging ze op zichzelf wonen. Ze werkte in een warenhuis in Harrisburg en
gaf geen penny uit. Ze had namelijk een plan. Haar twee
vriendinnen Robin en Ally bleven maar zeuren dat ze zo serieus was en boven op haar geld zat, maar Lainey wist wat er
gebeurde met meisjes die geen doel hadden en geen dromen.
Daarvoor hoefde ze alleen maar naar haar moeder te kijken.
Zij wilde een ander leven.

Lainey was haar kleine zusje nooit vergeten. Colleen weg-
geven was het moeilijkste maar ook het beste wat Lainey
ooit had gedaan. Er ging geen dag voorbij of ze vroeg zich
van alles af over haar zusje – hoe zag ze eruit? was ze gelukkig? – maar ze had geen schuldgevoel of het wel goed
was wat ze had gedaan. In haar ogen was er voor een kind
geen beter leven dan op te groeien bij de Amish. En nu was
God haar genadig en gaf Hij haar de mogelijkheid met eigen
ogen te zien dat haar zusje de jeugd had gehad die ze voor
haar had gewenst: gelukkig en liefdevol.

Lainey gaf de hoop op dat ze snel in slaap zou vallen, liep
naar het raam en zette het nog een eindje verder open. De
kamer die ze bij de zus van mevrouw Stroot huurde, lag op
het westen en was 's avonds heel warm en stoffig. Ze ging

een poosje op de vensterbank zitten kijken naar het eerste streepje van de nieuwe maan; ze was verward. Lainey was naar Stoney Ridge gekomen om van mevrouw Riehl te horen hoe het ging met haar zus, maar ze was nooit van plan geweest haar geheim te onthullen. Ze wilde het leven van haar zus niet in de war schoppen.

Vandaag bleef er van die nobele gedachte echter niet veel over.

Mevrouw Riehl had gezegd dat ze Jonah en Bess deze zomer de waarheid wilde vertellen. Dat werd hoog tijd. Ze had ook gezegd dat toen ze Lainey een paar weken geleden in de stad zag, ze besloot er alles aan te doen om ervoor te zorgen dat Bess zo snel mogelijk hiernaartoe kwam. Dit was het juiste moment, had ze gezegd. Misschien vandaag nog niet, maar dan in elk geval binnenkort.

Bess zou in elk geval de hele zomer hier zijn. Lainey ook.

Laineys gedachten schoten terug naar Jonah. Mevrouw Riehl had niet veel over hem verteld – echt iets voor haar – maar wel gezegd dat Bess de enige was die hij had. Het deed Lainey verdriet dat Rebecca het ongeluk niet had overleefd. Rebecca was altijd heel aardig tegen haar geweest. Het voelde goed dat ze haar die laatste ogenblikken misschien rust had gegeven door Colleen in haar armen te leggen. Lainey kon zich herinneren dat Rebecca een prachtige vrouw was, klein en tenger gebouwd. Het was duidelijk dat zij en Jonah heel veel van elkaar hielden. Ze had gedacht dat zij de twee gelukkigste mensen op aarde waren… tot dat ongeluk.

Als ze nadacht over alles wat mevrouw Riehl haar die dag had verteld, vond ze het moeilijk te geloven. Maar zo ging het soms nu eenmaal, had ze geleerd. Eén enkele beslissing, één enkel ogenblik, en dan zakte de grond onder je voeten weg.

4

Toen Bess de volgende ochtend in de keuken kwam, goot *Mammi* net beslag in het wafelijzer en stond de koffie te pruttelen. *Mammi* had eindelijk toegegeven aan Bess' aanhoudende smeekbedes of ze ook koffie mocht, maar dan wel koffie verkeerd. Bess gluurde door het raam naar buiten en zag dat Billy al in het veld tussen de rozen stond. Anders dan anders had ze geen enkele haast naar hem toe te gaan. Ze pakte haar vork toen *Mammi* haar een wafel bracht, maar legde hem weer neer toen ze naast haar kwam zitten en haar hoofd boog. Als *Mammi* bad, duurde dat altijd heel lang.

Toen *Mammi* klaar was, tilde ze haar hoofd op en zei terloops: 'Je was heel laat thuis.'

Bess schonk stroop over haar wafel. 'Om negen uur. U lag in de schommelstoel te slapen. Ik wist niet of ik u wakker moest maken om de lampen uit te doen.' Ze had besloten het toch maar niet te doen toen ze zag dat haar oma haar kunstgebit uit had gedaan. De aanblik alleen al deed Bess rillen. *Mammi's* mond had eruitgezien als een gerimpelde appel.

'Ik val nooit in slaap.'

Bess rolde met haar ogen.

'Was het leuk?'

Bess knikte afwezig en kauwde langzaam op haar wafel.

'Waarom zit je hier dan met een gezicht als een oorwurm aan tafel?'

Bess legde haar kin op haar hand en leunde met haar elleboog op tafel. 'Ik weet het even niet meer.'

'Wat weet je niet meer?'

'Kent u dat meisje dat Betsy Mast heet?'

Mammi trok een wenkbrauw op, waarna haar blik door het raam naar Billy gleed, die in het veld over een bloeiende roos gebogen stond. '*Es schlackt net allemol ei as es dunnert.*' Het is niet altijd raak.

'Ik weet het nog niet zo zeker, *Mammi*. U weet hoe jongens zijn.' Bess slaakte een theatrale zucht en nam een slok van haar koffie verkeerd.

Mammi knikte. 'Jongens geven niets dan problemen. Maar meisjes zijn nog erger.' Ze vulde de gootsteen met water en zeep.

Ondanks haar slechte humeur glimlachte Bess.

Een heel goede manier om hartzeer te verdrijven was zorgen dat je iets te doen had, zei *Mammi* tegen haar en ze werkte haar naar buiten om Billy te helpen met de rozen. Bess pakte een mand van de veranda en liep langzaam naar het veld.

Gisteravond, toen ze met haar kin op de vensterbank uit het raam naar de opkomende maan had zitten kijken, had ze eens goed nagedacht over de vraag waarom haar gevoelens steeds met haar op de loop gingen als het over Billy ging. Ze kende hem nauwelijks een week. Ze moest haar hart weer onder controle zien te krijgen, voordat ze op een punt belandde waarop er geen weg terug meer was... zoals hoe Billy keek als hij Betsy Mast in het vizier kreeg.

Zo was het dus. Bess dacht dat ze de man van haar dromen had gevonden... maar het was slechts een illusie. Een tragische illusie. Ze had in het maanlicht een paar tranen weggepinkt. Nu ze vijftien was, was er niet veel voor nodig om haar hart te doen ontvlammen. Haar gevoelens waren even kwetsbaar als een rijpe perzik in de zomer. Zelfs Blackie, haar kat, had haar niet meer nodig en had haar intrek genomen in de schuur. Ook om Blackie had ze een paar tranen weg-gepinkt. Bess miste haar vader, haar thuis en haar eigen bed. Misschien zelfs een beetje Sallie en haar jongens. *Nee, vergeet het maar.* Maar ze had er spijt van dat ze naar Stoney Ridge was gekomen. Zelfs een zomercursus wiskunde leek aantrek-kelijker dan hier opgesloten te zitten en rozen te staan pluk-ken naast een knappe jongen die haar nauwelijks zag staan.

Bess had een diepverdrietige zucht geslaakt en was weer te-rug in bed gegaan, in de vaste overtuiging dat ze nooit de slaap zou vatten. Ze had zich nog eens omgedraaid... en toen was het ochtend.

Terwijl Bess naar de rozen liep, nam ze zich voor Billy zo veel mogelijk te ontlopen en zo ver mogelijk bij hem van-daan rozen te gaan plukken. Ze boog zich voorover om een bloem te controleren.

'Hé, wat ben je ver weg?' riep Billy naar haar.

Ze schoot overeind.

Hij pakte zijn mand van de grond en kwam in de rij staan waar zij aan het werk was. Haar hart sloeg op hol. 'Je had ge-lijk dat er geen vogels bij het meer zaten. Ik ben gisteren wat later op de avond teruggegaan om te kijken of ik misschien uilen kon horen krassen. Niets gehoord. Wat denk jij?'

Wat Bess ervan dacht? Als ze in zijn donkere ogen keek, had ze geen idee wat ze überhaupt moest vinden, van wat dan ook. Ze had geen idee wat ze moest zeggen... als hij in de buurt was, stond ze met haar mond vol tanden. Billy zag er vandaag heel goed uit, zijn wangen waren roze gekleurd door de zon en hij had de mouwen van zijn hemd opgerold. Zijn haar was verwaaid. Hij zag er zo knap uit dat ze haar hand naar hem wilde uitsteken en zijn wang wilde strelen. Bess had het gevoel dat ze zweefde.

Billy Lapp maakte het haar niet makkelijk om niet meer verliefd op hem te zijn.

Jonah liep naar buiten, naar de werkplaats in zijn schuur, terwijl hij voor de honderdste keer nadacht over de feiten. Hij had de hele nacht liggen woelen en draaien en geprobeerd erachter te komen. Wat was er gisteravond precies gebeurd waardoor Sallie nu dacht dat ze 'een overeenkomst hadden'? Hij had haar en de jongens na de kerk thuis afgezet en ze had hem uitgenodigd te blijven eten. Niets nieuws onder de zon. Hij en Bess waren zo vaak op zondag bij Sallie gaan eten. Hij herinnerde zich, dat hij had gezegd dat het thuis zo vreselijk stil was zonder Bess. Toen hij haar gedag zei, had Sallie tegen hem gezegd dat ze het geweldig vond dat ze 'een overeenkomst hadden'? Hij had geen idee wat ze bedoelde. Wat had hij gezegd?

Het was zo warm die ochtend, dat hij de beide deuren van zijn werkplaats openzette om de lucht te laten circuleren. Terwijl hij de schuurdeur openschoof, schoot er een gedachte door zijn hoofd. Sallie kon altijd… zo goed praten…, dat hij meestal niet echt goed naar haar luisterde. Misschien stelde hij zichzelf de verkeerde vraag. Misschien was het helemaal niet de vraag wat hij had gezegd. Misschien was het veel meer de vraag: welk antwoord had hij gegeven?

De bel in de winkel ging en Lainey keek op. Tot haar verrassing stond Bess daar. Om haar blonde haar zat een hoofddoek vastgebonden in haar nek, net onder haar knotje. Ze droeg een lavendelkleurige jurk onder haar witte schort en had geen schoenen aan.

'Mijn oma moest een paar kersentaartjes hebben en stuurde mij om er een paar te halen,' zei Bess, terwijl ze in de glazen vitrine keek. Teleurgesteld keek ze weer op. 'Ze zijn allemaal op!'

De winkel was leeg en mevrouw Stroot was naar huis gegaan, dus Lainey greep haar kans om Bess te vragen nog even te blijven. 'Ik wilde er net een paar gaan maken. Heb je zin me te helpen?'

Bess keek verrukt. 'O ja! *Mammi* is courgettes aan het wecken en het is zo heet in de keuken dat het behang van de muur valt. Een ding heb ik inmiddels wel geleerd: als ik me niet uit de voeten maak, heeft *Mammi* wel een klusje voor me.' Ze volgde Lainey naar achteren, naar de bakkerij.

Lainey gebaarde naar Bess dat ze haar handen moest wassen; zelf pakte ze de boter, suiker en meel. Haar hart ging tekeer in haar keel en ze probeerde zichzelf te kalmeren. Ze vond het nog steeds een wonder dat haar zusje zo vlak bij haar was.

Mammi stond met haar armen over elkaar gevouwen buiten op de veranda te wachten toen Bess de oprijlaan van Rose Hill Farm op reed. Bess was een beetje nerveus, omdat ze veel langer weg was gebleven dan ze had gezegd.

'Waar ben je geweest?' vroeg *Mammi* toen Bess het rijtuigje naast de schuur tot stilstand bracht.

'Lainey heeft me geleerd hoe ik kersentaartjes moet maken!' Bess gaf *Mammi* een grote roze doos voordat ze uit het rijtuigje stapte; een handige zet, dacht ze. 'Er was niemand in de winkel en ze wilde net nieuwe maken. Dus vroeg ze of ik haar wilde helpen en ik dacht dat u het niet erg zou vinden, gezien het feit dat u ze zo lekker vindt.'

Mammi deed de doos open en bekeek de taartjes. 'Nou ja,

zolang je haar hebt geholpen en iets nuttigs hebt gedaan.' Ze nam een hap van een van de taartjes en deed haar ogen dicht, zo heerlijk waren ze.

'Ik hoefde ze niet eens te betalen van Lainey. Ze zei dat ik ervoor gewerkt had en dat ze hoopte dat ik nog eens langskwam. Ze zei dat de winkel later op de dag meestal leeg was en dat ze mijn hulp wel kon gebruiken.' Bess sprong van het rijtuigje op de grond en maakte de leidsels van het paard los. 'Vindt u het goed als ik af en toe naar Lainey ga om haar te helpen in de bakkerij? Papa zou het vast geweldig vinden als ik eens iets anders bak. Ik heb tegen haar gezegd dat u het niet erg zou vinden. Dat is toch zo, *Mammi*?'

Ze duwde het rijtuigje achter het paard vandaan en zette het rechtop tegen de schuur.

Er kwam geen antwoord, dus Bess waagde het erop en keek om naar haar oma. *Mammi* had nog een kersentaartje in haar mond gepropt en kon daarom niet praten.

Drie uur 's middags was Laineys favoriete moment van de dag. De afgelopen twee weken kwam Bess – ze kon er de klok op gelijkzetten – precies op dat tijdstip de deur binnenlopen voor alweer een lesje bakken. Normaal ging de bakkerij om drie uur dicht, maar toen Bess steeds op dat tijdstip langskwam, vroeg Lainey aan mevrouw Stroot of de winkel niet iets langer open kon blijven. 'Ik ben er toch, dan zet ik alles vast klaar voor de volgende dag,' zei ze tegen mevrouw Stroot, 'en tot nu toe hebben we elke middag een paar extra producten verkocht. Beter vers dan van een dag oud.'

Tegen zo veel logica die ook nog eens extra geld in het laatje bracht, kon mevrouw Stroot niet op, maar ze zei wel dat zij naar huis moest om het eten klaar te maken voor haar man. Lainey beloofde haar dat zij zou afsluiten. Bess reed dus elke middag in haar rijtuigje naar de bakkerij, stalde het paard onder de schaduwrijke boom en ging dan twee uur bakken en praten met Lainey. Meer praten dan bakken, overigens.

O, wat Lainey allemaal niet te weten kwam over Bess! Die vertelde haar over Jonah en dat hij met hun buurvrouw Sallie Stutzman zou gaan trouwen, die een jongenstweeling had die niemand uit elkaar kon houden. En ze vertelde over die jongen op school die wel een beetje erg gek op Bess was. 'Levi Miller is echt een lastpak, Lainey. Zo… kinderachtig,' zei Bess, het klonk zo volwassen. 'Maar wij zijn de enige twee Amish in de negende op onze openbare school, dus hij denkt dat we voorbestemd zijn voor elkaar.' Terwijl ze het zei, trok Bess een vies gezicht.

Er waren ook dingen die Lainey oppikte zonder dat Bess ze haar vertelde. Eerder die week was Bess net koekjesdeeg aan het mixen toen ze ineens verstijfde en met wijd open ogen uit het raam naar buiten staarde. Ze was uiteindelijk wel weer verdergegaan met het deeg, maar ze had iets verdrietigs over zich. Voorzichtig had Lainey zich uitgerekt om te zien wat aan de andere kant van het raam Bess' aandacht had getrokken. Het was die jonge knul die voor oma Riehl werkte, Billy Lapp, hij droeg een paar pakjes voor een zeer aantrekkelijk Amish meisje.

'Je bent zeker zo knap als zij, Bess,' zei Lainey. Dat zei ze niet zomaar. Bess was een prachtige bloem in de knop. Ze zag er ongewoon mooi uit met haar prachtige jukbeenderen en haar roomkleurige perzikhuid. En haar ogen! Die waren heel bijzonder. Als ze een jurk droeg van een speciale kleur blauw, leken haar ogen de kleur te hebben van de wateren rond een tropisch eiland.

'Nee, dat ben ik niet,' zei Bess en het klonk ellendig. 'Het is moeilijk voor een gewone mot als er een prachtige vlinder langs komt vliegen.'

Lainey moest lachen. 'Geef jezelf nog wat tijd. Je bent net vijftien!'

Verdrietig zei Bess: 'Die tijd heb ik niet. De zomer vliegt voorbij.'

Laineys maag kromp ineen. Daar wilde ze niet over nadenken.

Bess keek haar vragend aan. 'Hoe weet je trouwens dat ik vijftien ben?'

Lainey kon haar geen antwoord geven op die vraag.

Er waren nu meer dan twee weken verstreken sinds de 'overeenkomst' met Sallie, zoals Jonah het noemde, was geformaliseerd. Door Sallie. Hij was nog steeds een beetje verbaasd, maar het idee dat hij weer ging trouwen was eigenlijk helemaal niet zo vervelend. Hij ging steeds meer wennen aan het idee en hij begon Sallie eigenlijk ook steeds leuker te vinden. Ze was een vrolijke meid en haar jongens hadden duidelijk een vader nodig. Sallie vond hun capriolen geweldig, maar de meeste mensen maakten zich uit de voeten zodra ze de tweeling in beeld kregen. Onlangs nog hadden ze appels uit Jonahs bomen geplukt en daar langsrijdende auto's mee bekogeld. Mose had hen betrapt en stilletjes mee naar Sallie genomen. Als Jonah hen had betrapt, had hij hun een pak ransel gegeven. Ja, die jongens hadden een vader nodig. En nu hij deze zomer alleen was, kreeg hij een aardig idee hoe zijn toekomst eruit zou zien als Bess volwassen was en de deur uit. Hij moest er niet aan denken.

Lainey was inmiddels meer dan een maand in Stoney Ridge. Bess was deze julimiddag bleek en bezorgd kijkend The Sweet Tooth binnen komen lopen. Ze had haar armen stevig over elkaar geslagen, alsof ze het ondanks de drukkende warmte ijskoud had. Lainey probeerde haar te leren hoe ze een taartdeeg moest rollen, maar ze zag dat Bess zich niet kon concentreren. Bess bleef maar rollen, tot het deeg zo dun was dat ze er bijna doorheen kon kijken.

Lainey rolde het deeg snel weer tot een bal en legde het in de koelkast om af te koelen. 'Je moet taartdeeg niet warm laten worden. Het bakvet moet tussen de lagen deeg zitten als de taart gebakken wordt, niet erdoorheen.'

Bij de gedachte dat ze het deeg ruïneerde, keek Bess alsof ze moest huilen.

'Is er iets, Bess?' Eerst was Lainey er bijna zeker van dat het iets te maken had met Billy Lapp. Maar toen kreeg ze het vreselijke voorgevoel dat mevrouw Riehl haar uiteindelijk toch de waarheid had verteld.

'Nee. Ja.' Bess keek Lainey aan met haar wijd opengesperde, diepblauwe ogen. 'Ik ga dood.'

'Hoe bedoel je?'

'Ik bloed dood.'

Lainey bekeek haar van top tot teen. Ze zag nergens bloedende wonden. 'Waar dan?'

Bess wees op haar buik. 'Hier.'

'Je maag?'

Bess schudde haar hoofd. Ze wees nog iets lager.

'O,' zei Lainey. Haar ogen werden groot als schoteltjes toen ze zich realiseerde wat Bess bedoelde. 'O!' Ze legde haar handen op Bess' schouders. 'O Bess, je gaat niet dood. Heeft niemand je verteld dat opoe maandelijks langskomt?'

Bess keek haar verward aan. 'Wie?'

Natuurlijk had niemand haar dat verteld! Ze had geen

moeder. Haar vader zou zeker niet zoiets persoonlijks met haar bespreken. Lainey liep naar de deur, draaide hem op slot en draaide het bordje 'Gesloten' om. Ze ging zitten en gaf zachte klopjes op de stoel naast haar. 'Wij moesten maar eens even praten.'

Zodra Bess later die middag terug was op Rose Hill Farm, liet *Mammi* haar een zwarte bonnet zien die ze voor haar had gemaakt.

'Hij is nog groter dan een kolenkit!' zei Bess beteuterd. '*Mammi*, probeert u een Lancaster Amish van mij te maken?' Haar bonnet uit Ohio was veel kleiner.

'Absoluut niet,' antwoordde *Mammi* terwijl ze de linten vastknoopte onder Bess' kin.

Bess kon nauwelijks van links naar rechts kijken. 'Ik voel met net een paard met oogkleppen.'

Mammi sloeg geen acht op die opmerking. 'We gaan even naar de stad.'

'O, *Mammi*,' zei Bess, maar ze durfde zich niet te bewegen. Ze had die dag gedacht dat het niet erger kon, maar dat had ze dus bij het verkeerde eind.

Geloof het of niet, *Mammi* ging opnieuw op zoek naar de auto van die arme sheriff. Toen ze langs het warenhuis kwam, zag ze hem staan en stuurde ze haar rijtuigje ernaartoe.

'Waarom? Waarom doet u dit?' vroeg Bess.

'Daar heb ik zo mijn redenen voor.'

'Waarom rijdt u dan niet zelf?'

'Dat kan niet,' antwoordde *Mammi*. 'Dan zou ik in de *Bann* worden gedaan.' Ze keek opzij naar Bess. 'Jij kan het wel.'

Bess slaakte een zucht en nam plaats op de bestuurdersstoel. Weigeren te doen wat *Mammi* vroeg, was geen optie. Ze startte de auto en reed de weg af, een beetje sneller deze keer… als het dan toch moest, kon ze er net zo goed van genieten. Plotseling wees *Mammi* naar een lege parkeerplaats en Bess reed ernaartoe.

Net als de vorige keer kwam de sheriff hijgend en puffend de straat op gerend. 'Maar, mevrouw Riehl! Nu doet u het weer!'

'Wat?' vroeg *Mammi*, een en al onschuld. Ze duwde het portier aan de passagierskant open en stapte langzaam uit de auto. Bess sprong eruit en ging naast haar staan.

Het gezicht van de sheriff liep helemaal paars aan. 'Mevrouw Riehl, ik had nog zo gezegd dat u dat niet moest doen.'

Ineens kwam uit het niets Billy Lapp voor *Mammi* en Bess staan en hij wreef zacht in zijn handen. 'U kunt het mevrouw Riehl niet kwalijk nemen, sheriff Kauffman. Ze wordt ook een dagje ouder.' Hij maakte een draaiend gebaar met zijn hand naast zijn oor. 'Ik zorg ervoor dat de dames weer netjes thuiskomen en dat ze u geen overlast meer bezorgen.'

De sheriff legde zijn hand op zijn holster en draaide zich om naar Billy. 'Doe dat. En zorg ervoor dat die griet met dat blonde haar ermee stopt haar oma te verleiden tot het leven van een crimineel.'

Terwijl Billy hen aan hun elleboog meetroonde naar het rijtuigje, keek *Mammi* hem woedend aan. Billy probeerde haar het rijtuigje in te helpen, maar ze sloeg zijn hand weg. 'Ik word ook een dagje ouder, hoorde ik het goed?'

Hij rolde met zijn ogen. 'Ik probeerde er alleen maar voor te zorgen dat jullie niet in de gevangenis zouden komen. Wat dacht u dan?' *Mammi* gaf geen antwoord, dus draaide Billy zich om naar Bess. 'En wat dacht jij dat je aan het doen was? Waarom moet je zo nodig in de auto van de sheriff rijden?'

Hij stak een hand uit om ook haar in het rijtuigje te helpen.

Indachtig het feit dat Billy Betsy Mast onlangs in zijn open 'vrijersrijtuigje' naar huis had gebracht, schudde Bess zijn hand van haar arm. 'Daar hebben wij zo onze redenen voor,' antwoordde ze geërgerd terwijl ze in het rijtuigje klom. Zodra ze de hoofdstraat uit waren, draaide ze zich om naar haar oma. '*Waarom* doet u dit allemaal?'

'Nou, zomaar,' was het enige wat *Mammi* zei, terwijl ze haar kin naar voren stak.

Later die week was Bess in de schuur rozenblaadjes aan het uitspreiden. Ze nam haar hoofddoek van haar hoofd en veegde er haar voorhoofd en nek mee af. Het was nog maar negen uur in de ochtend en nu al heet. Ze deed de deuren van de schuur open zodat de wind er doorheen kon blazen en leunde even tegen de deurpost. Terwijl ze haar hoofddoek weer vastknoopte in haar nek, keek ze de boerderij rond. Billy was in het veld, *Mammi* in de keuken. In het korenveld aan de overkant van de weg zinderde de hitte. Een rij kraaien op het hek ging flink tegen elkaar tekeer. Ergens hoog in een boomtop hamerde een specht er lustig op los. Intussen verstreek langzaam de ochtend.

Plotseling hoorde ze Billy gillen alsof hij spoken zag. 'Bladluis! Mevrouw Riehl! We hebben bladluis!'

De keukendeur ging met een klap open en daar stond Bertha, met haar handen in haar zij. 'Bladluis!?' Ze liep in marstempo naar het veld als een generaal naar de frontlinies. Ze boog zich over de roos waar Billy mee aan het werk was, vervolgens keek ze om zich heen. 'Nee maar, alle rozen zitten onder!'

Aan haar gezicht te zien, had *Mammi* zojuist de bladluizen

de oorlog verklaard. Ze wees met haar vinger naar Billy. 'Ga snel naar de stad en haal cola voor me. Neem zo veel flessen mee als je kunt dragen.' Ze draaide zich om naar Bess, die kwam aanlopen om de bladluisinvasie van dichterbij te bekijken. 'Hup, naar de keuken en haal vijf dollar uit mijn speciale bewaarplek. Daarna ga je met Billy mee om hem te helpen de frisdrank te dragen.'

Tegen de tijd dat Bess erachter was dat *Mammi's* speciale bewaarplek voor geld een leeg koffieblik was – dezelfde plek waar haar vader zijn geld bewaarde – had Billy het paard al ingespannen en stond hij op haar te wachten. Ze haastte zich naar hem toe, blij dat de onverwachte gebeurtenis haar de tijd gaf met hem alleen te zijn. Normaal gesproken was *Mammi* binnen roepafstand en deed ze ook een duit in het zakje tijdens het gesprek. Bess probeerde een interessante opmerking te bedenken, iets gevats en slims. Vannacht nog had ze hele gesprekken met Billy liggen uitdenken, voor het geval dat, bijvoorbeeld nu, ze samen in een rijtuigje zaten. Maar nu schoot haar niets te binnen. Ze kon niets bedenken om te zeggen. Toen ze bijna bij de winkel waren, flapte ze eruit: 'Waarom cola?'

'Bladluizen gaan daar dood van,' antwoordde Billy zonder haar zelfs maar een vluchtige blik toe te werpen. Daarna zei hij niets meer.

'Wat doet het dan wel niet met je buik?' vroeg Bess zachtjes.

Billy draaide zich om naar haar en keek haar verbaasd aan, waarna hij in lachen uitbarstte. 'Goede vraag.' Hij schonk haar een stralende glimlach. Het leek alsof hij nog nooit zo naar iemand had geglimlacht.

Bess had een tevreden gevoel. Ze had Billy Lapp aan het lachen gemaakt.

Blij dat de luizen dood waren, ging *Mammi* de rest van de middag met een andere klus aan de slag. Ze wilde de rozenblaadjes die ze vandaag hadden geplukt niet drogen maar er rozenwater van maken. Eerst vulde ze een pot met schoongewassen rozenblaadjes. Vervolgens goot ze er kokend water bij en deed een deksel op de pot. Nadat ze hem had ontlucht, liet ze de rozenblaadjes staan totdat ze waren afgekoeld.

Voor het naar bed gaan hielp Bess *Mammi* de rozenblaadjes uit het water te zeven. Het resultaat was een vloeistof met een prachtige kleur, zo'n mooie kleur had ze nog nooit gezien. De vloeistof werd in de koelkast bewaard en gebruikt als er iets gebakken werd waar rozenwater in moest. *Mammi* verkocht het in kleine weckflessen. 'Als we het via mevrouw Stroot verkopen, vragen we er twee keer zo veel voor,' zei ze tegen Bess.

Soms, zoals vanavond, was het zo heet dat Bess niet kon slapen. Ze gooide de lakens van zich af en ging naar beneden, op de tast omdat het zo donker was. Vervolgens deed ze de achterdeur open en liep de tuin in. Boomer volgde haar naar buiten en verdween in de schaduw van de nacht.

Bess bleef even staan. In Ohio was het 's zomers nog heter, er was geen frisse bries zoals in Stoney Ridge. Er was slechts een streepje zichtbaar van de maan, het was niet helemaal donker. Het lukte haar vaag de contouren te onderscheiden van het kippenhok, de schuur, de kas, de kersenbomen.

Vanuit het niets kwam ineens Blackie tevoorschijn en hij kroop tussen haar benen door. Bess pakte hem op. 'Je wordt dik! Je eet veel te veel muizen.'

Blackie sprong op de grond en sloop beledigd weg.

Bess keek omhoog naar de fluweelzachte zwarte lucht, vol

schitterende sterren. Het was een vredig moment. Ze twijfelde nog steeds of ze er wel goed aan had gedaan naar haar oma in Stoney Ridge te gaan, maar vanavond was ze blij dat ze er was.

Ze dacht aan de dingen die ze tot nu toe had geleerd deze zomer: hoe ze rozenblaadjes moest plukken en bladluizen moest bestrijden, hoe ze gedroogde rozenblaadjes kon gebruiken om thee en jam van te maken, hoe ze rozenwater moest maken. En hoe ze op een markt winst moest maken. Hoe ze kersentaartjes moest bakken. *Mammi* zei dat dit nog maar het begin was van alles wat ze nog moest leren. *Hoeveel kan er nog bij?* vroeg ze zich af terwijl ze met haar hand over haar hoofd wreef.

Later die week deed *Mammi* nog een heldhaftige poging de auto van de sheriff te stelen. Bess probeerde haar de hele weg naar Stoney Ridge ervan te overtuigen het niet te doen, maar *Mammi* zette haar plan vrolijk door.

'Maar waarom, *Mammi*? U bezorgt de sheriff nog een hartaanval! Wilt u die arme man soms dood hebben?'

Mammi klemde haar kaken op elkaar en weigerde te antwoorden.

Toen Bess de auto van de sheriff langzaam de weg op reed, draaide *Mammi* een van de knoppen om en de sirene begon te loeien. In de achteruitkijkspiegel zag Bess de sheriff de bank uit rennen, de weg op. Ze zette de auto langs de kant van de weg en liet haar hoofd hangen. Haar oma was rijp voor het gekkenhuis en zij had daaraan meegewerkt.

De sheriff opende het portier aan de passagierskant en hielp *Mammi* uit de auto. 'Mevrouw Riehl, u maakt er een potje van.'

Mammi's ogen werden groot van verbazing. Stoïcijns strekte ze haar armen uit, zodat de sheriff haar de handboeien om kon doen. 'Doe wat je moet doen, Johnny.'

Er ontstond een oploopje. De sheriff werd bleek. 'O, mevrouw Riehl, dwing me hier niet toe.'

'Je hebt plechtig beloofd de wet te zullen handhaven.' *Mammi* klakte met haar tong. 'Denk aan al die kiezers die willen zien wat er met hun belastinggeld gebeurt. Je kunt het niet maken mij voor te trekken.'

'Mevrouw Riehl! Als ik niet beter wist, zou ik zeggen dat u erop uit bent in de lik te worden gegooid.' Het gezicht van de sheriff liep paars aan.

'Geen sprake van! Maar ik heb wel recht op één telefoontje.'

De ogen van de sheriff vernauwden zich tot spleetjes en hij dacht even diep na. 'Stapt u maar in de auto, mevrouw Riehl. En jij ook, juffie.' Daarmee bedoelde hij Bess.

Mammi schoof op de achterbank van de politieauto en gaf een paar zachte klopjes op de plaats naast haar, ten teken dat Bess daar moest gaan zitten. Bess wilde ter plekke sterven. Maar *Mammi* leek tevreden als een kat die in de room was gevallen.

De sheriff reed hen naar het dichtstbijzijnde politiebureau en nam hen mee naar binnen. Hij wees naar twee stoelen bij het bureau. 'Wilt u misschien iets drinken?'

'Ik niet,' antwoordde *Mammi* beleefd terwijl ze zich in een van de stoelen liet zakken, 'maar Bess wil misschien wel wat frisdrank.'

Bess wilde geen frisdrank want ze was misselijk. De sheriff verdween achter in het kantoor en kwam terug met een lauw blikje frisdrank. Hij ging gemakkelijk op zijn stoel zitten, leunde achterover en vouwde zijn handen achter zijn hoofd. 'Zo, mevrouw Riehl. Genoeg gekletst, ter zake nu graag. Wie wilt u bellen?'

'O, ik hoef niemand te bellen,' antwoordde *Mammi*. Ze prikte met haar vinger in zijn richting. 'Maar jij kunt wel iemand voor me bellen.'

De sheriff nam de hoorn van de haak. 'Welk nummer?'

Mammi draaide zich om naar Bess en vroeg: 'Wat is het nummer van de telefoon in je vaders schuur?'

Bess' mond viel open van verbazing. 'O nee, *Mammi*, nee! U gaat papa toch niet vertellen dat we gearresteerd zijn? Dan neemt hij de eerstvolgende bus die naar Stoney Ridge gaat!'

Mammi duwde een paar losse grijze plukken haar terug onder haar gebedsmuts. 'Zeg het nu maar.'

5

Toen Jonah de hoorn van de telefoon aan de muur van zijn werkplaats had opgelegd, moest hij eventjes gaan zitten. Hij kon niet geloven wat de sheriff hem net vertelde. Zijn moeder en dochter hadden een politieauto gestolen en zaten in de gevangenis. De gevangenis! Als hij de stem van de sheriff niet had herkend, had hij misschien gedacht dat het een nep-telefoontje was. Bess was nog maar een paar weken in Stoney Ridge. Wat was er in vredesnaam gebeurd?

Hij moest ernaartoe. Jonah moest Bess ophalen en haar mee naar huis nemen. Zo snel mogelijk. De gedachte dat zijn lieve schat in de gevangenis zat, tussen allemaal zakkenrollers, inbrekers, drugsverslaafden en moordenaars, maakte hem misselijk. Hij rilde. Toen kreeg hij een geruststellende gedachte: zolang zijn moeder bij haar in de buurt was, zou niemand haar lastigvallen.

Hij ging op zoek naar Mose, om hem te vertellen dat hij de komende paar dagen hun meubelzaak moest runnen.

Nadat *Mammi* en Bess die middag de sheriff hadden beloofd niet meer zijn auto te zullen stelen, had hij hen vrijgelaten en keerden ze terug naar Rose Hill Farm. Bij hun thuiskomst stond er een emmer water op de veranda, waarin twee grote meervallen als een gek in rondzwommen. 'Ze zien er niet uit,' zei *Mammi*, 'maar ze smaken prima.' Ze pakte de emmer beet om hem mee naar binnen te nemen, maar toen ze bij de deur was, draaide ze zich om naar Bess. 'De dames moeten nog te eten krijgen. En neem de grote emmer mee voor de eieren. *Alle* kippen optillen.'

Bess raapte altijd alle eieren die ze kon vinden, maar misschien keek ze niet elke dag even goed als zou moeten. Ze pakte de emmer die bij de keukendeur stond en draaide zich om naar *Mammi*. 'Vraagt u zich niet af waar die vissen vandaan komen?'

'Billy heeft ze daar neergezet,' antwoordde *Mammi*. 'Dat doet hij wel vaker.'

Bess zette haar grote zwarte bonnet af en hing hem aan het hekwerk van de veranda. Terwijl ze door de tuin naar de kippenschuur liep, dacht ze na over alle rampspoed die haar overkwam. Haar vader was begrijpelijkerwijs ontzet toen hij hoorde dat ze op het politiebureau zat en had gezegd dat hij naar Stoney Ridge kwam. Waarschijnlijk morgen, misschien vanavond laat nog, en dan zou hij haar weer mee naar huis nemen. Net nu ze het gevoel kreeg dat ze vrienden werd met Billy Lapp.

Tijdens het ritje met het rijtuigje terug naar Rose Hill Farm had Bess geprobeerd haar tranen in te houden. Ze vroeg haar oma waarom ze niet gewoon had gezegd dat ze haar naar huis wilde sturen. Waarom zo veel moeite om die arme sheriff te irriteren?

Mammi keek haar stomverbaasd aan. '*Jij* hoeft niet naar huis.' Vervolgens wendde ze haar blik weer naar de rug van het paard. 'Ik wil dat *mijn zoon* naar huis komt.'

'Maar waarom?'

'Het wordt hoog tijd.' Waarna *Mammi* koppig haar kaken op elkaar klemde en de hele weg naar huis niets meer zei.

Wat Bess het meest verontrustte, was dat ze *Mammi's* logica wel begreep. Eigenlijk, en dat baarde haar nog meer zorgen, was het heel slim van haar. Haar vader zou alleen maar terugkomen naar Stoney Ridge als dat absoluut niet anders kon. Het idee dat zijn dochter in de gevangenis zat omdat ze de auto van de sheriff had gestolen, was typisch zo'n geval.

Ze pakte een schep geplette mais uit de ton en strooide die over de grond terwijl de kippen in haar blote voeten pikten. Het leven was niet eerlijk, absoluut niet eerlijk. Zo in de late namiddag leek er niets meer aan.

Door het keukenraam kwam de geur naar buiten van vis die in de braadpan lag te spetteren. Plotseling kwam Billy de schuur uit vliegen, hij rende pijlsnel naar het woonhuis en brulde luid: 'Nee! Nee! Niet opeten!'

Met ogen als schoteltjes keek Bess toe hoe Billy de traptreden naar de keuken oprende, naar binnen. Ze smeet de mais op de grond en rende ook naar het huis. Binnen griste Billy de braadpan uit de handen van een ontzette *Mammi* en gooide hem in de gootsteen. Meteen daarna gilde hij het uit van de pijn: 'Au!' en sprong rond op één been. Hij had zijn handen gebrand omdat hij de pan zonder pannenlap had vastgepakt.

Met een ongebruikelijke tegenwoordigheid van geest duwde Bess zijn handen in de emmer water waar de meervallen in hadden gezeten. 'Wat is er met jou aan de hand?'

Hij rukte zijn handen weer uit de emmer, maar zij duwde ze weer terug in het water. 'Die vissen. Er is iets niet mee in orde. Ik had ze niet op de veranda moeten laten staan, maar die zwarte kat van jou zat in de schuur op ze te loeren.'

'Waarom denk je dat er iets mis mee is?' vroeg Bess. Ze wikkelde ijs uit de vrieskast in een oude doek en maakte er een ijskompres van.

'Hebben jullie niet gezien hoe ze eruitzagen?' vroeg hij.

'Even lelijk als alle andere meervallen,' opperde *Mammi*.

'Ze hadden geen snorharen,' zei Billy terwijl hij het ijskompres aanpakte die Bess hem gaf. Hij leunde tegen het aanrecht en hield intussen het ijskompres met beide handen vast. 'En een van de vissen had geen ogen. Een paar weken geleden merkte Bess op dat er bij het meer geen zingende vogels meer te horen waren. Ik ben er dus nog een paar keer naartoe gegaan. Ze had gelijk. Er zitten geen vogels meer. En nu vond ik deze vissen op de oever, zo goed als dood. Er is iets mis met het meer.'

'Met Blue Lake Pond?' *Mammi* legde een hand op haar borst. 'Het barst daar van de dieren. Mijn man zei altijd dat hij maar een emmer op het strand hoefde neer te zetten of de vis sprong erin.'

'Niet meer,' zei Billy somber.

'Wat wilde je met die meervallen doen?' vroeg Bess.

'Ik weet het niet,' antwoordde hij. 'Zover was ik nog niet.'

'Iets soortgelijks is ook in Berlin gebeurd. Een bedrijf had chemicaliën in een van de meren gedumpt. De vogels aten de vis en ze kregen allemaal rare jonkies.'

Billy's donkere wenkbrauwen schoten omhoog. 'Misschien is iemand wel het meer aan het vervuilen!'

'Kan zijn,' zei Bess. 'Maar je hebt wel bewijs nodig.' Ze had een pot zalf in haar hand, die ze op zijn handen wilde smeren.

Billy stak zijn handen uit, de handpalmen naar boven. 'Ik weet niet wat schokkender is.' Hij keek naar Bess, die een lik zalf op zijn handen smeerde. 'Iemand die alle leven in mijn meer om zeep helpt' – hij grijnsde plagerig naar haar – 'of jij die zomaar een hele zin zegt die ergens op slaat.'

Mammi snoof verontwaardigd. 'Kom maar eens hier tijdens het ontbijt. Dan kletst ze je de oren van je hoofd en kun je nauwelijks rustig een kop koffie drinken.'

Bess wikkelde een stuk doek rond Billy's hand en knoopte

hem zo stevig vast, dat hij het uitgilde alsof hij door een slang gebeten was en rukte zijn hand los.

'Hoe kom ik aan bewijs dat iemand het meer aan het vervuilen is?' vroeg hij.

Bess zette de zalf terug in het keukenkastje. 'Je moet er naartoe gaan en kijken of je sporen kunt vinden. Misschien moet je wel een tijdje gaan zitten kijken wat er gebeurt, maar op verschillende tijdstippen van de dag. Ook 's nachts.'

'Een val zetten!' zei *Mammi* vrolijk en ze klapte in haar grote rode handen. 'Ik heb in geen jaren meer vallen gezet. Dat was vroeger mijn favoriete bezigheid. Vanavond gaan we naar het meer.'

Later die avond zat Jonah Riehl in de bus richting Pennsylvania. Hij had Mose een briefje gegeven voor Sallie, waarin stond dat hij dringend weg moest. Hij had niet uitgelegd wat en hoe. Hij schaamde zich te veel voor wat er was gebeurd. Jonah leunde tegen het raam van de bus en probeerde te slapen, maar er spookten allerlei gedachten door zijn hoofd. Een jaar na Rebecca's dood was hij uit Stoney Ridge vertrokken en hij was er de afgelopen vijftien jaar slechts één keer teruggeweest, voor de begrafenis van zijn vader.

De rechtszaak had hem doen besluiten Stoney Ridge voorgoed te verlaten.

De vrachtwagenchauffeur die het rijtuigje had aangereden, waarbij Rebecca werd gedood, was die avond onder invloed van alcohol geweest. Jonah moest tegen hem getuigen. Hij voelde zich verscheurd: hij was in diepe rouw om zijn Rebecca, maar de pijn die hij zag in de ogen van de vrachtwagenchauffeur liet hem niet los. De vrouw van de vrachtwagenchauffeur was elke dag bij het proces en zag eruit alsof ze nauwelijks op de been bleef. Wie was hij om over een ander te oordelen? Als hij deze man niet kon vergeven voor wat hij had gedaan, hoe kon hij dan verwachten dat God hem zou vergeven? In een brief, voorgelezen door de bisschop, vroeg hij de jury om clementie. 'Hij heeft geleden, zwaar geleden. Het was een ongeluk, hij deed het niet opzettelijk. De beklaagde naar de gevangenis sturen dient geen enkel zinnig doel en daarom verzoek ik u clementie te betrachten.'

De staat was minder genereus. De vrachtwagenchauffeur werd veroordeeld tot zes jaar gevangenisstraf voor roekeloos rijgedrag en doodslag.

Jonah vroeg de jury ook of ze een verzoek tot financiële genoegdoening wilden afwijzen omdat hij al financiële hulp kreeg van de kerk. De jury keek hem aan alsof ze dachten dat Jonah niet alleen een paar gebroken botten aan het ongeluk had overgehouden maar misschien ook nog hersenschade.

De verzekeringsmaatschappij van de vrachtwagen bood Jonah een genoegdoening van 150.000 dollar. Jonah stuurde de cheque terug naar de verzekeringsmaatschappij, met de opmerking: 'Ik ben niet uit op wraak. De Bijbel leert ons dat het niet aan ons is om wraak te oefenen.'

Iemand bij de verzekeringsmaatschappij was zo verbaasd over de brief van Jonah en de teruggestuurde cheque, dat hij erover lekte naar de pers. Journalisten en fotografen van de krant zwermden rond Rose Hill Farm als een zwerm bijen rond een bijenkorf. Jonah kon niet eens zijn huis uit zonder dat iemand probeerde een foto van hem te maken of hem een paar vragen stelde. Hij dacht dat het wel over zou waaien, maar anderen pikten het verhaal op en het ging door heel het land. Hij ontving honderden brieven waarin mensen hun medeleven betuigden. Daarna kwamen er steeds meer gewone mensen naar Rose Hill Farm, die aanklopten en Bess wilden zien. Toen kon hij het niet langer verdragen. Elke dag gebeurde er wel iets wat hem herinnerde aan zijn verlies. Het deed gewoon te veel pijn om in Stoney Ridge te blijven. Juist ook omdat hij beter wist. Zijn soort mensen berustten en accepteerden Gods wil. Toch was hij diep vanbinnen boos op God om wat er was gebeurd. Het maakte het nog moeilijker voor hem tussen de andere Amish te wonen en zich toch een buitenstaander te voelen.

Zijn vader begreep waarom hij wilde verhuizen, maar zijn moeder niet. Zij vond dat familie bij elkaar moest blijven, door dik en dun. Misschien was dat wel de reden dat hij het goed gevonden had Bess deze zomer naar haar toe te laten gaan. Het was tijd de obstakels tussen hem en zijn moeder uit de weg te ruimen.

Jonahs ogen schoten open. Maar hoe moest dat als zijn moeder ervoor gezorgd had dat zijn dochter in de gevangenis belandde?

Toen de maan later die avond roomkleurig boven de schuur opsteeg, kwam Billy in zijn 'vrijersrijtuigje' terug naar Rose Hill Farm om *Mammi* en Bess op te halen. Het open rijtuigje was zo klein dat het naar één kant overhelde toen *Mammi* erin klom. Bess zat ingeklemd tussen *Mammi* en Billy en probeerde net te doen of ze niet doorhad hoe lekker Billy naar dennenzeep rook. Hij mende het paard naar de afslag naar het meer en reed tot daar waar de bomen ophielden. Toen sprong hij uit het rijtuigje. 'Ik dacht dat we maar om het meer heen moesten lopen en kijken of we iets ongewoons zien.'

Bess klom achter hem uit het rijtuigje.

'Ik denk dat ik beter hier kan blijven om op te letten of er aan deze kant van het meer iets gebeurt,' zei *Mammi* terwijl ze zich uitstrekte in het rijtuigje. Ze geeuwde. 'Ik heb haviksogen en oren zo scherp als die van een indiaanse verkenner.' Waarna ze meteen in slaap viel.

Billy en Bess waren nauwelijks honderd meter verder of ze hoorden *Mammi's* ritmische gesnurk weerkaatsen over het stille water van Blue Lake Pond.

'Ze klinkt als een compressor,' zei Billy.

'Dit is nog maar het begin,' zei Bessie. 'Wacht maar tot ze diep in slaap is. Dan rinkelen de ramen in de sponningen. En als je denkt dat dit hard is, dek je dan maar als ze begint te niezen. Als ik zou niezen zoals *Mammi*, dan klap ik uit elkaar.'

Billy moest hard lachen. Hij bleef staan en draaide zich verbaasd om naar Bess. 'Ik ben blij dat je eindelijk iets zegt, Bess. In het begin werd ik nogal zenuwachtig als ik eraan dacht dat we de hele zomer samen rozenblaadjes moesten plukken.'

Bess' knieën trilden ineens zoals *Mammi's* groene drilpudding. Haar hart bonkte zo luid dat ze ervan overtuigd was dat haar oma's gesnurk erbij in het niet zonk. Ze haastte zich om Billy bij te houden, die er flink de pas in zette. Er waren niet zo veel perfecte momenten in het leven, dacht ze gelukkig, maar dit was er een. Hier liep ze dan samen met Billy Lapp, op een maanverlichte zomeravond langs een prachtig meer.

'Wat is er eigenlijk met dat meer in Berlin gebeurd?' vroeg Billy, zijn hoofd omdraaiend, om haar eraan te herinneren waarvoor ze hier waren.

O, kennelijk was zij niet het belangrijkste in zijn gedachten, zoals hij wel was in de hare. 'Nou ja, iemand ontdekte dat het chemische bedrijf zijn vuil in het meer dumpte. Vervolgens kwam de staat Ohio in actie, het bedrijf kreeg een stevige boete en moest het meer schoonmaken. Het duurde een paar jaar, maar nu is het er weer zoals vroeger.'

'Hoe raakte de staat Ohio bij de zaak betrokken?' vroeg Billy.

'Ik denk dat er iemand naar de politie is gegaan.'

Billy bleef abrupt staan. 'O,' zei hij flauwtjes. Hij keek teleurgesteld.

'Wat is er?'

'Zelfs al zouden we vanavond iets vinden, dan weet ik niet wat ik met die informatie moet doen. Je weet dat ik niet naar de politie kan gaan.'

Bess snoof verontwaardigd. 'Vertel dat maar aan *Mammi*.'

Billy liep een paar passen verder en draaide zich toen vlug om. 'Dit is geen geintje, Bess. Wat heeft het voor zin te proberen erachter te komen wie het meer vervuilt als we hem niet kunnen aangeven?'

'Nou, hoe wil je het meer beschermen als je niet weet wat de oorzaak is van het probleem?' Bess liep naar Billy toe. 'Misschien denk je wel te snel dat er iemand is die iets verkeerd doet. Het kan ook best iets heel anders zijn.'

'Zoals?'

'Uh, algengroei bijvoorbeeld. Ik heb bij natuurkunde geleerd dat sommige soorten algen zulke dikke pakketten vormen, dat alle zuurstof uit een meer verdwijnt en alle planten en vissen sterven. Dat zou kunnen verklaren wat er met de vogels is gebeurd. Geen vis, geen vogels.' Bess vond natuurkunde veel leuker dan wiskunde.

Billy nam de hoed van zijn hoofd, streek met zijn hand door zijn haar en zette zijn hoed weer op. 'Volgens mij bedoel je daarmee dat ik niet te snel conclusies moet trekken.' Hij liep verder en zocht met zijn ogen de oever af, op zoek naar een of ander teken van menselijke activiteit. Te snel naar Bess' zin waren ze het meer rond en terug bij het rijtuigje. *Mammi's* hoofd was achterover gerold en zo te horen was ze een heel bos aan het omzagen. Billy hielp Bess instappen, waardoor *Mammi* wakker schrok uit haar diepe slaap.

'Sorry dat we u wakker maken,' zei Bess.

'Ik had net even mijn ogen dichtgedaan,' zei *Mammi*. 'Iets verdachts gevonden?'

'Nee,' antwoordde Billy, terwijl hij de teugels van het paard losmaakte van de boomtak. 'Niets.'

'En dat dan?' *Mammi* wees naar iets achter hem. Op de grond lag tussen twee wielsporen een hoop zaagsel, het zag eruit alsof die van de achterkant van een voertuig was gevallen.

Billy liep ernaartoe en wreef het zaagsel tussen zijn vingers. 'Het is nog vers. Ik ruik het sap.' Hij raapte nog een beetje op en keek omhoog tussen de bomen. 'Het komt niet van deze dennen. Het is een andere houtsoort. Iemand heeft het hiernaartoe gebracht.'

'Kan zaagsel al het leven in het meer doden?' vroeg Bess.

'Als er genoeg van is wel,' antwoordde Billy.

'Ik zou wel wat lusten.' *Mammi* wreef in haar grote rode handen. 'En als ik honger heb, word ik chagrijnig.'

Lieve help, dacht Bess, *daar* hebben we geen behoefte aan.

Jonah stapte om vijf uur in de ochtend in Stoney Ridge uit de bus. Hij liep langs Main Street regelrecht naar het politiebureau, maar de deur was op slot en binnen was het pikdonker. De stad was nog in diepe rust. Hij werd gek bij het idee dat Bess slechts een paar meter van hem verwijderd opgesloten zat in een smerige cel. Gefrustreerd draaide hij zich om, waarna hij opbotste tegen een jonge *Englische* vrouw, die net de hoek om kwam lopen.

'Excuses,' zei Jonah, terwijl hij de portemonnee opraapte die de vrouw had laten vallen. 'Wat doet u hier zo vroeg in de ochtend?' vroeg hij. De vogels zongen nog niet eens.

De vrouw keek hem behoedzaam aan, maar leek zich te ontspannen toen hij haar de portemonnee overhandigde. 'Ik werk in de bakkerij. Mijn werkdag begint altijd zo vroeg. Wat doet u hier?'

Jonah wees naar de bushalte verderop in de straat. 'Ik ben net aangekomen met de bus. Ik wacht op de sheriff.'

'Dat zou nog wel even kunnen duren. Zijn werktijden… variëren nogal.'

Ze bestudeerde zijn strohoed en het korte baardje langs zijn kaaklijn. Het zachte licht van de straatlantaarns viel op haar gezicht, Jonah kon zien dat ze glimlachte. Tot zijn verbazing deed hij dat zelf ook.

'U lijkt me ongevaarlijk. Waarom wacht u niet in de bakkerij tot de sheriff er is?' De vrouw stak de straat over, deed de deur van The Sweet Tooth open en draaide het licht aan.

Jonah volgde haar naar binnen, maar bleef bij de deur staan. De vrouw deed haar schort voor en draaide ook het licht in de keuken aan. Hij had in het donker nog niet goed kunnen zien hoe ze eruitzag. Normaal gesproken besteedde hij niet veel aandacht aan *Englische* vrouwen, maar deze vrouw had iets aantrekkelijks. Haar gezicht… het kwam hem vaag bekend voor. Waar had hij haar eerder gezien? Terwijl zij door de keuken liep, bekeek hij de vrouw nog iets beter. De behoedzame blik in haar ogen deed vermoeden dat ze meer van het leven had gezien dan ze wilde. Jonah had het gevoel dat hij haar eerder had ontmoet, maar dat was natuurlijk onmogelijk. Ze was een knappe vrouw, zag hij, met fijne gelaatstrekken en een lange, slanke hals. En ze was aardig tegen hem geweest, zelfs toen hij haar op straat bijna omver had gelopen.

De vrouw stak haar hoofd om de hoek van de keuken. 'Als u een momentje hebt, zet ik de koffie aan.'

'O, prima,' zei Jonah. Hij verging van de honger. Gisteravond was er geen tijd geweest om te eten; hij had het te druk met pakken en moest op tijd op het busstation zijn. Hij ging op een stoel aan een van de tafeltjes zitten en strekte zijn benen uit.

De vrouw zette een beker koffie en een kaneelbroodje voor Jonah op tafel. 'Melk en suiker?' vroeg ze, terwijl ze hem even vluchtig aankeek. Vervolgens schrok ze en bleef ze roerloos staan.

Jonah werd even heel erg ongerust en vroeg zich af waar ze zo ineens van geschrokken was. Had hij iets verkeerd gedaan? De vrouw sloeg haar ogen neer en draaide zich vlug om, liep terug naar de keuken en begon met de voorbereidingen voor het werk.

Jonah besloot dat hij beter weg kon gaan, dat hij haar een ongemakkelijk gevoel had bezorgd, maar ze begon hem ijverig allerlei vragen te stellen. Waar kwam hij vandaan? Hoe was het om daar te wonen? Ze kneedde het deeg, rolde het uit en uit de oven steeg een heerlijke geur op. Voordat hij er erg in had, begon ze hem uit te horen over zijn familie en hij gaf geduldig antwoord. Hij begon te vertellen: eerst langzaam, als een roestige pomp, toen was hij niet meer te houden.

'Rebecca en ik leerden elkaar kennen toen we allebei zestien waren. Zij kwam uit een aangrenzend district. Ik heb haar vier jaar lang het hof gemaakt, ben elke zaterdagavond twee uur heen en twee uur terug gereden om haar te kunnen zien. Soms was ik zondagochtend nauwelijks op tijd thuis om mijn vader te helpen met het melken van de koeien.' Hij staarde in zijn koffiebeker terwijl de dame van de bakkerij nog eens bijschonk. Ze schonk ook een beker voor zichzelf in en liet zich op de stoel tegenover hem glijden terwijl ze aandachtig luisterde.

Jonah bracht de koffiebeker naar zijn lippen en zijn gedachten gleden terug naar een andere tijd. 'Zodra haar vader ons zijn zegen gaf, zijn we getrouwd. Rebecca kwam op Rose Hill Farm wonen en een jaar later werd onze Bess geboren.' Hij wierp een vluchtige blik op de dame van de bakkerij. Zou ze alleen uit beleefdheid naar hem luisteren? De blik in haar ogen vertelde hem iets anders, alsof ze niet kon wachten tot hij verderging met zijn verhaal. 'De meeste mannen willen een zoon, maar ik was blij dat God ons een dochter schonk. Ik wist dat Bess goed gezelschap zou zijn voor Rebecca.' Hij zweeg en keek door het raam naar de lege straat. 'Weet u, ik dacht dat er genoeg tijd was om ook nog zonen te krijgen. Maar dat was niet zo.'

'Zo gaat het soms in het leven. Dingen gaan niet altijd zoals wij dat graag zouden willen.' De vrouw zei het zachtjes, hij vroeg zich af of het niet eerder zijn eigen gedachte was dan dat hij haar stem hoorde.

Jonahs blik kruiste die van de vrouw en hij glimlachte vriendelijk. 'Nee, wat dat betreft hebt u gelijk.'

Toen vroeg ze zo vriendelijk dat het hem pijn deed: 'Hoe is ze gestorven?'

Zijn glimlach verdween en hij nam de tijd voor een antwoord op die vraag. Hij had nooit hardop over de dood van Rebecca gesproken, niet met zijn ouders, niet met Bess, niet met Mose. Zelfs niet met Sallie. Maar vanochtend, nu hij terug was in Stoney Ridge, wilde hij graag over Rebecca praten. 'Het was een warme avond in april, slechts een week na de geboorte van Bess. Rebecca wilde bij haar ouders langs – die gingen naar Indiana verhuizen – en de eerlijkheid gebiedt me te zeggen dat ze gek werd van mijn moeder. Ze was altijd bang voor mijn moeder, mijn Rebecca.' Hij glimlachte flauwtjes. 'Mijn moeder is soms nogal… dominant.'

De dame van de bakkerij knikte sympathiek, alsof ze precies begreep wat hij bedoelde.

'De baby lag heerlijk in Rebecca's armen te slapen en Rebecca lag te knikkebollen. Het dekentje van de baby was op de grond gegleden. Ik bukte me om het op te rapen. Ik lette heel even niet op de weg…' Zijn stem stierf weg en hij kneep zijn ogen stijf dicht. 'Dat is het laatste wat ik me kan herinneren.' Hij legde zijn hand over zijn ogen, heel even maar. Toen kwam hij met een schok weer tot zichzelf en wierp vluchtig een behoedzame blik op de dame van de bakkerij. Ze zei geen woord, maar wat hij in haar ogen zag, benam hem bijna de adem. Het was geen medelijden, ook geen verdriet. Het was… medeleven. Alsof ze begreep hoe verschrikkelijk dit moment voor hem was geweest en hoe het zijn leven had veranderd.

Het was niet zijn bedoeling geweest zo uit te weiden tegen een *Englische* vrouw die hij niet kende. Hij was geschokt dat hij zo vroeg van geen ophouden wist. Misschien was hij wel gewoon oververmoeid en overbezorgd om Bess en zijn moeder, maar zijn verhaal vertellen tegen deze dame voelde als balsem voor zijn ziel. Zijn hart had in jaren niet zo licht gevoeld.

Maar deze mevrouw moest aan het werk en hij had al lang genoeg gezeten. Jonah stond op om te gaan. 'Ik weet niet eens hoe u heet,' zei hij toen hij bij de deur was. 'Ik ben Jonah Riehl.'

'Dat weet ik,' zei ze, terwijl ze hem strak aankeek. 'Ik weet wie je bent.' Ze stak haar hand uit om de zijne te schudden.

Jonah nam haar hand in de zijne. 'Ik ben Lainey O'Toole.'

Jonahs donkere wenkbrauwen schoten verrast omhoog. 'Lainey? Lainey O'Toole. Ik kan me je nog herinneren. Je was nog maar een klein onderdeurtje. De stiefdochter van mijn oom Simon.'

Lainey knikte.

'Ineens was je weg. Nadat je moeder was overleden.'

Ze knikte nog eens.

'Wat is er met je gebeurd?'

'Ik heb langdurig gelogeerd bij iemand in de staat Pennsylvania.'

Hij moet verbaasd hebben gekeken, want ze haastte zich eraan toe te voegen: 'Jeugdzorg. Tot mijn achttiende.'

Jonah leunde tegen de deurpost. 'En toen?' vroeg hij, oprecht geïnteresseerd.

'Ging ik werken bij de klantenservice van een warenhuis. Wat een nette manier is om te zeggen dat ik luisterde naar klagende mensen. Dat wilde ik niet mijn hele leven blijven doen, dus spaarde ik om een koksopleiding te kunnen doen.'

'Ik herinner me dat jij en mijn moeder samen bakten in de keuken op Rose Hill Farm.' Die ogen van haar fascineerden hem. Vol verwondering en wijsheid en ze was nauwelijks vijfentwintig, als hij goed had teruggerekend. 'En nu ben je voorgoed terug?'

Lainey antwoordde niet meteen. 'Ik probeer iets goeds te doen terwijl ik hier ben.' Ze schonk hem een ondoorgrondelijke glimlach. Lainey had meel op haar wang en zonder erbij na te denken veegde hij het bijna weg. Hij was geschokt dat hij zelfs maar overwoog een vrouw op die manier aan te raken. Er was tien jaar leeftijdsverschil en een wereld van verschil, hoe je het ook wendde of keerde.

Toch prikkelde iets in Lainey O'Toole hem. Hij herinnerde zich haar als een klein meisje dat altijd bezorgd keek. Simon was een kwaadaardige man, lui en cynisch. Zelfs al woonde hij verderop in de straat en kwam Jonah bijna dagelijks langs zijn huis, hij bleef ver bij zijn oom uit de buurt. Zijn ouders lieten hem zelfs volledig links liggen. Jonah zag Laineys moeder slechts sporadisch, als ze de kippen voerde, die onder de veranda aan de voorkant van het huis zaten. Hij herinnerde zich haar als een bleke vrouw, die in haar jeugd waarschijnlijk heel knap was geweest. Lainey glipte altijd stilletjes als een kat onder het hek door naast het huis, om bij hem en zijn vader te kijken als ze in het veld of rond de schuur aan het werk waren. Het duurde niet lang of het lukte zijn moeder Lainey over te halen haar te helpen bij het bakken in de keuken. Gewoon om belangstelling te tonen, want niemand anders leek dat te doen.

En daar stond ze dan voor hem, Lainey O'Toole, nu een volwassen vrouw.

'Jonah…,' begon Lainey. Net toen ze haar mond opendeed om iets te zeggen, reed de sheriff langs in zijn patrouilleauto. Ze deed met een klap haar mond weer dicht.

Zijn gedachten verschoven nu richting Bess. 'Ik moet gaan. Dank je, Lainey O'Toole.' Hij hield haar blik gevangen terwijl hij zijn strohoed op zijn hoofd terugzette, vervolgens gaf hij er een zacht tikje tegen en haastte zich naar het politiebureau.

Jonah Riehl liep waggelend. Zijn goede been deed het meeste werk, het zwakkere sleepte hij met zich mee en het maakte een rare draai bij de heup. Lainey wist van zijn moeder dat dit een blijvend restant was van het ongeluk. Terwijl ze keek hoe hij door de straat liep, leunend op zijn wandelstok, was haar hart vol compassie voor de man.

Lainey had Jonah bijna verteld van Bess. Die eerste zondagmiddag, toen Bertha Riehl haar had verteld dat ze wist dat Bess niet Jonahs dochter was, had ze Lainey laten beloven dat ze het niet tegen hem en Bess zou vertellen. 'Ik ben degene die dat moet doen,' vond mevrouw Riehl. 'En dat doe ik ook. Als het juiste moment daar is.'

Lainey had schoorvoetend toegegeven. Nu had ze spijt

van die belofte. Ze had niet verwacht dat ze zo veel tijd met Bess zou doorbrengen, laat staan dat ze ooit had gedacht oog in oog te komen staan met Jonah.

Het duurde even voordat ze hem die ochtend herkende, maar nu het zover was, zag ze hem weer zoals hij vijftien jaar geleden was, met zijn lachende ogen en zijn snelle verstand. Toen ze nog maar een meisje was, plaagde hij haar altijd, als een grote broer. Maar nooit gemeen. Ze herinnerde zich dat hij aardig was... heel aardig. Dat was hij nog steeds. En hij had nog steeds dat golvende donkere haar, dezelfde diepbruine ogen, hetzelfde knappe gezicht, een beetje asymmetrisch vanwege een gebroken neus. Ze herinnerde zich de dag nog dat hij hem brak. Hij was de werper in een softbalwedstrijd en kreeg een bal midden in zijn gezicht. Zij had het vanaf een afstandje zien gebeuren en nog nooit zo'n heftige bloedneus gezien.

Terwijl ze Jonah nakeek die het politiebureau binnenliep, leunde ze tegen de deurpost en sloeg ze haar armen over elkaar. Deze zomer maakte alles anders, op een manier die ze nooit had verwacht. Alles – al haar zorgvuldig uitgedachte plannen – stond op zijn kop. Zou het allemaal vanzelf weer goed komen? De zoemer van de oven ging af en ze ging naar binnen om naar het brood te kijken. Misschien, dacht ze terwijl ze de broden uit de oven haalde, misschien stond alles nu volledig op zijn kop en kwam het straks weer helemaal goed.

Lainey legde de broden op rekken om ze te laten afkoelen en trok haar ovenwanten uit. Hoe het ook zij, jaren geleden – ze was toen nog maar tien – had ze haar vertrouwen op God gesteld en ze was niet van plan daar nu mee op te houden. Ze hield vol.

Terwijl Bess haar bed aan het opmaken was, hoorde ze een auto de oprijlaan naar Rose Hill Farm opdraaien. Ze keek uit het raam naar buiten en kreeg een knoop in haar maag. Het was de sheriff. Samen met haar vader.

Ze rende naar beneden om het *Mammi* te vertellen, maar die stond al op de veranda aan de voorkant van het huis om haar zoon te verwelkomen. Alsof ze hem al die tijd al had verwacht. Bess liep naar buiten en ging achter *Mammi* staan. De auto van de sheriff stopte, haar vader opende het portier. Hij klom uit de auto, haalde zijn koffer van de achterbank, draaide zich om naar de sheriff en schudde hem de hand.

'Mijn werk hier zit erop,' zei de sheriff, terwijl hij door het autoraampje naar buiten leunde. 'Zorg ervoor dat u uit de problemen blijft, mevrouw Riehl.' Hij wees naar Bess. 'En jij ook.' De sheriff spreidde zijn wijs- en middelvinger en wees naar zijn ogen, alsof hij wilde zeggen: 'Ik houd jullie in de gaten.'

Toen hij wegreed, beende Jonah met een paar flinke passen naar de veranda bij de keuken.

'Jonah,' zei Bertha rustig.

'Zo, moeder,' zei Jonah, even kalm. 'Kunt u mij misschien vertellen wat er aan de hand is?'

Er viel een vervelende stilte, totdat ineens Billy uit het niets verscheen. 'Als zij het u niet vertellen, doe ik het wel. Bess kreeg het idee dat ze wel een paar keer een ritje met de auto van de sheriff kon maken,' zei hij. 'Voor zover ik heb gehoord drie keer.'

Bess sprong achter *Mammi* vandaan en wierp Billy een woedende blik toe. Wat had ze *ooit* in hem gezien?

'Billy,' zei Bertha vastberaden. 'Tijd om de bijen uit het veld te halen. Neem Bess maar mee.' Ze draaide zich om naar Bess. 'Pak je bonnet. Je zult hem nodig hebben.'

Bess ging naar de keuken en griste haar grote zwarte bonnet van de haak aan de muur. Toen ze langs haar vader liep, maakte hij een weids gebaar met zijn arm. 'Zeggen we geen gedag meer?'

Ze boog zich naar hem toe en voelde zich heel opgelucht dat hij er was. Ze had zich niet gerealiseerd hoezeer ze hem had gemist. Hij was helemaal niet zo boos over dat lenen van die politieauto als ze had gedacht. Maar goed, haar vader was ook niet zo snel kwaad. Bess had hem nog nooit boos gezien, echt nog nooit. Toch, als hij het wel was, zou ze het weten. Vanochtend zag hij er ontspannen uit, hij leek het zelfs toch wel leuk te vinden dat hij in Stoney Ridge was. *Dat* had ze niet verwacht.

'Als je oma's bijen hebt verplaatst,' zei Jonah en hij trok een wenkbrauw op, 'kunnen we het misschien even hebben over je algebra.'

Bess' hoofd zonk op haar kin. *Dat* had ze ook niet verwacht.

Voordat ze naar de bijenkorven liepen, rolde Billy in de schuur zijn hemdsmouwen naar beneden en stopte hij de pijpen van zijn broek in zijn schoenen. Hij pakte een rol muskietengaas en deed een stuk over zijn hoed en voor zijn gezicht. 'Je moet jezelf goed toedekken, Bess,' zei hij, maar ze had zijn advies niet nodig. Billy tilde het muskietengaas op om haar te helpen, maar ze draaide zich om. 'Bess, doe niet zo kinderachtig. Je moet jezelf beschermen.' Hij pakte haar vast bij haar schouder en draaide haar om. Terwijl hij het net rond haar bonnet deed, staarde zij strak naar de grond. 'Waarom was je net eigenlijk zo boos? Ik vertelde alleen maar de waarheid.'

Bess keek Billy strak aan. 'Nou, het klopte niet. *Mammi*

wilde dat ik die auto van de sheriff leende. Ik heb geprobeerd haar dat uit het hoofd te praten… maar je kent mijn oma.'

Billy propte het net in de rug van haar schort. 'Echt? Jammer.' Hij klonk oprecht teleurgesteld. 'Een paar jongens stelden me allemaal vragen over jou. Zij denken dat je een rustige en verlegen indruk moet maken, maar dat je daaronder… ze zeggen… *sie is voll Schpank*.' Ze is een durfal.

O, nee. Dat betekende dat iedereen in de stad wist van *Mammi's* autodiefstal. 'Zeg maar tegen hen dat ik geen van beide ben.' Bess duwde zijn hand van haar heup en rolde met haar ogen. Ze zagen er allebei belachelijk uit, met zo veel muskietengaas om zich heen. Ze kon het niet helpen, maar ze moest lachen, waardoor Billy weer moest grinniken.

'Goed, ik zal het doorgeven.' Hij legde het gaas op de plank, pakte een doosje lucifers en een roker en legde die in de kruiwagen. 'Wat is dat met die algebra?'

'Ik zie niet in waarom ik wiskunde zou moeten leren,' antwoordde Bess vastberaden. 'Echt niet.'

'Ik vind wiskunde hartstikke leuk,' zei Billy.

Bess keek hem aan. 'Wat is er zo leuk aan?'

'Wiskunde is… zo voorspelbaar,' antwoordde hij. 'Er is altijd een goed antwoord.'

'Maar dan moet je het wel eerst snappen.'

'Je bekijkt het verkeerd. Wiskunde heeft als basis de wereld om ons heen. De patronen daarin zijn constant, herhalen zich en je kunt daarvan opaan, zoals…' Hij keek door het schuurraam naar buiten. 'Zoals de rijen in het veld, de rimpels op het water in de beek, de nerven van de bladeren, sneeuwvlokken. Of ze nu door de mens zijn gemaakt of door de natuur, die patronen zijn er gewoon. Wiskunde is altijd hetzelfde.'

Zo had ze wiskunde nog nooit bekeken. Ze wilde helemaal niet nadenken over wiskunde.

Billy pakte de handvatten van de kruiwagen beet en duwde hem door de schuurdeur naar buiten. Hij wachtte tot Bess ook buiten was en schoof de schuurdeur dicht achter haar. Ze liepen het pad af naar de rozenvelden. 'Is er iets wat je wel leuk vindt om te leren?' vroeg hij.

'Woordjes, denk ik. Dat je aan de hand van de oorsprong kunt zien hoe woorden ontstaan. En hoe ze vervolgens in de loop van de tijd veranderen.'

'Zie je wel? Dat is niet zo heel veel anders. Jij zoekt ook patronen.'

Daar moest ze even over nadenken. Ze concludeerde dat hij waarschijnlijk gelijk had, maar ze vond wiskunde eigenlijk nog steeds niets.

'Nu je boosheid over is, heb ik je advies nodig.'

Bess' hart sloeg over. Billy vroeg haar om advies? Haar boosheid smolt weg. 'Wat voor advies?'

'Dat vertel ik je wel als we klaar zijn. Ik moet me concentreren.' Billy duwde de kruiwagen naar de bijenkorven achter in een van de rozenvelden. Naarmate hij dichter bij de korven kwam, werd het gezoem luider. Hij stak de roker aan en zwaaide ermee rond de korven. Het viel haar op dat hij intussen zachtjes tegen de bijen zong. Dat zachte zingen raakte haar. Het was een van de gezangen uit de kerk en hij zong het langzaam, bedroefd haast. Hij vertelde haar dat het zingen de bijen kalmeerde; dat het slimme beestjes waren die een goede zangstem wel wisten te waarderen. Bess rolde met haar ogen toen hij dat zei, maar kon een glimlach niet onderdrukken.

Billy tilde voorzichtig een van de korven op de kruiwagen, terwijl Bess hem stevig vasthield. Een paar verdwaalde bijen zoemden nieuwsgierig om hen heen. Ze verplaatsten de bijenkorven naar de velden waar de rozen in bloei stonden. Daardoor kregen ze meer honing, had oma hem geleerd. De bijen hoefden dan niet zo hard te werken om de nectar te verzamelen en konden zich concentreren op het maken van de honing. Hij pakte nog een korf en zette die voorzichtig in de kruiwagen. Toen hij klaar was, leegde hij de roker en liepen ze terug naar de schuur. Ongeveer halverwege bleef Billy even staan om te kijken of de bijen niet uitzwermden, omdat ze niet meer wisten waar hun korf stond. Tevreden zei hij tegen Bess dat ze haar net nu af kon doen.

Hij hielp haar het net van haar bonnet af te wikkelen en rolde het voorzichtig op zodat ze het nog een keer kon gebruiken. 'Gistermiddag ging ik naar het meer en toen zag ik dat een vrachtwagen er zaagsel dumpte. Hij reed achteruit naar de oever, zette de bak omhoog en dumpte het zaagsel. Ver genoeg in het water, zodat het meteen zonk.'

Bess trok de grote handschoenen van haar handen. 'Heb je iets tegen de bestuurder gezegd?'

Billy schudde zijn hoofd. 'Nee. Ik zorgde ervoor dat hij me niet zag.'

'Wat ga je doen met deze informatie?'

'Dat weet ik dus niet. Daar wilde ik je advies over.'

Haar hart sloeg nog een keer over. Misschien zag Billy haar eindelijk staan. Ze bewonderde hem dat hij zo begaan was met het meer. Hij maakte zich echt zorgen.

'Als ik het mijn vader vertel, zegt hij alleen maar dat we de *Englischers* hun problemen moeten laten oplossen en wij onze eigen problemen.'

'Vind jij dat ook?' vroeg Bess.

'Ik kan niet gewoon toekijken en het meer laten sterven. God heeft ons de aarde gegeven om er netjes voor te zorgen. Maar wat één ding betreft, heeft mijn vader wel gelijk. Het is niet mijn taak om justitie te waarschuwen. Het is niet onze gewoonte ons recht op te eisen. Dat soort dingen laten wij aan God over.'

Bess haalde haar schouders op. 'Je zorgt er gewoon voor dat ze de consequenties ervaren. Daar is niets mis mee.'

'Maar toch,' zei hij aarzelend en ze wist het. Dit soort situaties was ingewikkeld. Hoe konden ze zorgen voor Gods aarde en niet willen dat het meer werd beschermd? Maar als ze het meer wilden beschermen, zouden ze in aanraking moeten komen met justitie. Billy pakte de handvatten van de kruiwagen beet en liep voorzichtig naar de rozenvelden. Bess volgde hem, intussen dacht ze hard na.

Er borrelde een nieuw idee in haar op en ze bleef staan. 'Misschien is er nog een middenweg.'

Billy draaide zijn hoofd naar haar om. 'Ik luister.'

Bess liep een paar stappen door en haalde hem in. 'Tot nu toe ga ik elke middag naar Lainey in de bakkerij. Na drieën komt er altijd iemand van de krant – Eddie Beaker – om voor half geld Deense taartjes te kopen. Hij vraagt altijd aan Lainey of ze nog nieuws heeft gehoord. Het hoeft geen groot nieuws te zijn. Elk nieuws was goed, zei hij. Gisteren hoorde ik hem nog tegen haar klagen dat hij de zomer maar niks vond. Dan is het te heet en is er weinig te melden.'

Billy bleef staan en draaide zich vlug naar haar om. 'Denk je dat hij dit nieuws in de krant zou willen zetten?'

Bess knikte. '*Mammi* zegt dat Eddie Beaker een "wolf in apenkleren" is.'

Billy glimlachte en streek met zijn hand langs zijn kin. '*Bess Riehl, du bischt voll Schpank.*' Hij klopte zachtjes tegen zijn voorhoofd. '*Und du bischt en schmaerdes Maedel.*'

Jonah leunde op Rose Hill Farm tegen de deurpost en keek de keuken rond. Er was niets veranderd en dat vond hij wel zo prettig. De scheurtjes in de linoleumvloer, de lichtgroene muren en het plafond. Zelfs de koekoeksklok aan de muur dateerde uit zijn jeugd. Hij vond die klok altijd zo irritant. Nu leek hij vertederend. 'Ik zie dat de vroege regen goed is geweest voor de rozen.'

'Nu moet de zon gaan schijnen, dan kunnen ze droog worden en gaan bloeien,' vulde zijn moeder zijn gedachten aan.

Jonah hing zijn wandelstok aan de haak aan de muur, hing zijn hoed eroverheen en ging op een stoel zitten. Dezelfde stoel waar hij altijd op gezeten had. Hij wist dat het ook altijd zijn stoel zou blijven. Zijn plek in het gezin. 'Bess ziet er gelukkig uit. Ze heeft een kleur als een biet. Het lijkt ook of ze is aangekomen door uw goede kookkunsten.'

Zijn moeder knikte instemmend. 'Toen ze hier kwam, zag ze eruit als een teer vogeltje. Ze heeft nu tenminste weer wat vet op haar botten.'

Dat nu ook weer niet, dacht Jonah toen zijn moeder twee koppen koffie inschonk. Maar Bess zag er anders uit. Ze leek in een paar weken tijd ouder, volwassener te zijn geworden. 'De sheriff vertelde me zijn kant van het vertaal. Wilt u mij uw kant vertellen?'

Bertha ging gemakkelijk op haar stoel zitten. 'Ik moest iets doen om ervoor te zorgen dat je terugkwam.'

'Waarom hebt u het niet gewoon gevraagd?'

'Dat heb ik gedaan,' antwoordde ze mat. 'Dat doe ik al jaren.'

Dat was zo. Jonah leunde achterover. 'Waarom is het zo vreselijk belangrijk dat ik terugkom naar Stoney Ridge? Nu, op dit moment?'

Zijn moeder nam de tijd voor haar antwoord. Ze nam een slokje van haar koffie, deed er suiker en melk bij, roerde en nam nog een slokje. 'Omdat je oom Simon doodgaat.'

'Onmogelijk,' zei Jonah snuivend. 'Dat kan ik me niet voorstellen. Hij overleeft ons allemaal.'

'Hij ligt op sterven.'

'Waar is hij eigenlijk? Het huisje zag er leeg uit.'

'Hij raakte het jaren geleden kwijt toen de bank het in beslag nam. Het staat al heel lang te koop. Simon ligt in het Veterans Hospital in Lebanon.'

Jonah slaakte een zucht. 'Wat heeft hij?'

'Een soort kanker. De ziekte van Hopscotch.'

'Hodgkin?'

'Dat zei ik toch.' Zijn moeder stond op, liep naar het raam en sloeg haar armen over elkaar voor haar borst. 'De artsen zoeken familieleden. Ze hebben hun beenmerg nodig om hem te kunnen helpen.' Bertha draaide zich terug naar Jonah. 'Ze denken dat ze hem dan kunnen genezen.'

'Zeg me niet dat u wordt getest om uw broer – een man die zijn hele leven lang nog nooit iets voor een ander heeft gedaan – zeg me niet dat u van plan bent hem uw beenmerg te geven!'

'Ik heb het geprobeerd. Als ik kon, zou ik het hem geven. Maar we matchen niet.' Ze ging weer op haar stoel zitten. 'Maar jij matcht misschien wel.' Ze keek in haar koffiekop en draaide de koffie rond. 'En Bess misschien ook.'

'Bess?' Jonah keek verbaasd op. 'Zij is in de verte verwant aan hem.' Hij zette dat idee snel uit zijn gedachten. 'En uw zussen dan? Waarom laten die zich niet testen?'

'Twee hebben het gedaan. Drie weigerden omdat hij nog steeds in de *Bann* is. De twee die het wel deden – Martha en Annie – matchten niet.' Nog voordat Jonah het kon vragen, zei ze: 'En hun mannen wilden niet dat hun kinderen en kleinkinderen werden getest.'

'Omdat hij in de *Bann* is.'

Zijn moeder knikte. 'Jij en Bess... zijn de laatste mogelijkheid.'

Jonah slaakte een diepe zucht. 'Waarom denkt u dat oom

Simon mijn beenmerg zou accepteren, vooropgezet dat we matchen? U hebt altijd gezegd dat hij zo gammel was als een oude deur.'

'Laat oom Simon maar aan mij over,' zei ze resoluut.

De zondag daarop was er kerk en Jonah spande het paard voor het rijtuigje. Bess en zijn moeder waren zich boven aan het klaarmaken voor vertrek. Jonah was met zijn gedachten heel ergens anders dan bij het naar de kerk gaan. Hij dacht na over wat zijn moeder hem gisteren had verteld, dat ze wilde dat hij zijn bloed zou laten testen om te kijken of haar broer Simon op die manier kon genezen van de kanker. Zijn moeder had het eigenlijk nooit over haar broer, hij was jaren geleden in de *Bann* gedaan. Hij kwam niet naar bijeenkomsten van de familie, zijn naam werd niet genoemd en als iemand hem zag, werd hij genegeerd en dat gebeurde vaak.

Jonah had nooit begrepen waarom zijn oom in Stoney Ridge was gebleven. Hij was hier meteen naartoe gekomen toen hij uit het leger werd ontslagen omdat hij gewond was geraakt. Oom Simon had in de Tweede Wereldoorlog als gewetensbezwaarde vervangende dienst gedaan in het leger en werd als onderhoudsmonteur gestationeerd in een basiskamp in Arkansas. Hij had per ongeluk een kogel in zijn voet gekregen. Simons vertelde dat hij een geweer aan het schoonmaken was, maar het was een vaag verhaal en elke keer als hij het vertelde, was het weer anders. Jonahs vader had tegen hem gezegd dat de kans groter was dat het zo was gegaan: Simon deed iets wat hij niet had moeten doen, jagen tijdens de dienst bijvoorbeeld, waarna hij het leger de schuld gaf van het ongeluk. Hij kreeg een invalidenpensioen en gebruikte dat om een vervallen huisje in de buurt van de boerderij van zijn zus te kopen, waarna het huisje nog verder in verval raakte. Het leek alsof hij er plezier in had iedereen te irriteren. Maar… zo was zijn oom Simon nu eenmaal. Zijn vader zei dat Simon altijd al een ruziezoeker was geweest.

Jonah maakte de laatste gesp vast aan het hoofdstel, keek over de manen van het paard en zag Lainey O'Toole in zijn richting komen lopen.

'Bess heeft me uitgenodigd,' zei ze toen hij haar verbaasd aankeek. 'Om mee te gaan naar de kerk.'

'Onze kerk?' vroeg hij en hij vroeg zich af waarom Bess Lainey in zo'n lastige positie bracht. Zijn dochter bedoelde het misschien goed, maar Lainey moest zich niet verplicht voelen mee te gaan. 'Onze kerk… de dienst duurt drie uur.' Zo veel wist hij wel van de *Englischers*, dat ze in nauwelijks een uur tijd de kerk in en ook weer uit waren. Tijdens een dienst van de Amish werd er het eerste uur alleen maar gezongen.

Lainey haalde haar schouders op. 'Dat ben ik wel gewend. De kerkdiensten waar ik de afgelopen paar jaar naartoe ging, duurden ook lang en dan was er ook nog zondagsschool.'

'De voorgangers spreken er *Deitsch*.'

'Dat weet ik. Vroeger ging ik altijd met je moeder mee.' Ze glimlachte. 'Als ik me goed herinner, krijgen die voorgangers alleen al door de juiste toon aan te slaan een groot deel van hun boodschap over het voetlicht.'

Jonah moest hartelijk lachen. Ze verbaasde hem, deze jonge vrouw.

'Ik versta nog steeds een klein beetje *Deitsch*. Ik groeide op in Stoney Ridge… woonde een paar jaar bij Simon, toen heb ik het een beetje opgepikt.'

Jonah keek langs haar heen naar de rozenvelden en draaide zich toen om naar haar. '*Du bisch so schee.*' Hij vond haar zo knap. Had hij dat echt net tegen haar gezegd? O, nee. Ineens voelde hij zich als Levi Miller, die verlegen en niet op zijn gemak allerlei belachelijke, onhandige complimenten maakte.

Lainey keek hem niet-begrijpend aan. 'Ik denk dat ik me er toch minder van kan herinneren dan ik dacht.'

O, dank U wel, God! 'Ik zei: "Nou, spring er maar in, dan."' Hij bood haar zijn hand aan en hielp haar in het rijtuigje. Het viel hem op dat ze heerlijk rook naar lentebloesem.

Zo was de kerk bedoeld – eenvoudig en puur – dacht Lainey terwijl ze achter oma Riehl en Bess aan liep. Zo moest de kerk voor de eerste christenen ook zijn geweest. Niet een mooi kerkgebouw met een toren die hoog in de lucht stak en de wolken leek te raken, maar gewoon een huis, waar mensen samenkwamen voor de eredienst. En God in hun midden was.

Vandaag werd de dienst gehouden in een goed schoongeveegde schuur. Toch was God er. Ze voelde dat Hij er was.

Het was die zondagochtend in juli zo warm en vochtig, dat de gastfamilie – de Zooks van Beacon Hollow – besloten had de dienst in de schuur te houden, omdat het daar koeler was. De schuifdeuren stonden wijd open, zodat er een lekker briesje door de schuur waaide.

Lainey zat op de achterste rij banken aan de vrouwenkant, tussen oma en Bess in. Bess fluisterde tegen haar dat ze achterin moesten zitten omdat haar oma zo groot was dat niemand achter haar wilde zitten. Ze waarschuwde Lainey ook dat ze op haar hoofd moest passen. 'Er kan zomaar een zwaluw naar binnen komen vliegen die je haar uit je hoofd pikt om er een nest mee te bouwen. Het zou niet de eerste keer zijn. Een paar weken geleden nog was er één uit op de baardharen van meneer Smucker…'

Mammi boog zich naar haar toe en legde haar hand op Bess' knie, die meteen haar mond hield en haar hoofd boog.

Lainey beet op haar lip om te voorkomen dat ze grinnikte. Ze kon haar geluk nauwelijks bevatten, liep er bijna van over. Er was geen plek op de wereld waar ze op dat moment liever wilde zijn. Het was het ultieme wonder. Aan de ene kant van haar zat mevrouw Riehl, de vrouw die altijd zo goed voor haar was geweest, en aan de andere kant Bess, haar eigen zusje. Ze kon zich nauwelijks inhouden God te prijzen.

Wat ook bijdroeg aan haar geluk, was het feit dat ze nog steeds niet helemaal kon bevatten dat Jonah haar knap vond. Ze was daar zo van geschrokken dat ze net had gedaan of ze hem niet had verstaan. Maar dat had ze wel. Simon zei het wel eens tegen haar moeder op een van die zeldzame momenten dat hij in een goed humeur was. Maar toen Jonah het zei, kreeg ze een vreemd gevoel in haar maag. Lainey wierp een vluchtige blik naar de andere kant van de ruimte, waar hij zat. Zijn hoofd met het donkere haar was gebogen, hij bereidde zich voor op de dienst, wist ze. Zij niet, haar gedachten leken als een van die zwaluwen door de schuur heen te dansen. Waar kwamen die nieuwe gevoelens voor Jonah vandaan? Lainey had Jonah altijd gezien als de zoon van mevrouw Riehl. Ze herinnerde zich wel dat ze hem een knappe man vond. Ze was nooit zo weg geweest van die onverzorgde Amish baarden. Jonah had al sinds zijn twintigste een lichtbruine volle baard. Lainey wist nog dat ze teleurgesteld was dat hij na zijn huwelijk met Rebecca zijn baard liet groeien, die zijn mooie hoekige kin aan het zicht onttrok. Toch was zijn gezicht nog interessant genoeg, want hij had ook hoge jukbeenderen en een paar vriendelijke bruine ogen, die haar warm belangstellend aankeken.

Het leek alsof Jonah haar gedachten kon lezen, hij keek op en zijn blik kruiste de hare. Lainey kreeg een vreemd zenuwachtig gevoel in haar buik. Ze boog zich voorover om haar jurk glad te strijken. Een kleine, oudere man stond op. Een perfecte noot, even zuiver als het licht van de opkomende zon, kwam uit zijn open mond. De mannen vielen in, daarna de vrouwen en iedereen zong dezelfde langzame melodie, dezelfde vibrerende noten, hetzelfde monotone gezang. Tweehonderd stemmen stegen op naar de dakspanten van de schuur. Ze zongen een hele poos. Toen stopten ze, alsof God Zelf de dirigent was en aangaf dat het zingen klaar was.

Terwijl Lainey de bekende geur van hooi en dieren opsnoof en de mensen die lange, plechtige liederen hoorde zingen, voelde ze een golf van emoties in zich opwellen, die ze lang had weggestopt. Niets kon je zo goed terugbrengen naar een bepaald moment in het verleden, als liederen en geuren. Verbazingwekkend wat een paar noten of één enkele vleug van een bepaalde geur konden losmaken. Haar gedachten gleden terug naar de kerkdienst die ze een paar weken voor de dood van haar moeder samen met oma Riehl had bezocht. Het was inmiddels al iets warmer en het rook naar de aarde die aan het ontdooien was, naar de lente. Lainey realiseerde zich ineens dat dit haar laatste moment als kind was geweest. Het laatste moment dat ze echt gelukkig was geweest. Ze voelde verdriet in zich opwellen, sloot haar ogen en drukte haar vingers tegen haar lippen. Ze wilde niet huilen, niet hier en niet nu.

Toen was het tijd voor de verkondiging. Het lukte haar goed de eerste preek te volgen, die werd gehouden door een oudere voorganger, met dezelfde holle, vreugdeloze stem als alle voorgangers. De tweede preek werd gehouden door Caleb Zook. Ze meende zich vaag te herinneren dat hij een vriend was van Jonah. Caleb was nu bisschop en getrouwd met de kleine vrouw met het rode haar die voor haar zat, met een baby in haar armen en een peuter naast haar op de bank. Het verbaasde Lainey dat haar kinderen zo stil waren, dat alle kinderen zo stil waren. Toen het Caleb Zooks beurt was om te gaan staan om te preken, gleden zijn ogen door de schuur en toen hij zijn vrouw gevonden had, liet hij ze op haar gezicht rusten. Kennelijk vond er een soort stille communicatie tussen hen plaats, want zijn ogen gleden nu naar Lainey op de achterste rij. Hij hield zijn preek in haar taal, zodat zij hem kon verstaan. Om de een of andere reden raakte dit vriendelijke gebaar haar diep en haar ogen vulden zich met tranen. Een vreemd verlangen trof haar hart. Ze wilde zo graag hierbij horen – bij deze mensen – voor altijd.

De vrouw met het kind op haar heup bleef met haar rug naar haar toe gedraaid staan, terwijl ze langzaam de appeljam in kleine schaaltjes deed. Bess wilde dat ze opschoot, dan kon ze de schotel met brood en de appeljam meenemen naar de verste tafel, waar Billy na de dienst met zijn vrienden was gaan zitten. Tijdens de dienst had hij naar haar geglimlacht. Wel twee keer. Ze had het idee dat als hij glimlachte, hij dat ook echt meende.

Bess wierp een zenuwachtige blik naar Billy. Soms voelde ze, zonder dat daar een reden voor was, een felle steek in haar borst als ze naar hem keek. Waarschijnlijk omdat hij zo'n grote, sterke kerel was en er zo goed uitzag, dacht ze.

Ze schraapte haar keel, in de hoop dat de vrouw doorhad dat ze stond te wachten. Maar de vrouw had absoluut geen haast. Bess keek nog een keer in Billy's richting en de moed zonk haar in de schoenen. Betsy Mast was haar voor.

Ze leunde over Billy's schouder en vulde zijn glas met zoete thee. De dromerige manier waarop Billy omhoogkeek naar Betsy, maakte dat Bess de kom met appeljam wel over zijn hoofd heen wilde kieperen.

De vrouw draaide zich snel om en gaf Bess een schaal met vers gesneden brood. Bess keek of ze haar vader kon vinden, dan kon ze hem bedienen. Ze keek overal, maar kon hem niet vinden, dus zette ze de schaal met brood en de jam op de tafel het dichtst bij haar. Toen zag ze dat haar vader bij de schuur stond, met één arm leunend tegen de deur, diep in een gesprek verwikkeld met Lainey O'Toole. De manier waarop hij naar Lainey keek – hij was zo'n dertig centimeter groter dan zij en had zijn hoofd voorovergebogen, zodat het leek alsof hij niets wilde missen van wat ze zei – raakte Bess in haar hart. Ze bleef met open mond staan kijken. Ze had haar vader nog nooit zo geboeid naar een vrouw zien luisteren.

Mammi kwam achter haar staan en keek zwijgend mee. Toen haalde ze diep adem en zei: 'Sjonge, dat had ik niet zien aankomen.'

6

Zondagavond vertelde Jonah zijn moeder dat hij besloten had de test te doen, zodat kon worden bekeken of zijn beenmerg matchte met dat van haar broer Simon. 'Ik doe de test en wacht het resultaat af. Maar ik zeg het niet tegen Bess,' zei hij tegen haar. 'Daar is geen reden toe. Als we niet matchen, houdt het op. Ik zal Bess niet laten testen. Er is te weinig verwantschap tussen haar en oom Simon. De kans dat zij matchen, is te verwaarlozen.'

Bertha knikte kort met haar hoofd. 'Eén ding tegelijk.'

Jonah wist niet precies wat ze daarmee bedoelde, maar hij wilde naar bed. Hij stond op om naar boven te gaan, maar draaide zich om en keek haar aan. 'Moeder, waarom doet u dit allemaal voor iemand als oom Simon?'

'Hij is de enige broer die ik heb,' was haar antwoord.

Hij bleef het een rare opmerking vinden. Lainey had vanochtend iets soortgelijks gezegd toen hij haar vertelde dat zijn moeder hem hiernaartoe had gelokt omdat ze wilde dat hij beenmergdonor zou zijn voor zijn oom Simon. Ze had gezegd dat zijn moeder haar alles over Simons ziekte had verteld, maar dat ze nog niet de moed had gehad bij hem op bezoek te gaan. 'Ik zou graag met je meegaan als je bij hem op bezoek gaat,' had Lainey tegen hem gezegd. 'Het zou fijn zijn als we morgen konden gaan, dan ben ik vrij.'

'Weet je het zeker?' had hij haar gevraagd. Hij wist dat Simon haar heel slecht had behandeld. Iedereen wist het. Het verbaasde hem dat ze überhaupt de moeite nam.

'Hij is de enige vader die ik had,' was haar antwoord.

Maandagochtend vroeg troffen Jonah en Lainey elkaar voor de bakkerij en ze liepen samen naar het busstation om de eerste bus naar Lebanon te nemen. Hij voelde zich eerst wat ongemakkelijk dat hij een hele dag op stap ging met een *Englische* dame, maar ze stelde hem snel op zijn gemak. Ze vroeg hem een paar dingen over Bess. Lainey leek geen genoeg te kunnen krijgen van zijn verhalen over hun leven in Ohio. Jonah vertelde haar over van alles en nog wat... over Bess' eerste schooldag, dat ze naar huis kwam en hem vertelde dat ze ermee stopte, dat één dag genoeg was. Over Levi Miller, die haar een beetje te graag mocht en verwelkte bloemen voor haar in de brievenbus legde, totdat de postbode erover klaagde. Over haar kat Blackie, die haar op Rose Hill Farm in de steek leek te hebben gelaten en in de schuur was gaan wonen. Ze moesten er allebei om lachen en wisten van geen ophouden. Jonah had de afgelopen jaren zo weinig gelachen en het voelde zo goed.

Alleen al het samenzijn met Lainey voelde zo goed. Hij had nooit meer zo van vrouwelijk gezelschap genoten als toen... nou ja, als toen hij Rebecca voor het eerst ontmoette, realiseerde hij zich ineens. Eén blik op Rebecca – gekleed in een lichtgroene jurk die haar hazelnootbruine ogen zo mooi deed uitkomen – en hij wist dat zij de ware was. Hij had nooit getwijfeld, geen moment. Hij wist het gewoon zeker.

En wat nu opeens? Wat moest hij met de gevoelens voor Lainey die in hem opborrelden. Het was niet verstandig. Absoluut niet verstandig. Het was zelfs pertinent verkeerd. Lainey was *Englisch*. Bovendien, en daar voelde hij zich heel schuldig over, had hij een overeenkomst met Sallie. O, dit was verkeerd, zo verkeerd.

En toch... Jonah kon zijn ogen niet van Lainey afhouden.

Hij betrapte zichzelf erop dat hij haar gelaatstrekken, haar gezichtsuitdrukkingen van buiten kende, zo mooi vond hij haar gezicht. Hij verwonderde zich over haar schoonheid, haar prachtige zwarte haar dat als een krans rond haar hoofd krulde.

De anderhalf uur die het duurde om met de bus in Lebanon te komen, vlogen voorbij en kort daarop stonden ze bij de zusterpost in het ziekenhuis stapels papieren in te vullen. Vervolgens moesten ze een hele tijd wachten voordat er een bloedspecialist beschikbaar was die bloed bij Jonah zou afnemen voor de donortest, dus de zuster stuurde hen naar de wachtkamer.

Lainey keek Jonah aan. 'Misschien kan ik even bij Simon gaan kijken terwijl jij wacht tot je bloed wordt afgenomen.'

'Niet zonder dat ik erbij ben,' zei Jonah resoluut. Hij maakte zich zorgen nu ze Simon na al die jaren weer zou zien. Hij wist hoe onvoorspelbaar zijn oom kon zijn. Toegegeven, daar had zijn liefde voor de drank veel mee te maken. Maar al was Simon op z'n best, dan nog was hij geen aangenaam persoon.

Meteen was er iets in Laineys gezichtsuitdrukking... Was ze verdrietig? Wilde ze iets? Hij kon het niet goed zeggen. Toen glimlachte ze op haar bekende raadselachtige manier naar hem en ging op het plastic stoeltje zitten. Jonah ging naast haar zitten.

'Jonah, waarom ben je bereid je beenmerg af te staan aan je oom Simon?'

Hij legde zijn wandelstok op de lege stoel naast hem. 'Voor mijn moeder, denk ik. Hij is al jaren in de *Bann* en we hebben nooit veel voor hem kunnen doen. Maar dit... nou ja, misschien is dit het duwtje in de rug dat hem ertoe zal doen besluiten terug naar de kerk te keren.' Jonah sloeg zijn armen over elkaar voor zijn borst. 'Dat hoopt zij tenminste, dat hij zijn zaakjes in orde maakte met God, voordat het te laat is.'

'Wist je dat je moeder ons vroeger altijd warme maaltijden bracht?' vroeg Lainey. 'En dat ze mijn moeder geld toeschoof om de rekeningen te betalen?'

'Wat?' Jonah was stomverbaasd. 'Mijn ouders…?'

'Nee. Niet je vader. Alleen je moeder.' Lainey rechtte haar hoofd. 'Jouw moeder… is een klasse apart.'

Jonah kon het niet geloven. Geen Amish uit hun kerk kwam in de buurt van zijn oom Simon. Daarmee zette je immers je goede naam op het spel. Ze zaten een tijdlang zwijgend naast elkaar, ten slotte vroeg hij: 'Je bent deze zomer dus naar Stoney Ridge gekomen om Simon te zien?'

Lainey boog haar hoofd en antwoordde zachtjes: 'Hij is een van de redenen. Ik moet hem iets vertellen.' Ze tilde haar hoofd op en keek hem recht in het gezicht aan, alsof ze iets wilde zeggen. Jonah had dat gevoel al eerder gehad als hij met haar samen was… alsof ze iets achterhield. Aan de andere kant, was dat wel zo? Hij kende haar nog maar net.

Als haar stiefvader de ene reden was waarom zij terug was gekomen naar Stoney Ridge, wat was dan de andere? Hij wilde het haar net vragen toen een rijzige zuster met grijs haar vanuit de deur van het lab naar hem wees. 'Meneer Riehl?'

Jonah knikte.

'U kunt hier naar binnen. Nu.' Haar lippen vertrokken in een smalle streep. 'Ik hoop dat u dikke aders hebt, want ik heb er vandaag al genoeg gehad met van die iele vaatjes. Die heb ik wel honderd keer moeten prikken.'

Zijn donkere wenkbrauwen schoten verschrikt omhoog. 'Ik ben zo terug,' zei hij tegen Lainey. 'Het duurt niet lang, hoop ik.'

Een kwartier later kwam Jonah naar buiten en rolde zijn mouw naar beneden. Hij keek om zich heen of hij Lainey zag, maar ze was weg.

Zodra Jonah vertrokken was met de zuster, ging Lainey op zoek naar haar stiefvader. Ze vond hem uiteindelijk op een zaal met terminaal zieke patiënten. Hij lag helemaal aan het eind van de zaal en ze beefde terwijl ze naar hem toe liep. Toen ze nog een paar meter van hem verwijderd was, maakte ze pas op de plaats en bleef een tijdje naar hem staan kijken. Hij lag te slapen en zag er zo vredig uit. Hij had mooie gelaatstrekken, hoge jukbeenderen en ogen die diep in hun kassen lagen. Ooit was hij een flinke man geweest. Nu leek hij verschrompeld, als een druif die te lang in de zon had gelegen. Zijn gezicht, ooit glad en glanzend, zag eruit als een oude lap schoenleer.

Lainey was altijd bang voor hem geweest. Hij kon heel lief en aardig zijn, maar er hoefde maar iets te gebeuren of hij barstte in woede uit.

Ze herinnerde zich dat ze hem een keer een stuk taart had gegeven die ze had gemaakt en naast hem stond te wachten om te zien of hij het lekker vond. Hij at het hele stuk op. Toen rukte hij ineens het blauwe lintje dat ze op de jaarmarkt voor haar kersentaartjes had gewonnen van de koelkast en scheurde het aan flarden. 'Je was een beetje te trots op dat lintje. Dacht je dat ik het niet had gemerkt?'

Ze gaf geen antwoord, waarop hij in woede ontstak.

'Hoogmoed komt voor de val. Je moest je schamen.'

Lainey keek naar haar moeder voor hulp, maar die had haar blik afgewend. 'U hebt gelijk,' zei Lainey gedwee. 'Ik was heel trots dat ik dat lintje gewonnen had.'

Later had haar moeder geprobeerd haar uit te leggen dat Simon in de oorlog gewond was geraakt en dat hij daarom zo snel boos werd. Lainey wist het zo net nog niet. Zij dacht dat hij gewoon gek geboren was, hoewel hij de enige Amish was die ze kende, die zulke woedeaanvallen had. Het waren vriendelijke mensen, dat wist ze. Zoals Jonah.

Simon opende zijn ogen en keek haar strak aan. Aan zijn ogen zag ze dat het hem langzaam begon te dagen. Die ogen – heel lichtblauw – in combinatie met dat dikke witte haar hadden Lainey altijd doen denken aan die van een Siberische husky. 'Elaine?'

Elaine, dat was haar moeder. Lainey veronderstelde dat ze op haar moeder leek, in elk geval wat betreft haar kleur haar. Zeker meer dan Bess. Bess leek op haar vader, dat zag je meteen. 'Nee, oom Simon. Ik ben Elaine niet. Die is vijftien jaar geleden gestorven. Ik ben Lainey, haar dochter.'

Simon gluurde door zijn oogharen naar haar en probeerde te begrijpen wat ze zei. Hij was heel ziek, zag ze. 'Ik was ooit getrouwd,' zei hij. 'Lang geleden, toen ging ze bij me weg. Daarna veranderde mijn leven.'

'Ze is niet bij u weggegaan, oom Simon. Ze stierf bij de geboorte van uw kind.'

Hij deed zijn ogen dicht en zweeg. Na een poosje deed hij zijn ogen weer open. 'Heb je misschien iets te drinken voor me?' vroeg hij, terwijl hij zijn lippen likte.

'Naast uw bed staat water.' Ze liep ernaartoe, schonk een glas in en gaf hem dat.

'Ik hoopte dat je me iets sterkers zou geven,' zei hij, terwijl hij haar hand wegduwde die het glas water vasthield. 'Natuurlijk, normaal gesproken drink ik niet veel. Ik lust het niet.'

Lainey wist dat hij loog. Haar stiefvader was een drankorgel.

Hij legde zijn hoofd langzaam terug in het kussen en keek haar strak aan. 'Jij bent dus Lainey. Grote meid geworden.'

Ze knikte.

'Ik heb geen geld, als je daar soms op uit bent.'

'Ik hoef uw geld niet, oom Simon.'

'Er moet iets zijn wat je wilt. Als je na zo veel jaar zonder aankondiging ineens komt opdraven. Je wilt iets. Iedereen wil iets.'

'Ik wil niets van u. Ik wilde u alleen maar zeggen... dat ik u vergeef. Meer niet.' Lainey slaakte een diepe zucht. 'Ik wilde alleen maar dat u weet dat ik u vergeef.'

'Waarvoor?' vroeg Simon snuivend.

Ze liet haar hoofd zakken en zag niet dat hij haar arm vastpakte en stevig vasthield.

'Waarvoor?' gromde hij, als een kwaaie hond. 'Ik heb je een dak boven je hoofd en te eten gegeven. Je was niet eens van mij. Je mag me wel bedanken.'

Zijn greep was minder stevig dan ze had verwacht. Lainey pelde kalm zijn vingers van haar arm, alsof het een banaan was, en deed een stap achteruit. 'U kunt me geen pijn meer doen.' Ze haalde diep adem. 'Het maakt niet uit wat u denkt, oom Simon, wat u nodig hebt is vergeving. En die krijgt u van mij, hoe het ook zij.'

Het leek hem niets te kunnen schelen. Hij wees op de deur. 'Pas op dat je die deur niet tegen je kop krijgt,' was het enige wat hij zei.

Zijn sarcasme verbaasde haar. Met opgeheven hoofd liep ze naar de deur. Haar schoenen maakten een klikkend geluid op de gang. Meteen toen ze buiten was, leunde ze tegen de muur in een poging zichzelf weer onder controle te krijgen. Had ze niet alles goed overdacht voordat ze Jonah vroeg of ze vandaag met hem mee mocht? Had ze niet steeds weer tegen zichzelf gezegd dat ze nooit iets van haar stiefvader terug zou verlangen? En toch, nu ze hier was, was ze diep teleurgesteld. Ze stond te beven, alsof ze het ijskoud had. Ze hoorde iemand haar naam roepen, zo zacht dat ze dacht dat ze het zich inbeeldde. Maar daar was Jonah, hij kwam naar haar toe lopen in de gang. Toen hij zag hoe Lainey keek, strekte hij zijn armen naar haar uit. Ze barstte uit in tranen en zonk weg in zijn armen.

Beste Jonah,

In je briefje stond dat je maar een paar dagen weg zou zijn. Dat is nu bijna een week geleden en je hebt nog niets laten weten. Moet ik de selderij in de grond zetten? Een Amish trouwerij kan niet zonder selderij!

Je toegenegen,

Sallie

'Vandaag gaat het gebeuren, Bess,' zei Billy toen ze naar de kas kwam om hem een glas limonade te brengen. 'We gaan vandaag naar de bakkerij om met Eddie Beaker te praten.'

Bess' ogen werden groot van verbazing. 'We? Hoe bedoel je, we?'

Billy nam een slok van zijn limonade en veegde met de rug van zijn hand zijn mond af. 'Jij kent hem. Ik heb geen idee wie hij is.'

'Ik *ken* hem niet. Lainey heeft hem een keer aangewezen, meer niet. En je kunt zo zien wie hij is. Hij draagt een ruit-

jesblazer, hij smeert zijn haar in met gel en kamt het achterover en hij kauwt op een opgerookte sigaar.' Bess schudde
haar hoofd. 'Ga jij maar. Ik vind hem een engerd.'

Billy blies zijn adem uit door zijn lippen, net als een vermoeid paard.

'Wat was je van plan tegen hem te zeggen?'

'Bess, denk eens na,' zei hij geduldig, alsof ze een school-
kind was dat zat te zwoegen op een eenvoudig probleem.
'We moeten net hard genoeg over het meer praten, zodat hij
hoort wat we zeggen. Hij moet het verhaal oppikken.'

Bess beet op haar lip. Billy deed net of het heel simpel was,
maar ze wist dat het anders lag. Het was net als *Mammi* en de
auto van de sheriff. Zelfde verhaal.

'Kom op, Bess,' zei Billy, omdat ze aarzelde. 'We moeten
proberen ons meer te redden! Jij was toch degene die ontdekte dat het vervuild was!'

Door de manier waarop hij haar aankeek, zo vol passie en
enthousiasme, werd ze weer helemaal verliefd op hem. En
hij had 'ons meer' gezegd, alsof het alleen van hen twee was.
'Goed dan,' zei ze. 'Ik ga tegen *Mammi* zeggen dat we een
paar kersentaartjes bij Lainey gaan halen. Daar zegt ze geen
nee tegen.'

Maar The Sweet Tooth had vandaag geen kersentaartjes.
Lainey had een dag vrij, ontdekten Bess en Billy tot hun spijt
toen ze vijf voor drie bij de bakkerij arriveerden. Mevrouw
Stroot sloot net de boel af en leek haast te hebben om weg
te komen. Billy stond voor de toonbank en probeerde tijd
te winnen, door te doen alsof hij niet kon kiezen wat hij
wilde hebben. Bess keek steeds de straat af of er niet een man
in een grote geruite blazer hun kant op kwam. Eindelijk –
mevrouw Stroot wilde hen net wegsturen – was daar Eddie
Beaker. Het was precies zoals Bess tegen Billy had gezegd, hij
kauwde inderdaad op een opgerookte sigaar.

'Gaat u maar eerst,' zei Billy tegen Eddie Beaker toen deze naar de glazen toonbank liep. 'Ik ben nog aan het bedenken wat ik wil.'

Mevrouw Stroot rolde met haar ogen.

De reporter wees naar de Deense gebakjes. 'Hoeveel?'

'Tien procent korting,' bood mevrouw Stroot.

'Maak er vijftig van en ik neem ze allemaal,' bromde hij.

Terwijl mevrouw Stroot met een diepe zucht de Deense taartjes in een doos deed, stak Billy zijn verhaal af. 'Ik was van plan te gaan vissen, maar er zit totaal geen vis in Blue Lake Pond.' Hij gebaarde naar Bess dat ze wat moest zeggen.

'Nog steeds niet?' vroeg Bess, net iets te hard.

'Er ligt alleen maar dode vis op de oever,' antwoordde Billy.

'O, dat is jammer,' zei Bess. 'En er zitten ook helemaal geen vogels meer.' Ze wilde dat Lainey er was. Die lukte het vast meneer Beaker in de conversatie te betrekken. Hij leek veel meer geïnteresseerd in de Deense taartjes dan in de verdwenen dieren.

Billy kwam een stapje dichter bij Eddie Beaker staan. 'Heel vreemd. Sinds die papierfabriek daar staat, zitten er steeds minder dieren. Nu zit er bijna niets meer. Ik begrijp het niet.' Hij keek naar de man om te zien of die wilde bijten. Wat kon hij een nieuwsjager als Eddie Beaker nog meer voorhouden?

De reporter haalde zijn portemonnee tevoorschijn om mevrouw Stroot te betalen. Hij gaf haar een paar dollar, nam het wisselgeld in ontvangst, stopte het in zijn zak en liep de bakkerij uit.

Billy keek Bess verslagen aan. 'Kom, we gaan naar huis.'

Mevrouw Stroot gromde.

Bess werd wakker van het geluid van spek dat in de pan lag te spetteren en te sissen. Ze lag nog in bed en glimlachte. *Mammi* had gezegd dat ze vandaag pannenkoeken met ahornsiroop zou maken.

Bess was dolblij dat haar vader nog niet had gezegd dat ze binnenkort terug zouden gaan naar Ohio. Ze had verwacht dat hij zo snel mogelijk terug had gewild, maar nee. Hij had tegen haar gezegd dat hij wachtte op de uitslag van een bloedtest om te zien of hij *Mammi's* broer kon helpen met zijn kanker. Gelukkig werd er niet over gepraat of zij donor moest zijn.

Bess was blij dat ze zich er geen zorgen over hoefde te maken dat ze terug zouden gaan naar Ohio. Ze had al genoeg problemen op haar bordje, daar hoefde er niet nog een bij.

Haar grootste zorg was Billy Lapp. Hij had het afschuwelijke idee geopperd dat Bess hem wel advies kon geven hoe hij ervoor moest zorgen dat Betsy niet meer met andere jongens flirtte en zich alleen op hem concentreerde. 'Ik weet dat ze een oogje op mij heeft,' zei hij die middag tegen haar terwijl ze gedroogde rozenblaadjes van de droogrekken haalden en in zakken deden.

Bess keek hem meelevend aan, maar luisterde slechts met een half oor naar wat hij zei. Ze richtte haar aandacht op Billy's gezicht en probeerde het in zich op te nemen. 'Hoe weet je dat?' Ze boog zich voorover omdat ze gebeten was door een mug en krabde net zolang tot het bloedde. 'Nou?' vroeg ze uitdagend.

'Dat zegt ze zelf.'

Bess kwam overeind, rolde met haar ogen en keek hoog in de lucht. 'Dat zegt ze niet alleen tegen jou, Billy, dat zegt ze tegen elke jongen.'

Hij schraapte met zijn ruige hand langs zijn knappe gezicht. 'Nee. Ik ken Betsy beter dan jij.'

Hoe kon het dat Billy zo goed was in het enten van rozen en wiskunde en zo stom wat betreft vrouwen? Ze begreep mannen absoluut niet.

Bess had onlangs na de kerkdienst, gewoon uit nieuwsgierigheid, geprobeerd een praatje met Betsy aan te knopen. Ze kon niet ontkennen dat Betsy heel knap was – van dichtbij nog knapper, zelfs – maar ze had een hees babystemmetje en beantwoordde vragen met vragen. Bess vroeg of haar ouders boer waren en het antwoord dat ze kreeg was: 'Alle Amish zijn toch boer?' Nou, nee, had Bess tegen haar gezegd. Er waren er ook die meubelmaker waren, zoals haar vader. Een andere man die ze kende, maakte ramen. Er waren zelfs Amish mannen die in een fabriek werkten. Betsy keek haar aan alsof ze het had over iets wat niet van deze planeet was. Bess was er niet zeker van of Betsy wel helemaal goed in haar bovenkamer was of dat ze alleen maar deed alsof het haar interesseerde terwijl dat niet het geval was.

Billy gaf Bess een por om haar aandacht weer te richten op zijn probleem. 'Wat kan ik het beste doen? Moet ik tegen haar zeggen dat ik wil dat ze geen andere mannen meer ziet?'

Ze waren naast elkaar aan het werk. Bess vond het prettig zo dicht bij hem te staan. Hij rook naar aarde, zweet en rozen. 'Ik weet het niet, Billy.'

Hij tilde een rek op en zette het tegen de muur. 'Natuurlijk wel. Je bent toch een meisje?'

Geweldig. Dat was hem toch niet ontgaan.

'Je kunt iemand niet *dwingen* jou leuk te vinden.' Bess wist dat maar al te goed. 'Er was een jongen in Ohio waar ik helemaal tureluurs van werd, zo gek was hij op mij. Hij probeerde altijd met me mee naar school te lopen, dan pakte hij mijn hand vast en zei hij dat hij later met me wilde trouwen. Wat een plakker, hij liet maar niet los. Hij had zelfs al de namen van onze kinderen verzonnen. Allemaal!' Ze rilde. 'Als hij me nou met rust had gelaten, dan had ik hem misschien nog zien staan.' Nou ja, niet, dus. Alles aan Levi Miller stond haar tegen.

Billy tilde het laatste lege rek op en zette het tegen de muur. Hij draaide zich vlug om op zijn hakken en rechtte zijn hoofd. 'Oké, dat ga ik proberen! Ik wist wel dat je zou weten wat ik moest doen. Je bent een schat.' Hij glimlachte twee rijen prachtige witten tanden bloot. *Een heel knap trekje van hem*, dacht Bess. *Dat of het kuiltje in zijn kin.*

Bess wendde zich van Billy af. *Zeg dat niet tegen me*, dacht ze. *Zeg tegen me dat ik… wat ben? Knap? Nee, eigenlijk niet. De liefde van je leven? Dat is Betsy Mast. Een trouwe vriendin? O, dat klinkt als een hondje.* Wat dan wel? Waarom was ze zo vastberaden in haar liefde voor hem, al wist ze dat hij van iemand anders hield?

Ze wist het niet.

Terwijl Bess in gedachten verzonken zat, verraste Billy haar met een luide, broederlijke klapzoen op haar voorhoofd. Hij griste zijn hoed mee, zwaaide haar gedag en liep de schuur uit om naar huis te gaan. Bess liep naar de openstaande schuurdeur en keek hem na terwijl hij de oprijlaan afliep, zijn hoed schuin achterover op zijn hoofd. Hij floot een deuntje alsof niets ter wereld hem kon deren. Blackie – dikker dan ooit door al die muizen en vogeltjes die hij in de schuur vond en al die andere dingen waar Bess niet eens aan wilde denken – kwam uit zijn schuilplaats tevoorschijn en kronkelde rond haar benen. Ze bukte zich en pakte hem op, de overloper.

Bess wist niet goed wat ze had gezegd dat Billy op een beter idee had gebracht om Betsy voor zich te winnen, maar ze wist wel dat ze haar voorhoofd voorlopig niet zou wassen.

Billy haastte zich met het werk dat hij die middag moest doen, zodat hij naar huis kon om zich te douchen en te verkleden en dan snel naar het volleyballen bij de Yoders kon gaan. Hij was Bess dankbaar voor haar goede advies. Bess bleek een waardevolle bron van informatie te zijn. Hij was nooit eerder bevriend geweest met een meisje. Met Bess kon hij goed praten, misschien omdat ze zo goed kon luisteren. Toen Bess hem had verteld over die jongen die zo gek op haar was, leek het net of hij een klap tegen zijn hoofd kreeg. Hij deed precies hetzelfde met Betsy.

Eigenlijk was het ook heel logisch. Betsy was ruim een jaar ouder dan hij. De laatste keer dat hij geprobeerd had haar te vragen of ze zijn meisje wilde zijn, vroeg ze met opgeheven hoofd aan hem hoe oud hij was.

'Achttien,' had hij geantwoord, 'bijna negentien.'

Betsy had hem neerbuigend aangekeken en gezegd: 'Je bent nog niet eens een man.'

'Leeftijd is ook niet alles,' was zijn weerwoord geweest. 'Ik ben groter en sterker dan menig volwassen man.'

Betsy had naar hem geglimlacht en hem toegestaan haar op haar wang te kussen, maar hij wist dat ze hem niet serieus nam. Natuurlijk niet. Hij had ook zo onvolwassen en kruiperig gedaan. Meisjes hielden daar niet van, had Bess tegen hem gezegd. Dat verbaasde hem, maar de meeste dingen die meisjes deden, verbaasden hem.

Vanaf vanavond zou hij Betsy negeren. Niet tegen haar praten. Zelfs niet naar haar kijken.

Toen Billy bij de familie Yoder kwam, zaten zijn vrienden terneergeslagen bij elkaar in een kringetje. 'Is er iemand dood?' vroeg hij aan zijn beste vriend, Andy Yoder, die ook beweerde tot over zijn oren verliefd te zijn op Betsy. Maar dat kon Billy niets schelen. Andy was altijd wel verliefd op iemand.

'Heb je het niet gehoord? Betsy Mast is ervandoor. Vermoedelijk met een *Englische* vent die bij Hay & Grain werkte. Ze hebben het waarschijnlijk maanden voorbereid.' Andy keek alsof zijn wereld zojuist ineen was gestort. 'Ze heeft ons allemaal als afleidingsmanoeuvre gebruikt, zodat haar ouders het niet zouden merken.'

Die nacht lag Bess in een diepe slaap, totdat ze ineens wakker werd van een geluid. Ze opende haar ogen en probeerde goed te luisteren wat ze allemaal hoorde. Ze was nog niet helemaal gewend aan Rose Hill Farm, het kraken van de muren of het geluid van de nachtvogels, heel anders dan dat van de vogels in Ohio. Eerst dacht ze dat het *Mammi's* gesnurk was, maar toen hoorde ze iets anders. Er liep iets over het dak boven haar raam. Ze hoopte dat het een dakrat was. Of Blackie misschien, die eindelijk eens bij haar op bezoek kwam. Waar was Boomer als ze hem nodig had? Die lag waarschijnlijk lekker met *Mammi* mee te snurken.

Bess zwaaide haar benen uit bed, liep op haar tenen naar het raam en keek naar buiten. Soms waaide het 's nachts en dan ritselden de bladeren of schuurde er een tak tegen het raam, maar ze zag niets. Wel zag ze beneden een gestalte staan en ze schrok vreselijk. Net toen ze wilde gillen, hoorde ze dat de gestalte haar riep.

Het was Billy, daar onder haar raam, en hij zwaaide naar haar. Hij legde zijn handen rond zijn mond en fluisterde luid: 'Kleed je aan en kom naar beneden! Ik moet met je praten!'

Bess' hart maakte een sprongetje. Ze had zich nog nooit

zo snel aangekleed. Ze maakte twee keer de knoopjes van haar jurk verkeerd vast. Vervolgens draaide ze haar haar in een slordig knotje en duwde haar gebedsmuts er overheen. Daarna sloop ze zachtjes op haar tenen de trap af en glipte door de deur naar buiten.

Billy liep door de tuin te ijsberen, met zijn armen gekruist voor zijn borst. Toen hij haar aan zag komen, stopte hij en gebaarde haar mee te komen. 'We gaan naar het meer.'

Hij had zijn paard en open rijtuigje op de weg laten staan, zodat *Mammi* en haar vader niet wakker zouden worden, zei hij, waarna ze haastig naar de weg liepen en instapten. Bess keek één keer achterom, maar de grote boerderij leek in diepe rust. Billy klapte met de teugels van het paard en keek strak voor zich uit. Hij zei geen woord, maar dat maakte Bess niets uit. Het was een perfecte, maanverlichte zomernacht en zij ging in het geheim op stap met Billy Lapp. Dit was het mooiste moment van haar leven. Bess wilde zich elk detail van deze nacht kunnen herinneren, zodat ze er op akelige momenten – ze moest ineens aan de wiskundelessen denken – aan kon terugdenken, als ze, helaas, weer terug was in Ohio. Het was een schitterende nacht, dus ze waagde het erop en wierp een blik op Billy. Ze bewonderde zijn vastberaden vooruitgestoken kin, zijn strakke mond, zijn twee donkere ogen onder zijn gefronste voorhoofd.

Ineens vervloog Bess' dromerige hoop, als de damp boven een kop thee. Ze voelde dat er iets niet klopte, maar dat gevoel had ze altijd en meestal had ze het bij het foute eind. 'Billy, wat zit je dwars?'

Billy haalde diep adem. 'Ze is weg, Bess. Ze is ervandoor met een *Englische* vent die bij Hay & Grain werkte.' Met zijn mouw veegde hij zijn ogen droog.

'Wie?'

'Alsjeblieft, Bess! Wat denk je? Betsy!' Hij gaf een ruk aan de teugels van het paard, dat een scherpe bocht maakte en het pad naar Blue Lake Pond insloeg. Toen hij op het vlakke stuk was, trok hij de teugels aan en bracht het paard tot stilstand. Daarna sprong hij van het rijtuigje en bond de teugels aan een boom vast. Diepbedroefd slenterde hij naar de waterkant.

Bess bleef in het rijtuigje naar hem zitten kijken. Aan de ene kant boos, maar ook verrukt. Ze was teleurgesteld dat Billy haar gebruikte als praatpaal voor zijn problemen. Maar ze was ook dolblij dat Betsy weg was en dat bezorgde haar een gevoel van schaamte. Wie was er nu blij met het ongeluk van een ander? Ze wist dat het niet goed was en ze verontschuldigde zich snel in een prevelgebed bij God voor haar zondige gedachten. Maar ze wist al van meet af aan wat voor soort meisje Betsy was, dat ze niet om Billy gaf en ook niet zag hoe bijzonder hij was. Betsy Mast was niet goed genoeg voor Billy Lapp. Toen betrapte ze zich erop dat dit ook een zondige gedachte was, ze moest zich opnieuw verontschuldigen tegenover God.

Lieve help. De liefde was maar een ingewikkeld iets.

Bess zag dat Billy verdriet had en ze probeerde er niet al te blij om te zijn. Ze zuchtte, sprong van het rijtuigje en liep naar hem toe.

'Dit is de slechtste zomer ooit,' zei hij bedroefd. 'Mijn meer is naar de knoppen. Mijn liefdesleven ook.' De woorden stroomden uit zijn mond, hij meende het oprecht. Billy drukte een vuist tegen zijn borst. 'Ik houd zo veel van haar, het doet de hele tijd zo'n pijn, hier, in mijn borst.' Hij wierp een vluchtige blik op Bess. 'Jij begrijpt waarschijnlijk niet hoe het is om dat te voelen.'

O, maar natuurlijk begrijp ik het, dacht Bess. Als je zo veel van iemand houdt dat het brandt vanbinnen en dat je net zulke gekke sprongen maakt als popcorn in een steelpannetje.

Billy zat langs de waterkant en leunde met zijn ellebogen op zijn knieën. 'Weet je, het is jouw schuld.'

Bess' mond viel open van verbazing.

'Ja. Als jij me eerder dan vandaag het idee aan de hand had gedaan dat ik haar moest negeren, had ze me misschien serieuzer genomen.' Billy keek omhoog naar de maan. 'Ik had haar moeten zeggen hoeveel ik van haar hield. Dat ik met haar wilde trouwen. Ik had niet moeten afwachten.'

Bess rolde met haar ogen. Het ene moment negeert hij Betsy. Het andere moment verklaart hij haar zijn eeuwige liefde.

'Het is gewoon… ik heb dit nog nooit voor iemand gevoeld. En ik weet zeker dat ze ook verliefd was op mij. Ik weet het gewoon zeker.'

Bess liet zich naast hem op de oever vallen. 'Lainey vertelde dat ze Betsy al de hele zomer met die *Englische* vent in zijn sportauto in de stad heeft zien rondscheuren.'

Billy verstarde. 'Dat is niet waar.'

'Waarom zou Lainey daarover liegen?' vroeg Bess zachtjes. 'En het is om goed te weten dat ze ook met andere jongens in hun rijtuigjes rondreed.' Ze wendde haar blik af. 'Dat weet ik zelfs, en ik ben hier nog maar net een maand.'

'Dat is een leugen!' riep Billy.

'Nee, dat is het niet. Je weet dat ik de waarheid spreek. Ik heb Betsy in Andy's rijtuigje zien zitten, in dat van Jake en…'

Billy krabbelde overeind. '*Aw*, je weet niet wat je zegt! Ze vertelde me recht in mijn gezicht dat ze alleen mij wilde hebben!'

Bess stond ook op en veegde haar jurk schoon. 'Billy… je had toch wel iets kunnen vermoeden?'

'Waarom praat ik hier eigenlijk met jou over? Je bent nog maar een kind! Wat weet jij nu van de liefde?' Hij draaide zich vlug om en liep in marstempo naar het rijtuigje.

Bess opende haar mond, maar klapte hem meteen weer dicht. Hoe *durfde* hij haar een kind te noemen! Stampvoetend klom ze in het rijtuigje. 'Betsy Mast heeft nooit een oogje op jou gehad! Je hebt je net als al die anderen gek laten maken door haar… door haar ronde vormen, haar volle lippen en haar golvende haar. Die bovenkamer van haar, die is zo leeg als wat.' Ze tikte met haar vinger tegen haar voorhoofd. 'Wat heb je nou aan zoenen. Een goed stel hersens, daar koop je iets voor.'

Billy staarde haar aan en het leek of hij probeerde te bevatten wat ze zei. Ten slotte stak ze haar armen in de lucht, stapte uit en liep in marstempo naar de weg, om terug te gaan naar Rose Hill Farm.

Ze was halverwege de weg, en in het donker meende ze geritsel in de bessenstruiken langs de weg te horen. Ze bleef staan, draaide zich langzaam om en keek de weg af. Het geritsel achter haar hield op. Elke keer als ze bleef staan, gebeurde hetzelfde. Was Billy echt van plan haar de hele weg terug naar huis te laten lopen? Bess was vastbesloten niet meer achterom te kijken om te zien of hij volgde, maar nu wist ze zeker dat ze een luide roffel hoorde. Het leek wel het geluid van een beer, dacht ze, hoewel ze nog nooit oog in oog met een beer had gestaan. Beren hielden van bessen, dat wist ze wel. Ja, het klonk inderdaad alsof ze door iets werd achtervolgd. Een uil kraste griezelig, de takken kraakten in de wind en ze hoorde een geluid dat klonk alsof er iets over de grond gleed. Ze hoopte maar dat het geen slang was, want ze was bang voor slangen.

Net toen ze op het punt stond hard weg te rennen, hoorde ze het zachte hoefgetrappel van Billy's paard de heuvel opkomen.

Toen hij naast haar was, riep hij met zachte stem: 'Bess, spring er maar in.'

Bess liep snel door, koppig maar wel blij dat hij haar achterna was gekomen.

Billy liet het paard halt houden en sprong uit het rijtuigje. Hij legde zijn hand op haar schouder en draaide haar om, zodat ze hem aankeek. 'Bess. Doe nu niet zo. Het spijt me dat ik heb gezegd dat je nog maar een kind was. Ik ben gewoon... ik weet het even niet.'

Billy leek zo overmand door verdriet dat haar boosheid verdween. Hij nam haar mee terug naar het rijtuigje en hielp haar instappen. Samen reden ze stilzwijgend naar huis. Hij liet haar op de hoek van de straat uitstappen, zodat ze stiekem naar binnen kon glippen.

Het was een heel korte nacht geweest. Terwijl haar vader bad voor het ontbijt, zat Bess aan één stuk door te gapen. *Mammi* gaf haar een kop koffie zonder melk. Toen Bess er verbaasd in keek, zei *Mammi* nuchter als altijd: 'Heel lastig om te slapen als het licht van de volle maan door je raam naar binnen schijnt. Dan lijkt alles buiten alsof het dag is.'

Bess verstarde. Haar ogen schoten heen en weer tussen haar vader, die net een lepel aardbeienjam op zijn warme wafel schepte, en haar oma, die met een blik van pure onschuld in haar ogen stilletjes aan haar koffie zat te nippen. *Mammi* ontging ook niets.

7

Het was de hele week al zonnig en zacht weer en het zag er niet naaruit dat het ging regenen. Op een middag ging Lainey op zoek naar Caleb Zook en ze vond hem in het veld, waar hij tussen de zacht ruisende mais liep. Hij was een lange man, toch reikten de stengels al bijna tot aan zijn kin. Toen hij haar zag, zwaaide hij naar haar. Hij liep over het pad naar haar toe en begroette haar bij het hek.

'We hebben elkaar zondag in de kerk ontmoet,' zei ze tegen hem, terwijl ze haar hand uitstak om de zijne te schudden. 'Ik ben Lainey O'Toole.'

'Ik weet het.' Caleb glimlachte. 'Ik kan me je ook nog als meisje herinneren. Je kwam wel eens met mevrouw Riehl mee naar de kerk.'

Zijn hartelijkheid verbaasde haar. Lainey dacht dat een Amish bisschop ernstig, streng en kil was, net als een *Englische*. Maar Caleb Zook was geen kille man. Totaal niet. 'Ik zou graag eens met u willen praten.'

'Het kan nu wel even,' antwoordde hij vriendelijk, hoewel ze wist dat ze hem stoorde in zijn werk. 'Zullen we een eindje lopen?' Hij sprong over het hek en ze liepen samen over de weg. 'Waar gaat het over?'

'Ik heb over iets nagedacht. Ik heb er veel om gebeden, over nagedacht en weer om gebeden. En weer over nagedacht.'

Dat was ook zo. Het was iets wat ze maar niet uit haar hoofd kreeg. Hoe harder ze het probeerde, hoe meer ze het gevoel had dat God haar deze richting op duwde. Ze vond het eng. Dan zou ze geen controle meer hebben over haar leven.

De bisschop rechtte zijn hoofd en luisterde aandachtig.

'Ik wil Amish worden.'

Caleb nam zijn hoed van zijn hoofd en liet hem snelle rondjes draaien in zijn handen. 'Je wilt Amish worden?' vroeg hij haar. 'Amish worden *Englisch*, maar *Englischers* worden niet Amish. Niet vaak, in elk geval. Ik kan maar een paar mensen bedenken die zich hebben bekeerd.' Hij keek omhoog naar de lucht. 'O, er komen genoeg mensen naar mij toe die me vertellen dat ze een eenvoudiger leven willen, maar dat duurt nooit langer dan een paar maanden. Het is gewoon te moeilijk voor hen. De taal, leven zonder moderne hulpmiddelen. Ze hebben geen idee wat ze allemaal moesten opgeven.'

'Hun onafhankelijkheid,' zei Lainey zachtjes.

'Juist, ja. Dat.' De bisschop keek haar aan, onder de indruk. 'Mensen realiseren zich niet dat Amish zijn veel meer inhoudt dan alleen maar een eenvoudig leven leiden. Het betekent ook dat je jezelf opoffert voor het welzijn van de gemeenschap. Dat je je rechten als individu opgeeft omdat je deel uitmaakt van een geheel. Wij noemen dat *Gelassenheit*. Het is niet goed te vertalen wat dat betekent.'

Lainey knikte. 'Ik weet genoeg van de Amish om te begrijpen wat u bedoelt. En juist daarom wil ik Amish worden.' Ze keek langs hem heen naar de wuivende mais op het veld. 'Juist daarom… omdat je deel uitmaakt van een geheel. Ergens bij hoort.' Ze sloeg haar armen over elkaar voor haar borst. 'Ik weet niet of u het begrijpt, maar ik heb nooit bij iets of iemand gehoord. Tot mijn tiende keek ik naar jullie gezinnen en dan wilde ik altijd dat ik bij één ervan hoorde.'

De bisschop luisterde en liet zijn hoed nog steeds rondjes draaien in zijn handen. 'Heb je overwogen je aan te sluiten bij een *Englische* kerk? Kan die je niet bieden waar je naar op zoek bent?'

Lainey liet haar kin op haar borst zakken. 'Ik behoor bij God. Hij is de Enige op Wie ik altijd heb kunnen rekenen. Ik ben altijd naar de kerk gegaan, zelfs toen ik op mezelf woonde, zelfs toen ik in verschillende pleeggezinnen woonde.' Ze keek op. 'Maar iets in mij verlangt naar meer. Ik dacht dat een succesvolle loopbaan het antwoord was, dus spaarde ik om een koksopleiding te kunnen volgen. Daar was ik naar op weg toen ik deze zomer in Stoney Ridge terechtkwam. Maar nu ik hier ben, weet ik dat ik iets anders wil.' Ze maakte een brede zwaai met haar arm en sloeg met haar vuist tegen haar borst. 'Dit is wat ik wil.' Ze had zo veel aan de Amish te danken. Door hen had ze jaren geleden, op het dieptepunt van haar miserabele jeugd, God ontmoet. Op een van die ochtenden dat oma Riehl haar meenam naar de kerk. Lainey begreep niet veel van de dienst, maar op een gegeven moment was ze zich er bewust van geworden dat God van haar hield. Dat gebeurde tijdens een gezang, een lang, droevig Amish gezang, en het leek net alsof het God Zelf was Die tegen haar sprak, tegen haar zei dat Hij haar kende en van haar hield en dat ze zich geen zorgen hoefde te maken. Dat Hij over haar zou waken. Ze kon niet uitleggen hoe of wat, maar ze wist dat het waar was en die zekerheid had ze gehouden.

De bisschop keek haar aan en zei in alle oprechtheid: 'Een mens van Eenvoud zijn… is niet eenvoudig, Lainey, zelfs niet voor ons, die zo geboren zijn.'

'Ik weet beter hoe het is om Amish te zijn dan u misschien denkt,' zei ze. 'Kunt u zich Simon nog herinneren, de broer van mevrouw Riehl?'

Caleb sloeg zijn ogen neer. 'Natuurlijk.'

'Hij had het helemaal bij het verkeerde eind, wat betreft het Amish zijn.' Caleb wilde haar interrumperen, maar ze stak haar hand op om hem daarvan te weerhouden. Ze wist wat hij ging zeggen. 'O, ik weet dat hij in de *Bann* is. Maar hij is opgegroeid bij de Amish en dacht te weten wat het inhield. Hij legde juist de nadruk op alle verkeerde dingen. Als mijn moeder een verjaardagstaart voor me maakte en die versierde met glazuur, wierp hij haar voor de voeten dat ze hoogmoedig was. Hij zei dat God als een boze vader alles zag wat we deden en vervolgens ging hij weg om te drinken en bleef hij tot in de late uurtjes weg.'

Lainey zag dat de bisschop niet begreep waar ze heen wilde. Ze probeerde het duidelijk te maken, maar het was moeilijk. Ze vertelde dingen tegen hem die ze nog nooit aan iemand had verteld. 'Toen al wist ik dat hij niet begreep waar het om ging. Hij kende God niet zoals ik Hem kende, totaal niet.'

Caleb harkte met zijn hand door zijn haar. 'Ik moet deze vraag stellen. Heeft het iets te maken met Jonah Riehl?'

Lainey keek hem stomverbaasd aan.

'Ik zag jullie zondag na de kerk met elkaar staan praten.'

Haar ogen werden groot van ongeloof. Waarom dacht de bisschop dat ze omdat ze met iemand stond te praten, lid wilde worden van de kerk? 'Nee! Alstublieft, nee! Verre van dat. Jonah kan elk moment teruggaan naar Ohio. Bess vertelde dat hij plannen heeft daar met iemand te trouwen. Ik blijf hier, in Stoney Ridge.'

Caleb liet zijn hoed steeds snellere rondjes in zijn handen draaien. Lainey zag dat hij diep nadacht. 'Een week lang geen elektriciteit.'

Laineys ogen werden groot van verbazing. 'Wat moet ik tegen mevrouw Stroot van The Sweet Tooth zeggen?'

De bisschop glimlachte. 'Nee. Niet in de bakkerij. Maar thuis wel. Misschien zakt de moed je in de schoenen als je geen wasmachine meer kunt gebruiken om je kleren te wassen, geen lichtknopje meer kunt omdraaien voor licht en niet meer kunt beschikken over al die andere dingen in het leven die je altijd zo vanzelfsprekend vindt.'

Lainey was ervan overtuigd dat haar dat niet zwaar zou vallen. Ze was opgegroeid in armoedige omstandigheden, gewend dat er geen luxe was. 'Voordat ik naar Stoney Ridge kwam, werkte ik in een warenhuis en luisterde ik naar de klachten van mensen over de producten die ze hadden gekocht.' Ze schudde haar hoofd. 'Ik luisterde de hele dag alleen maar naar klachten. Op een dag realiseerde ik me dat deze mensen hoopten dat deze producten – deze spullen – hen gelukkig en tevreden zouden maken. Maar dat deden ze niet.' Ze keek op naar de bisschop. 'Omdat dat niet kan.'

Caleb luisterde goed naar wat ze zei. 'Een week geen elektriciteit. Dan praten we verder.' Hij zette zijn hoed op zijn hoofd en legde zijn hand op de paal van het hek. Voordat hij zich omdraaide om weer aan het werk te gaan, zei hij nog: 'Ik zou graag willen dat je dit voorlopig even voor jezelf houdt. Het is iets wat tussen jou en God moet groeien. Ik zal ervoor bidden.'

Lainey schreef wekelijks naar haar twee vriendinnen Robin en Ally, maar het kwam niet in haar op hun over dit nieuwe plan met in leven te schrijven. Ze zouden denken dat ze gek was geworden. 'Bess weet ervan.'

Caleb rechtte zijn hoofd en glimlachte goedkeurend. 'Dan blijft het tussen ons drieën.' Hij sprong terug over het hek.

Lainey keek hem na totdat het topje van zijn strohoed tussen het koren verdwenen was en liep toen de weg af. Het grappige was, dat het eigenlijk Bess' idee was geweest dat ze Amish zou worden, een week of wat voordat Lainey met haar mee naar de kerk ging. Op een middag waren Bess en Lainey muffins aan het bakken in de bakkerij en hadden ze erover gepraat hoe ze dachten dat een perfect leven eruitzag. Laineys beschrijving was die van een Amish jeugd en Bess had haar verbaasd aangekeken. 'Nou, waarom word je dan niet Amish?' Lainey had gelachen, maar Bess hield vol. 'Ik meen het. Waarom niet?'

Lainey had haar niet serieus genomen, maar het idee wilde niet meer uit haar gedachten. En toen ze vorige week mee was gegaan naar de kerk, was het gevoel alleen nog maar sterker geworden. Ze was erover gaan bidden, lang en volhardend, had God gevraagd of Hij haar wilde vertellen waarom ze *niet* Amish moest worden. Maar het enige antwoord dat God haar gaf, was dezelfde vraag die Bess had gesteld: 'Waarom niet?'

Ze ging alle logische zaken na: ze kende hun gebruiken en taal niet, ze droeg geen kleren van Eenvoud, ze zou het moderne comfort moeten opgeven. Veel dingen die ze voor vanzelfsprekend hield zouden verboden zijn, ze zou niet naar de radio mogen luisteren en geen televisie mogen kijken. En dan waren er nog lastiger aspecten van Amish zijn: nederigheid en gehoorzaamheid aan hoger gestelde machten, ontkenning van het eigen ik. Dat waren niet bepaald populaire dingen in de wereld waarin ze leefde.

Het maakte niets uit, uiteindelijk kon ze niet ontkennen wat er in haar hart gebeurde: daar ontwikkelde zich een diep verlangen om zich aan te sluiten bij de Amish kerk en gemeenschap. Ze wilde bij hen horen.

De rest van de week vermeed Bess Billy zo veel mogelijk, maar hij was zo chagrijnig, hij had het niet eens in de gaten.

'Die jongen ziet eruit alsof hij iets verkeerds heeft gegeten,' zei *Mammi* toen ze hem op een ochtend naar de schuur zag lopen. Ze stond bij het aanrecht, droogde net het laatste bord af en hing de theedoek uit om te drogen. 'Heeft het misschien iets te maken met het feit dat Betsy Mast ervandoor is?'

Hoe wist *Mammi* toch alles wat er hier in de stad gebeurde? 'Het is niet eerlijk! Het is gewoon niet eerlijk,' riep Bess. Ze zat aan de keukentafel en liet haar hoofd op haar armen vallen. 'Hoe kan hij een oogje hebben op een meisje dat haar kerk en familie in de steek laat?'

Mammi wierp haar een waarschuwende blik toe. Ze moesten zich zorgen maken om Betsy's zielenheil, niet met modder naar haar gooien. Dat wist Bess, maar het was zo moeilijk om niet te wanhopen.

'Wat niet eerlijk is, is dat het meestal dezelfde mensen zijn die een lintje winnen op de jaarmarkt,' zei *Mammi* kalm. Ze maakte het zich gemakkelijk op een van de keukenstoelen. 'Dingen hebben altijd een reden. Je kunt het maar beter overlaten aan God.'

'Denkt u dat Billy *altijd* om haar zal blijven treuren?' Bess wierp een vluchtige blik door het raam naar buiten; Billy kwam net naar buiten en liep naar de kas.

'*Altijd* is een groot woord voor iemand van vijftien. Het heeft voor je twintigste geen zin om te blijven treuren omdat je denkt dat je niet aan de bak komt.' *Mammi* leunde achterover op haar stoel. Bess was ervan overtuigd dat ze de stoel hoorde kreunen. 'Maar die Billy Lapp is niet gek.'

Bess had geen zin om naar Billy's geweeklaag over Betsy Mast te moeten luisteren, maar de situatie van Blue Lake Pond was iets heel anders. Gisteravond in bed had ze er serieus over nagedacht en geprobeerd te bedenken wat ze konden doen. Vanochtend pakte ze een vel papier en begon te schrijven. Dat er geen dierenleven meer was, dat er zaagsel op het strand lag, dat ze de vrachtwagen had zien komen aanrijden en een lading papierpulp in het water had zien dumpen en dat ze hem ook weer had zien wegrijden. Zelfs wat het kenteken van de vrachtwagen was. Tot slot ondertekende ze de brief met 'een vriend van het meer'. Bess adresseerde de brief aan de *Stoney Ridge Times*, ter attentie van de uitgever, plakte er een postzegel op en stopte hem in de brievenbus, zodat de postbode hem zou meenemen. Ze hoopte dat God zou begrijpen dat ze dit niet alleen maar deed om Billy Lapp te helpen. Het meer ging haar echt aan het hart.

Vervolgens wachtte ze af. Het duurde maar en het duurde maar. Maar er was geen enkel teken van activiteit bij Blue Lake Pond, behalve dat de vrachtwagen regelmatig papierpulp kwam lossen.

Op een dag na de lunch deden Bess en *Mammi* de vaat en veegden ze de kamer, waarna *Mammi* de kapotte zoom van een jurk ging repareren en Bess restjes stof in quiltlapjes knipte. Ze zaten dicht bij het raam om het beter te kunnen zien… het regende alweer. Haar vader was in de kas een gebroken raam aan het repareren.

'*Mammi*, ik heb eens nagedacht,' zei Bess.

'*Mebbe* had je dat beter kunnen doen tijdens de wiskundeles,' zei *Mammi*.

Bess schonk er geen aandacht aan. Ze was inmiddels wel gewend aan de opmerkingen van haar oma. 'Ik weet gewoon niet wat we nog meer zouden kunnen doen aan Blue Lake Pond. Billy en ik hebben geprobeerd de aandacht van de juiste mensen te trekken, maar het lijkt ze gewoon niets te kunnen schelen.'

Mammi fronste een wenkbrauw en wreef met haar hand over haar voorhoofd, terwijl ze diep nadacht. Ineens keek ze op een bepaalde manier. Je moest goed kijken om überhaupt iets te kunnen zien aan het gezicht van *Mammi*, maar dit was een van haar gezichtsuitdrukkingen die Bess inmiddels kende. *Mammi* had een ingeving. Ze sloeg met haar handpalmen op de tafel, griste haar bonnet van de haak en deed de deur open. 'Ga je mee?'

Bess liep achter haar aan en hielp haar het rijtuigje klaar te maken. Even later vloog *Mammi* naar de stad, bij het politiebureau bracht ze het paard tot stilstand.

Bess kreeg bijna een hartstilstand. 'O, nee. Nee, nee, nee. Ik ga het niet aan de sheriff vertellen. Ik wil niet dat justitie erbij betrokken raakt en dat ik dan moet getuigen en... o, nee.' Bess kruiste haar armen voor haar borst. 'Ik blijf hier.'

'Doe wat je niet laten kunt,' zei *Mammi* toegeeflijk. 'Hij komt er net aan.'

Van de andere kant van de straat kwam sheriff Johnny Kauffman aangelopen. 'Wel, kijk eens aan. Mevrouw Riehl en haar kleindochter. Weer op het verkeerde pad?'

Mammi negeerde zijn vraag. 'Johnny, het wordt tijd dat je eens op Rose Hill Farm komt eten. Ik dacht aan meerval. Gebakken meerval.'

De wenkbrauwen van de sheriff schoten omhoog. Het water liep hem in de mond. 'Iedereen heeft de mond vol over uw goede kookkunsten, mevrouw Riehl.'

'Zaterdag tijdens de lunch dan. We verheugen ons erop.' *Mammi* klauterde terug in het rijtuigje. 'Vind je het erg om zelf de meerval mee te nemen? Jij kunt zo goed vissen. Uit Blue Lake Pond? Geen lekkerder meerval dan die uit Blue Lake Pond.'

De sheriff keek verheugd. 'Ik ben daar de hele zomer nog niet geweest.' Hij klapte in zijn handen. 'Hoe laat verwacht u mij op de boerderij?'

Mammi fluisterde tegen Bess in het *Deitsch*: 'Hoe laat stort die papierwagen zijn lading?'

'Op zaterdag om twee uur,' antwoordde Bess fluisterend.

'Rond het middaguur,' antwoordde *Mammi* resoluut. 'Die meerval moet nog spartelen.'

'Ik zal er zijn, mevrouw Riehl. Daar kunt u op rekenen.'

Toen ze wegreden, probeerde Bess haar te vertellen dat ze het er niet mee eens was, maar *Mammi* wuifde haar bezwaren weg. 'Laat hem maar aan mij over.'

Bess gebruikte de rit naar huis om een waterdicht alibi te bedenken waarom ze zaterdag niet bij de lunch zou zijn. *Niets*. Ze kon helemaal niets bedenken.

Zaterdagochtend zocht *Mammi* twee vette kippen uit om te braden. Tegen elven waren ze geplukt, schoongemaakt en stonden ze in de oven. Om half een draaide de sheriff de oprijlaan naar Rose Hill Farm op en parkeerde zijn auto, behoorlijk nijdig.

'Er was geen enkele vis die wilde bijten,' zei hij tegen *Mammi*. 'Er is iets *mis* met dat meer.'

'Vertel,' zei *Mammi* en ze keek verbaasd. 'Vorige week zei Billy Lapp ook al dat er geen vogels meer zaten.' Ze schudde haar hoofd. 'Wat een misère, dat kun je wel zeggen.'

'Ze bedoelt een mysterie,' fluisterde Bess tegen de sheriff.

'Nee, ze heeft gelijk,' zei de sheriff bezorgd. 'Het is echt misère. Ik had me zo verheugd op oma's gebakken meerval.'

'Dan moeten we ons maar behelpen met kip,' zei *Mammi*. 'Bess, ga je vader eens roepen in de schuur. Zeg hem dat het eten klaar is.'

De sheriff genoot met volle teugen van het eten, maar toen hij wegging, zagen Bess en *Mammi* dat hij links afsloeg in plaats van rechtsaf naar de stad. *Mammi* zei dat ze het idee had dat hij wel eens terug kon gaan naar Blue Lake Pond.

Woensdagmorgen vroeg kwam Billy luidkeels om Bess roepend naar Rose Hill Farm gerend. Bess, haar vader en haar oma zaten net aan het ontbijt. Billy viel met de deur in huis.

'Kijk hier eens, Bess!' Hij hield een krant omhoog in zijn handen. Die kopte: SCHWARTZ PAPER COMPANY BEBOET VOOR VERGIFTIGING BLUE LAKE POND.

'Op de een of andere manier heeft het gewerkt!' Billy was in de wolken. 'Die Eddie Beaker heeft toegehapt!'

Jonah vroeg waar hij het over had en Billy probeerde het hem uit te leggen. Bess opende haar mond om ook iets te zeggen en erop te wijzen dat het verhaal helemaal niet door Eddie Beaker was geschreven, maar door een andere verslaggever. Maar voordat ze iets kon zeggen, wierp *Mammi* haar een blik toe dat ze haar mond moest houden.

Haar vader las het artikel hardop voor: '"Schwartz Paper Company heeft een boete gekregen omdat het miljoenen liters ongezuiverde papierpulp in het oppervlaktewater van Blue Lake Pond heeft geloosd. Sheriff John Kauffman van Stoney Ridge floot een van de ergste milieuvervuilers van Lancaster County terug. Toen hij onlangs aan het vissen was, leek er geen vis in het meer te zitten. De sheriff startte een onderzoek en ontdekte dat de Schwartz Paper Company liters ongezuiverde papierpulp rechtstreeks vanuit de fabriek in Blue Lake Pond had geloosd."' In een flink tempo las hij de meer feitelijke informatie uit het verhaal voor: '"Door de enorme hoeveelheden pulp die in het meer werden geloosd verdween alle zuurstof uit het meer. Door een gebrek aan zuurstof stierven de vissen en het overige waterleven. Het afvalwater van de fabriek bevat ook enorme hoeveelheden vaste stoffen als houtvezels, die de habitat onder water verstikken, waardoor er geen vis en ongewervelde dieren als insecten en schelpen meer…"' Zijn stem stierf weg. Hij vloog door de rest van het artikel. "'Het bedrijf heeft toegegeven nalatig te zijn geweest en betaalt alle kosten om het meer weer in ongerepte staat terug te brengen."' Jonah legde de krant op tafel en keek op. 'De sheriff heeft een eervolle vermelding gekregen van de gouverneur.'

Toen Billy de keuken weer uit was gelopen, streek Jonah door zijn baard. 'Vreemd, vindt u ook niet? Zaterdag was de sheriff hier. Maandag staat het verhaal in de krant. Hij wierp een zijdelingse blik naar zijn moeder.

Mammi sloeg er geen acht op. Ze trok een rare grimas en leek zeer tevreden met de manier waarop alles was gelopen. 'Zo. Dat was het dan.' Ze knikte, alsof er een groot mysterie was opgelost.

Jonah had een telefoonnummer moeten achterlaten in het ziekenhuis, zodat ze hem konden bellen met het resultaat van de bloedtest, en Lainey had aangeboden dat hij het nummer van de bakkerij kon opgeven, omdat zijn moeder geen telefoon had. Bovendien, zei ze, was er bijna elke dag iemand in The Sweet Tooth. Jonah maakte er dus al snel een gewoonte van elke ochtend vroeg even bij de bakkerij langs te gaan – alleen maar om te vragen of het ziekenhuis had gebeld – als de stad nog in rust was en Lainey al aan het werk was. Dan zat hij aan het tafeltje bij het raam terwijl zij aan het bakken was, en dan praatten ze. Eigenlijk hoorden ze dan te snel de geluiden van ontwakend Stoney Ridge, de piepende banden van de fiets van de krantenjongen die door de straat reed en de bons van de krant die tegen de winkeldeur werd gegooid. Van een automotor die sputterend aansloeg. Van een hond die

opgewonden stond te blaffen en het antwoord van een soort-
genoot. En dan stond Jonah op om weer te gaan. Hij moest
zichzelf dwingen om te gaan. De zoete geuren die uit de bakkerij kwamen... nou ja, als man vergat je dan alles en wilde je
er alleen maar achteraan, waar die geur je ook naartoe leidde.

Toen hij zich die ochtend aan het scheren was en zich
klaarmaakte om de deur uit te gaan, viel zijn oog op de brief
van Sallie die gisteren was bezorgd. Hij kreeg er maagpijn van.

Beste Jonah,

Je bent nu al meer dan twee weken in Pennsylvania. Mose Wea-
ver werkt fulltime om jouw meubelzaak draaiende te houden. Ik
maak me zorgen om de arme man, hij werkt zo hard. Er was
heel wat onafgemaakt werk blijven liggen. Ik moet hem elke dag
zijn lunch brengen, zodat hij op krachten blijft en jouw zaak er
niet onder lijdt.

Je liefhebbende Sallie

PS Ik heb selderij geplant. Het komt al op. Genoeg voor het eten
en voor de tafeldecoraties.

Jonah bedacht, dat hij vandaag naar de winkel zou bellen,
gewoon om even van Mose te horen of het hem allemaal
niet te veel werd. Hij moest nog een poosje langer in Stoney
Ridge blijven. Voor zijn moeder. Voor Bess.

O, wie hield hij nu eigenlijk voor de gek? Hij bleef voor
zichzelf. Hij kon Lainey O'Toole maar niet uit zijn gedachten krijgen. Hij was zo ontzettend gelukkig. Maar ook ontzettend ongerust.

8

Op een vroege morgen stond *Mammi* onder aan de trap om Bess te laten weten dat het tijd was om op te staan. Ze sloeg met een lepel op een ijzeren pan. 'En neem je beddengoed mee naar beneden,' riep ze naar boven.

'Ik doe de was vandaag,' riep Bess terug naar beneden. Lainey had vanochtend vrij en kwam langs. Voor de verandering wist Bess eens iets wat haar oma niets wist. Lainey had haar verteld dat ze met de bisschop had besproken dat ze Amish wilde worden en Bess was zo blij dat ze het haar had verteld, dat ze meteen had aangeboden haar te helpen. Vandaag wilde ze Lainey leren hoe de wringer werkte. Ze hadden elkaar gisteren gesproken en besloten dat het vandaag moest gebeuren. Haar vader was de hele dag met bisschop Zook naar een veiling en *Mammi* had plannen om naar een *quiltfrolic* bij een van de buren te gaan. Lainey wilde het stilhouden dat ze van plan was Amish te worden. Bess wist niet waarom dat zo belangrijk was – ze vond het juist *geweldig* nieuws – maar respecteerde Laineys wens.

'Mooi zo! Dan ga ik terug naar bed en kom er pas vanmiddag weer uit!' riep *Mammi*.

'Ik dacht dat u nooit sliep!' riep Bess lachend terug.

'*Mebbe* moet ik het gewoon maar eens proberen. Eens zien wat die lui uit Ohio er zo lekker aan vinden.'

Bess begon hard te lachen. Ze keek door het raam naar buiten en zag haar oma zoals elke ochtend door de tuin naar het kippenhok lopen. Een golf van liefde voor *Mammi* overspoelde haar. Hoe kan het dat ze ooit zo bang voor haar was? Ze dacht terug aan haar eerste dagen op Rose Hill Farm. Ze was doodsbenauwd dat *Mammi* aan haar hoofd zou blijven zeuren dat ze een bloedtest moest laten doen om te zien of ze Simon kon helpen met haar beenmerg, maar ze vroeg het toen één keer en daarna nooit meer. Zelfs niet toen haar vader ook naar Stoney Ridge kwam. Ze wist dat oma haar broer één keer in de week in het ziekenhuis opzocht, maar ze sprak nooit met haar kleindochter over hem. Ze vroeg Bess zelfs niet met haar mee te gaan. Eigenlijk was Bess dat van Simon alweer bijna vergeten.

Toen haar oma in het kippenhok verdween, richtte Bess haar aandacht weer op haar project. Ze had net een lijst *Deitsche* vocabulaire klaar voor Lainey, zodat ze die uit het hoofd kon leren. Ze liep de lijst nog eens helemaal na. Aarde – *Erd*, berg – *Berig*, oceaan – *See*. Bess had het idee dat dit was wat Adam en Eva moesten hebben gevoeld toen ze moesten bedenken hoe alles heette. Gods eerste opdracht aan Adam was: bedenk een taal. *Niet* wiskunde. Ze moest niet vergeten dat nog eens tegen Billy Lapp te zeggen.

Bess vouwde de lijst op en stopte hem in haar zak. Ze keek even snel door het raam naar buiten en zag Lainey de straat op komen lopen, met een roze bakkersdoos in haar armen. *Mammi* had haar ook gezien. Mooi zo. Misschien had ze het wel te druk met bedenken wat er in die doos zat om zich af te vragen wat Lainey hier deed.

Vast niet. Haar oma ontging niets.

Lainey had het op haar kamertje nu ruim een week zonder elektriciteit gesteld. Ze moest toegeven dat het moeilijker was dan ze had gedacht. Bess hielp haar heel goed en liet zien dat het niet betekende dat je het *zonder* energie moest stellen... ze moest de zaken gewoon anders aanpakken. Bess had haar een gaslamp geleend met een stevige katoenen kous en haar voorgedaan hoe ze die met brandstof moest vullen. Ze hadden een campingbrandertje op gas gekocht, waarop Lainey eten warm kon maken.

'Het is een kleine versie van het apparaat dat wij gebruiken,' had Bess tegen haar gezegd. 'Als je eerst eens went aan het gebruik van petroleum en propaangas, dan zul je zien dat de meeste andere dingen niet meer zo moeilijk zijn.'

Gisteravond had Lainey geprobeerd noedelsoep met mais en kip op de gasbrander te koken. De soep was niet eens zo slecht, maar de noedels waren niet te eten. In plaats van naar noedels smaakte het naar de plakkerige pasta die ze vroeger op school kreeg.

Iets wat moeite kostte om aan te wennen, was in een schaars verlichte kamer zitten. Ze hield de gaslamp dicht bij zich zodat ze kon lezen en hij wierp een lichtcirkel om haar heen, terwijl de rest van de kamer donker was. Het leek zo heel anders dan de *Englische* manier van de hele kamer verlichten, en de rest, vooral op een regenachtige dag.

Bess gaf haar elke dag vijftig woorden om te leren, vervolgens overhoorde ze haar en corrigeerde ze haar uitspraak. Ze zei dat je het makkelijkst een nieuwe taal leerde door net als een peuter de woorden aan voorwerpen te koppelen, zodat je gehoor eraan gewend raakte. Bess was een strenge leermeester, dacht Lainey met een glimlach. Lainey had Duits gehad op de middelbare school, dus ze had een goede uitgangspositie, maar *Deitsch* was een dialect. Vergelijkbaar met het Duits maar ook anders, dus. Allemaal net een beetje anders, zoals wanneer je in een lachspiegel keek.

Vanochtend volgde ze Bess naar de kelderruimte. Daar stonden twee grote gegalvaniseerde waskuipen naast elkaar, gevuld met heet water dat Bess vanuit de keuken naar beneden had gebracht. Op een van de kuipen zat een wringer.

Bess gooide een paar krullen zeep in het water en roerde net zolang totdat de zeep schuimde. '*Mammi's* zeep schuimt uitstekend. Hij stinkt, maar hij schuimt wel.'

Bess pakte een laken en deed het in de kuip. Laineys ogen werden groot van verbazing toen ze zag dat Bess een ontstopper pakte om mee in het water te roeren.

'Die gebruik ik altijd om het toilet mee te ontstoppen,' zei Lainey.

'Wij niet,' zei Bess snuivend. '*Mammi* heeft nog steeds een gemakhuisje.' Ze rolde met haar ogen. 'Ik heb geprobeerd haar zover te krijgen dat mijn vader waterbuizen in huis mocht aanleggen, maar ik kon praten tot ik een ons woog. Nu is het mijn vaders beurt om haar te overtuigen.' Na een paar minuten in de kuip te hebben geroerd, haalde Bess het laken door de wringer en stopte het vervolgens in de tweede kuip om het nog eens te spoelen. Ze roerde een paar keer flink en haalde het laken toen opnieuw door de wringer.

Lainey hielp haar met de volgende lakens. Toen ze klaar waren met het wringen, snakte ze naar adem. 'Daar heb je wel spieren voor nodig, zeg.'

Bess moest lachen om die opmerking. 'Dit is nog maar het beddengoed van drie mensen. Denk je eens in hoe het is voor de meeste Amish gezinnen.'

Nu begreep Lainey waarom ze bij Amish boerderijen elke dag wasgoed aan de lijn zag hangen, behalve op zondag. Het moest de Amish huisvrouwen elke dag uren kosten om hun gezin schoon in de kleren te houden.

Bess keek op naar haar vanachter de wringer. 'Hoe doe jij je was?'

'In de wasserette. Je moet er wel een uurtje of wat zitten om ervoor te zorgen dat je kleren niet gestolen worden.'

Bess' hoofd schoot omhoog. Lainey zag dat ze geschokt was door het idee alleen. Verhalen over de *Englischers* fascineerden Bess. Ze vond hen zo ingewikkeld, zo vol tegenstellingen. Lainey wist wat Bess dacht: hoe kon het beter zijn dat je elektriciteit gebruikte als dat betekende dat je je zorgen moest maken of je kleren niet werden gestolen?

Tegen de tijd dat ze de grote mand met lakens naar buiten hadden gebracht en aan de lijn hadden gehangen, waren ze al halfdroog maar Bess en Lainey doornat. Laineys zwarte haar hing in natte slierten naar beneden. Bess' blonde haar schoot aan alle kanten onder haar gebedsmuts vandaan.

Lainey zette een knijper op het laatste laken. De wind blies tegen het natte laken, waardoor het donzig zacht werd en rustig in de wind wiegde, als een zeil op een schip. Rond hen hing de geur van rozen. Om de een of andere vreemde reden gaf het werk dat ze die ochtend had gedaan haar zeer veel voldoening. Veel meer dan wanneer ze achter een bureau zat om naar mensen te luisteren die kwamen klagen over wat ze hadden gekocht. Over hun spullen. Ze vroeg zich af wat Robin en Ally ervan zouden vinden. Die waren gek op hun spullen.

De Amish gingen op een heel andere manier om met de tijd, dacht Lainey terwijl ze na de wasles met Bess terugliep naar de stad. Kijkend naar hoe Bess haar werk deed, zag ze dat die geen haast had. Ze leek nooit snel iets af te raffelen, zodat ze verder kon met het volgende, iets wat leuker was. Bess maakte het niet uit, alles was haar tijd waard. Lainey bedacht dat zij en haar *Englische* vriendinnen hun agenda's volpropten, maar er kon altijd nog wel iets bij. Ze kwamen altijd tijd tekort! De Amish hadden net zo veel uren in een dag, ze hadden een druk, productief leven, maar leken op de een of andere manier nog zeeën van tijd te hebben voor de dingen die er werkelijk toe deden. De laatste tijd had ze het gevoel dat ze op de grenslijn tussen de Amish en de *Englische* wereld was beland. Ze keek goed wat er allemaal gebeurde en dacht erover na. Lainey had het gevoel dat ze elke dag die verstreek dichter bij de Amish kwam te staan.

Jonah had het idee geopperd een kraampje voor aan de weg te maken, zodat de mensen niet het erf van de boerderij op zouden komen. Bess wist dat *Mammi* er niet van hield als *Englische* vreemdelingen ronddwaalden op Rose Hill Farm, vooral omdat ze haar stoorden bij haar werk en te lang bleven praten. *Mammi* was zo in haar nopjes met het voorstel, dat ze besloot haar serie rozenproducten uit te breiden en die ook in het kraampje te verkopen. Naast rozenstruiken verkocht ze ook rozenblaadjesjam, rozenblaadjesthee, potpourri, rozenwater en nu wilde ze ook rozenzeep gaan verkopen.

Mammi had altijd haar eigen schoonmaakzeep gemaakt. Die geurde naar houtrook en je kon er de huid mee van je lichaam schrobben. Bess vond het een goed idee te proberen zeep te maken die naar rozen geurde.

Jonah zei tegen zijn moeder dat als ze zeep wilde verkopen, ze daar waarschijnlijk beter geen diervet meer voor kon gebruiken maar plantaardig vet, kokosolie bijvoorbeeld. *Mammi* keek geschokt en dat gebeurde niet vaak.

'Sinds wanneer weet jij hoe je zeep moet maken?' vroeg *Mammi* aan Jonah.

Hij antwoordde dat hij ook wel iets geleerd had in zijn leven en Bess vond dat hij nogal als zijn moeder begon te klinken.

Toen *Mammi* in de werkplaats alles begon te verzamelen wat ze nodig had voor haar nieuwe rozenzeepproject, had Bess een vaag voorgevoel dat zij de klos zou zijn.

Inderdaad, de volgende ochtend zette *Mammi* Bess aan het werk om de oude zeepketel schoon te boenen. Die oude ketel was nog nooit goed schoon geschraapt. Bess moest de gietijzeren ketel door het gras rollen en klom er halverwege in om met een ijzeren borstel de vastgekoekte, stinkende schoonmaakzeep te verwijderen. Zelfs Boomer durfde niet in de buurt te komen. Blackie ging op onderzoek uit en rende met het witte puntje van zijn staart hooghartig in de lucht weg.

Naast de schuur hielp Billy in de schaduw van een grote boom haar vader met het kraampje voor langs de weg. Hij liep een paar keer langs haar heen en schudde zijn hoofd. Het was heet en het was plakkerig werk, en aan het eind rook Bess naar oude schoonmaakzeep.

Toen de ketel eindelijk schoon genoeg was naar haar oma's zin, bracht *Mammi* alles naar buiten wat ze nodig had om de rozenzeep te kunnen maken. Ze kookte de zeep buiten boven een open vuur, ondanks het feit dat het beestachtig heet was en vochtig weer. De lucht voelde zo zwaar dat hij nauwelijks in te ademen was, maar *Mammi* ging onverstoorbaar voort. Hetgeen betekende dat Bess dat ook moest. *Mammi* experimenteerde net zolang totdat ze de juiste mengsels had en tevreden was. Toen ze bij het mixen van de glycerine en de oliën rozenwater gebruikte in plaats van gewoon water, kreeg de zeep een heerlijke geur. *Mammi* wilde dat de zeep perfect was voordat ze hem in mallen goot, waarin hij een paar weken in de schuur moest uitharden. Uiteindelijk had ze de perfecte combinatie.

'Ik heb een proefkonijn nodig,' zei *Mammi* en ze keek naar Bess' gebedsmuts. 'We gaan je haar wassen.'

Bess' haar stonk zo naar de rook dat ze blij was dat ze het kon wassen, maar ze hoopte vurig dat het niet zou uitvallen door *Mammi's* zeep. *Mammi* bracht een nieuwe waskuip naar buiten en vulde hem met schoon water uit de pomp. Haar vader en Billy waren klaar met het kraampje en bouwden aan het einde van de oprijlaan een platje waar het op kon staan, dus de twee dames hadden genoeg privacy. Bess trok de pinnen uit haar haar, waardoor het naar beneden viel. Het reikte tot aan haar middel. Ze boog zich voorover over de waskuip en *Mammi* zeepte haar in.

'Brandt dat spul in je haar?' vroeg ze aan Bess.

'Tot nu toe niets aan de hand,' antwoordde Bess. Eigenlijk voelde het best goed, heel goed zelfs, met dat zachte zeepsop en die zoete geur.

Mammi spoelde haar haar uit met schoon water, nog een keer en nog eens, totdat het fris en schoon was. Vervolgens pakte ze de kuip, zette hem rechtop tegen het huis en ging naar binnen. Bess wrong haar haar uit en liet het aan de lucht drogen. Ze zat heel stil met haar rug tegen een boom naar de lucht te staren en kamde intussen haar haar uit. Boven haar hoofd scheerden de wolken langs de lucht. Er stond een zacht zomerbriesje en er was tijd om na te denken. Ze deed heel even haar ogen dicht en sukkelde in slaap.

Korte tijd later, of misschien wel een uur, deed ze haar ogen weer open en daar stond Billy. Hij lachte zijn stralend witte glimlach naar haar. Ze hoopte dat haar witblonde haar eruitzag als de glanzende golven op het water, zachtjes waaiend in de zomerwind.

Haar ogen gingen weer dicht, maar toen ze ze weer opendeed, was hij weg.

De volgende morgen vroeg wachtte Lainey in de bakkerij op Jonah. Ze gluurde steeds door het raam naar buiten of hij er al aankwam. Toen ze hem om de hoek zag komen, glimlachte ze. Lainey keek altijd uit naar zijn bezoek en was verbaasd hoe goed op haar gemak ze zich voelde bij hem. Ze had de koffie al voor hem klaar, maar verzocht hem eerst te gaan zitten. Toen vertelde ze hem dat er bericht was van het ziekenhuis.

Ze ging tegenover hem op een stoel zitten. 'Ze vertelden dat jullie niet matchen. Jij hebt drie HLA's die matchen, terwijl Simon zes antigenen nodig heeft.' Ze trok een raar gezicht. 'Ik weet niet precies wat dat betekent.'

Jonah roerde stevig in zijn koffie. 'Dat betekent dat hoewel we dezelfde bloedgroep hebben, er verschillende antigenen in het bloed zitten.'

Lainey dacht dat hij wel opgelucht zou zijn na dit nieuws, maar het tegenovergestelde leek het geval, hij keek bedroefd. Die Amish verbaasden haar. Ze gaven oprecht om mensen die moeilijk te genezen waren. De zoemer van de oven ging af en ze pakte haar ovenwanten om de muffins eruit te halen. Ze realiseerde zich dat zij er niet zo zeker van was of ze Simon haar beenmerg zou geven, in elk geval niet zo makkelijk als mevrouw Riehl en Jonah het hunne hadden aangeboden, en ze schaamde zich. Had ze haar stiefvader eigenlijk wel echt vergeven? Of slechts voorwaardelijk? Alleen maar zolang hij niets van haar vroeg? Was dat oprechte vergeving?

Jonah keek haar aan terwijl ze de muffins uit het blik haalde. Hij stond op en kwam naar haar toe. 'Waar denk je aan?'

Ze had alle hete muffins op een rek gezet, zodat ze konden afkoelen. 'Ik heb tegen mijn stiefvader gezegd dat ik hem vergaf dat hij zo'n slechte vader was geweest. De waarheid is echter dat ik hem slechts een beetje heb vergeven. Alleen in zoverre ik daar zelf baat bij had. Ik was niet meer boos op hem voor de manier waarop hij mij en mijn moeder heeft behandeld. Maar ik wil niet het beste voor hem.' Lainey deed haar ovenwanten uit en legde ze op het aanrecht. 'Ik ben er niet eens zeker van of het me wel iets kan schelen of hij doodgaat of dat hij blijft leven.' Ze wendde haar blik af. 'Dat moet een schok voor jou zijn.'

Jonah leunde met zijn rug tegen het aanrecht en sloeg zijn armen over elkaar voor zijn borst. 'Nee, dat is het niet. Ik kan me herinneren dat oom Simon veel dronk en dat hij altijd wel een manier wist om snel rijk te worden. En zijn slechte humeur.' Hij keek haar recht in de ogen en voordat ze er erg in had, had hij een haarkrul uit haar ogen geveegd.

Zijn aanraking was zo teder, zo zacht, dat ze zich bijna niet meer kon bedwingen. Ondanks haar uiterste pogingen het te negeren voelde ze zich aangetrokken tot Jonah. Verliefd worden op hem was absoluut niet verstandig. Toch, hij had… gewoon… iets. Ze voelde zich veilig bij hem, alsof ze helemaal zichzelf kon zijn. Ze had dit nog nooit voor een man gevoeld. Maar die Sallie in Ohio was er ook nog. Jonah had het nooit tegen Lainey over haar gehad en Bess ook niet, behalve dan die ene keer. Maar Lainey was het niet vergeten.

Ze stopte haar haar achter haar oor. 'Het verbaast me dat je niet opgelucht bent dat jullie niet matchen.'

'Ik ben niet opgelucht.' Jonah sloeg opnieuw zijn armen over elkaar. 'Ik wilde dat het wel zo was. Omdat ik hem niet kan helpen, zal mijn moeder druk op me blijven uitoefenen om Bess te laten testen. Ze heeft het er bijna elke dag over. Ik zeg steeds tegen haar dat dit niet gaat werken. Bess is Simons achternicht. Maar je kent mijn moeder. Als ze eenmaal beet heeft, laat ze niet meer los.'

Lainey voelde een koude rilling door haar lijf lopen. Ze keerde zich zo snel af van Jonah dat ze het lege muffinblik liet vallen. Het kletterde op de grond en het geluid weergalmde door de bakkerij.

Billy had Bess aangeboden haar te laten zien hoe rozen werden geënt, dus toen het eind juli een dag kouder weer was en de grijze lucht dreigend aangaf dat het wel eens kon gaan regenen, zei hij tegen haar dat het vandaag de juiste dag was. Het juiste weer om te enten. Hij liet haar zien hoe je een sterke wortelstok uitzocht, eentje die gezond was en niet beschadigd. Daarna gingen ze naar de rozenvelden om een paar enten af te snijden.

'Je oma vertelde dat ze een bestelling had voor tien struiken *sweetheart roses*,' zei Billy. Hij wees naar de beste struik. Vervolgens haalde hij zijn mes uit zijn zak, sneed een paar takjes schuin af en wikkelde ze snel in een natte oude theedoek. 'De takjes mogen niet uitdrogen.'

Terwijl ze zich terughaastten naar de kas, begon het te regenen. Binnen was de lucht warm en vochtig. Billy maakte een rij wortelstokken en takjes. Eerst doopte hij de takjes in een poeder, zodat ze goed konden wortelen, vervolgens zette hij elk takje op een wortelstok en wikkelde er gaas omheen. 'De wortelstokken zien er niet zo geweldig uit en je ziet ze niet eens, maar de roos haalt er wel zijn kracht uit,' vertelde hij haar alsof hij de leraar was en zij de leerling.

'Net als bij mensen,' mompelde Bess.

'Hoe kom je daarbij?' vroeg hij afwezig.

'Het werd gezegd in een van de preken de afgelopen week. "Als wij diep geworteld zijn in de kennis van God en wij schuilen bij Christus, zijn we sterk. Dan is de kans groter dat we de stormen en tegenslag zullen overwinnen."' Het verbaasde Bess dat ze zich nog herinnerde wat de voorganger had gezegd. Dat was Laineys invloed. Hoe meer tijd ze met Lainey doorbracht, hoe meer belangstelling ze kreeg voor geloofszaken. Lainey hoorde Bess en Jona na elke kerkdienst uit. Ze verstond steeds beter *Deitsch* en probeerde gretig de puzzelstukjes van alles wat ze leerde aan elkaar te passen. Haar enthousiasme werkte aanstekelijk. 'Ik denk erover toe te treden tot de kerk,' zei Bess hardop tegen Billy. Ze dacht er al langer over na, maar rilde toen ze het hardop zei. Zo leek het reëler.

Billy wierp een vluchtige blik op haar. 'Dat heb ik al gedaan. Vorig jaar.' Hij legde het poeder weg. 'Als je denkt dat dit de juiste beslissing is voor jou, dan heeft het geen zin het nog langer uit te stellen, zo zie ik het.' Billy wreef zijn handpalmen tegen elkaar. 'Maar je bent nog ontzettend jong. Ik weet niet of de bisschop het goed zal vinden.'

Bess rolde met haar ogen bij die kleinering. Ze was per slot van rekening al bijna zestien. Billy was waarschijnlijk niet veel ouder toen hij toetrad. Hij was op veel jongere leeftijd lid geworden dan de andere jongens, maar dat verbaasde haar niet. Billy was niet zoals de meeste jongens. Hij was in veel opzichten veel volwassener, wist wat hij wilde en twijfelde niet. Behalve wat betreft de meisjes. Op dat gebied, vond Bess, schoot zijn beoordelingsvermogen nogal tekort. Was het ronduit slecht.

Billy vond het prettig te praten als hij aan het werk was en Bess vond het heerlijk om naar hem te luisteren. Vandaag vertelde hij haar dat hij een eigen boerderij wilde kopen zodra hij eenentwintig was. 'Maar zonder hypotheek. Ik heb elke penny gespaard. Ik wil dat mijn land vrij is van schulden. Weet je, Bess, landbezit is een opdracht,' zei hij en hij klonk als een voorganger. 'Ik denk dat het iets is wat je je leven lang niet verkoopt. Iets wat een vader doorgeeft aan zijn zonen. En zijn zonen geven het weer door aan hun zonen. Elke generatie moet het land onderhouden en ervoor zorgen dat het goed wordt gebruikt – net zoals jouw opa en oma hier op Rose Hill Farm hebben gedaan – en op die manier geven we onze erfenis door.'

166

Bess bestudeerde Billy terwijl hij aan het werk was. Ze was zich scherp bewust van elk detail. Ze vond het prettig zo dicht bij hem te zijn. De regen kwam nu hard naar beneden en ruiste op het dak boven hun hoofd. Even stelde ze zich voor dat zij en Billy getrouwd waren en zij aan zij aan het werk waren op hun boerderij. Ze praatten samen, lachten samen, maakten samen plannen. Ze wilde dat er nooit een einde zou komen aan dit moment, dat ze de ochtend kon rekken en ervoor kon zorgen dat hij eeuwig zou duren. Waarom voelden drie uur op school als een week, terwijl drie uur met Billy Lapp voelden als een paar minuten?

De ochtend ging te snel voorbij. Het hield op met regenen en de stralende zon vulde de ruimte met licht terwijl Bess nog verliefder op Billy werd dan eerst. Helaas vertoonde hij geen enkel teken dat hij meer voor haar voelde dan een platonische vriendschap. Maar hij had het de hele morgen niet over Betsy Mast gehad. Die gedachte maakte Bess blij.

Toen was het twaalf uur en *Mammi* riep naar Bess dat ze moest komen eten. Dat betekende dat Billy naar huis zou gaan. Bess slaakte een diepe zucht. De tijd die ze met Billy doorbracht, was altijd veel te snel voorbij.

Beste Robin en Ally,

Het werk hier in de bakkerij in Stoney Ridge gaat goed. Zo goed dat ik zelfs overweeg mijn koksopleiding uit te stellen. Maar maak je geen zorgen: ik heb nog niets definitief besloten.

Liefs,

Lainey

Op een dag zei Bess tijdens de lunch tegen *Mammi* en haar vader dat Lainey die middag langs zou komen. Toen ze na het eten aan het aanrecht de afwas stond te doen, keek ze toevallig door het raam naar buiten en zag ze haar vader bij de pomp staan. Hij hield zijn hoofd onder de pomp. Toen trok hij zijn hemd uit en waste zijn hele bovenlichaam. Hij zeepte zich goed in en Bess grinnikte. Haar vader had het niet tegen haar gezegd, maar ze had stiekem het idee dat hij en Lainey een oogje op elkaar hadden. Ze glimlachten naar elkaar met hun ogen en wisselden een stiekeme blik als ze het idee hadden dat niemand het zag. Maar Bess zag het wel en ze vond het prima. Ze hoopte dat haar vader en Lainey elkaar zouden vinden, maar ze wist dat het beter was dat niet hardop uit te spreken. Ze wist wanneer ze iets op zijn beloop moest laten.

Toen Lainey arriveerde op Rose Hill Farm, was *Mammi* naar de familie Yoder, waar ze zou helpen het huis schoon te maken voor de kerkdienst dat weekend. Een andere buurman had Jonah gevraagd of hij kon helpen een weggelopen paard te vangen. Er was niemand, op Bess en Lainey na. Deze middag werd nog beter dan Bess ooit had durven hopen.

Ze zei tegen Lainey dat ze haar ging leren hoe ze met een trapnaaimachine moest naaien.

Lainey keek haar aarzelend aan. 'Ik kan nog niet eens een knoop aan mijn eigen blouse zetten.'

'Goed nieuws,' zei Bess. 'Geen knopen.' Ze legde een paar meter auberginekleurige stof op tafel en legde er een patroon van dun papier op. Toen ze het helemaal glad had gestreken op de stof, speldde zij het aan de ene kant vast en gebaarde ze naar Lainey dat zij het aan de andere kant moest vastspelden.

'Wat gaan we maken?'

Bess glimlachte geheimzinnig. 'Een jurk.'

Toen ze de verschillende patroondelen hadden uitgeknipt, reeg Bess de draad in de machine en trapte ze met haar voet op het pedaal, waardoor de naald in een regelmatig tempo op en neer ging. Ze naaide één zoom en toen mocht Lainey. 'Jij doet de andere kant. Gewoon een rechte lijn stikken.'

Het duurde even voordat Lainey het ritme te pakken had en haar voet ritmisch op en neer bewoog zodat de machine het deed. 'Zoals jij het deed, leek het zo makkelijk, Bess. Het is moeilijker dan het eruitziet!' Maar toen zat de jurk in elkaar. Ze hield het vormeloze geheel omhoog. 'Klaar!'

'Nee, nog niet,' zei Bess. Ze pakte twee mouwen en speldde ze aan het bovendeel. 'Goed kijken. De hoeken zijn lastig.' Bess maakte één mouw weer los en liet Lainey het doen.

Toen Lainey klaar was, hield Bess de jurk omhoog en fronste haar wenkbrauwen. 'Haal de naad maar uit, dan doen we het nog een keer.'

Zo gezegd, zo gedaan. Lainey haalde twee keer de naad los, pas toen was Bess tevreden. Ze werkten de rest van de middag door en namen de jurk toen mee naar beneden om de kreukels eruit te strijken.

Bess liet Lainey zien hoe ze het waakvlammetje van het petroleumstrijkijzer aan moest doen. Ze dronken zoete thee terwijl ze in de keuken aan het werk waren. Lainey streek de jurk en hield hem omhoog, zodat Bess kon zeggen of ze tevreden was. 'Kijk eens! Een nieuwe jurk voor jou.'

Bess schudde haar hoofd. 'Niet voor mij. Hij is voor jou.'

Lainey keek haar stomverbaasd aan, dus voegde Bess eraan toe: 'Ik weet niet of, en zo ja wanneer jij denkt dat het tijd is om onze kleding te gaan dragen, maar ik dacht dat het goed zou zijn als je een jurk had. Voor als je er klaar voor bent.'

Lainey bekeek de jurk. 'Zal ik hem aantrekken?'
Bess knikte verheugd. 'Op mijn bureau liggen spelden.'

Het voelde vreemd toen Lainey haar eigen blouse en rok uitdeed en voor het eerst deze Amish jurk aantrok. Ze wist niet eens wat voor soort ondergoed ze droegen. Dat was ze vergeten Bess te vragen. Droegen de vrouwen eigenlijk wel een bh? Nou ja, vandaag had ze er in elk geval een aan. Eén stap tegelijk.

Ze glipte in de jurk en probeerde erachter te komen hoe ze de spelden moest vastmaken zodat ze niet zouden loslaten. Ze had een taxichauffeur in de bakkerij horen klagen over al die losse spelden die hij in de achterbank van zijn taxi vond als hij Amish vrouwen had gereden die ergens naartoe moesten. Ze vouwde de voordelen over el-kaar heen en probeerde zichzelf niet te prikken terwijl ze de boel dicht speldde. Bess en oma klaagden nooit over de spelden, ze wist dat ze eraan zou wennen. Op bed lagen een gebedsmuts en een wit schort. Lainey glimlachte. Bess had het allemaal allang uitgedacht. Ze aarzelde even, maar besloot toen toch de muts op te zetten en het schort aan te doen. Ze trok de gebedsmuts over haar hoofd. Hij bleef ongemakkelijk op haar krullen liggen. Lainey liet haar haar groeien, maar het zag er waarschijnlijk raar uit. Ze pro-beerde haar haar onder de muts te duwen. Ze had een keer gezien hoe Bess dat deed en was verrast hoe lang haar ze had. Tot onder haar middel! Bess had Lainey verteld dat het nog nooit was geknipt.

Lainey stak haarspelden in de muts om hem op zijn plaats te houden, op dezelfde manier als ze Bess had zien doen. Vervolgens speldde ze het schort op zijn plaats en ze draaide langzaam een rondje om uit te vinden of het anders voelde. Ze werd van haar hoofd tot haar middel bijeengehouden door spelden. Er was geen spiegel, dus ze voelde zich niet helemaal zeker. Ze had de laatste weken steeds minder vaak iets op haar gezicht gesmeerd en ze had het niet eens gemist. Nou ja, de eerste paar dagen had ze zich wel kaal gevoeld, maar daarna niet meer. Het voelde zelfs lekker, veel natuurlijker. Misschien was dat een ander geheim van de Amish, realiseerde ze zich. Als je niet de hele tijd in de spiegel kijkt, denk je er ook niet steeds aan hoe je eruitziet. Dan is je hoofd vrij om aan iets anders te denken.

Lainey ging naar beneden om Bess te laten zien hoe ze eruitzag. Even stilletjes als altijd liep ze naar de keuken, waar Bess bij het aanrecht stond en de afwas deed. 'Nou, wat vind je ervan?'

Bess draaide zich snel om, keek haar verbaasd aan en drupte zeepsop op de vloer. 'O, Lainey! *Seller Frack bekummt dich!*' De jurk stond haar geweldig. Toen vlogen Bess' ogen zenuwachtig naar de andere kant van de kamer.

Lainey keek naar wat Bess' aandacht afleidde. Bij de deur stond Jonah haar aan te staren. '*Ya. Ich geb ihr allfat recht.*' Ja, ze had gelijk. Ergens in dat stille ogenblik verdween de glimlach van zijn gezicht.

Nu voelde Lainey zich wel anders.

Beste Jonah,

Je bent nu al een paar weken weg. Mose heeft gewerkt als een pakezel, maar ook nog tijd gevonden om de tomatenplanten in de tuin vast te binden aan een staak. En hij heeft ons meegenomen naar Miller's Pond om te picknicken. En hij heeft een boomhut

voor de jongens gebouwd van restjes hout uit de meubelmakerij.
Hij zei dat je dat niet erg zou vinden. Nee toch?

Liefs,

Sallie

PS De selderij staat al ruim zes centimeter hoog!

Het duurde een paar dagen voordat Jonah genoeg moed had verzameld om zijn moeder te vertellen dat hij de uitslag van de bloedtest had en niet matchte met haar broer Simon. Hij vreesde het gesprek. Jonah wachtte totdat Bess naar de schuur was en toen vertelde hij het haar voorzichtig. Hij zat nonchalant op zijn stoel, met een arm over de leuning.

'Ik weet het,' zei Bertha. 'Ze hebben een brief gestuurd met de uitslag.' Ze haalde een brief van het ziekenhuis uit de zak van haar schort.

Jonah kneep zijn ogen dicht. 'Hoelang weet u het al?'

Zijn moeder keek naar het plafond. 'Eens even kijken. Een week.'

Jonah wreef met zijn hand over zijn voorhoofd. 'Ik weet wat u denkt. Maar daar ga ik niet mee akkoord.'

'Bess is oud genoeg om daar zelf over te beslissen.'

'Ze is nog een kind.'

'Ze is vijftien, dan is ze geen kind meer. Moet je horen, toen ik een meisje was…'

'Ik weet het, ik weet het,' viel Jonah haar in de reden. Hij had al zo veel verhalen gehoord over hoe moeilijk ze het wel niet had gehad en die zo begonnen. 'Er is een heel kleine kans dat Bess matcht. Waarom zouden we het risico nemen?'

Bertha sloeg met haar handpalmen op de tafel en keek hem woedend aan. 'Waarom niet?'

Op hetzelfde moment realiseerde Jonah zich dat het het eenvoudigst en makkelijkst zou zijn als Bess een bloedtest onderging. Dan zou zijn moeder zien wat hij al wist... dat Bess niet kon matchen. 'Goed.' Hij stak zijn handen in de lucht. 'Als Bess ermee instemt, kan ze wat mij betreft de test ondergaan.'

Jonah had gedacht dat zijn moeder dolenthousiast zou zijn of op z'n minst tevreden. Ze kreeg wat ze wilde. In plaats daarvan gleed haar blik naar het raam. Aan haar gezicht te zien, was het alsof ze het gevoel had dat er iets vreselijks stond te gebeuren.

Die avond vroeg Jonah aan Bess om samen met hem op de veranda naar de zonsondergang te kijken. Ze wist dat hij iets met haar wilde bespreken. Het was een heldere avond. Ze zagen hoe de zon onder de horizon zakte en de lucht donkerblauw werd. Toen vertelde hij haar dat zijn moeder wilde dat zij de bloedtest zou ondergaan. Bess zat op de traptreden van de veranda, had haar armen om haar benen geslagen en leunde met haar kin op haar knieën terwijl ze naar hem luisterde.

'Ik wil dat je er vanavond om bidt. Ik wil niet dat je enige druk ervaart dat je de test moet ondergaan.'

Bess keerde haar gezicht naar hem toe. 'U was bereid uw beenmerg aan *Mammi's* broer te geven, toch?'

Jonah knikte. Hij voelde een zoete pijn in zijn hart als hij zag hoe ernstig ze keek. 'Ik was ertoe bereid, maar dat wil nog niet zeggen dat jij dat ook moet zijn. De bloedtest stelt niets voor, gewoon een prikje in je arm. De mergtest is gecompliceerder. Dan moet je helemaal onder narcose en in het ziekenhuis blijven, en het doet een beetje pijn. De kans dat jullie matchen is heel klein. Ik kan zeggen dat het bijna uitgesloten is. Je oma wil alleen… nou ja, je weet hoe ze is als ze iets in haar hoofd heeft.'

Bess trok haar wenkbrauwen op. '*Sie is so schtarrkeppich as an Esel.*' Ze is zo koppig als een ezel.

Deze keer kostte het Jonah geen moeite te glimlachen. 'Het is kennelijk erg belangrijk voor *Mammi* dat we het in elk geval uitsluiten.'

Bess haalde haar schouders op. 'Dat begrijp ik wel. Simon is haar broer.'

'Maar dat wil nog niet zeggen dat je dit moet doen, Bess. Als je liever niet wilt, zal ik je niet dwingen, wat *Mammi* ook zegt.'

'Maar u wilde het wel. U was bereid hem uw beenmerg te geven.'

'Dat klopt.'

'Was *Mammi* er ook toe bereid?'

Jonah knikte nog eens. Hij wist hoe gevoelig zijn dochter was. 'Bess, ik weet niet of hij… deze genade verdient.' Jonah vertelde haar het hele verhaal, alles wat hij wist, over Lainey en haar moeder en hoe Simon hen had behandeld. Het verbaasde hem dat Lainey nooit iets aan Bess had verteld over Simon. Hij wist dat de twee goede vriendinnen waren geworden die zomer. Jonah zag dat Bess geschokt was toen ze hoorde dat Simon Laineys stiefvader was. Ze zei een hele tijd niets. Jonah vroeg zich af waarom Lainey het haar nooit had verteld, maar waarschijnlijk was dat om Bess te beschermen. Afgaande op hoe hij Lainey kende, dacht hij dat ze probeerde Bess op geen enkele manier te beïnvloeden.

Ze keken een hele tijd zwijgend toe hoe de lucht zich langzaam vulde met sterren. Uiteindelijk tilde Bess haar hoofd op en keek ze hem gevoelvol aan. 'Simon verdient onze genade misschien niet, maar Lainey zegt altijd dat God een ander idee heeft over genade.'

Haar woorden sneden als een mes door Jonahs ziel. Hij voelde de oude onrust weer omhoogkomen, in zijn borst steken alsof het net gebeurd was. Hij had iets over zichzelf ontdekt die zomer… iets waar hij zich diep voor schaamde. Zijn hele leven al geloofde hij in God, maar geloofde hij ook echt dat God oppermachtig was? Geloofde hij werkelijk dat God oprecht genadig was?

Vijftien jaar geleden zou hij ja hebben gezegd. Maar na het ongeluk dat zijn vrouw het leven kostte, rekende hij niet helemaal meer op God, zoals hij wel altijd had gedaan. Alsof God niet helemaal te vertrouwen was.

En dus was Jonah gevlucht. Hij was gevlucht voor God, net als voor zijn herinneringen. Het was te moeilijk geweest om in Stoney Ridge te blijven, elke dag langs de plek te rijden waar Rebecca was gestorven, constant herinnerd te worden aan zijn verlies.

Lainey had evenveel redenen gehad als hij om Stoney Ridge te verlaten, toch was ze er. Ze was teruggekomen om de dingen die haar bleven achtervolgen onder ogen te zien. Ze was zelfs bereid haar stiefvader in het ziekenhuis onder ogen te komen. Toen ze van de zaal waar Simon lag terug was op de gang, was zijn hart bijna in tweeën gescheurd bij het zien van de blik in haar ogen. Haar ogen waren vervuld van verdriet, maar niet om zichzelf.

Ze waren vervuld van verdriet omdat Simon verloren was.

Billy was niet van plan geweest vanavond naar de bijeenkomst te gaan. Mevrouw Riehl had hem op het hart gedrukt wel te gaan en Bess mee te nemen. Die vrouw wist precies hoe ze moest krijgen wat ze wilde. Ze vroeg het nooit rechtstreeks, ze keek je gewoon strak aan, net zolang tot je knieën begonnen te knikken en je wel toe moest geven.

Hij was al sinds het vertrek van Betsy Mars niet echt in de stemming voor een feestje en de kans was klein dat hij het ooit nog wel zou zijn. Hij had zo veel plannen gehad voor hun gezamenlijke toekomst. Meteen als hij eenentwintig was, wilde hij land kopen om op te boeren. Hij wist precies wat voor huis hij voor Betsy en zichzelf wilde bouwen: met een zuidelijke uitstraling en een schuur haaks op het huis, en een vijver om in te vissen en in te zwemmen. Eentje die niet zou worden vervuild.

Billy had gehoopt dat zijn vader en broers dan eindelijk oog zouden hebben voor wat hij deed – dat hij een goed stuk land kocht, trouwde met het meest gewilde meisje uit het district en een bloeiend bedrijf opzette – en hem met respect zouden behandelen, niet alleen maar zouden zien als de benjamin van het gezin. *Der Kaschde*. Een onderdeurtje noemden zijn broers hem.

Maar die droom was nu vervlogen. Wat hem nog het meest irriteerde, was dat hij Betsy meende te kennen. Volgens hem wilde zij hetzelfde. Het verbaasde hem nog steeds dat ze weg was. Gewoon weg bij haar familie en de kerk. Dat ze hem had verlaten voor een andere man.

Bess had eens tegen hem gezegd dat het hele idee van Betsy een hersenschim was. Misschien kende hij haar helemaal niet zo goed als hij dacht, had ze hem duidelijk gemaakt.

Billy wierp een zijdelingse blik op zijn nichtje Maggie, dat aan één stuk door zat te kletsen, en op Bess, die aan de andere kant naast haar zat. Bess had vandaag een slecht humeur. De dag begon zo goed. Ze had hem vanochtend geholpen een paar planten klaar te zetten om te verkopen aan een klant en hij had haar de laatste verhalen over het vertrek van Betsy verteld. Ze was steeds stiller geworden, alsof ze hoofdpijn kreeg, en had niet eens gedag gezegd toen haar oma haar binnenriep voor de lunch. Net als alle meisjes, daar was hij inmiddels wel achter. Humeurig en onvoorspelbaar.

Toen ze bij het huis waren waar de bijeenkomst werd gehouden, sprong Billy meteen uit zijn rijtuigje. Hij zette het paard vast en slenterde naar zijn vrienden, die aan het volleyballen waren. Hij keek niet eens waar Maggie en Bess naartoe gingen, totdat Andy Yoder hem apart nam.

'Wie is dat?' Andy wees naar de andere kant van de tuin, naar een grote groep meisjes.

'Wie?'

'Die blonde.'

'Die magere lat? Dat is Bess. De kleindochter van mevrouw Riehl.'

'Misschien heb je een bril nodig,' lachte Andy snuivend. 'Zo mager is ze nu ook weer niet. Volgens mij heeft ze daarboven toch wel het een en ander zitten.' Hij gaf Billy de volleybal en liep over het gras naar Bess toe.

Billy zag dat Andy naast Bess ging zitten. Het viel hem op dat Bess een knappe meid was. Zo had hij nog nooit naar haar gekeken.

Na het volleyballen en het avondeten werd er gezongen. Daarna vond Billy het tijd om naar huis te gaan. Toen hij Maggie had gevonden, zei hij tegen haar dat ze Bess moest gaan halen en dat hij hen bij zijn rijtuigje zou zien.

'Ze is al weg,' vertelde Maggie hem. 'Met Andy Yoder.'

Bess werd 's morgens wakker met een resolute gedachte: gisteravond was de laatste keer dat ze zichzelf in slaap had gehuild om Billy. Haar ogen waren gezwollen en ze vroeg zich af of het haar zou lukken de tuin in te glippen om een komkommer te halen zonder dat *Mammi* het zou zien. Ze had andere meisjes horen zeggen dat ze komkommer op hun ogen legden zodat je het niet meer zou zien. Bess liep op haar tenen de trap af naar de keuken en was blij dat er niemand was. Ze wilde de zijdeur opendoen, maar zag dat *Mammi* in de tuin bonen aan het plukken was die ze in haar schort deed, en intussen met Billy aan het praten was. Dat betekende dat zij nu niet naar buiten kon.

Misschien hielpen augurken. Ze griste een pot uit de voorraadkast en haastte zich naar boven. Daar deed ze de pot open en ging op bed liggen, waarna ze op elk oog een schijfje augurk legde. Binnen een paar seconden deden haar ogen pijn door de azijn. Ze sprong op en pakte een kan water. Wat een ongelooflijk slecht idee! Nu waren haar ogen rooddoorlopen en ze zagen er nog erger gezwollen uit dan eerst. Er hing een scherpe geur van dille en azijn in haar kamer.

Een uur later was ze in de schuur rozenblaadjes aan het uitspreiden toen Billy binnenkwam met een versgevulde mand. 'Waar wil je ze hebben?'

Bess keek niet op en wees naar een leeg rek.

Billy spreidde de blaadjes voorzichtig uit in een enkele laag. 'Andy Yoder heeft je gisteravond dus thuisgebracht?'

Bess haalde haar schouders op. Dat was haar zaak en ging niemand wat aan.

'Je had het op z'n minst wel even kunnen zeggen. Ik heb voor niets naar je lopen zoeken.'

Bess keek verheugd op. 'Heb je dat gedaan?'

'Natuurlijk.' Billy schudde de mand leeg en zette hem op de plank bij de andere manden. 'Het laatste wat ik wil, is een scheldkanonnade van je oma omdat ik je niet thuis heb gebracht.'

Geweldig. 'Nou ja, ze is in elk geval niet boos op je.' Bess wierp een zijdelingse blik op Billy. 'Ze vindt Andy Yoder een prima kerel.'

'Zei je oma dat?' vroeg hij verbaasd. 'Andy is niet zo selectief wat de meisjes betreft. Elk meisje dat naar hem lacht, is goed.'

Bess liep rakelings langs Billy heen naar de boerderij.

Terwijl ze langsliep, snoof hij in de lucht. 'Vreemd. Ik ruik augurken.'

Jonah stond op het punt de petroleumlamp in de keuken uit te doen en naar bed te gaan, maar ineens werd er op de deur geklopt. Hij deed open en daar stond Lainey in het maanlicht.

'Jonah, ik had eerder willen komen, maar ik moest vandaag laat doorwerken in de bakkerij voor een grote bestelling voor morgen. Er is vandaag een telefoontje voor je gekomen. Van het ziekenhuis.' Ze beet op haar lip. 'Bess matcht perfect met Simon. Zes om zes.'

Jonah was perplex. 'Hoe kan dat? Dat kan toch niet waar zijn?'

Lainey keek strak langs hem heen.

Jonah draaide zich om zodat hij kon zien waar ze naar keek. Onder aan de trap stond zijn moeder. Het leek erop dat ze naar beneden was gekomen, had gehoord wat ze zeiden en stilletjes weer naar boven probeerde te sluipen.

'Vertel het hem maar, mevrouw Riehl,' zei Lainey vastberaden.

Bertha bleef staan.

'Wat moet ze me vertellen?' vroeg Jonah, terwijl hij eerst naar zijn moeder keek, toen naar Lainey en ten slotte weer naar zijn moeder.

Lainey en Bertha keken elkaar strak aan. 'Als u het hem niet vertelt, doe ik het.'

'O, ik zal het hem vertellen. Ik heb gezegd dat ik het zou doen en dan doe ik het ook.' Bertha keek Lainey boos aan maar ging aan de keukentafel zitten.

Jonah zag dat haar kaken verkrampten, dus hij wist dat hij erop voorbereid moest zijn dat ze met een onthulling zou komen.

Bertha keek haar zoon omzichtig aan en zweeg een flinke poos om haar gedachten op een rijtje te zetten. Toen sloeg ze met haar handpalmen op de tafel en draaide zich om naar Lainey. 'Goed. Vertel jij het maar.'

Lainey wierp Bertha een blik toe die verraadde dat ze niet kon geloven dat ze zo laf was. Ze boog haar hoofd en slaakte een diepe zucht. Vervolgens trok ze aan de andere kant een stoel onder de tafel vandaan. 'Dit is een verhaal dat teruggaat naar die avond vijftien jaar geleden, waarin jij, Rebecca en… jullie kindje… betrokken waren bij dat vreselijke ongeluk.'

Jonah verstijfde.

Maar Lainey aarzelde niet. Ze vertelde hem het hele verhaal, zonder ook maar iets weg te laten. Toen ze klaar was, keek ze hem recht in het gezicht aan. 'Ik heb de kindjes omgeruild, Jonah. Jouw kindje voor mijn zusje.'

Jonah was sprakeloos. Het was zo stil in de keuken dat het geluid van een vlieg die tegen het raam zoemde, weergalmde in de kamer. Hij staarde Lainey aan alsof ze in een vreemde taal had gesproken. Langzaam drong het tot hem door wat haar woorden betekenden. *Nee. Het kon niet. Het kon niet waar zijn.* Het kostte hem moeite iets te zeggen. De woorden stokten in zijn keel en hij moest even nadenken voordat hij kon zeggen wat hij wilde zeggen.

Uiteindelijk zei hij met een schorre stem: 'Je was nog maar tien. Je kunt het je vast niet meer goed herinneren. Waarschijnlijk haal je een aantal zaken door elkaar.'

'Ik kan het me nog precies herinneren, Jonah,' zei Lainey zachtjes. 'Ik zal die avond nooit vergeten.'

'Maar... hoe dan? Hoe kon je... hoe wist je überhaupt of de baby dood was?' Hij leunde voorover op zijn stoel. 'Misschien was ze wel niet dood. Misschien...'

Lainey schudde haar hoofd. 'Ze was op slag dood. Ik weet dat ik nog jong was, maar ik wist dat ze dood was.' Tranen welden op in haar ogen.

'Maar ik kreeg te horen dat mijn dochter niets mankeerde,' zei Jonah kortaf. 'Ze zeiden dat het een wonder was.'

'Ik heb mijn zusje in Rebecca's armen gelegd – om haar te troosten – en gewacht tot ik de sirenes hoorde. Ik ben dicht bij jullie in de buurt gebleven en heb steeds tegen jullie gezegd dat jullie niet moesten opgeven. Niet opgeven. Maar toen de ambulance arriveerde, had ik mijn besluit genomen.'

Er viel een stilte over de tafel. Jonah deed hard zijn best te begrijpen wat Lainey bedoelde. Hij pakte de tafel stevig vast, omdat hij het gevoel had slachtoffer te zijn van een orkaan, dat zijn leven aan stukken lag. Alles leek te zweven.

Bess was niet zijn echte dochter. Hij was diep geschokt.

Vervolgens werd de schok nog groter. Hij keek zijn moeder recht in de ogen en zag dat ze helemaal niet verbaasd was. Ze *wist* het. Ze wist het!

Alsof Bertha zijn gedachten kon lezen, kruiste ze haar armen verdedigend voor haar borst. 'Ja, ik wist het, Jonah. Ik wist het. De avond van het ongeluk ging ik naar het ziekenhuis en hoorde daar dat Rebecca dood was en jij er heel slecht aan toe. Ze zeiden tegen me dat de baby het ongeluk overleefd had en ongedeerd was. Een wonder, noemden ze het. Ze hielden haar een nachtje ter observatie. De volgende dag kreeg ik haar mee naar huis. Maar het was niet onze Bess. Ik wist toen al dat Laineys zusje dood was en voor mij was het duidelijk. Om er zeker van te zijn, ging ik naar het mortuarium. Ik was van plan het je te vertellen, maar het werd steeds moeilijker en toen…' Haar stem stierf weg.

Jonah sloeg zijn ogen op en keek zijn moeder aan. 'En nu weet je het zeker door oom Simon.'

Bertha knikte langzaam van ja. 'Toen Lainey vanuit het niets verscheen, wist ik dat de tijd gekomen was.'

'Hoe kon je het doen? Hoe kon je me vijftien jaar lang zo voorliegen?'

'Soms is een beetje beproeving niet erg.'

Jonah explodeerde. Hij stond op en leunde met zijn handpalmen op de tafel. 'Waag het niet te doen alsof het allemaal niet zo erg is!'

Zijn moeder gaf zich niet gewonnen. Ze keek hem recht in zijn ogen aan. 'Jij had dat kindje nodig, Jonah.' Ze priemde met haar vinger naar de tafel. 'En zij jou.'

Opnieuw daalde er een stilte in de kamer neer. 'Morgen gaan Bess en ik terug naar Ohio,' zei Jonah zo kalm, dat hij zichzelf nauwelijks herkende. 'Onderwerp gesloten. We praten er niet meer over.' Hij keek Lainey een lange poos strak aan, toen pakte hij zijn wandelstok en ging naar boven.

Bij het ontbijt had Bess het idee dat er iets tussen haar vader en haar oma was voorgevallen, maar ze had geen idee waarom haar vader ineens uit Stoney Ridge weg wilde. Ze werd er verdrietig van toen hij het haar tijdens het ontbijt vertelde. Ze probeerde te protesteren, maar zag de koppige blik in zijn ogen. Hij zou niet van gedachten veranderen. En *Mammi* zei zoals gewoonlijk niets.

Bess ging naar boven naar haar kamer om haar spullen te pakken. Toen ze haar jurken en schorten opvouwde en in haar koffertje deed, kon ze nauwelijks geloven hoezeer ze gehecht was geraakt aan *Mammi*, Lainey en Rose Hill Farm. Aan Billy. Ze was er nog maar twee maanden, toch voelde het alsof ze hier hoorde. Alsof dit haar thuis was.

Ze hoorde haar vader roepen dat ze naar beneden moest komen. Bess keek nog een laatste keer de kamer rond om het beeld in haar geheugen te prenten: de lichtgroene muren met de haken waar ze haar kleren op hing. De gekraste houten vloer. Het smalle houten bed met *Mammi's* handgemaakte quilt met sterren erop, het nachtkastje met de glazen olielamp, de vensterbank waar ze soms 's avonds op ging zitten om de maan te zien opkomen en de schaduwen die hij wierp over de rozenvelden. Bess zuchtte en sjokte de trap af.

Billy stond buiten voor het huis bij het rijtuigje op hen te wachten. Jonah had hem gevraagd hen naar het busstation te brengen, hij wilde de bus van twaalf uur hebben. Ze liep naar Billy toe en hij pakte haar koffer aan.

'Wat is er met je vader aan de hand?' fluisterde hij. 'Waarom heeft hij zo veel haast om weg te gaan?'

Bess haalde haar schouders op. 'Hij moet gewoon weer aan het werk, denk ik,' antwoordde ze nonchalant. De gebeurtenis gaf haar wat meer zelfvertrouwen. Uiteindelijk had Billy haar vreselijk teleurgesteld. Wellicht was het goed dat ze wegging, misschien zou hij om haar treuren. Misschien ging hij haar wel lange brieven schrijven.

'Ik zal eens kijken of ik die zwarte kat van je kan vinden,' zei hij en hij liep naar de schuur.

Blackie! Ze zou hem bijna vergeten.

Mammi en Jonah kwamen naar buiten en liepen naar het rijtuigje.

'Waar is Billy?' vroeg Jonah en hij keek ongerust naar de schuur.

Nog geen tel later slaakte Billy een enorme schreeuw. Hij

kwam naar buiten met twee kleine kittens in zijn armen en een boze Blackie achter hem aan. 'Hé, Bess! Daar ga je dan met je wetenschappelijke kwaliteiten! Ik dacht dat die kat van jou een jongetje was!' riep hij lachend.

Bess rende naar hem toe om de kittens te bekijken. Blackie kronkelde zich tussen haar benen door. Ze keek achterom naar haar vader. 'Ze kunnen niet mee! Ze zijn nauwelijks een paar dagen oud!'

'Ze blijven hier,' zei *Mammi* vastberaden. 'Hun moeder ook. Die kan per slot van rekening uitstekend muizen vangen.'

Bess gaf de twee kittens een dikke zoen en vroeg Billy ze terug te brengen naar achter in de schuur, waar hij ze gevonden had. Ze boog zich voorover om Blackie te aaien maar hij… ze keek haar woedend aan en haastte zich achter haar kittens aan.

Bess keek ze na en draaide zich om naar *Mammi* om haar gedag te zeggen. Toen haar blik die van haar oma kruiste, voelde Bess de tranen in haar ogen branden. Ze rende naar haar toe en sloeg haar armen om haar brede schouders. *Mammi* stak haar armen omhoog en gaf haar zacht klopjes op haar rug. Toen Bess haar eindelijk losliet, pakte *Mammi* de bril van haar neus, wasemde erop en veegde de glazen schoon met haar schort. Ze moesten nodig worden gepoetst, zei ze.

Jonah gaf zijn moeder een stijve handdruk. *Mammi* hield zijn hand extra lang vast, zag Bess, alsof ze hem niet wilde laten gaan.

Maar Jonah liet zich niet vermurwen. Hij liep naar het rijtuigje. Precies op dat moment kwam er een ponywagen de oprijlaan opgereden. Het was Andy Yoder en hij had een boeket wilde bloemen in zijn armen.

Toen hij bij het erf kwam, stuurde hij de pony naar het

rijtuigje en sprong uit zijn wagen. 'Wat is hier aan de hand?'

'Ze gaan terug naar Ohio,' antwoordde *Mammi*, terwijl ze Jonah een boze blik toewierp.

Andy keek verschrikt. 'Maar waarom?' Toen niemand antwoord gaf, keek hij naar Bess, maar die haalde slechts haar schouders op. Daarna draaide hij zich om naar Jonah. 'Nou ja, kan ik dan in elk geval nog even met Bess praten? Onder vier ogen?'

Jonah wreef met zijn hand over zijn voorhoofd alsof hij hoofdpijn voelde opkomen, maar hij klom in het rijtuigje. *Mammi* bleef staan waar ze stond.

Andy wierp een zijdelingse blik op *Mammi* en duwde vervolgens Bess het boeket in de handen. 'Wat vind je ervan als ik je ga schrijven? Schrijf je me dan terug?'

Billy kwam uit de schuur naar buiten en bleef abrupt staan toen hij zag dat Andy Bess het boeket gaf. 'We moeten gaan als jullie die bus van twaalf uur willen halen, meneer Riehl,' zei hij luid. Hij klom in het rijtuigje.

'Hij heeft gelijk, Bess,' riep Jonah.

Andy keek verslagen. Bess klom in het rijtuigje en ging achterin zitten.

'Schrijf me, Bess!' riep Andy toen Billy met de teugels klapte en het paard in beweging kwam.

Bess stak een hand uit het raampje naar buiten en zwaaide *Mammi* en Andy, de rozenvelden, het huis en Blackie gedag.

Toen ze bij de weg waren en Billy links afsloeg, zei Bess tegen haar vader: 'Ik wil Lainey nog gedag zeggen.'

'Geen tijd voor,' zei Jonah, met zijn ogen op de weg gericht. Het klonk scherp, maar zonder overtuiging.

'We komen langs de bakkerij en het duurt maar een minuut,' hield ze vol.

Haar vader zei niets, dus Billy stuurde het paard naar de paal. Lainey kwam naar buiten, het leek alsof ze op hen had staan wachten. Ze strekte haar armen uit en Bess rende naar haar toe.

'Ik weet niet waarom hij dit doet, Lainey!' fluisterde Bess. 'Er is iets gebeurd waardoor hij helemaal van zijn stuk is.'

Lainey gaf eerst geen antwoord. Ze duwde Bess van zich af en pakte haar armen vast. 'Het is moeilijk voor je vader… om hier te zijn. Het roept een heleboel verdrietige herinneringen op. Aan dingen die hij liever vergeet. Geef hem de tijd. Hij draait wel weer bij.' Ze gaf Bess nog een dikke knuffel en liet haar los.

Jonah kwam naar hen toe gelopen. 'Bess, hup, in het rijtuigje. Ik kom zo.'

Bess liep naar het rijtuigje om bij Billy te wachten. Haar blik bleef strak op haar vader gericht. Lainey zei iets tegen hem, maar hij zei niets. Hij hield zijn blik afgewend, alsof hij niet wilde horen wat ze zei.

'Eind van de week heeft hij weer een nieuw liefje,' zei Billy scherp.

Bess staarde naar haar vader en Lainey. 'Dat denk ik niet. Zo heb ik hem nog nooit zien doen.'

'Hoe bedoel je? Hij doet niet anders.'

Bess draaide zich om naar Billy. 'Wie?'

'Andy Yoder. Hij is een meidengek.'

Bess rolde met haar ogen.

'Ik heb alleen maar jouw welzijn voor ogen.'

Bess draaide zich weer om naar haar vader en Lainey. Nu zei hij iets tegen haar, iets wat Lainey kennelijk kwetste. Hij liep terug naar het rijtuigje, klom erin en gaf Billy een knikje dat hij wilde vertrekken. Bess zwaaide naar Lainey, die haar een kushandje toewierp en langzaam en verdrietig terugzwaaide.

Het vlugge vertrek van Jonah en Bess liet Billy achter met een vaag gevoel van ongerustheid, alsof hij de schuurdeur open had laten staan of vergeten had de net geënte rozen water te geven. Het voelde gewoon niet goed. Waarom had de vader van Bess eigenlijk zo'n haast? Billy klakte met zijn tong om de oude Frieda aan te sporen wat harder te lopen. Voor mevrouw Riehl ging dit paard misschien hard genoeg, maar hij vond dat ze niet vooruit te branden was.

Zijn gedachten dreven af naar de manier waarop Jonah en Lainey hadden gekeken – zo ernstig – toen ze buiten de bakkerij met elkaar stonden te praten. Als hij niet beter wist, zou hij zeggen dat ze keken of hun hart brak. Maar dat kon niet waar zijn. Een rechtgeaarde man als Jonah Riehl zou zich nooit inlaten met een *Englisch* meisje. Zijn moeder zou hem laten kielhalen en vierendelen.

Maar wat wist hij van de liefde? Hij had gedacht dat Betsy serieus was maar daar bleek hij helemaal naast te zitten. *O Betsy, Betsy, ik dacht dat ik je kende,* jammerde Billy terwijl het paard voort sjokte.

Hij voelde dat hij afgleed naar de toestand die Bess afdeed als gezeur over Betsy. Hij probeerde eruit te ontsnappen door weer aan Bess, haar vader en Lainey te denken. Bess had geprobeerd uit te vinden wat haar vader en Lainey tegen elkaar zeiden toen hij Bess probeerde te waarschuwen dat ze maar beter niet kon rekenen op de toewijding van Andy. Bess was vreselijk naïef wat jongens betreft, maar ze leek zijn waarschuwing niet op prijs te stellen. Ze had hem gezegd dat hij zijn mond moest houden.

'Ze zeggen iets belangrijks,' had ze hem berispt, terwijl ze naar haar vader en Lainey keek. Ze had zitten turen en geprobeerd of ze van hun lippen kon aflezen wat ze zeiden. 'Ze vraagt hem of het beter zou zijn geweest als *die* man de opvoeding had gedaan. Hij zegt tegen haar dat hij denkt dat

leven met de waarheid beter was geweest. Nee… het beste.'
Bess had haar schouders opgehaald en een diepe zucht geslaakt. '*Wat* is er aan de hand tussen die twee?'

Toen Billy het paard rechts af liet slaan naar Rose Hill
Farm, kreeg hij een vreemd gevoel in zijn maag. Dat gevoel
verbaasde hem. Bess was er niet meer.

Weg was hun dagelijkse wedstrijdje: hij gaf haar een wis-
kundesom die ze moest oplossen en zij gaf hem een woord
waar hij op kon puzzelen. Ze vond zichzelf niet echt slim,
maar hij zag dat anders. Bess wist dingen waar hij nog nooit
van had gehoord: de Latijnse naam van de vogels in de rozenvelden. Ze keek hem verbijsterd aan als hij een woord
helemaal verkeerd uitsprak. Volgens haar deed hij met het
Latijn wat haar oma met het Engels deed. Bess was geïnteresseerd in alles: hoe je een roos moest enten, hoe je de
bijenkorven verzamelde zonder dat de bijen boos werden,
zelfs hoe je het spoor van een dier moest volgen. Hij had nog
nooit iemand ontmoet die zo weetgierig was. Billy dacht aan
haar ogen, die altijd heel groot werden als ze diep nadacht.
Dan wachtte hij en boog hij zich naar haar toe, zoals een
zonnebloem meedraait met de zon, om ervoor te zorgen dat
hij licht bleef vangen.

Billy voelde een vreemde pijn in zijn hart, een ander soort
pijn dan om het vreselijke verraad van Betsy Mast. Hij zou
Bess missen.

9

Bess had haar vader nog nooit zo gezien.

Hij droeg een last die hem zwaar op het hart lag. Tijdens de lange busreis naar Ohio zei hij nauwelijks iets. Toen ze die avond laat thuiskwamen, stond Sallie meteen op de stoep en de moed zonk Bess in de schoenen. Bess ging snel naar boven om de ramen open te zetten, zei ze tegen Sallie, zodat het kon afkoelen in huis. Het was binnen zo warm en bedompt, dat de kaarsen gesmolten waren in hun standaards. Het was niet haar bedoeling luistervinkje te spelen, maar Sallie en haar vader stonden buiten op de veranda, recht onder haar raam.

'Lieve help, je hebt me wel laten schrikken!' zei Sallie. 'Ik ging al denken dat je niet meer terug zou komen! Nooit meer!' Ze praatte zo snel, dat ze nogal moeilijk te verstaan was.

Haar vader zei iets, maar zo zacht, dat Bess het niet verstond.

'Ik was bang dat je nog later zou komen, dan hadden we tot december moeten wachten om te trouwen. Maar in november lukt nog wel. Let wel, je had geen dag later moeten komen. We liggen ver achter op het schema. Maar geen zorgen, geen zorgen! Het komt allemaal voor elkaar!' Vervolgens somde Sallie alles op wat ze al had gedaan: ze had een lijst van genodigden gemaakt, een lijst met eten dat moest worden klaargemaakt, besloten waar ze zouden gaan wonen… maar dat hoefden ze vandaag allemaal niet te bespreken, zei ze tegen haar vader. Toen zweeg Sallie, iets wat bijna nooit gebeurde. 'Je wilt toch nog steeds wel trouwen, Jonah?'

Beneden haar viel een lange stilte. *O, alstublieft pappa. Zeg alstublieft nee!*

'Ja,' antwoordde haar vader ten slotte luid en duidelijk. 'Natuurlijk.'

De moed zonk Bess opnieuw in de schoenen. Ze liep op haar tenen naar een andere kamer, zette het raam open zodat het lekker kon doorwaaien. Ze wist wanneer ze dingen op hun beloop moest laten.

Misschien was het wel goed dat Jonah vertrokken was voordat het serieus iets tussen hen had kunnen worden, dacht Lainey. Ze had wat haar toekomst betreft wel het een en ander om over na te denken en als Jonah in de buurt was, lukte dat niet altijd even goed. Lainey hield er niet van als ze niet alles op een rijtje had. Ze wist graag waar ze aan toe was. Niet dat plannen niet konden veranderen. Natuurlijk konden ze dat.

In feite had ze vandaag haar plannen veranderd.

Lainey had eerder op de dag Ira Gingrich ontmoet, de makelaar met wie ze een vrijblijvend gesprek wilde hebben over de aankoop van het huis van haar stiefvader. Ze had er lang en hard over nagedacht. Elke keer als ze langs het huisje liep, had ze erom gebeden. Er was iets met dat huisje dat haar maar niet losliet… het leek een metafoor voor de manier waarop ze in het leven stond. God maakte alle dingen nieuw. Ook mensen. Oude dingen konden nieuw worden gemaakt.

Meneer Gingrich was een stevige, relaxte man, hij had een lichte huid en wit haar. Als hij zat, legde hij zijn handen op zijn buik. Het huis stond nu drie jaar te koop en tot zijn spijt had er nog niemand toegehapt. Toen Lainey voor de grap een belachelijk lage prijs bood, keek hij haar met een schuine blik verward aan. Ineens brak er een lach door op zijn gezicht.

'Verkocht!' riep hij en hij was opgesprongen, had schielijk Laineys hand beetgepakt en die flink geschud.

Ze was stomverbaasd en wist niet wat ze moest zeggen, maar ze was wel ineens de eigenaar van een verwaarloosd en vervallen huis dat dringend een beetje liefde en aandacht nodig had.

Die avond nam ze op haar kamertje haar financiën door en dat stemde haar tevreden. Het geld dat ze had gespaard om de koksopleiding te doen, was genoeg voor een aanbetaling. Ze bedacht dat ze Billy zou vragen of hij de boel een beetje kon renoveren. Lainey had veel vertrouwen in Billy's capaciteiten. Ze had gezien hoe goed hij zijn werk deed op Rose Hill Farm. Met het geld dat ze in de bakkerij verdiende, kon ze de hypotheek net betalen. Toch vond ze deze verandering van de situatie niet erg. Helemaal niet. Ze had voor het eerst in haar leven een eigen huis. En ze hoopte en bad dat Jonah bij zinnen zou komen, zodat ze in elk geval een zus kon zijn voor Bess. De hoop dat hij haar ooit zou zien staan, had ze stevig de kop in gedrukt.

Waarschijnlijk was het goed dat hij weg was, zei ze tegen zichzelf. Steeds weer opnieuw. Dat maakte de zaak uiteindelijk een stuk eenvoudiger.

Meneer Gingrich regelde snel de borgstelling, zodat uiterlijk vrijdag de overdracht kon plaatsvinden en Lainey eigenaar was van het huis. Bertha Riehl merkte op dat niemand Ira Gingrich ooit zo hard zien lopen, zelfs niet na sluitingstijd van de bank. Ze zei dat hij de borgstelling er snel door jaste, zodat Lainey geen tijd had om er nog eens over na te denken en eventueel van gedachten te veranderen. Lainey maakte een begin met de lijst met dingen die ze nodig had: een bed, lakens, een tafel, stoelen. Ze vroeg zich af of mevrouw Riehl nog wat extra meubilair op de grote zolder van Rose Hill Farm had staan en of ze dat misschien kon lenen.

Vrijdagochtend vroeg werd Lainey opgewonden wakker, zo opgewonden was ze van haar leven nog nooit geweest. Ze wilde dat ze deze dag kon delen met Bess en Jonah. In plaats dat ze hen minder miste, werd het juist steeds erger. Vooral Jonah. Elke ochtend als ze naar de bakkerij ging, had hij op haar staan wachten en dat verwachtte ze eigenlijk nog steeds. En als ze 's avonds de winkel sloot, was hij meestal langsgekomen om haar naar huis te brengen. Ze had zich nooit gerealiseerd hoe vaak Jonah in haar gedachten was. Het baarde haar zorgen. Ze kende hem nog maar een maand. Had Caleb Zook gelijk? Wilde ze zich laten dopen omwille van Jonah?

Nee. Ze wist absoluut zeker dat het meer was dan dat. Haar hele leven lang had ze al naar iets verlangd… en kort nadat haar volkswagen kever op Main Street in Stoney Ridge het had begeven, had ze geweten waar ze naar op zoek was. Ze was niet iemand die dacht dat de Amish de enige ware christenen waren… ze had zo veel mensen ontmoet en wist dus dat het God te doen was om hoe iemand vanbinnen was, niet welk stickertje hij aan de buitenkant had zitten. Maar wat haarzelf betrof, zij kon God het beste hier dienen. Wat haar nog het meeste aansprak, was dat Amish zijn – in haar ogen – betekende dat alles in haar leven een getuigenis was van God.

Ze had haar kleren en potjes zalf weggegeven en droeg nu de kleding van de Amish. Zelfs in de bakkerij. Mevrouw Stroot had haar één keer aangekeken, haar hoofd geschud en Bertha

Riehl er de schuld van gegeven. Het had een paar dagen geduurd voordat Lainey zich er fijn in voelde, ze gewend raakte aan de verbaasde, starende blikken. Na een tijdje besloot ze dat de reden waarom de Amish kleren van Eenvoud droegen, was om duidelijk te maken dat ze bij God hoorden. Elke keer dat ze er dus aan herinnerd werd dat ze zich anders kleedde dan anderen, dacht ze aan God. Dat beviel haar prima.

Terwijl ze zich die ochtend aankleedde voor het werk, realiseerde ze zich dat ze het antwoord had op die irritante vraag van de bisschop: als Jonah Riehl de reden was geweest waarom ze Amish wilde worden, dan was die er nu niet meer. Hij was nu hoogstwaarschijnlijk bezig met de voorbereidingen van zijn huwelijk met die Sallie uit Ohio – die Bess een paar keer had genoemd – dat in de herfst zou plaatsvinden.

Toch was Lainey nog steeds vastbesloten om Amish te worden.

Vrijdag halverwege de middag kwam Bertha Riehl de bakkerij binnenvallen, net op het moment dat Lainey de chocoladekoekjes uit de oven haalde. 'Ben bij mijn broer Simon op bezoek geweest. Hij heeft nog maar een paar weken. Ze zeiden dat we hem moeten komen ophalen en mee naar huis moeten nemen. In vrede moeten laten sterven.'

Lainey zette de rekken op het aanrecht, zodat de koekjes konden afkoelen. Ze deed haar ovenwanten uit. 'Wat vreselijk aardig dat u dat doet, mevrouw Riehl.' Ze stak een spatel onder de koekjes om ze los te maken.

Bertha keek naar de koekjes. 'Wat bedoel je?'

Lainey legde een heet koekje op een bordje en gaf het aan mevrouw Riehl. 'Dat u uw broer in huis neemt. Dat hij bij u zijn kaarsje mag uitblazen.'

Bertha nam een hap van het koekje. Met haar mond vol zei ze: 'Dat ben ik helemaal niet van plan.'

Lainey keek verbaasd op. 'Waar gaat hij dan naartoe?'

Bertha hield haar hoofd gebogen boven het bordje met het koekje.

Ineens drong de vreselijke waarheid tot Lainey door. 'O, mevrouw Riehl, u kunt niet menen dat ik hem in huis ga nemen!'

Bertha's hoofd schoot omhoog. 'Waarom niet? Je hebt nu een huis.'

'Maar... maar... waarom neemt *u* hem niet in huis?'

Ze had nog nooit iemand zo verbaasd zien kijken. 'Simon is in de *Bann*.'

'Maar dat is al zo lang geleden! De bisschop begrijpt het heus wel. Simon gaat dood!'

Bertha knikte. '*Mebbe*. Maar mijn Samuel zou er niets van willen weten. Als hij nog leefde, zou hij er een kardinaal arrest van krijgen.'

Die opmerking verbaasde Lainey niet. Mevrouw Riehl was altijd degene geweest die stoofpotten had gebracht en geld onder de suikerpot had gelegd. Meneer Riehl had dat nooit gedaan. Mensen maakten vaak de fout alle Amish op één hoop te gooien, in de veronderstelling dat als ze dezelfde kleding droegen, ze ook wel hetzelfde zouden denken. Dat was niet juist. Meneer en mevrouw Riehl waren twee totaal verschillende mensen. Ze kon zich meneer Riehl nog heel goed herinneren: het kleurloze montuur van zijn bril en zijn brede glimlach, zijn kale hoofd dat glom als een biljartbal. Hij leek zo betrouwbaar en aardig en dat was hij ook, zolang het in het hokje van de Amish paste.

Ineens realiseerde Lainey zich dat Jonah de hartelijkheid van zijn vader had, maar ook diens strikte gehoorzaamheid aan de regels. Hoe kon het dat ze dat niet eerder had gezien? Nu begreep ze waarom Jonah zo abrupt uit Stoney Ridge weg wilde toen hij hoorde dat Simon Bess' echte vader was. Hij was een zoon van zijn vader.

De zucht van mevrouw Riehl, die een combinatie was van ongeduld en vermoeidheid, bracht Lainey met een schok terug bij haar huidige dilemma. 'Mevrouw Riehl, dat huis is een ramp. Het is niet veilig! Je kunt er niet wonen… en dat kan nog wel weken duren! Zo niet maanden! En het is pas aan het eind van deze dag van mij.'

'We helpen je wel.'

Lainey wist niet wat ze moest zeggen. Ze voelde een flinke knoop in haar maag. 'Ik moet erover nadenken, mevrouw Riehl. U kunt me niet zomaar commanderen het te doen.'

Bertha fronste haar wenkbrauwen alsof ze geen idee had waar Lainey op doelde. 'Graag wel een beetje snel. Volgende week vrijdag wordt Simon ontslagen,' zei ze, staande bij de deur.

'Wat als Simon het er niet mee eens is? Hebt u daarover nagedacht?'

'Laat Simon maar aan mij over,' zei Bertha. 'Hij mag een lastige vent zijn, maar hij is wel mijn kleine broertje.'

Lainey sloeg haar handen voor haar gezicht. Als mevrouw Riehl haar zinnen ergens op had gezet, kon je maar beter meewerken.

Toen Lainey meneer Gingrich de postcheque overhandigde, gaf hij haar meteen de sleutels. Ze hield ze bij het verlaten van zijn kantoor zo stevig vast, dat er een rode afdruk in haar handpalm ontstond. Sinds mevrouw Riehl haar had opgezocht in de bakkerij en haar had verteld dat ze Simon in huis moest nemen, was ze niet meer zo zeker over de koop van dit huisje. Ze voerde een innerlijke discussie met zichzelf. *Als al onze bezittingen God toebehoren, waarom is het dan zo moeilijk*

ze te delen met anderen die het nodig hebben? Simon had zeker *iemand* nodig.

Maar waarom moest *zij* degene zijn die hem hielp? Ze vroeg zich af of het wel zo verstandig was Amish te worden. Als die zo sterk geloofden in gemeenschapszin, waarom zou ze dan in haar eentje voor haar stiefvader moeten zorgen? Misschien had ze het Amish zijn wel te veel geïdealiseerd. Ging het er niet anders aan toe dan bij andere christelijke geloven. Veel geblaat, weinig wol. Ergens de mond van vol hebben, maar als het erop aankwam…

Lainey liep naar het huisje maar bleef buiten staan. Er liep een zweetdruppel langs haar rug naar beneden. Waar was ze nu weer in terechtgekomen? En was het niet te laat om haar beslissing terug te draaien?

Ze hoorde een hard geluid uit het huisje komen dat leek op het hameren van een specht. Langzaam liep ze de veranda op. Het geluid kwam echt vanuit het huisje. Het klonk alsof er een paar spechten aan het werk waren. Ze wilde net de deur openduwen toen hij openvloog. Daar stond Billy met een hamer in zijn hand en spijkers in zijn mond. Hij haalde de spijkers uit zijn mond en grijnsde. 'Zag je buiten staan en nogal verbouwereerd kijken.'

Mevrouw Riehl kwam achter hem aan naar buiten, met een bezem in de hand. Daar weer achter stonden een paar mannen die Lainey in de kerk had gezien. Door de voorkamer heen kon ze zien dat een paar vrouwen de keuken aan het schrobben waren.

'Wat gebeurt hier allemaal?' vroeg Lainey.

'Billy maakt een paar open kasten in de keuken. Die twee mannen zijn bezig met de schoorsteen. Ik ben met die vrouwen aan het schoonmaken.' Bertha spreidde haar stevige armen uit. 'We noemen dit een *working bee*. Iedereen doet vrijwillig mee en morgen komen er nog meer mensen om te helpen.' Ze keek naar Laineys verbaasde gezicht. 'Zo doen wij dat.'

Lainey sloeg haar handen tegen haar wangen. 'Ik weet niet wat ik moet zeggen.'

'Ik zei je toch dat we je zouden helpen,' zei Bertha, terwijl ze de spinnenwebben uit de plafondhoeken veegde.

'Maar... dit had ik niet verwacht. Het is zo ontroerend. Zo...'

Billy haalde zijn schouders op. 'Amish,' zei hij. Alsof dat alles verklaarde.

Lainey knikte, terwijl er tranen in haar ogen opwelden.

'Zo kun je nog eens iets terugdoen bij een ander,' zei Bertha met een van haar zeldzame glimlachen.

'Zeker, mevrouw Riehl,' zei Lainey met tranen in haar stem. 'Zo kun je zeker iets terugdoen voor een ander.' Dit was het duwtje in haar rug dat ze nodig had. Als ze nog twijfels had, waren die nu verdwenen. Ze hoefde het niet alleen te doen. Ze zou dit weekend nog tegen Caleb Zook zeggen dat ze zo snel mogelijk gedoopt wilde worden.

Terwijl de avond viel en de sterren verschenen, keek Bess naar de langs drijvende wolken in de lucht en haar gedachten gleden terug naar huis. Niet naar Berlin in Ohio, maar naar Rose Hill Farm. Ze voelde zich ontworteld als een omgevallen boom.

Bess was deze zomer van haar oma gaan houden. Ze zag hoe hard *Mammi* werkte en dat ze ook een dagje ouder werd. Ze wilde daar zijn, haar helpen met de rozen en jam en thee maken en rozenwater en zeep. De wetenschap dat *Mammi* alleen op die grote boerderij woonde, baarde haar zorgen.

Bess maakte zich ook zorgen om haar vader. Ze had gedacht dat hij, als ze hem met rust liet, vanzelf zijn sombere humeur wel weer te boven zou komen. Maar er waren nu twee weken voorbij en hij liep nog steeds elke dag rond als een zombie, alsof hij gebukt ging onder een enorme last. Sallie, aan de andere kant, was als een trein die maar doordenderde in de weer met hun trouwplannen.

Vanavond hadden ze alweer zwijgend gegeten en toen ze klaar waren, had Bess gezegd: 'Ik kreeg vandaag een brief van Lainey.'

Haar vader had niet gereageerd, zelfs niet eens naar haar gekeken. Bess had besloten hem toch te vertellen wat erin stond.

'Ze schreef dat Simon op sterven na dood is. Volgens *Mammi* gooit het ziekenhuis hem er aan het eind van de week uit.' Bess hoopte dat haar vader zou reageren op deze verhaspeling van zijn moeder.

Een vage glimlach gleed over Jonahs gezicht, maar hij zei niets. Hij draaide met zijn vork rondjes rond de pastei op zijn bord.

'Ik weet niet of ik het u moet vertellen, maar als ik het niet doe, is het misschien ook niet goed. Lainey wordt deze herfst gedoopt. Dan wordt ze Amish.'

Haar vader bleef stil zitten, maar zijn blik bleef naar beneden gericht. 'Zo, is dat zo?'

Bess knikte. 'Ik heb haar de hele zomer lang voorgedaan hoe ze dingen moet doen zonder gebruik te maken van elektriciteit. En ik heb haar *Deitsch* geleerd.'

Jonah nam deze informatie zwijgend tot zich. Hij vermeed het Bess aan te kijken.

Ze beet op haar lip. 'Pappa, wilt u mij alstublieft vertellen waarom we zo plotseling weg zijn gegaan uit Stoney Ridge?'

Jonah keek haar waarschuwend aan. Bess zag dat de luiken dichtgingen.

Hij ging achteroverzitten in zijn stoel. 'De zaak is… nogal ingewikkeld, Bess.'

'Als u mij vertelt wat er aan de hand is, kan ik u misschien helpen de knoop te ontwarren.'

Jonah glimlachte flauwtjes naar haar. 'Het is allemaal al zo lang geleden gebeurd, dat je het toch niet begrijpt.'

Bess voelde zich beledigd. Niets ergerde haar meer dan wanneer iemand suggereerde dat ze nog maar een kind was. Meestal was die iemand Billy Lapp. 'Ik zal u helpen.'

'Ach Bess… sommige dingen kun je maar beter vergeten.' Hij liet zijn kin op zijn borst zakken alsof hij tegen iets in hemzelf vocht. Hij zweeg een hele tijd en Bess liet hem begaan. Ze wist dat ze geen druk op hem moest uitoefenen. Wat dat betreft was hij net *Mammi*. Jonah liet zijn vork op zijn bord vallen. 'De uitslag van de bloedtest was, dat je perfect matchte met oom Simon.'

Ze *wist* het! Ze wist dat het iets te maken had met die bloedtest. Haar vader wilde haar zo graag beschermen. Bess keek in zijn vriendelijke, donkere ogen, stak haar hand uit en pakte de zijne. Ze haalde diep adem. 'Dan moeten we terug naar Stoney Ridge. Zo snel mogelijk. Ik wil mijn beenmerg aan oom Simon geven.'

Haar vader keek haar met afschuw aan. Zijn stem brak bijna toen hij zei: 'Waarom? Waarom zou je dat willen? Het is een pijnlijke procedure. En dat voor een man die… een man als hij.' Jonah harkte met zijn hand door zijn haar, alsof het hem moeite kostte hiermee om te gaan. 'Misschien is dit wel de consequentie van het leven dat hij altijd heeft geleid. Ik ben er helemaal niet zo zeker van of we wel zouden moeten ingrijpen. Misschien is het wel gewoon zijn tijd om te gaan. Misschien is het wel… Gods wil.'

Bess' blik gleed door het raam naar buiten. 'Ik heb Lainey gevraagd wat ze zich nog van oom Simon kon herinneren.

Ze zei dat hij niets anders deed dan slapen. Hij kon liegen dat het gedrukt stond. Dat was als hij een goede dag had. Als hij gedronken had, was hij een heel ander iemand. Zo gemeen dat hij iedereen aan het huilen kreeg. Hij heeft haar een keer net zolang op haar knieën op ongekookte rijst laten zitten tot ze er allemaal sneeën in had.' Bess draaide zich om naar Jonah. 'Ik heb *Mammi* gevraagd waarom hij zo gemeen was en ze zei dat hij gewoon altijd al zo was geweest.'

Ze stond op van haar stoel en pakte de borden om ze naar de gootsteen te brengen. 'Lainey heeft het oude huis van oom Simon gekocht, met het geld dat ze gespaard had voor haar koksopleiding. Ze neemt hem in huis. Zodat hij bij haar kan sterven.' Bess vulde de gootsteen met heet water en deed er afwasmiddel bij. Ze roerde met haar hand in het water zodat het ging schuimen. 'Ik denk dat als Lainey bereid is dit te doen, na alles wat hij haar heeft aangedaan, als zij hem kan vergeven… nou ja, als hij met mijn beenmerg zou kunnen blijven leven en misschien weer van God zou gaan houden… dan moet ik hem wel die kans geven.' Ze veegde haar handen af aan een doekje en draaide zich om naar haar vader. 'Ik *moet* dit doen, pappa.'

Jonah wreef een hele tijd met zijn handen over zijn gezicht. Ten slotte stond hij op, hij liep naar haar toe en sloeg zijn armen om haar heen. Bess begroef haar gezicht tegen zijn schouder.

'Morgenochtend vertrekken we,' zei hij ten slotte met een omfloerste stem.

Jonah keek door het raampje naar buiten terwijl de bus over de brug West-Virginia binnenreed. Bess was in slaap gevallen en haar hoofd zakte langzaam tegen zijn schouder. Hij hield zo veel van haar. Ze was nauwelijks nog het meisje dat hij met de bus naar zijn moeder had gestuurd. Hij had Bess altijd een opgewonden standje gevonden, dat niet stil kon blijven zitten en altijd opsprong omdat er wel weer iets opwindends te doen was. Maar ook heel lief. Hij had zich zorgen gemaakt dat anderen misbruik zouden maken van haar zachtaardigheid. Iets in hem zei dat zijn moeder haar gebruikte als een soort laatste redmiddel om haar broer Simon te genezen. Hij voelde een hardheid naar zijn moeder toe die hem hinderde.

Maar Jonah zag inmiddels in dat hij zich geen zorgen meer om Bess hoefde te maken, zoals hij altijd had gedaan. Naast hem zat een kalme, zelfverzekerde jonge vrouw die wist wat ze wilde. Ze was volwassen geworden, langzamer dan ze zelf wilde, sneller dan hij zich had gerealiseerd.

Bess schrok wakker en keek hem aan alsof ze helemaal niet had liggen slapen maar alleen had liggen nadenken. 'Vraagt u zich nooit eens af hoe twee mensen uit één gezin – zoals *Mammi* en oom Simon – op één plek kunnen beginnen en hun leven dan zo veel wendingen kan krijgen dat ze ieder een totaal andere weg op gaan? Ik bedoel, worden we geboren zoals we zijn of maakt het leven ons tot wie we zijn?'

Dat is de eeuwige vraag, dacht Jonah terwijl hij toekeek hoe Bess weer in slaap viel. *Neem jou en Lainey. Jullie begonnen op dezelfde plek, jullie leven nam een wending maar uiteindelijk lijken jullie toch een zeer vergelijkbaar leven te gaan leiden.*

Ze kwamen net na het ochtendgloren aan in Stoney Ridge. Bess wilde meteen naar Lainey toe, ze hoopte dat ze al in de bakkerij zou zijn. Jonah zei tegen haar dat ze maar vast zonder hem moest gaan. Hij moest nog even ergens naartoe. Hij liep met Bess mee naar Main Street, zag dat de lichten in

The Sweet Tooth al brandden en zei tegen haar dat hij haar later op Rose Hill Farm zou zien.

Bess stelde verder geen vragen, maar ze legde geruststellend een hand op zijn schouder. 'Het komt allemaal in orde, pappa.'

Vanaf wanneer waren de rollen omgekeerd? vroeg hij zich af terwijl hij de weg afliep naar Beacon Hollow, de boerderij van Caleb Zook. Wanneer was Bess de ouder geworden en hij het kind?

Jonah trof Caleb aan in de melkschuur, precies zoals hij had verwacht. De koeien waren gemolken en Caleb zette de lege melkemmers in de gootsteen om ze te spoelen. Terwijl hij aan het werk was, bleef Jonah even staan kijken. Toen ze nog jong waren, was Caleb zijn beste vriend. Ze deden altijd alles samen: vissen en jagen, zwemmen en spijbelen van school. Ze waren elkaars getuige toen ze trouwden. En Caleb was er om hem te helpen toen Rebecca stierf. Toen Jonah naar Ohio verhuisde, raakten ze het contact kwijt. *Nee*, corrigeerde hij zichzelf. *Ik raakte het contact kwijt. Met alles en iedereen in Stoney Ridge.*

Caleb spoelde de laatste melkemmer om en zette hem ondersteboven op een rek aan de muur om te drogen. Toen zag hij Jonah. 'Wel, wel. Kijk eens wie we daar hebben.' Caleb keek verheugd. Hij pakte een doek en terwijl hij naar Jonah liep, droogde hij zijn handen af. 'Hoorde dat je terug was naar Ohio.'

'Klopt,' zei Jonah. 'Maar ik ben er weer.' Hij schudde Caleb de hand. 'Heb je even tijd om te praten?'

'Voor jou, Jonah, heb ik alle tijd van de wereld.' Caleb nam Jonah mee naar twee tuinstoelen onder de wilgenboom, bij de beek langs de weg.

Jonah keek hoe het water zijn weg zocht rond de stenen. Caleb drong niet aan. Jonah had dat wel verwacht. Caleb wist altijd heel goed hoe hij met anderen moest omgaan. Toen Jonah hoorde dat Caleb voorganger werd en later bisschop, wist hij dat God het goede voorhad met hun district.

Een moederschaap blaatte om haar lammetjes en de twee haastten zich naar haar toe. De zon kwam net op toen Jonah diep ademhaalde. 'Caleb, ik ben iets te weten gekomen en daardoor staat mijn wereld op zijn kop.'

Caleb leunde achterover in zijn stoel. 'Nou, beste vriend, laten we maar eens kijken of we ervoor kunnen zorgen dat alles weer op zijn pootjes terechtkomt.'

Jonah spuide het hele verhaal, sloeg niets over. Caleb zei niets. Hij zat gewoon en luisterde, liet Jonah zichzelf een weg door zijn verwarde gevoelens en gedachten banen.

'Het lijkt wel of ik deze zomer wakker ben geworden uit een lange winterslaap,' vertelde Jonah. Hij was blij dat zijn moeder en Bess het zo goed met elkaar konden vinden, vertelde hij Caleb, dat hij Lainey had ontmoet. Maar hij had ook verdriet, toen hij werd herinnerd aan de dood van Rebecca en het leven dat ze samen zouden hebben. En nu was hij bang. Hij was niet in staat geweest Bess de hele waarheid te vertellen, dat Simon haar vader was. Wat als hij het haar vertelde en zij het aan Simon doorvertelde? Als Simon beter werd, zou hij Bess dan van hem afpakken?

'Lainey was nog maar tien jaar toen ze probeerde haar zusje een beter leven te geven. Ze hield haar belofte aan haar moeder. Dat begrijp ik.' Jonah keek omhoog naar de lucht. 'Maar mijn moeder! Ze wist het, maar heeft me nooit de waarheid verteld.' Hij wreef met zijn handpalmen langs zijn ogen. 'Hoe kan ik haar dat vergeven, Caleb? Hoe vergeef ik mijn moeder dat ze ervoor zorgde dat Bess deze zomer hiernaartoe kwam, zodat ze beenmergdonor kon zijn voor Simon?'

Caleb nam zijn strohoed van zijn hoofd en liet hem snelle

rondjes draaien in zijn handen. Ten slotte keek hij langs Jonah heen naar de grote groentetuin naast het huis. 'Ik probeer deze zomer iets nieuws uit. Ik heb een composthoop voor alleen de restjes uit de keuken.'

Jonah keek verschrikt naar opzij. Had Caleb wel gehoord wat hij zei? Wat had een composthoop te maken met wat hij hem net allemaal had verteld?

Caleb leunde voorover in zijn stoel. 'Composteren is iets heel wonderlijks. Je gooit restjes worteltjes en koffiedrab en bananenschillen op een hoop. Die laat je een tijdje liggen, de zon warmt hem op en God verandert al die troep in een zeer bruikbaar iets wat we op de tuin kunnen aanbrengen.'

Jonah rechtte zijn hoofd. 'Probeer je de leugen waar ik al vijftien jaar in leef te vergelijken met een composthoop?'

'Ja.' Caleb glimlachte en legde zijn hoed op zijn knie. 'Het grappige van composteren is dat we er uiteindelijk voordeel van hebben. Gods gave om dingen nieuw te maken is oneindig groot. Zelfs restjes uit de keuken. Hij is almachtig.'

Jonah keek hem boos aan. 'Je zegt dus eigenlijk dat ik gewoon maar moet vergeven en vergeten?' Hij sloeg met zijn vuist tegen zijn borst. Hij was zo boos en voelde zich zo bedrogen. 'Ook al gaat het om iets heel belangrijks, namelijk het feit dat ik een kind heb opgevoed dat niet van mij is?'

'Is dat zo?' vroeg Caleb en hij keek Jonah aan die strak voor zich uit keek. 'Is Bess echt niet meer je dochter?'

Jonah sloeg zijn ogen naar de grond. Caleb had gelijk. Bess *was* zijn dochter. Hij vocht tegen de brok in zijn keel die hij voelde opkomen.

'Niets kan daar ooit iets aan veranderen, Jonah.'

Jonah keek naar de beek. 'Nu wil je waarschijnlijk dat ik Bess het hele verhaal vertel.'

'Ik ben niet degene die jou moet vertellen wat je wel en wat je niet moet vertellen. Je moet lang en hard bidden om een antwoord op die vraag. Ik begrijp heel goed dat het voor een kind heel moeilijk is met die wetenschap te moeten leven.'

'Ze is geen kind meer. Ze is volwassen geworden, deze zomer.'

Caleb glimlachte. 'Zo gaat dat nu eenmaal in het leven.'

De zon stond nu boven de horizon, zijn licht werd gefilterd door de bladeren van de bomen, die hun schaduw wierpen over de beek.

'Nog even over het vergeven van je moeder,' zei Caleb, 'Petrus vroeg aan Jezus hoe vaak hij de ander moest vergeven. Hij wilde een concreet aantal. Jezus antwoordde met een verhaal. "Niet tot zevenmaal, zeg Ik je, maar tot zeventig maal zevenmaal." Jezus leerde hem dat we niet leven door alles precies bij te houden. Door Gods genade maakte het precieze boekhouden plaats voor uitbundige generositeit.' Hij zweeg even. 'Dat is jouw verhaal, vriend.'

Ze zeiden een hele tijd niets tegen elkaar maar toch was de stilte niet ongemakkelijk.

Toen legde Caleb een hand op Jonahs schouder en zei: 'Er is nog iemand die je zou moeten vergeven.'

Jonah keek hem vragend aan.

'Jezelf,' zei Caleb zachtjes. 'Voor het ongeluk met het rijtuigje.'

Jonah kromp ineen. Hij wilde protesteren, de pasklare antwoorden geven die hij altijd gaf: alles gebeurde onder Gods leiding, Hij wist wat goed voor hen was, God had een doel met alles. Maar hij kon ze niet uit zijn mond krijgen. Hij zweeg en leunde voorover met zijn ellebogen op zijn knieën, zijn hoofd in zijn handen. 'Ik had het moeten voorkomen. Ik had beter op de weg moeten letten.' Zijn stem werd schor. 'Het is al moeilijk genoeg te moeten accepteren dat ik Rebecca's dood had kunnen voorkomen... nu ben ik erachter gekomen dat mijn dochter ook bij dat ongeluk om het leven is gekomen. Ik was verantwoordelijk voor hen.' Hij sloeg zijn handen voor zijn gezicht en zijn schouders begonnen te schokken. Er brak iets in hem en hij begon te huilen. Hij kon zich niet herinneren wanneer hij voor het laatst had gehuild. Hij voelde zich gewoon verstijfd. Maar vanmorgen voelde de pijn vers, rauw en bijtend, alsof het ongeluk net was gebeurd. Hij spuide het verdriet dat hij vijftien jaar had verdrongen, terwijl hij zat te snikken ging zijn borst zwoegend op en neer.

Caleb bleef stil zitten wachten totdat Jonah uit was gehuild. Toen zei hij: 'Jij hebt dat ongeluk niet veroorzaakt, Jonah. Het is moeilijk te begrijpen waarom God het liet gebeuren, maar we vertrouwen op Gods heerschappij. De levens van je vrouw en kind waren voltooid. En we vertrouwen erop dat ze nu verkeren in de nabijheid van de almachtige God.' Het vage geluid van een etensbel dreef richting de beek. Caleb stond op. 'Het ontbijt is klaar. Jorie vraagt zich waarschijnlijk af waar ik zit. Ik weet dat ze het op prijs zou stellen als je meegaat.'

'Dank je, Caleb. Een andere keer.'

Jonah stond op maar Caleb legde zijn hand op zijn schouder. 'Waarom blijf je niet nog even hier om het uit te praten met God? Dit is mijn favoriete plek om dingen uit te werken met Hem.'

Terwijl Jonah weer ging zitten, vroeg hij aan Caleb: 'Jij vindt dus dat Bess haar beenmerg aan Simon moet doneren? Zo'n man?' Hij wendde zijn blik af. 'Caleb, je weet hoe hij Lainey en haar moeder heeft behandeld. Hoe het leven uit hen verdween.' En hoe het leven er voor Bess uit zou hebben gezien als ze door Simon was opgevoed. Lainey wees hem daarop, maar hij had het niet willen horen.

Caleb wreef met zijn hand over zijn voorhoofd. 'Doen we

eraan mee deze man te veroordelen? Of gaan we er juist aan meewerken hem daarvan te bevrijden?' Hij ging ook weer zitten. 'Jonah, we willen eraan meedoen, aan het vergeven en vergeven worden. Zelfs een man als jouw oom Simon.'

Toch was het niet makkelijk. Zelfs niet voor Caleb. Jonah zag dat het voor hen beiden verleidelijk was de uitkomst naar hun hand te zetten. Simon te laten sterven zonder hem de helpende hand toe te steken. Maar dan rekenden ze buiten Bertha. Jonahs oordeel over zijn moeder werd ineens iets milder. Hij realiseerde zich hoe moeilijk dit voor haar moest zijn, hoe moeilijk haar positie was. Ondanks alles was Simon wel haar broer.

Caleb zei nog: 'Waarschijnlijk weet je het al, maar Lainey O'Toole wil zich laten dopen.'

'Bess vertelde het,' zei Jonah.

'Toen ze een tijdje terug bij me kwam, heb ik tegen haar gezegd dat ze het eerst een week zonder elektriciteit moest doen. De meeste mensen veranderen dan weer van gedachten. Ze missen hun radio, haardroger en televisie te zeer. Maar ze verblikte of verbloosde niet. Ze leert onze taal en doet haar werk thuis zonder moderne gemakken. Toch wilde ik er zeker van zijn dat het geen bevlieging was.'

Jonah knikte.

'Ik vroeg haar waarom ze het wilde en haar antwoord was, dat ze oprecht gelooft dat ze God het beste kan dienen en eren door een leven van Eenvoud te leiden.' Caleb trok zijn wenkbrauwen op. 'Ik zou willen dat sommige kerkleden er ook zo over dachten. Er zijn er nogal wat die beweren dat ze tijdens de kerkdienst na zitten te denken.' Hij trok zijn wenkbrauwen nog verder op. 'Volgens mij iets wat verdacht veel lijkt op dutten.' Hij stond op. 'God heeft een plan met alles, toch?'

Jonah keek op naar Caleb en deed zijn best een flauwe

glimlach op zijn gezicht te laten verschijnen. Hij wilde dat hij hetzelfde standvastige geloof had als Caleb. Sinds de dood van Rebecca – en zijn dochtertje – was zijn geloof nog maar een schim van wat het ooit was geweest. Hoe kon een liefhebbende God een moeder van twintig en haar pasgeboren baby laten sterven in een ongeluk dat het gevolg was van roekeloosheid? Als God alle macht had, was dat wel beangstigend. Het was Jonah nog niet gelukt een bemoedigend antwoord op die vraag te vinden.

Caleb keek hem oplettend aan, alsof hij probeerde zijn gedachten te lezen. 'God staat toe dat er tragedies gebeuren, Jonah, Zijn Eigen Zoon stierf ook een tragische dood.' Hij leunde voorover naar Jonah. 'Maar God is onze Verlosser en Heiland. Vergeet dat nooit.'

Eén keer in de week, als Lainey vrij was van haar werk in de bakkerij, ging ze naar Lebanon om haar stiefvader te bezoeken. Dan nam ze brood en koekjes voor hem mee en een tijdschrift of een puzzel. Hij zag er slecht uit. Hij was nog bleker en magerder geworden, had donkere kringen onder zijn ogen. Vandaag zat hij op het terras, om een beetje zon te vangen. Simon, die altijd zo zeker was geweest van zichzelf, had nu een ingevallen gezicht en oogde kwetsbaar.

Toen hij haar hoorde aankomen, deed hij één oog open. 'Wat zit er in die doos?' vroeg hij korzelig.

'Donuts. Met jam. Uw favoriet, als ik me goed kan herinneren.'

'Ik lust geen donuts, nooit gelust ook.' Hij stak zijn hand uit, handpalm omhoog, om er een aan te pakken.

Lainey maakte de doos open en gaf hem er een. Hij at hem voorzichtig op, alsof hij pijn had in zijn mond, en er drupte wat jam langs zijn kin naar beneden. Ze veegde het weg met een tissue en hij liet haar begaan. Lainey was verbaasd Simon zo hulpeloos te zien. 'De zuster heeft dus gezegd dat ze u gaan ontslaan.'

Simon kneep zijn ogen tot spleetjes. 'Ze hebben gewoon het bed nodig. De overheid bekommert zich niet om een stervende veteraan. Ook al heeft die een Purple Heart.'

Lainey probeerde niet met haar ogen te rollen. Dat verhaal over dat lintje had ze al zo vaak gehoord. 'Uw zus heeft hen overgehaald u te ontslaan. Volgens haar bent u thuis beter af.'

'Ik ga hier niet weg. Ik heb ook rechten.'

De waarheid was, dat hij geen plek had om naartoe te gaan. Hij was een deerniswekkende, eenzame oude man die ging sterven. De blik waarmee ze naar hem keek, was niet meer hard en kil. Ze bekeek hem nu objectief. 'Ik wil graag dat u bij mij komt.'

Simon verroerde geen vin. Hij knipperde niet eens met zijn ogen.

'Ik heb het oude huisje gekocht en de buren helpen me het op te knappen. We huren een ziekenhuisbed voor u en zetten dat beneden in de woonkamer, zodat u het gevoel hebt bij de dingen betrokken te zijn.'

Simon keek haar argwanend aan. 'Als je er geld voor wilt hebben, ik heb je al gezegd dat ik dat niet heb.'

Lainey glimlachte. 'Al had u het, ik hoef uw geld niet, oom Simon.'

'Waarom zou je je bekommeren om een zieke oude man?'

Dat was de vraag die ze zichzelf ook had gesteld en waar ze om had gebeden nadat Bertha haar had voorgesteld – zeg maar gerust bevolen – Simon in huis te nemen. Ze had besloten dat ze het deed omdat ze op die manier in elk geval iets van de onrechtvaardigheid in deze wereld kon goedmaken. Dat was ook een van de dingen die ze had geleerd van de Amish. 'Iedereen in deze wereld heeft iemand nodig om hem te helpen. Ik ben bang dat u het met mij zult moeten doen.' *En ik met u*, dacht ze maar ze was wel zo aardig dat niet te zeggen.

Haar stiefvader legde zijn kin op zijn borst. Ze meende zijn handen te zien beven. Misschien ook niet. Hij tilde zijn hoofd op. 'Ik blief sterke koffie, precies om zes uur 's ochtends.'

Lainey lachte hard. 'O, ik zie dat u al orders geeft.' Ze stond op. 'Ik ga naar de zusters om te regelen dat u naar huis kunt.'

Simon legde zijn hand op haar onderarm om haar tegen te houden. Hij keek op naar haar en voor het eerst zolang ze zich kon herinneren, keken zijn ogen niet spottend. Ze keken bang. 'Lainey, waarom?'

Ze gaf een zacht klopje op zijn hand, zoals ze bij een kind zou doen. 'Uw schuld is u vergeven, oom Simon. Daarom.'

Jonah had Lainey nog niet gezien. Bess ook niet. Toen hij terugkwam op Rose Hill Farm na zijn gesprek met Caleb, was Bess er al. Lainey hoefde vandaag kennelijk niet te werken en Bess had haar nergens kunnen vinden.

Hij reed in de late namiddag met het rijtuigje naar Laineys huisje om te zien of ze al terug was. Niemand deed open. Verbaasd constateerde hij dat het huisje er heel anders uitzag. De opknapbeurt had zijn vruchten afgeworpen. Het begon weer te lijken op het huisje zoals het er oorspronkelijk uit had gezien, jaren geleden, toen het net door de eerste eigenaren was gebouwd. Het was een schattig huisje met een goed skelet en een stevige fundering. Hij kon ruiken dat het net geschilderd was. Er zaten nieuwe ruiten in de eens kapotte ramen.

Jonah ging op de traptreden van de veranda op Lainey zitten wachten. Toen hij hoorde dat ze in dit huis ging wonen – het huis waar haar moeder tijdens de geboorte van haar zusje was gestorven – had hij zich zorgen gemaakt. Hij bracht zijn hand naar zijn voorhoofd. Ze stierf bij de geboorte van zijn Bess! Hier, op deze plek. Nog iets wat hij zich niet had gerealiseerd. Hoe kon Lainey wonen in een huis dat zo veel ongelukkige herinneringen herbergde? Hij zou het niet kunnen.

Zijn rug was stijf van het lange zitten, hij ging staan om zich uit te rekken. Hij hoopte dat ze snel terugkwam. De dag was bijna voorbij, het werd al donker. Jonah liep over het pad rond het huis naar de achterkant. Hij gluurde door het raam naar binnen en zag dat er wat meubilair stond en een oud kleed lag, beide afkomstig van de zolder van Rose Hill Farm. Hij had moeten weten dat zijn moeder hier de hand in had. Hij liep helemaal rond het huis en bleef staan bij een klein, net aangeplant rozentuintje. Hij glimlachte. Nog meer bewijs omtrent de inmenging van Bertha Riehl. Hij liep door naar voren en zag toen Lainey. Ze stond aan de weg te kijken wat hij allemaal aan het doen was. Lainey droeg een lavendelkleurige jurk van Eenvoud, die haar ogen goed deed uitkomen. Ze had haar handen ineengeslagen, zodat ze niet zo trilden.

'Lainey,' zei Jonah zachtjes terwijl hij naar haar toe liep.

'Je bent teruggekomen,' zei Lainey. 'Ik moet je een heleboel uitleggen…'

'Wil je me het graf van mijn kind laten zien?'

Ze knikte. 'Laten we maar meteen gaan.'

Terwijl Jonah naar de begraafplaats reed, zaten ze stilzwijgend naast elkaar. Lainey bracht hem rechtstreeks naar het achterste deel, waar haar moeder begraven lag. Naast haar grafsteen stond nog een kleine. De twee graven waren duidelijk onlangs nog gewied. Ze zagen er verzorgd uit. Ongetwijfeld het werk van Lainey.

'Ik laat je even alleen,' zei ze zachtjes en ze liep terug naar het rijtuigje om daar te wachten.

Jonah knielde voor het grafje van zijn dochter op zijn knieën. Voor de tweede keer die dag huilde hij.

Toen Jonah wegreed bij haar huisje, stond Lainey aan de weg en keek zijn rijtuigje na totdat het over de heuvel heen was en uit het zicht. Ze hadden uren op de begraafplaats doorgebracht en met elkaar gepraat. Het was alsof ze elkaar alles moesten vertellen over de laatste vijftien jaar. Ze praatten tot de schaduwen steeds langer werden en toen hadden ze elkaar nog niet alles verteld. Even later ging de schemering over in het duister en verschenen de sterren. Het was een heldere nacht. Jonah zei dat hij terug moest naar Rose Hill Farm. Maar hij keek alsof hij helemaal niet weg wilde.

10

De volgende ochtend was het zondag en er was kerk. Bess kleedde zich snel aan en bood aan Lainey op te halen en dan terug te komen om haar vader en oma op te halen, maar Jonah zei dat hij het niet erg vond om te gaan. Hij zei dat de oude Frieda wel een beetje beweging kon gebruiken, maar Bess wist het zo net nog niet. Gisteravond was haar vader heel laat thuisgekomen en hij floot. Zelfs *Mammi* was het opgevallen dat hij er zo gelukkig uitzag. Je moest *Mammi* goed kennen om erachter te komen wat ze dacht, maar Bess vond dat ze sinds haar vader en zij terug waren alleen maar blij had gekeken.

Bess wilde dat haar vader opschoot met de oude Frieda. Ze had Billy gisteren niet op Rose Hill Farm gezien. Ze wist dat hij die ochtend bij de dienst zou zijn, dus besteedde ze extra aandacht aan haar haar. Ze trok zelfs een paar strengetjes los van onder haar muts en probeerde of het lukte er mooie krullen van te draaien. Ze dacht dat het anderen niet zou opvallen omdat ze op de achterste bank zat, maar ze hoopte dat Billy het wel zag. Betsy Mast liet vaak pijpenkrullen onder haar muts vandaan komen, die in haar nek vielen. Maar ja, Betsy had dik krulhaar en Bess' haar was dun en steil.

Toen ze bij de familie Smucker aankwamen, zag ze meteen dat Billy bij de schuur stond, te midden van een groepje vrienden. Iemand maakte een grap en ze lachten. *Mammi* zat op het achterbankje en nam alle tijd om rustig uit te stappen. Bess bood haar de helpende hand, hetgeen haar tevens de mogelijkheid verschafte een steelse blik op de jongens te werpen. Andy Yoder keek verrukt toen hij haar zag. Billy had nog niet in de gaten dat ze er was. Hij had zich omgedraaid en stond met iemand anders te praten. Toen Bess uit het rijtuigje klom, stond Andy meteen naast haar.

'Bess! Je bent weer terug! Geweldig! Je ziet er… geweldig uit.' Andy's bewondering kende geen grenzen. 'Ik probeerde net Billy over te halen mee te gaan naar Ohio om je daar te bezoeken! Maar hij deed alsof we naar de andere kant van de maan gingen.'

Bess onderdrukte een glimlach. Andy was het type dat nogal onverwacht uit de hoek kon komen.

'Niet luisteren naar wat die knul tegen je zegt,' zei Billy, terwijl hij van achteren aan kwam lopen.

Bess draaide zich vlug om en keek Billy aan. 'Wat bedoel je?' Haar hart ging als een razende tekeer. Ze was ervan overtuigd dat Billy het kon horen.

Billy keek haar aan alsof hij haar voor het eerst zag. Een paar tellen lang kon hij letterlijk geen woorden vinden. 'Nou, het laatste deel van zijn verhaal,' antwoordde hij simpelweg. Bess stond weer met haar beide benen op de grond en ze deden weer tegen elkaar zoals altijd.

'Heb je het rozenblaadjes plukken nog gemist?' vroeg Billy.

Bess grinnikte en stak haar handpalmen naar voren. 'Vooral de doorns. Toen de laatste snee dicht was, zei ik tegen mijn vader dat we terug moesten. Mijn handen zagen er te mooi uit.'

Billy en Andy tuurden naar haar handen alsof ze van teer porselein waren.

Jonah gaf de teugels van het paard aan een van de jongens van Smucker en mengde zich in het gesprek. 'Zo, jongens…'

O, helemaal verkeerd. Bess kromp ineen vanwege de nadruk die haar vader legde op het woord 'jongens'. Kon hij niet zien dat Billy een man was?

'... het is tijd om naar de dienst te gaan.' Jonah legde beschermend een hand op Bess' schouder en duwde haar zachtjes richting het huis.

Rond drie uur vertrokken ze bij de familie Smucker en gingen terug naar Rose Hill Farm. Bess nodigde Lainey uit te blijven eten en Jonah kon een glimlach niet onderdrukken. Toen hij het rijtuigje de oprijlaan opreed, volgde de ontnuchtering. Bess snakte naar adem.

Op de veranda aan de voorzijde van het huis zat Sallie Stutzman, samen met haar tweeling en Mose Weaver, geduldig te wachten.

Jonah slikte moeilijk. In zijn haast was hij helemaal vergeten tegen Sallie en Mose te zeggen dat hij en Bess weg zouden gaan.

Maandagochtend tijdens het ontbijt vroeg Bess haar oma of ze samen met haar in Lebanon op bezoek wilde gaan bij oom Simon. *Mammi* zei dat het nu wel kon, ze griste haar bonnet van de haak en liep door de deur naar buiten. Sallie, haar jongens en Mose sliepen op Rose Hill Farm en Sallies 'opgeruimdheid', zoals *Mammi* het noemde, maakte haar gek.

Ze zeiden niet veel tegen elkaar tijdens de rit met de bus. Binnenin Bess rijpte er een bepaald gevoel, gisteravond tijdens het eten had ze iedereen aan tafel eens goed bekeken en ze had iets ontdekt. Ze was er zo zeker van dat ze het bij het rechte eind had, dat ze het idee had dat ze elk moment kon exploderen. Uiteindelijk flapte ze eruit: 'O, *Mammi*! We moeten iets doen!'

Mammi had uit het raam naar buiten zitten kijken. Ze draaide zich om naar Bess alsof ze vergeten was dat ze er was. 'Wat is er dan?'

Wat er is? Dat is toch duidelijk? 'Pappa houdt van Lainey, Sallie houdt van pappa, Mose houdt van Sallie en Lainey houdt van pappa! Als we niet snel iets doen, gaat pappa met Sallie trouwen omdat hij te netjes is om tegen haar te zeggen dat hij dat niet wil. Dat is er!' Sallie had gisteravond over niets anders dan de bruiloft gepraat. Die maaltijd was een van de meest pijnlijke momenten in Bess' leven. Haar vader had bedroefd gekeken, Mose had met een vreselijk verlangen in zijn ogen naar Sallie zitten kijken – Bess kende Mose goed genoeg om te weten dat die vriendelijke blik in zijn ogen er een van *vreselijk* verlangen was – en Lainey! Arme Lainey! Ze had nauwelijks een woord gezegd. Toen Jonah had aangeboden haar naar huis te brengen, had ze vierkant geweigerd.

Mammi draaide zich terug naar het raampje en slaakte een zucht. 'We laten de natuur zijn beloop hebben. *Zo* is het.' Ze gaf Bess een klopje op haar knie. 'Zo doen wij dat. Onthoud het goed.'

Bess' hoofd bleef maar malen, ze was er absoluut niet van overtuigd dat dit de beste manier was. Kon het *Mammi* dan niets schelen? Wilde ze niet dat haar zoon gelukkig werd?

Vlak voordat ze in Lebanon aankwamen, vroeg *Mammi* haar: 'Houdt die rolmops wel eens haar mond?'

'Nee,' antwoordde Bess somber. 'Ze praat aan één stuk door.'

'Zitten die twee knullen wel eens stil?'

Bess schudde haar hoofd. 'Zelfs niet tijdens de kerkdienst.'

'Zegt die lange ooit wel eens iets?'

Bess krabde op haar gebedsmuts. 'Niet dat ik me kan herinneren.'

'Nou,' zei *Mammi*. 'Dan heeft de natuur nog een hoop te doen.'

Toen ze bij het ziekenhuis waren aangekomen, ging *Mammi* eerst op zoek naar het toilet en Bess wist dat *dat* wel even kon duren, dus ze besloot vast naar de zaal te gaan waar oom Simon lag. Ze liep op haar tenen naar zijn bed. Hij zag er veel slechter uit dan de vorige keer dat ze hem bezocht. Zijn gezicht glom van het zweet, alsof hij koorts had.

'Als je ook gekomen bent om me uit te zuigen, ga dan maar weg,' mompelde Simon zonder zijn ogen open te doen. 'Ik heb niets meer te geven.'

'Maar ik ben… ik ben geen uitzuiger,' zei Bess. 'Ik ben het, Bess. De kleindochter van Bertha. De dochter van Jonah.'

'Zo, zo. De vrome huilebalk.' Hij gromde. 'Als je oma je gestuurd heeft om me de biecht af te nemen voordat ik het hoekje omga… zeg dan maar tegen haar dat ze zich de moeite kan besparen.'

'Dat heeft ze niet,' zei Bess zachtjes.

Geen reactie van Simon.

'Is het dan zo erg om uw zonden te belijden?'

Nu keek hij haar aan. 'Dan lijkt het net alsof ik er niet zo heel erg van heb genoten dat ik zondigde.'

Bess had nog nooit gehoord dat iemand ervan genoot te zondigen. Ze keek hem heel verdrietig aan. 'Ik zal voor u bidden, voor uw ziel.'

'Doe dat vooral,' zei Simon spottend. 'Ik ben bang dat al die lessen in vroomheid uit mijn jeugd niet echt zijn blijven hangen.' Hij wees naar de deur. 'Daar is het gat van de deur.'

Bess nam aan dat dit zijn nogal onvriendelijke manier was om haar te vertellen dat ze hem met rust moest laten. Heel even schoot de gedachte door haar heen dat ze toch maar van die beenmergoperatie moest afzien. Simon zou het gebaar nooit waarderen.

Aan de andere kant, ze deed het niet voor hem. Ze deed het voor God. En voor *Mammi*. Bess beet op haar lip. 'Ik ben vandaag gekomen omdat ik goed nieuws heb. Gebleken is dat u en ik matchen. U kunt mijn beenmerg krijgen.'

Simon lag heel stil in bed, maar Bess zag dat hij luisterde.

'Dus in plaats van met Lainey naar huis te gaan om te s…,' Bess slikte het woord in, 'uh, krijgt u medicijnen om uw lichaam klaar te maken voor de transplantatie. Over een week of zo gaan ze met mij aan de slag. Het beenmerg oogsten, noemen ze het. Dat geven ze dan aan u en hopelijk wordt u dan weer helemaal beter.'

Simon keek haar nog steeds niet aan. Hij zei niets.

'Maar zo snel zal het wel niet gaan, denk ik,' zei Bess beduusd. 'Het klinkt alsof het wel een tijdje duurt voordat er kan worden getransplanteerd. Zo noemen ze dat en dat is interessant, want wat wij op Rose Hill Farm met onze rozen doen, komt op hetzelfde neer. We zetten ze op een betere wortelstok. Dan worden ze sterker en gezonder. Ik denk dat het voor u ook zo zal zijn. Dat u sterker en gezonder wordt. Dat is althans het plan.' Ze wist niet goed wat ze nog moest zeggen. 'Ik wilde u gewoon zelf het nieuws vertellen.'

Simon tilde zijn hoofd op. 'Ik moet erover nadenken.'

'Nou, niet te lang graag,' zei *Mammi*. Ze was de zaal binnengekomen en in een stoel naast Bess gaan zitten.

Simon keek zijn zus met gefronste wenkbrauwen aan. Zij deed hetzelfde.

'Nou, Bess,' zei hij, 'verwacht niet van me dat ik dankjewel ga zeggen.'

Bess tilde haar hoofd iets op. 'Dat doe ik ook niet. Ik verwacht helemaal niets.'

'Mooi zo. Zolang dat maar duidelijk is.' Hij keek haar wel aan, recht in de ogen zelfs.

Bess deed hetzelfde. 'Begrepen.'

'Simon, heeft er ooit wel eens iemand tegen je gezegd dat je niet zo moeilijk moet doen?' vroeg *Mammi* en ze stond op om te gaan.

Het ging allemaal zo snel dat Jonah geen idee had wat hij moest doen. Sallie had zich op Rose Hill Farm geïnstalleerd alsof ze niet van plan was ooit weer weg te gaan. De eetkamertafel lag bezaaid met uitnodigingen voor het huwelijk, terwijl zij druk bezig was de enveloppen te schrijven. Mose leek ook geen enkele haast te hebben om weg te gaan en al maakte Jonah zich zorgen om de zaak, hij was blij dat Mose er was. Mose ontfermde zich als vanzelf over de jongens en Jonah vond dat prima. Het was inderdaad een stelletje monsters, precies zoals Bess had gezegd. Hoe kon het dat hij dat nooit had gezien? De eerste dag waren ze met hun step tegen zijn moeders mooiste roos gereden, waardoor de stam brak.

Zijn moeder zei niets, maar haar stilzwijgen was even dreigend als de stilte vlak voor een tornado. Toen ze eindelijk iets zei, klonk het ijskoud: 'Bess, ga Billy Lapp halen. Zeg tegen hem dat hij meteen moet komen, er is sprake van een noodgeval.'

De volgende dag hadden de jongens een plank vol vers ingemaakte potjes rozenblaadjesjam omgegooid in de schuur, waar ze aan het ravotten waren. De derde dag hadden ze vergeten Frieda's staldeur op de klink te doen, die vervolgens de groentetuin in was gelopen en daar een rij tomatenplanten had vertrapt.

En hij zou nooit de blik op Laineys gezicht vergeten toen ze zondag aan Sallie werd voorgesteld. Hij had Lainey nooit over Sallie verteld… het was gewoon nooit bij hem opgekomen. Maar Sallie begon meteen over hun huwelijk en Lainey lachte als een boer die kiespijn heeft. Toen hij haar aanbood haar naar huis te brengen – in de hoop dat hij de kans kreeg het uit te leggen – zei ze resoluut nee.

Hij werd er onpasselijk van.

Beste Robin en Ally,

Ik heb een tijdje niet geschreven omdat er zo snel zo veel is veranderd en ik niet wist waar ik moest beginnen. Allereerst heb ik een huisje gekocht van mijn spaargeld. Een opknappertje is nog te veel gezegd. Het is het huis waarin ik als kind heb gewoond. En ik neem mijn stiefvader Simon Troyer in huis. Hij is heel ziek. Ik heb jullie verteld over Bess. We zijn inmiddels zo hecht met elkaar… nou ja, ze is als een zus voor mij.

En wat betreft jullie vragen over de mannen: nee, er zijn geen interessante mannen in Stoney Ridge. Absoluut geen.

Liefs,

Lainey

Simon was voor de feitelijke beenmergtransplantatie van het Veterans Hospital overgebracht naar het ziekenhuis in Lancaster, waar een specialist werkte die de relatief nieuwe behandeling kon uitvoeren. Bess zou onder algehele narcose gaan, waarna het beenmerg uit haar heupbeen zou worden gehaald. Ze moest één nachtje blijven, slechts ter observatie, en mocht de volgende ochtend weer naar huis.

De nacht voor de operatie van Bess was een van die hete augustusnachten waarin het maar niet afkoelde. Het kostte haar moeite de slaap te vatten, dus stond ze op en ging naar buiten om wat frisse lucht in te ademen. Ze ging op het trapje van de veranda zitten en staarde naar de sterren in de lucht. Op de een of andere manier kreeg ze bij het zien daarvan een gevoel van de grootsheid van God. Ze leek zo klein en Hij zo groot. In de verte hinnikte een paard, dat werd beantwoord met het gehinnik van een ander.

'Bess?'

Ze keek de tuin in en zag een gestalte staan. 'Billy! Wat doe jij hier?'

Billy aarzelde. 'Ik vergat mijn boeken.' Zijn boeken lagen bij haar oma in de schuur omdat zijn broers hem plaagden dat hij een boekenwurm was.

'En het lezen kon niet tot morgen wachten?'

'Nee. Ik zat midden in een heel goed stuk. Wat doe jij hier buiten?'

'Ik kon niet slapen.'

Billy liep naar haar toe. 'Het is moedig wat je doet. Dat je je beenmerg afstaat aan je oom Simon.'

'Zo moedig ben ik nu ook weer niet,' sprak ze naar waarheid.

'Ben je bang? Om morgen?'

Bess had haar armen over elkaar geslagen en kneep in haar ellebogen. 'Een beetje, misschien.'

'Denk je dat het pijn zal doen?'

'Om de pijn maak ik me niet zo veel zorgen. Ze zeiden

tegen me dat het niet veel meer pijn doet dan wanneer je een lelijke smak op het ijs maakt. Die heb ik genoeg keren gemaakt. Het is eerder…'

Hij kwam naast haar op de trap zitten. 'Wat?'

'Nou ja, ik ben nog nooit helemaal onder narcose geweest. Waar ga je heen als ze je op die manier in slaap brengen? Ik droom niet eens, zei de zuster tegen me. Ik bedoel, waar gaat je ziel naartoe?'

Billy zweeg een hele poos en antwoordde toen: 'De bisschop zei eens dat onze hoop is, dat we bij God zijn als we niet in ons lichaam zitten.' Hij keek Bess aan.

In de stilte van de nacht dacht ze een tijdje na over Billy's antwoord. Het stelde haar tevreden. Het gaf haar vrede. 'Dank je wel, Billy.'

'Bess?' vroeg Billy fluisterend.

Ze draaide haar hoofd om, om te zien wat hij wilde. Hij nam haar gezicht in zijn beide handen en kuste haar heel zacht op haar lippen. Toen trok hij zijn hoofd terug. Bess kreeg nauwelijks lucht, zo verbaasd was ze over de kus.

Billy stopte een losse pluk haar terug onder haar gebedsmuts en streek toen zachtjes met de rug van zijn hand langs haar wang. 'Welterusten.' Hij stond op en liep een paar passen het pad af, waarna hij zich iets omdraaide. 'Tot morgen. Ik ga mee naar het ziekenhuis.'

De toon waarop hij het zei was zo teder, dat haar hart snel begon te kloppen. Net toen ze tegen hem wilde zeggen dat hij zijn boeken weer vergat, realiseerde ze zich ineens dat hij helemaal niet voor de boeken gekomen was. Billy was gekomen omdat hij zich zorgen maakte om haar. Al was het nog zo'n warme nacht, de rillingen liepen over haar lijf.

Volgens Jonah had een dag nog nooit zo lang geduurd. Meteen toen Bess bij de opnameafdeling binnenkwam, was de ziekenhuismachinerie in werking getreden. Ze werd weggereden in een rolstoel en had nauwelijks tijd om iedereen gedag te zwaaien die vanochtend met haar mee was gekomen: oma, Billy, Sallie en haar jongens, Mose. En Lainey, die ver uit de buurt bleef van Jonah.

Jonah wachtte samen met Bess op de holding, de kamer voor de operatiekamer. Er stonden machines zachtjes te zoemen en mensen met witte zolen onder hun schoenen liepen zacht ruisend heen en weer door de gangen. Een zuster kwam de kamer binnen. 'We hoorden net dat de dokter zich aan het klaarmaken is.' Toen ze weg was, zaten Jonah en Bess zwijgend bij elkaar. Nu ging het echt gebeuren.

Jonah boog zich voorover en streek Bess' haar uit haar gezicht. 'Als je wakker wordt,' wilde hij tegen haar zeggen, 'ben je nog steeds hetzelfde meisje dat niet van plan is hard te leren voor een wiskundetoets, dat verdwijnt zodra er klusjes moeten worden gedaan en met het licht aan in slaap valt omdat ze ligt te lezen.' Maar het enige wat uit zijn mond kwam, was het eerste deel van de zin: 'Als je wakker wordt, ben je nog steeds hetzelfde meisje…' Dat was het enige wat hij hoopte en waar hij voor bad.

De anesthesist kwam binnen en legde het kapje over Bess' mond en neus. Hij zei tegen Jonah dat hij hardop tegen Bess moest tellen, maar in plaats daarvan begon hij het Onze Vader in het *Deitsch* te bidden. Dat had Caleb Zook hem voorgesteld. Die dacht dat het goed zou zijn als Bess de woorden 'Uw wil geschiede' hoorde voordat ze in slaap viel. Toen haar ogen dichtvielen, bracht de zuster Jonah naar de wachtkamer.

Lainey keek zo bezorgd, dat Jonah haar in zijn armen wilde nemen en tegen haar wilde zeggen dat alles in orde zou komen. Maar dat kon hij natuurlijk niet.

Bovendien was hij er zelf nog niet helemaal van overtuigd dat het wel goed zou gaan. Jonah werd vreselijk bang, hij deed heel hard zijn best om dat gevoel kwijt te raken. Hij wist dat hij zich helemaal moest overgeven aan Gods wil en moest vertrouwen op Zijn ultieme genade. 'Niet mijn wil, maar Uw wil geschiede,' had hij tegen Bess gezegd voordat ze wegggleed in bewusteloosheid. Zijn leven lang had hij dit gebed gebeden en hij wilde het geloven. Toch was daar de angst voor Gods wil. Het kostte hem nog steeds heel veel moeite zich over te geven aan Gods wil en hij bad wanhopig dat God Bess bij hem terug zou brengen, gezond en wel.

Jonah keek over zijn schouder naar zijn moeder, die met gebogen hoofd op een plastic stoel zat, haar handen gevouwen op haar schoot. Hij vroeg zich af of ze zich ook zorgen maakte. Ze was meer een vrouw van de actie dan van veel woorden, niet een vrouw die zich snel zorgen maakte. Haar ogen waren dicht, ze bad of ze zat te mijmeren of... er klonk een luide snurk. Hij moest lachen, Lainey ook. Jonah keek haar aan; zijn bruine ogen keken in de hare en ze glimlachten naar elkaar. Sallie was net Mose iets aan het vertellen en zag hoe Lainey en Jonah elkaar aankeken.

Ze zweeg. Sallie Stutzman zweeg. Haar ogen schoten heen en weer tussen de twee.

Jonah voelde zich net een jongen die betrapt was met zijn hand in de koekjespot. Ineens voelde hij zich schuldig en hij zorgde ervoor dat hij niet meer naar Lainey keek.

Het leek een eeuwigheid te duren, maar na nog geen uur kwam de dokter de wachtkamer binnen, op zoek naar Jonah. De dokter leek een beetje verbaasd een hele groep Amish op te zien springen, die hem verwachtingsvol aankeek.

'Alles is goed met haar,' stelde de dokter iedereen gerust. 'Bess is wakker. We houden haar een tijdje in observatie, om er zeker van te zijn dat er geen complicaties optreden, en dan kan ze vannacht naar een gewone kamer.'

'Mag ik naar haar toe?' vroeg Billy.

Jonah draaide zich om en keek Billy met een opgetrokken wenkbrauw aan.

'Uh, ik bedoel, mag haar vader naar haar toe?' stamelde Billy.

'Over een poosje,' antwoordde de dokter.

'Wat gaat er met mijn broer gebeuren?' vroeg Bertha. 'Wanneer krijgt hij Bess' beenmerg?' Simon lag al meer dan een week in isolatie en mocht geen bezoek ontvangen, vanwege het risico op infectie.

Jonah voelde zich beschaamd. Aan Simon had hij niet gedacht, niet eens terloops. Hij bad een schietgebedje: *Vergeef me, God.*

'Het is makkelijker voor hem om het beenmerg te ontvangen dan dat het voor Bess was om het te geven,' antwoordde de dokter. 'We hebben een naald ingebracht in de holte van haar achterste heupbeen, waar een grote hoeveelheid beenmerg zit.'

Omdat iedereen zo aandachtig luisterde, voelde de dokter zich aangemoedigd verder te vertellen. 'Ongeveer een kwart tot de helft van het beenmerg en bloed is weggehaald. Beenmerg is een sponsachtig materiaal dat in botten zit. Dat klinkt alsof het veel is, maar het is niet meer dan twee procent van het beenmerg in iemands lichaam en wordt binnen vier weken weer aangemaakt.'

Billy werd lijkbleek. Bertha zei tegen hem dat hij moest gaan zitten en duwde zijn hoofd tussen zijn knieën, zodat hij niet zou flauwvallen.

'Mannen gaan niet van hun stokje,' zei hij zwakjes en met een vlakke stem, maar hij liet haar wel begaan toen ze hem op een stoel wilde helpen. 'Ik ben er misschien even niet bij, maar ik ga niet van mijn stokje.'

'Hoe je het ook wilt noemen, je ziet eruit alsof het elk moment kan gaan gebeuren,' zei Bertha tegen hem.

'Alles wordt nu in gereedheid gebracht voor Simon, ik ga zo naar binnen en aan de slag.' De dokter sloeg zijn handen in elkaar. 'Hopelijk accepteert zijn lichaam het beenmerg van Bess en zoekt dat zijn weg naar de centrale schacht in de grote botten, waar het de stamcelfunctie moet herstellen.'

Billy kreunde, stond abrupt op en haastte zich de gang af naar het herentoilet.

Bertha zag hem slingeren en schudde haar hoofd.

'Die arme jongen gaat alweer ondersteboven.'

De volgende ochtend vroeg ging Billy naar Rose Hill Farm om zo snel mogelijk het werk te doen. Hij had tegen mevrouw Riehl gezegd dat hij haar vanmiddag mee zou nemen om samen met de anderen Bess op te halen uit het ziekenhuis. De afgelopen twee dagen had hij zich vreemd ongerust gevoeld en slecht geslapen, alsof er iets niet helemaal in orde was, maar hij wist niet wat.

Toen hij de met bomen omzoomde oprijlaan opliep, hoorde hij Boomer boos blaffen in het rozenveld. Hij wierp een blik op het huis, het verbaasde hem dat hij geen lamplicht in de keuken zag flikkeren. Normaal gesproken stond mevrouw Riehl bij het fornuis en rook hij heerlijk gebraden vlees. Ook al had hij net thuis stevig ontbeten, zijn maag begon altijd verwachtingsvol te rammelen. Maar vandaag niet. De boerderij zag er donker en verlaten uit.

Hij rende op een holletje het veld in om te zien waarom Boomer zo tekeerging, maar in de buurt gekomen, vertraagde hij zijn pas. De hond keek hem verwilderd aan, een rilling liep langs zijn rug.

Toen zag hij waarom Boomer zo blafte. Mevrouw Riehl lag op haar zij, alsof ze tussen haar rozen was gaan liggen om een dutje te doen. Billy rende naar haar toe en rolde haar op haar rug. Haar ogen waren dicht, haar lippen blauw, haar gezicht was lijkbleek en ze ademde niet meer. Ze was al een tijdje dood. Bertha Riehl was cola over haar rozen aan het sproeien toen ze stierf. Ze zag er heel vredig uit. Terwijl de tranen over zijn wangen stroomden, hield hij een tijdje haar hand vast. Billy wist niet goed wat hij nu moest doen. Boomer legde zijn grote harige kop op Billy's schouder.

Billy haalde een paar keer diep adem, probeerde rustig te worden en liep naar de boerderij. Hij zocht Jonah, maar herinnerde zich toen dat die vannacht bij Bess in het ziekenhuis zou blijven. Het leek erop dat hun bezoek – Sallie, haar jongens en Mose – ook weg was. Waarschijnlijk ook naar het ziekenhuis. Billy wreef met zijn hand over zijn gezicht. Zijn vader wist wel wat ze moesten doen. Hij vond het vreselijk dat hij mevrouw Riehl zo moest laten liggen, maar hij kon haar niet in zijn eentje verplaatsen. Boomer hield de wacht bij haar. Billy stormde de oprijlaan af en rende naar huis om zijn vader te halen.

Billy wist dat het bericht van het heengaan van Bertha Riehl snel de ronde zou doen in de gemeenschap. Hij moest zo snel mogelijk in het ziekenhuis in Lancaster zien te komen. Zijn vader probeerde hem ervan te overtuigen dat ze bisschop Zook moesten halen om Jonah en Bess het nieuws over Bertha te vertellen. 'Daar is een bisschop voor,' zei hij tegen Billy. 'Die weet hoe je dit soort dingen moet vertellen.'

Het was verleidelijk, maar diep vanbinnen wist Billy dat hij degene was die moest gaan. Bij het man zijn hoorde dat je moeilijke dingen niet uit de weg ging. Hij kleedde zich om en zijn vader reed hem naar de stad, waar hij de bus kon pakken naar Lancaster.

'Misschien kan ik maar beter met je meegaan,' zei hij tegen Billy.

'Nee, ik moet dit zelf doen.' Billy had geen idee hoe hij Jonah moest vertellen dat zijn moeder was overleden. Maar hij moest naar hen toe, voordat ze terugkwamen op Rose Hill Farm en de groep vrouwen aantroffen die het huis klaarmaakten voor de condoleance.

Net voordat hij in de bus sprong, hield zijn vader hem nog even staande en legde zijn hand op de schouder van zijn zoon. Billy draaide zich naar hem om; zijn vader zei niets, maar er was iets in zijn ogen… een blik die hem vertelde dat hij tevreden was met hem. Hij kon zich niet herinneren zijn vader ooit zo te hebben zien kijken.

Een uurtje later liep Billy het ziekenhuis binnen, waar hij Jonah, Lainey en alle anderen aantrof in de wachtkamer.

'Billy!' zei Lainey toen ze hem zag. Toen zweeg ze, want aan de manier waarop hij keek, zag ze dat er iets was gebeurd. 'Wat is er aan de hand?'

Billy ging bij hen zitten, hij wist niet goed wat hij moest zeggen. Lainey pakte zijn hand, waardoor hij de kracht kreeg het verdrietige nieuws te vertellen. 'Mevrouw Riehl,' zei hij, waarna zijn ogen zich vulden met tranen. 'Ze is dood.' Hij zweeg en veegde zijn ogen af met de achterkant van zijn mouw. 'Ik vond haar tussen de rozen.' Vervolgens sloeg hij zijn handen voor zijn ogen, niet in staat het verhaal verder te vertellen.

Jonah hoorde wat Billy zei, maar begreep niet wat hij bedoelde. Het leek of de tijd stil bleef staan. Het geluid van de schoenen van de zusters die zich door de gangen haastten, de klokken die tikten, de lift die openging en weer dicht. Hij keek naar Billy en had medelijden met hem. Arme Billy. Hij had zo'n verdriet. Toen keek hij naar Lainey, de tranen liepen langs haar wangen. Sallie begon tegen Mose te vertellen wat ze allemaal moesten doen voor de begrafenis. Het leek net alsof Jonah niet meer in staat was na te denken en te vatten wat de opmerking 'ze is dood' precies betekende.

Zijn moeder overleden? Dood?

Toen de nevel optrok, drong de volle betekenis van die woorden langzaam tot hem door. Een golf van verdriet overspoelde hem en hij voelde de tranen opkomen. Billy knielde naast hem neer en Jonah legde zijn hand op diens hoofd. Ze zaten zo een hele poos bij elkaar, totdat er een zuster binnenkwam die hun voorzichtig vertelde dat Bess klaar was om te gaan.

Jonah knikte en veegde zijn gezicht af met zijn zakdoek. 'Ik moet het haar vertellen.'

'Ik ga wel met je mee,' bood Lainey aan.

'Dat zou *ik* moeten doen,' zei Sallie en ze stond op.

'Nee,' zei Lainey en ze keek Sallie vastberaden aan. 'Nee, ik ga.'

Sallie keek eerst verward, toen gekwetst, maar Mose legde teder zijn hand op haar arm. Jonah had niet de tegenwoordigheid van geest ook maar iets te doen.

Voordat ze de kamer van Bess binnenliepen, haalde Jonah diep adem en hij bad om Gods kracht. Bess was deze zomer zo dicht naar haar oma toegegroeid. Ze ging in haar doen en laten ook steeds meer op haar lijken. Ze kookte zelfs net als zijn moeder. Hij deed de deur op een kier open en zag dat ze bij het raam stond te wachten, aangekleed en klaar om te gaan.

'Hoe gaat het met je?' vroeg Lainey.

'Niet slecht,' antwoordde Bess. 'Het doet nog een beetje pijn. Ik mocht niet naar oom Simon, maar ze vertelden me dat alles goed is gegaan met hem.'

Jonah knikte.'Dat heb ik ook gehoord.'

Bess pakte haar bonnet en cape.'Kom, we gaan naar huis.'

Jonah trok een stoel bij zodat Lainey kon gaan zitten.'Bess, er is iets gebeurd.'

Bess keek haar vader verbaasd aan.Toen stokte haar adem in haar keel. 'Het is oom Simon. Hij is dood, nee toch? Al deze moeite en dan is ie dood.'

'Nee. Met oom Simon is alles in orde.' De ironie wilde dat met Simon inderdaad alles in orde was en dat zijn moeder dood was. Jonah trok het gordijn rond haar bed, zodat ze wat meer privacy hadden.Vervolgens leunde hij met zijn heup tegen het bed, hij sloeg zijn armen over elkaar voor zijn borst, tilde zijn hoofd op en keek Bess aan. Zachtjes vertelde hij haar dat haar oma die ochtend gestorven was terwijl ze buiten bezig was met het verzorgen van haar rozen. Hij zweeg, in de verwachting dat Bess zou instorten.

Bess wendde haar gezicht naar het raam. Ze sloeg haar armen over elkaar, pakte haar ellebogen beet alsof ze zichzelf op die manier bij elkaar probeerde te houden.

Lainey liep naar Bess toe en legde haar handen op haar schouders. Zachtjes zei ze: 'Het was haar tijd. Je oma heeft alles gedaan wat ze moest doen. Ze heeft Simon teruggebracht in de schoot van de familie. Ze heeft ervoor gezorgd dat jij en je vader terugkwamen naar Stoney Ridge.' Lainey draaide Bess om en keek haar aan. Bess' ogen waren droog. 'Gods timing is altijd perfect. Dat weet je toch? Haar leven was vervuld.' Haar stem klonk overtuigd.

Jonah zweeg toen Lainey deze woorden sprak. Hij verwonderde zich over haar, voelde haast ontzag voor haar. Maar het deed hem pijn Bess zo stil te zien. Zo was ze niet. Twee jaar geleden was haar hond doodgereden door een auto en toen had ze twee dagen aan een stuk gehuild. 'Gaat het, Bess?'

Bess knikte maar zei niets.

'Als je zover bent,' zei haar vader, 'Billy staat op de gang op ons te wachten.'

'Ik ben zover,' was het enige wat Bess zei, op een toon die hij niet van haar kende.

Het was middag toen ze terugkwamen op Rose Hill Farm. Het moeilijkste moment was toen de taxi de oprijlaan opreed. De wetenschap dat *Mammi* er niet was – en ook nooit meer zou zijn – bezorgde Bess een ondraaglijke pijn in haar hart, alsof iemand er een mes in had gestoken.

Iedereen in de taxi was zich ervan bewust dat *Mammi* er niet meer was. Bess zag dat haar vader zijn kaken op elkaar klemde. Billy zat met gebogen hoofd, Lainey liet haar tranen gewoon de vrije loop. Sallie hield haar mond en dat was een zegen. Zelfs haar jongens leken te begrijpen dat ze rustig en stil moesten zijn, maar het hielp dat Mose achter in de auto tussen hen in zat.

Rose Hill Farm was niet leeg. Het nieuws was als een lopend vuurtje door Stoney Ridge gegaan. Vrienden en buren waren in en rond de boerderij aan het schoonmaken als voorbereiding op de condoleance en de begrafenis. De vrouwen maakten zich overdreven druk om Bess, maar het enige wat zij wilde, was naar boven, op haar bed liggen. Ze was stijf en doodmoe van een nacht waarin ze slecht had geslapen. Haar heup deed pijn en haar hart ook... om haar oma. Het was de ergste pijn die ze ooit had gevoeld... een brandende, knagende pijn. Ze hoopte dat als ze alleen was, de tranen zouden komen en zouden helpen de pijn weg te spoelen. Het leek haar vreselijk als ze niet om *Mammi* zou kunnen huilen. Bess hield meer van haar oma dan ze zich ooit had gerealiseerd. Ze knielde neer bij het raam, keek uit over de rozenvelden en vroeg zich af waar haar oma gelegen had en gestorven was. Maar de tranen wilden nog steeds niet komen, het enige wat ze voelde was die verschrikkelijke pijn en het verdriet.

Toen ze uiteindelijk toch maar naar beneden ging, hoorde ze dat de begrafenisondernemer het lichaam van haar oma terug had gebracht. De vrouwen hadden *Mammi* de kleren aangetrokken waarin ze zou worden begraven en haar in de voorkamer neergelegd. Iemand had alle klokken in huis stilgezet op het vermoedelijke vroege uur waarop Bertha was overleden. Na de begrafenis zouden ze weer op gang worden gebracht.

Bess liep aarzelend de voorkamer in. *Mammi* zag er niet uit als *Mammi*, dacht ze terwijl ze naast het levenloze lichaam van haar oma stond, dat op de eetkamertafel lag. Haar vader kwam achter haar staan en legde zijn handen op haar schouders.

'Ze is er echt niet meer,' fluisterde Bess. 'Dat kun je zien. Wat haar *Mammi* maakte, is er niet meer.'

'Ze is niet meer hier, maar nu bij God,' zei Jonah tegen haar.

Aanvankelijk leek Boomer iedereen steeds in de weg te lopen. Bess wist dat hij op zoek was naar *Mammi* en haar hart brak. Ze wist wat hij dacht: bijna iedereen uit Stoney Ridge was naar Rose Hill Farm gekomen om *Mammi* de laatste eer te bewijzen, maar nergens een teken van zijn vrouwtje.

Later die dag was Boomer zoek. Bess riep hem en zette water en eten op de veranda, in de hoop dat hij terug zou komen. Hij leek in het niets te zijn verdwenen.

De dag dat Bertha Richl werd begraven, drie dagen na haar dood, was het zwoel en regenachtig weer. Jonah en Bess stonden naast Bertha's graf en keken nog een laatste keer naar haar terwijl ze in de grote, eenvoudige grenenhouten kist lag.

Jonah keek neer op zijn moeder. Haar gezicht was ontspannen en sereen, maar Bess had gelijk: wat haar Bertha had gemaakt – haar ziel? haar geest? – het was er niet meer. *Ons lichaam is slechts een omhulsel, een huis voor onze eeuwige ziel.*

Wat zou hij de dingen anders hebben gedaan als hij had geweten dat zijn moeder voorbestemd was die zomer te sterven. Hij had zo veel tijd verspild. Jonah voelde een diep verdriet om alle verloren jaren. En toch, voelde hij meteen daarna voorzichtige blijdschap. Dat hij vorige week teruggekeerd was naar Stoney Ridge, was niet zomaar. Hij en zijn moeder hadden uiteindelijk vrede gesloten. Net op tijd.

Hij zag dat Billy zich dicht naar Bess toeboog en tegen haar fluisterde: 'Gaat het?'

Bess knikte, zonder op te kijken. Ze was rustiger dan Jonah voor mogelijk had gehouden. Zijn moeder zou trots op haar geweest zijn.

Het deksel ging op de kist en werd vastgenageld. De kist zakte in de grond; de jongemannen – waaronder Billy – pakten een schep en gooiden de aarde op de kist. Toen de eerste kluit aarde met een luide klap op de kist viel, stortte Bess met een luide snik in. Jonah wilde naar haar toe, maar Billy had zijn schep al aan een andere jongen gegeven en stond naast Bess. Hij gaf haar zachte klopjes op haar rug om haar te troosten en reikte haar zijn zakdoek aan. Toen ze steeds harder begon te huilen, pakte hij haar vast bij haar schouders, draaide haar om en nam haar mee naar zijn rijtuigje.

Het lukte Billy op de terugweg naar Rose Hill Farm niet de juiste woorden te vinden om Bess' verdriet te verlichten. Een paar keer wist hij wat hij ongeveer wilde zeggen. Maar dan kreeg hij de woorden niet door zijn keel. Hij kon het niet langer aanzien. Hij draaide het rijtuigje in een zijstraat en liet het paard halt houden. 'Toe maar, Bess,' zei hij terwijl hij zijn armen om haar heen sloeg. 'Huil maar eens flink uit. Ik ben er. Niemand ziet het. Huil maar eens goed.'

Bess klampte zich aan Billy vast en huilde. Zo hard dat hij dacht dat het schokken en snikken niet meer zou ophouden. Hij had nooit geweten dat een mens zo veel tranen had om te vergieten, maar misschien hadden meisjes grotere traan-buizen. Hoe het ook zij, het was goed dat ze uiteindelijk haar emoties toonde. Hij had zich zorgen gemaakt dat ze niet huilde. Dat was helemaal niets voor Bess.

'Ik huil niet om *Mammi*, Billy,' zei ze tussen een paar snik-ken door. 'Ik weet dat ze op een betere plek is. En dat ze nu bij *Daadi* is. Ik huil om mezelf. Wat moet ik zonder haar?'

Eindelijk zakte het verdriet en Bess' snikken veranderde in sniffen. Toen hij dacht dat alle tranen eruit waren, dat ze er geen meer overhad om nog te vergieten, veegde hij haar gezicht af met zijn mouw en bracht haar naar huis.

Meteen nadat iedereen weg was die avond, ging Jonah naar buiten om een frisse neus te halen. Hij keek of Frieda water en hooi had en bleef nog een tijdje in de schuur hangen. Hij veegde de rozenblaadjes van de vloer en haalde een paar spinnenwebben naar beneden. Als hij maar niet naar binnen hoefde. Daar zat Sallie op hem te wachten en hij wilde haar nu niet zien. Hij kon niet ontkennen dat ze hen de afgelopen dagen voortreffelijk had geholpen. Ze leek te weten hoe ze de dingen nuchter en zakelijk moest regelen.

Maar het enige waar hij op dit moment aan kon denken, was hoe graag hij bij Lainey wilde zijn. Om met haar over zijn moeder te praten. Over Bess. Over Simon. Over alles. Ze had aan alles rond de condoleance en begrafenis meegedaan, was door de gemeenschap bijna geaccepteerd als een van hen... het was hem opgevallen dat de mensen niet meer overschakelden naar het Engels als zij een kamer binnenkwam. En hij zou haar altijd dankbaar blijven voor haar steun aan Bess.

Lainey bleef hem echter ontwijken. Hij kon haar dat absoluut niet kwalijk nemen, maar hij kon het niet langer verdragen.

Jonah hing de bezem weg en schoof de deur open. Sallie kwam in het schemerdonker naar de schuur gelopen. 'Zullen we een eindje lopen?' vroeg ze aan hem.

Zonder een woord te wisselen liepen ze de oprijlaan af naar de weg. Het vreemde was niet dat hij niets zei, realiseerde hij zich. Wel dat Sallie niets zei. Nu hij er zo over nadacht, had ze de laatste tijd eigenlijk niet veel gezegd. Ze was even stil als een zondagmiddag. Toen realiseerde hij zich ineens waarom.

Ze wist het.

'Sallie,' begon hij.

Sallie stak haar hand op om hem het zwijgen op te leggen. 'Mose, de jongens en ik gaan morgen terug naar Ohio. De jongens moeten binnenkort weer naar school en ik wil geen problemen met die vreselijke spijbelambtenaar. En Mose maakt zich grote zorgen om de zaak.'

Jonah wist dat het niet waar was. Mose maakte zich nergens zorgen om. Sallie wilde hem gewoon niet kwetsen.

'Sallie,' probeerde hij opnieuw.

Ze stak weer haar hand op. 'Het spijt me, Jonah. Ik denk gewoon dat het tussen ons niet gaat werken. Ik heb een man nodig die...'

Wie wil er met jou getrouwd zijn? Wie wil een vader zijn voor jouw jongens? Of misschien, dacht Jonah en zijn wangen brandden, *wie is er hier verliefd op iemand anders?*

'... niet zo gecompliceerd is.'

Jonah bleef plotseling staan. Hij moest hard lachen, voor het eerst in heel lange tijd. Het verbaasde hem, dat hij moest lachen. Het voelde alsof er een zware last van zijn schouders viel. 'Je hebt gelijk, Sallie. Je verdient iemand die niet zo gecompliceerd is als ik.' Hij *was* gecompliceerd. Vijftien jaar had hij verdriet gehad en toen was hij weer verliefd geworden... op een vrouw die niet eens Amish was. Nog niet, althans.

Sallie glimlachte naar hem, oprecht. Het was in orde. Terwijl ze terugliepen naar Rose Hill Farm, vertelde ze hem iets leuks wat een van haar jongens die dag had gezegd. En terwijl ze de oprijlaan opliepen, praatte ze aan één stuk door. Jonah stelde vast dat hem dat geen biet kon schelen.

11

Op aandrang van Billy en Maggie ging Bess een paar dagen na de begrafenis van *Mammi* mee naar de zondagse bijeenkomst van de jeugd. Ze was niet zo in de stemming om gezellig te doen... hoewel haar stemming wel tijdelijk verbeterde toen Sallie naar Ohio vertrok en ze hoorde dat het huwelijk definitief van de baan was. Haar vader leek erop gebrand dat ze vanavond uitging. Hij zei dat het haar goed zou doen als ze het huis uit kwam. Bess moest toegeven dat ze het altijd leuk vond om Billy te zien volleyballen. Hij was een goed sportman. En hij was vorige week zo aardig en voorkomend geweest. Dat maakte de ontreddering van vorige week draaglijker. Ze worstelde nog steeds met het feit dat *Mammi* er niet meer was en miste haar vreselijk. Bess herhaalde steeds bij zichzelf wat Lainey tegen haar had gezegd: het leven van haar oma was vervuld. Het was Gods tijd om *Mammi* bij zich te roepen.

Bess zat tevreden in haar eentje op een grote steen, haar aandacht half bij het spel, tot het ineens abrupt tot stilstand kwam. Billy stond stokstijf stil met de bal in zijn handen. Hij kon zijn ogen niet afhouden van een rijtuigje dat net het erf opgereden was. Bess' ogen gleden van Billy naar het rijtuigje. Er arriveerde een groep meisjes en ze sprongen een voor een uit het rijtuigje. Het laatste meisje klom eruit, haar blik gleed door de tuin en er verscheen een stralende glimlach op haar gezicht toen ze Billy zag. Het was vreselijk voor Bess, haar hart stond bijna stil toen ze zag dat het Betsy Mast was, die er fris en schattig uitzag in haar roze jurk.

Billy liet de bal vallen en liep naar Betsy toe. Hij stond met zijn rug naar Bess toe. Bess had geen idee wat hij zei, maar ze kon Betsy's gezicht duidelijk zien. Betsy's ogen glinsterden terwijl ze lachte en grapjes met hem maakte. De moed zonk Bess in de schoenen.

Het verhaal waarom Betsy weer terug was, verspreidde zich als een lopend vuurtje onder de aanwezigen, hoewel het niet helemaal strookte met de waarheid. Maggie zei dat de *Englische* jongen geweigerd had met Betsy te trouwen en haar weer bij haar ouders op de boerderij had gedumpt. Andy had gehoord dat Betsy het *Englische* leven zat was en terug wilde naar haar Amish wortels. Iemand anders beweerde dat Betsy had gehoord dat Billy Lapp op de begrafenis van Bess' oma duidelijk had gemaakt wat zijn gevoelens voor Bess waren... waarna ze zich terug naar huis haastte om hem weer voor zichzelf te claimen.

De rest van de avond deed Bess haar uiterste best zo rustig mogelijk te lijken, maar ze hield Billy en Betsy in de gaten. Eerst zag ze dat Betsy als vanouds met Billy stond te flirten. Ze rechtte haar hoofd, keek vanuit haar ooghoeken omhoog naar Billy en tikte hem speels mokkend op de vingers voor iets wat hij had gezegd. Bij het ondergaan van de zon stonden ze met zijn tweetjes apart. Betsy werd serieus, zei resoluut iets tegen hem, terwijl hij leek te doen alsof hij van niets wist. Ze keken allebei naar Bess en die nam aan dat het over haar ging.

Was dat goed? vroeg ze zich af. *Waarschijnlijk niet.*

Billy was met zijn hoofd bij andere zaken. Het was na de jeugdbijeenkomst en ze stonden langs de oever van Blue Lake Pond. Andy had aangeboden Maggie en Bess naar huis te brengen en hij was hem daar dankbaar voor. Billy had een gesprek onder vier ogen met Betsy. Zijn gedachten schoten in wel honderd verschillende richtingen, als een mot die danste rond een vlam. Betsy schoof een beetje dichter naar hem toe in het rijtuigje terwijl ze probeerde hem uit te leggen waarom ze ineens vertrokken was en nu weer terug was.

'Hoe zit dat met die *Englische* knul?' vroeg hij haar. Dat had hij haar al twee keer gevraagd, maar ze veranderde steeds van onderwerp, draaide het om en beschuldigde hem ervan dat hij met Bess flirtte.

'Je luistert toch niet naar al die praatjes, of wel soms?' Betsy schoof nog een beetje dichter naar hem toe. 'Ik kon met hem mee om een vriendin te bezoeken.' Ze legde een hand op zijn onderarm. 'Ik moest zien hoe het er aan de andere kant aan toegaat, Billy. Alleen maar zien, voordat ik mijn knieën zou buigen. Dat begrijp je toch wel?'

Ze knipperde verleidelijk met haar ogen met die lange wimpers van haar en wist dat hij niet lang boos zou blijven. Ze was echt een prachtige meid. Hij bekeek haar vertrouwde gezicht alsof hij het voor het eerst zag en was opnieuw verrukt van haar fonkelende groene ogen, haar sierlijke neus en haar markante kaaklijn. Haar mond, realiseerde hij zich, paste niet echt bij de rest van haar gezicht: ze had zulke volle lippen. Haar mond leek gemaakt om te zoenen en de gedachte dat hij dat misschien nooit meer zou doen, vervulde hem met wanhoop.

Misschien begreep hij toch wel waarom ze weg was gegaan. Iedereen had zijn of haar twijfels. Was het niet beter daaraan te werken voordat je gedoopt werd? Dat hadden de voorgangers tegen hem gezegd, voordat hij gedoopt werd. Het was beter de gelofte niet af te leggen dan wel en hem later te breken. 'Je bent dus van plan deze herfst toe te treden tot de kerk?'

Terwijl haar rode lippen een grote ronde O vormden van verbazing, keek Billy Betsy aan. 'Waarom vraag je dat, Billy?' Vervolgens leunde ze tegen hem aan, drukte haar lippen op de zijne, waardoor hij voelde dat zijn hoofd begon te tollen. Dat gebeurde altijd als hij met Betsy zoende.

Later, toen hij haar thuis had afgezet en met zijn rijtuigje terugreed naar de boerderij, realiseerde hij zich dat ze zijn vraag beantwoord had met een wedervraag en hem helemaal geen antwoord had gegeven.

Meteen nadat Bess samen met Billy en Maggie naar de bijeenkomst voor de jeugd vertrokken was, haastte Jonah zich naar het huisje van Lainey. Gisteren had hij Sallie, haar jongens en Mose uitgezwaaid en hij wilde de eerste zijn die Lainey het nieuws over hun vertrek vertelde, voordat Bess dat morgen deed als er kerk was. Hij trof haar aan in de achtertuin van haar huisje, waar ze bezig was het gras om te spitten.

'Wat ben je aan het doen?' vroeg hij.

Ze keek op, verrast hem te zien, en veegde haar voorhoofd af met haar mouw. 'Ik maak een plek voor een groentetuin.' Waarna ze zich weer concentreerde op de zoden.

Het was zwaar werk. Maar Lainey liet zich daar niet door weerhouden, realiseerde Jonah zich terwijl hij haar zag zweten en hijgen. Als ze zich voornam iets te doen, deed ze het ook.

'Misschien kan ik je helpen,' bood hij aan.

Lainey wierp een zijdelingse blik op hem. 'Nee, dank je,' antwoordde ze beslist.

Jonah kwam dichter bij haar staan en legde zijn hand op het handvat van de schop. 'De plek die je hebt uitgekozen, ligt 's middags te veel in de schaduw. Een groentetuin heeft minstens zes uur zonlicht op een dag nodig.' Hij keek de tuin rond. 'Daar, een eindje bij het huis vandaan, dat is een betere plek.'

Lainey slaakte een geïrriteerde zucht. 'Je hebt gelijk.'

Ze liet het handvat van de schop los en ging op het trapje van de veranda zitten. Jonah zette de schop tegen het huis en kwam naast haar zitten.

'Ik spit die zoden wel voor je om. Deze week. Als je wilt, nu.'

'Ik kan Billy vragen of hij het wil doen. Jij hebt... bezoek... waarvoor je moet zorgen.'

Jonah keek haar vluchtig aan. 'Lainey, zij... ze... ze zijn weg. Sallie, Mose en haar jongens... ze zijn terug naar Ohio.' Hij legde zijn stok neer, leunde achterover op zijn ellebogen, strekte zijn benen en legde zijn voeten over elkaar. 'Het wordt herfst, Sallies jongens moeten weer naar school en Mose moet ook weer aan het werk. Ik moet hier blijven om voor mijn moeders boerderij te zorgen.' Hij tilde zijn hoofd op. 'Sallie en ik... we hebben gisteravond gepraat. We zijn niet voornemens... niet meer althans.'

Lainey keek strak naar de gebalde vuisten in haar schoot.

'Zo is het het beste,' vervolgde Jonah kalm en rustig zijn verhaal. 'We hebben verschillende... ideeën over het huwelijk. We willen...' Allebei ergens anders wonen, wilde hij zeggen, maar hij maakte zijn zin niet af. Tussen de regels door wierp hij een zijdelingse blik op haar, hij vroeg zich af wat ze dacht. Anders dan Bess, bij wie je elke gedachte van haar gezicht kon aflezen, was Lainey moeilijk te peilen. Ze was behoedzaam en zei niet snel wat ze voelde. In afwachting van haar antwoord keek Jonah haar gespannen aan.

Lainey tilde haar hoofd op en keek naar het stuk grond dat Jonah had aangewezen als een goede plek voor een groentetuin. 'Misschien… misschien is dat inderdaad een betere plek voor de tuin.'

'Het is heel belangrijk te beginnen met de juiste plek,' zei Jonah glimlachend, allerminst zeker of het wel ging over het lapje grond in de tuin. Hij stond op en pakte de schop. 'De juiste plek bepaalt alles.'

Jonah trok zijn jasje uit en gooide het op de grond, waarna hij met de schop op de grond aangaf waar de tuin moest komen en begon te spitten. Lainey pakte een schop en stak naast hem de kluiten gras kapot.

Voor het eerst sinds wat een eeuwigheid leek, voelde Jonah zich gelukkig. Eerder miste hij de diepe kalmte, maar nu niet. Niet meer.

Lainey was gistermiddag heel verbaasd toen Jonah vertelde dat vrolijke Sallie terug was naar Ohio. Terwijl hij het vertelde, had ze bedacht dat dit zo'n moment was waarop mensen zichzelf in de arm knepen om te zien of ze niet droomden. Ze had haar vuisten gebald en haar nagels in haar handpalmen gedrukt, gewoon om even te controleren. En het deed pijn! had ze tot haar grote opluchting gemerkt.

Jonah had een stuk grond voor haar omgespit zodat ze er een moestuin kon maken en erin toegestemd te zullen blijven eten in ruil voor betaling. Al snel was alles weer als vanouds tussen hen beiden. Na het eten was hij nog een tijdje gebleven en had geholpen met de afwas, totdat hij meende naar huis te moeten omdat Bess thuiskwam van de bijeenkomst. Ze had gezien dat hij eigenlijk niet weg wilde en haar hart had een sprongetje gemaakt.

Jonah had gezegd dat hij vandaag met haar naar het ziekenhuis zou gaan om te horen welke behandelingen nog nodig waren voor Simons herstel. Ze was er haast van overtuigd dat Jonah vond dat ze gek was dat ze hem in huis nam, maar dat had hij niet gezegd. Sterker nog, hij had haar geholpen te bedenken wat ze allemaal nodig had voor Simon, zoals een ziekenhuisbed. Vervolgens had hij geduldig geluisterd toen ze vertelde dat ze een taartenbusiness wilde opzetten en hoe ze dat wilde aanpakken. Ze zou niet meer in de bakkerij kunnen werken omdat ze bij Simon moest blijven. Mevrouw Stroot kromp ineen toen ze haar vanmorgen vertelde dat ze niet meer voor haar zou bakken. En het werd nog erger toen Lainey haar vertelde dat ze van plan was thuis taarten te gaan bakken.

'Je kaapt alle klandizie voor mijn neus weg!' klaagde mevrouw Stroot.

'Dat zou ik nooit doen, mevrouw Stroot! Nooit! Hoe zou ik iemand die zo goed voor mij is geweest pijn kunnen doen? Ik dacht, ik maak alleen taarten op de dagen dat de bakkerij dicht is. Als ik maar genoeg geld heb om de hypotheek te betalen.'

Mevrouw Stroot schudde haar hoofd en veegde haar tranen weg. Ze glimlachte tevreden naar Lainey. 'Ik heb een beter idee. Ik neem de taarten van je af en verkoop ze hier. Ieder de helft.'

Ze schudden elkaar de hand en Lainey had haar eerste klant.

Lainey kon nauwelijks wachten Jonah te vertellen van de overeenkomst met mevrouw Stroot. Hij was nauwelijks uit het rijtuigje gestapt of ze haastte zich naar hem toe met het nieuws. 'Ze wil dat ik elke week taarten voor haar bak! Ze zei dat ik de ingrediënten kan variëren al naar gelang het seizoen. We hebben het zelfs over de toekomst gehad. "Als het allemaal goed verloopt, Lainey, zouden we in de toekomst ook jouw speciale kaneelbroodjes kunnen gaan verkopen."' Lainey keek Jonah aan met een paar grote blauwe ogen waaruit pure blijdschap straalde.

Jonah keek haar vriendelijk glimlachend aan. Zachtjes zei hij: 'Nou, dan moeten we maar eens zien dat je een oven krijgt.'

Laineys gezicht betrok. Aan praktische zaken als deze had ze nog niet gedacht. Typisch iets voor haar om in het diepe te springen voordat ze kon zwemmen. Als ze plannen had, ging haar enthousiasme altijd met haar aan de haal. Natuurlijk had ze een oven nodig! En een koelkast. En een fornuis. Haar keuken was schaars ingericht, er stonden slechts een tafel en twee stoelen, afkomstig van mevrouw Riehl. 'Daarvoor moet ik naar Lancaster.'

Jonah rechtte zijn hoofd. 'Wil je elektriciteit gaan gebruiken? Dat heeft het huisje niet.' Hij keek langs haar heen.

Ze wist waarom hij dat vroeg. Lainey was van plan geweest zich deze herfst te laten dopen, maar dat moest worden uitgesteld vanwege Simon. Als ze zich liet dopen, mocht ze Simon niet in huis nemen. Ze had besloten te wachten.

Jonah had haar nooit gevraagd naar het feit dat ze wilde toetreden tot de kerk. Ze kende hem inmiddels goed genoeg om te weten dat hij afwachtte en keek wat er zou gebeuren, de tijd zou het leren. 'Nee. Geen elektriciteit. Bess heeft me geleerd hoe ik op een gasfornuis moet koken. En ook hoe een houtoven werkt.'

Jonah keek haar weer aan. 'Je kunt die dingen ook gebruikt kopen, op een veiling.'

Lainey knikte. 'Dan ga ik naar een veiling.'

Jonah wist een glimlach te onderdrukken. 'Maak maar een lijstje, dan haal ik wat je nodig hebt.'

'Ik kan zelf wel voor die dingen zorgen.' Ik kan wel voor mezelf zorgen, bedoelde ze daarmee te zeggen.

Jonah lachte kort. 'Misschien een beetje moeilijk om dingen op een Amish veiling te kopen, Lainey. Je spreekt geen *Deitsch*.'

Ze verstijfde. 'Ik ben het aan het leren.' Maar ze sprak het absoluut nog niet goed genoeg.

Jonah liep naar Lainey toe. 'Ik bied aan je te helpen. Is het zo moeilijk dat te accepteren?' Hij keek haar onderzoekend aan.

Ja, dacht ze ineens verlegen. *Moeilijker dan je denkt.* Ze had het altijd moeilijk gevonden hulp van anderen te accepteren. Afhankelijk te zijn van anderen. Anderen te vertrouwen.

Maar ze probeerde het te overwinnen. Dat leerde ze ook, deze zomer. Hoe kon ze Amish worden als ze niet leerde vertrouwen op de gemeenschap waar ze deel van uitmaakte? Daar ging het nu juist om.

Ze veegde haar hand aan haar schort af en stak hem uit om de zijne te schudden. 'Hulp aanvaard.'

Jonah keek naar haar uitgestoken hand en nam hem in de zijne. Ze bleven heel even zo staan, haar handpalm in de zijne, Lainey was degene die haar hand terugtrok.

Ze glimlachte verlegen naar hem. 'Dank je.'

Beste Robin en Ally,

Is het begin van de herfst niet prachtig? Het is 's ochtends en 's avonds een stuk frisser en de appels vallen van de bomen! Vinden jullie de herfst ook niet geweldig?
Oké… misschien is er toch wel een interessante man in Lancaster County.

Liefs,

Lainey

PS Had ik trouwens al gezegd dat ik Amish word?

Jonah nam de tijd om uit te zoeken wat de staat voor eisen stelde aan het commerciële gebruik van een keuken, voordat er een vergunning werd verleend. Daarna reed hij op een vochtige en mistige septemberdag met een kar naar een veiling, kocht een gebruikte gaskoelkast en een oven met fornuis, leverde ze bij Lainey af in haar huisje en sloot ze voor haar aan. De lucht was inmiddels betrokken en het werd donker in de keuken, dus hield Lainey een lamp boven zijn hoofd terwijl hij aan het werk was. In het flakkerende licht bestudeerde ze Jonahs gezicht. Op een gegeven moment zag hij het en hij glimlachte. Ze bedacht hoe knap hij wel niet was... een man die duidelijk goed in zijn vel zat en op wiens gedrag zijn knappe uiterlijk geen invloed had.

Toen hij klaar was, stond hij op en draaide de gaskraan van het fornuis open. De waakvlam ging aan en Lainey klapte in haar handen. 'Hoe kan ik je ooit bedanken?'

Jonah keek op haar neer. Hij was een stuk groter dan zij. 'Ik moet jou bedanken, Lainey.'

Ze wilde vragen waarvoor, maar zag dat hij nadacht. Hij leek zorgvuldig zijn gedachten op een rijtje te zetten, dus ze zweeg.

'Ik wil je iets vertellen. De avond van het ongeluk, toen je bij het rijtuigje bleef zitten tot de ambulance er was. Je zei steeds maar dat we niet moesten opgeven...' Jonah slikte moeilijk. 'Ik kan me dat nog herinneren. Ik weet nog dat ik je stem hoorde en me vasthield aan die woorden. Ze hielpen me in leven te blijven.' Zijn ogen werden wazig van de tranen, met een lach veegde hij ze weg. 'De tranen blijven deze zomer maar komen. Het is net alsof ik ze een leven lang heb opgespaard en nu in één keer alle flessen laat leeglopen.'

Ze keken elkaar een hele tijd aan, toen boog Lainey zich voorover naar hem en streek hem zachtjes over zijn gezicht. Jonah pakte haar hand en drukte die tegen zijn lippen om hem te kussen. Hij deed dat met voorovergebogen hoofd, zodat ze zijn ogen niet kon zien.

Het was inmiddels een maand geleden dat Simon de beenmergtransplantatie had ondergaan. Jonah en Lainey zaten op harde plastic stoelen in een kantoortje en een zuster legde uit wat ze konden verwachten als Simon was ontslagen. Zijn bloedwaarden waren weer terug op een veilig niveau, zei ze.

'Betekent dit dat de transplantatie geslaagd is?' vroeg Jonah.

'Het getransplanteerde beenmerg lijkt aan te slaan,' antwoordde de zuster. 'We zijn voorzichtig optimistisch. Maar ik moet u waarschuwen, het herstel kan lijken op een ritje in de achtbaan. De patiënt kan lichtgeraakt zijn en onaangenaam tegen de persoon die hem verzorgt. Veel getransplanteerde patiënten voelen zich ook hulpeloos, wat een gevoel van boosheid en wrevel kan voeden.'

'Meer dan normaal?' vroeg Lainey.

'Het kan zijn dat een patiënt zich de ene dag veel beter voelt, om de volgende dag wakker te worden en zich ziek te voelen zoals hij zich nog nooit heeft gevoeld.' De zuster glimlachte breed naar Lainey. 'Als de monsters die dagelijks van zijn bloed worden genomen blijven aantonen dat hij normale rode bloedcellen produceert, kan hij eind van de week naar huis.'

'Zo snel al?' vroeg Lainey vriendelijk maar op vlakke toon.

'Eind deze week,' herhaalde de zuster opgewekt.

Jonah had het vreemde gevoel dat de staf blij zou zijn als Simon vertrok.

'De eerste paar weken,' ging de zuster verder, 'zal hij zich zwak voelen en moe, veel willen slapen en rusten. Hij moet regelmatig naar het ziekenhuis voor zijn medicijnen, voor bloedtransfusies en controle.'

'En dan?' vroeg Jonah. 'Hoelang duurt het voordat hij weer voor zichzelf kan zorgen?'

'Het herstel van een beenmergtransplantatie duurt lang, het kan wel tot zes maanden duren voordat de patiënt weer zijn normale dingen kan doen en ook weer fulltime aan het werk kan.'

Jonah en Lainey keken elkaar geschokt aan. Zes maanden!

'De eerste drie maanden na de transplantatie is de patiënt vatbaar voor complicaties door het feit dat hij te weinig witte bloedcellen heeft en geen normale weerstand tegen gewone virussen en bacteriën. Hij moet dus drukke openbare gelegenheden als winkels waar je de dagelijkse boodschappen doet vermijden, om te voorkomen dat hij een infectie oploopt.' De zuster sloeg het dossier dicht. 'En hij moet een tijdje echt geen bezoek krijgen van vrienden.'

Jonahs wenkbrauwen schoten omhoog. 'Nou, *dat* zal geen probleem zijn. Simon heeft geen vrienden.'

De zuster barstte in lachen uit. 'De wonderen zijn de wereld nog niet uit.'

De eerste ochtend nadat Simon uit het ziekenhuis was ontslagen en bij Lainey in huis was gekomen, belde hij haar om vijf uur wakker omdat hij het toilet niet kon vinden. Om zes uur belde hij opnieuw, nu omdat hij koffie wilde. Om zeven uur klaagde hij dat zijn roerei koud was.

Aan het eind van de ochtend kwam Bess langs om te zien of Lainey hulp nodig had. Stoney Bridge beleefde een warme nazomer en het was te heet om rozenblaadjes te plukken. Jonah wilde dat de oogst van rozenblaadjes doorging, hoewel hij nog niet besloten had wat hij met Rose Hill Farm zou doen, of met hun huis in Ohio. De rozen waren bezig met de tweede bloei en ze moesten in deze warmte snel werken om de blaadjes te plukken en te laten drogen. Lainey glimlachte toen ze de pleisters op Bess' handen zag.

Lainey maakte een middagboterham klaar voor Simon, liep terug naar de keuken om op te ruimen, maar Simon belde opnieuw. 'Ik houd niet van korsten aan mijn boter-ham,' klaagde hij tegen haar. 'Ik houd niet van pindakaas met nootjes, ik wil gewone. Ik vroeg om cola, niet om melk. Je weet toch dat ik geen zes meer ben?'

Lainey nam zijn bord mee terug naar de keuken en sneed de korstjes van zijn boterham, bracht het bord weer terug en nam de cola mee.

Bess zat in de voorkamer te kijken naar wat er allemaal ge-beurde. De derde keer dat Simon belde om te klagen, stond Bess abrupt op en stak haar hand in de lucht om Lainey duidelijk te maken dat ze zijn bord niet mee terug moest nemen naar de keuken. 'Uw lunch bevalt u dus niet?' Bess' stem klonk gevaarlijk kalm.

'Die lunch is niet te vreten. En het ontbijt ook niet.' Si-mon draaide zich om naar Lainey. 'En de koffie smaakt ner-gens naar. Ik had je gezegd dat ik sterke koffie wilde.'

Bess pakte de bel, liep naar de deur, deed hem open, gooi-de de bel naar buiten en deed de deur weer dicht.

De rest van de lunch zei Simon niets meer. Hij bedankte Lainey niet, maar hij klaagde ook niet.

De volgende paar uur hielp Bess Lainey bij het maken van taartdeeg en ze praatten zachtjes met elkaar terwijl zij aan het werk waren en Simon rustte. Uiteindelijk riep Simon naar hen wat voor taarten ze eigenlijk aan het maken waren en het klonk alsof hij gekwetst was dat hij buiten het gesprek werd gehouden. Bess had net de ovenwanten aangetrokken, een taart uit de oven gehaald en stond met de taart in haar handen bij de deur. 'Appel en pompoen.'

Lainey trok een rek uit de oven zodat Bess de taarten erop kon zetten en vroeg aan haar stiefvader wat zijn lievelingstaart was.

Hij keek haar stuurs aan. 'Ik vind maar twee soorten taart lekker: warm en koud.'

Bess en Lainey moesten lachen toen hij dat zei, hard lachen, en Simons droeve hondenogen klaarden een beetje op.

Niet veel later ruimden Lainey en Bess de troep op die ze in de keuken hadden gemaakt. Ineens klonk er een oorverdovend geblaf van de voorkant van het huis. Bess liet haar natte theedoek vallen, haastte zich naar de voordeur en deed open.

'Niet opendoen!' schreeuwde Simon vanaf zijn bed. 'Het is een bomaanval!'

'Het is geen bomaanval! Het is Boomer!' zei Bess en ze klapte in haar handen van vreugde. Ze gooide de deur wijd open en daar kwam Boomer naar binnen gerend, een beetje dunner dan eerst en hij stonk nogal. Hij sprong op tegen Bess, toen tegen Lainey en legde als laatste zijn vieze voorpoten op Simons bed.

'Haal dat mormel weg,' riep Simon. 'Hij stinkt als een bunzing!'

'Dat is *Mammi's* hond, oom Simon,' zei Bess. 'Hij heet Boomer. Hij heeft buiten om haar gerouwd. Maar nu is hij terug. We doen hem in bad en dan is hij weer helemaal het heertje.'

'Geen schijn van kans,' mompelde Simon.

'Als je het niet erg vindt om Simon even een paar minuten gezelschap te houden,' zei Lainey tegen Bess nadat ze Boomer in bad hadden gedaan, 'er hangt was aan de lijn en die moet eraf.' Ze pakte een lege wasmand en liep naar de achtertuin. Het was wennen om een eigen huis te hebben, had Lainey al snel gemerkt. Er was altijd wel iets te doen. Het was geen groot huis, maar er waren genoeg klusjes.

Ze nam de tijd om de droge lakens van de lijn te halen. De was ophangen was iets wat ze graag deed. Het beddengoed ophangen zodat de zon het met haar warmte kon doordringen, was veel beter dan in een donkere wasserette te zitten en op een machine te letten. Bess had eens tegen haar gezegd dat werken een vorm van bidden was. Eerst kostte het Lainey moeite dat te begrijpen. Maar nu begreep ze het wel. Ze veronderstelde dat daarmee bedoeld werd: werk dat je deed voor anderen.

Toen Lainey weer binnenkwam, hielp Bess net Simon een glas water te drinken. Het was ontroerend om te zien hoe Bess, het kind dat was opgegroeid bij een andere vader en een heel ander leven had gehad, haar best deed deze man te helpen. Toen Bess die bel door de voordeur naar buiten gooide, was het net of Lainey een heel ander kind zag. Bess wist zo goed hoe ze met Simon moest omgaan. Ze deed dat beter dan Lainey ooit had gedaan. Ineens realiseerde ze zich dat Bess eigenlijk op dezelfde manier met hem omging als mevrouw Riehl altijd had gedaan. Zij had het nooit geaccepteerd als haar broer zo tegen haar tekeerging.

Lainey liep op haar tenen naar de slaapkamer om de lakens te vouwen. Toen ze terugkwam, was Simon in slaap gesukkeld. Bess lag opgekruld in een hoek op de bank, diep in slaap. Boomer lag op het voeteinde van Simons bed te snurken.

Later die week stond Bess op de veranda van Rose Hill Farm om Andy Yoder uit te zwaaien, die een lading rijpe appels uit de boomgaard van de familie had afgeleverd. Voordat Andy de straat opdraaide, keek hij nog even om en nam zijn strohoed af. Hij stond op het bankje van de kar, hield de teugels van het paard in zijn ene hand en maakte een ruime zwaaibeweging met zijn hoed.

Het punt met Andy Yoder was, dat hij zich niet liet afschepen. Hij was een vrolijke, grappige en opgewekte jongen en er volledig van overtuigd dat ze van hem hield. Wat natuurlijk niet waar was. Niet dat ze immuun was voor Andy's charmes; het voelde goed als iemand je bewonderde. Vandaag had hij tegen haar gezegd dat ze er charmant uitzag met haar zachte huid, haar grote pientere ogen en haar mooie, volle lippen. Terwijl hij het zei, had hij strak naar haar mond gekeken en haar hart had een sprongetje gemaakt. Zo was Andy: hij zat boordevol lieve woordjes, staarde haar voortdurend aan en was altijd bereid zijn gedachten te delen.

Maar hoe leuk Andy ook was, Bess wist dat haar hart Billy behoorde. Ze werkten elke dag samen in de rozenvelden of in de kas en praatten dan over van alles en nog wat. De gesprekken tussen hen verliepen zo soepel, zelfs als ze een woordenwisseling hadden, ging het er vrolijk aan toe. Soms, als hij in een belerende bui was, begreep ze niet half wat hij zei. Haar gedachten dwaalden vaak af en dan stelde ze zich voor dat hun leven er zo uit zou zien: dat ze altijd aan zijn zij zou staan, altijd bij hem zou blijven.

Esther Swartzentruber had haar in de kerk verteld dat Billy veel tijd doorbracht met Betsy Mast, maar Bess wist dat dit niet waar kon zijn. Niet na die week waarin ze de operatie had ondergaan en hij haar zo teder had gekust, zo bezorgd om haar was geweest. Niet na de troost die hij haar geschonken had toen haar oma overleed. Zelfs *Mammi* had gezegd dat Billy Lapp niet gek was. Het waren duidelijk alleen maar praatjes van Esther.

Bess bukte zich, tilde de mand met appels op en zette hem op haar heup. Maar *Mammi* had ook altijd gezegd dat er in geruchten wel 'een kern van waarheid' zat en even flikkerde de angst in haar weer op.

Billy Lapp wiste het zweet van zijn voorhoofd. Hij had een paar uur op Rose Hill Farm gewerkt, Jonah het een en ander verteld over het rozenbedrijf van zijn moeder, en toen nog een uur bij Lainey O'Toole op het dak gezeten om de dakspanen te vervangen. Hij moest thuis ook nog zijn broers helpen met de haverschoven. Morgen werd er gedorst en ze moesten de schoven neerhalen en de bundels klaarleggen zodat ze in de machine konden worden gegooid. Billy had onderzocht wat het beste moment was om de haver te oogsten. Hij had zijn vader geadviseerd de dorsmachine – die bij toerbeurt werd gebruikt – voor deze week te reserveren en voor het eerst in zijn leven had zijn vader naar hem geluisterd. Het weer werkte mee en deze haveroogst leek een van de beste in jaren. Vanochtend had zijn vader nog met de andere mannen over het dorsen gesproken en hem voor het oog van iedereen een goedkeurend knikje gegeven. Dat was niet zomaar iets.

Billy sprong van het dak en ruimde zijn gereedschap bij elkaar. Daarna zei hij tegen Lainey dat hij naar huis ging en ze gaf hem een stuk van de bosbessentaart die ze net uit de oven had gehaald. Het was een recept van haar moeder, zei ze, en ze probeerde het te verbeteren.

Billy keek omhoog naar de lucht en was blij dat de bewolking er niet zo dreigend uitzag als een uur geleden. Als ze snel werkten, lukte het misschien de noordelijke akker klaar te krijgen voor het te donker werd. Zou zijn vader daar niet blij mee zijn?

Hij nam een hap van Laineys bosbessentaart, en nog een. Hij was heerlijk, die taart. Ineens realiseerde hij zich dat mevrouw Riehl hetzelfde had gedaan met haar rozen: ze nam een oude roos en maakte hem nieuw. Misschien ging het daar in het leven ook wel om: *je accepteert het jouw gegeven lot en probeert het te verbeteren*, dacht hij terwijl hij de rest van het stuk taart in twee happen naar binnen werkte en zich naar huis haastte.

De zuster had gelijk gehad wat betreft de achtbaan van emoties waarin Simon terecht zou komen, toch was het niet nieuw voor wie met hem te maken had. Lainey zag dat hij soms zijn best deed om aardig te zijn. Nou ja, niet onaardig dan. Uren later leek het dan weer of alle vriendelijkheid die hij had, en dat was toch al niet veel, op was. Dan deed hij weer niets anders dan klagen, vooral over haar kookkunsten. De meeste van zijn beledigingen kon Lainey aardig van zich af laten glijden, maar die over haar kookkunsten niet. Daarmee ging hij zijn boekje te buiten. Ze zei tegen hem dat hij dan maar voor zichzelf moest koken.

Simon keek haar woedend aan. 'Je bent absoluut niet in de positie om mij de les te lezen.'

Even was het stil.

Lainey bedacht wat Bess zou zeggen. Ze pakte een stoel met een hoge rugleuning en ging naast hem zitten. 'Om u de waarheid te zeggen, ik ben wel degelijk in de positie u de les te lezen. In mijn ogen hebt u twee keuzes. U blijft hier, maar dan houdt u wel op met klagen over allerlei futiliteiten. Of…'

Simon kneep zijn ogen tot spleetjes.

'Of het staat u vrij te vertrekken,' zei Lainey vastberaden.

Ze had hem tuk. Hij kon geen kant op.

Simon wierp haar een woedende blik toe. 'Vrouwen zijn vals.' Maar dat zei hij minstens drie keer op een dag.

Toch was Jonah degene die de meeste moeite had met Simon. Hij kwam vaak langs bij Lainey om haar te helpen met kleine reparaties in huis of om haar mee te nemen om boodschappen te doen in de stad. Maar tegen zijn oom Simon deed hij koel en hij had weinig geduld met hem. Als Simon het waagde ook maar een vage klacht over Lainey over zijn lippen te krijgen, dan stak Jonah zijn hand op om hem af te kappen. Simon op zijn beurt was heel voorzichtig als Jonah in de buurt was, alsof hij wist dat hij hem niet tegen zich moest krijgen.

Toen het beter ging met Simons gezondheid, bleek dat hij graag praatte. Als Lainey in de keuken aan het werk was, vertelde hij haar hele verhalen over de fortuinen die hij met zijn zaken had kunnen vergaren. Omdat ze in keuken bezig was met haar taarten, kon ze het zich permitteren slechts half te luisteren. Maar Jonah wilde de verhalen niet horen, al was hij in een andere kamer iets aan het repareren en lag Simon in de voorkamer. Hij zei nooit iets, maar stond dan zachtjes op en ging naar buiten.

Op een middag liep Lainey achter Jonah aan naar buiten, naar de groentetuin. Hij had haar wat spinazieplantjes gegeven om in de grond te zetten, maar daar had ze nog niet de kans voor gehad. Hij pakte een schoffel en harkte een rechte voor. Ze legde haar hand op zijn schouder, waarop hij stopte met graven.

'Ik kan die verhalen van hem gewoon niet aanhoren, Lainey. Al dat dromen over luchtkastelen en dat geld lenen van mensen… hij betaalde nooit iemand iets terug. Mijn oom Simon heeft zijn hele leven langs het randje van de afgrond gelopen. Ik word er onpasselijk van als ik bedenk dat dit het leven is dat mijn Bess zou hebben gehad.'

'Maar dat heeft ze niet,' zei Lainey zachtjes. 'Ze is opgegroeid bij jou. Het leven dat ze had bij jou, is het enige wat ze kent.'

De voor was klaar. 'Ik weet gewoon niet hoe ik het Bess moet vertellen. Ik zie niet wat er goed aan is als ze weet dat Simon haar vader is.'

'Is dat wat je zorgen baart? Of het wel goed voor Bess is om het te weten?'

'Ik wil niet dat ze verdriet heeft. Of in verwarring wordt gebracht.'

Lainey ging zitten op de traptrede achter het huis en klopte er zachtjes op als een stille uitnodiging aan Jonah om naast haar te komen zitten. Hij legde de schoffel op de grond en liet zich naast haar zakken. 'Ik weet niet of wij kunnen beslissen of iets goed voor ons is of niet. Als iets zo is… dan is het zo. Ik denk dat de manier waarop we daarmee omgaan, bepaalt of iets goed is of verkeerd.'

Jonah wendde zijn blik af. 'Lainey, waarom zeg je dat?' Hij nam de zwarte hoed van zijn hoofd en harkte met zijn hand door zijn haar. 'Het is makkelijker voor mij de vrachtwagenchauffeur – een vreemde – te vergeven die het ongeluk veroorzaakte waarbij Rebecca en ons kindje het leven lieten, dan Simon te vergeven, die jou en Bess gewoon heeft laten zitten.'

Lainey zweeg een poosje. 'De vrachtwagenchauffeur had berouw. Het is makkelijker te vergeven als iemand erom vraagt.'

'Misschien wel. Maar dat verklaart nog niet jouw gedrag. Je bent niet eens Amish, toch ben je in staat Simon iets te geven dat ik – die al mijn hele leven in de Amish kerk zit – niet kan.' Jonah draaide zich om. 'Waarom kun jij het wel?'

Lainey tilde haar hoofd op en keek naar de lucht. 'Ik heb me heel lang verlaten gevoeld. En heel eenzaam. Soms heb ik dat nog wel. Ik denk dat het altijd mijn kwetsbare plek zal blijven. Maar een paar jaar geleden ging ik ergens naar de kerk en de dominee daar preekte over het verschil tussen de vergeving van God en die van mensen. Ik leerde dat ik anderen niet kon vergeven zonder Gods hulp. Die dominee zei dat we er nooit in zouden slagen genadig te zijn en liefde te tonen als daar te veel van onszelf inzat en te weinig van God. Toen ik dat doorhad en God om hulp vroeg, was ik in staat mijn stiefvader te vergeven en ermee op te houden hem te veroordelen.' Jonah en Lainey zaten een hele tijd zwijgend naast elkaar. Toen zei Lainey: 'Ik leerde lief te hebben door naar jouw moeder te kijken. Ik wist dat ze mensen soms de stuipen op het lijf joeg, maar die mensen wisten ook dat ze fouten mochten maken, dat ze ondanks dat toch van hen hield. Ik denk dat zelfs Simon dat van je moeder wist. Ik denk dat dat de reden is waarom hij nooit uit Stoney Ridge is weggegaan. Zij was waarschijnlijk de enige die echt van hem hield.'

Jonah duwde zijn kin op zijn borst. 'Rebecca was altijd bang voor mijn moeder.'

Hij had het steeds vaker over Rebecca, Lainey was daar blij om. Ze wilde dat hij een goed gevoel kreeg door over haar te praten. Ze wilde dat hij niet het gevoel zou hebben dat hij haar moest vergeten.

Jonah wierp een vluchtige blik op Lainey. 'Jij was nooit

bang voor mijn moeder, of wel soms? Ook niet toen je nog een meisje was.'

'Ik wist dat er een teergevoelig hart achter die knorrige buitenkant zat.'

Lainey glimlachte naar Jonah en hij glimlachte terug.

Ze stak haar hand uit en duwde tegen zijn knie. 'Luister. Simon is nog steeds aan het vertellen.'

Ze hoorden inderdaad Simons stem door het raam naar buiten komen, hij was nog steeds aan het vertellen alsof ze nog in de keuken waren.

Jonah moest even lachen. 'Zie je veel verbetering bij hem? Behalve dan dat zijn stem het weer prima doet?'

'Beetje bij beetje. Hij heeft niet meer zo veel slaap nodig. Gisteren liep hij naar het einde van de weg.'

Jonah duwde een haarkrul achter haar oor en stond op om te gaan. 'Mooi zo. Dan is het einde misschien in zicht.'

En dan? vroeg Lainey zich af, terwijl ze Jonah nakeek, die de straat op liep om naar Rose Hill Farm te gaan.

Caleb Zook had er een gewoonte van gemaakt om elke zondagmiddag bij Simon langs te komen. Dat verbaasde Lainey. Simon viel niet meer onder zijn verantwoordelijkheid omdat hij in de *Bann* was. Maar Jonah zei dat Caleb nu eenmaal zo was. Hij zei dat Caleb er altijd in geslaagd was oprecht te zijn wat betreft zijn geloof, zonder al te wettisch te zijn. Niet dat Caleb een keuze had wat de regels betreft. Lainey zag dat hij niet helemaal het feit dat Simon in de *Bann* was negeerde, hij ging niet samen met Simon aan tafel. Toen ze eens een schaal koekjes bij hen had gebracht toen ze met z'n tweetjes in de woonkamer zaten te praten, bedankte Caleb vriendelijk. Jonah zei later tegen haar dat Caleb geen eten aangeboden mocht krijgen van dezelfde schaal die ook aan Simon was aangereikt. En Caleb raakte Simon niet aan, hij schudde hem zelfs niet de hand. Maar hij toonde wel oprechte bezorgdheid en belangstelling voor hem. Hij leek ervan overtuigd dat Simon bevrijd moest worden van zijn zonden.

Alle mannen van God zouden moeten zijn zoals Caleb Zook, dacht Lainey meer dan eens.

'Denk je echt dat Simon kan veranderen?' vroeg Lainey hem op een zondag toen ze met hem meeliep naar zijn rijtuigje, nadat hij een bezoek had gebracht aan Simon. 'Of zeg je dat alleen maar omdat je de bisschop bent en verondersteld wordt zo te denken?'

Caleb moest lachen om haar oprechtheid. 'Simon was altijd een en al branie en vechtlust.' Hij zette zijn hoed op. 'Maar ja, ik denk dat hij kan veranderen, als hij dat wil. God wil dat alle mensen tot Hem komen.'

Lainey wilde hem nog meer vragen, maar wachtte daarmee tot ze zag of hij haast had om weg te komen. Toen hij niet meteen in zijn rijtuigje stapte, flapte ze eruit: 'Hoe komt het dat mijn stiefvader is zoals hij is?' Lainey had zich dat vaak afgevraagd en ze wenste dat ze die vraag aan mevrouw Riehl had gesteld. Ze had het een keer aan Jonah gevraagd, maar hij had geen idee. Zo lang hij zich kon herinneren, was Simon het zwarte schaap van de familie.

Caleb leunde tegen het rijtuigje, zijn ene been voor zijn andere langs gekruist, zijn armen gevouwen voor zijn borst, zijn zwarte hoed wierp een schaduw over zijn gezicht. 'Ik weet niet of er een eenvoudig antwoord is op die vraag. Ik denk niet dat het door een speciaal iets komt. Maar mijn moeder heeft wel verteld, dat Simons moeder gestorven is tijdens de bevalling en dat zijn vader geen makkelijke man was.' Hij zweeg even, er leek hem iets te binnen te schieten. 'Een beetje zoals Billy's vader. Ik heb me altijd afgevraagd of dat was waarom Bertha zo veel belangstelling toonde voor Billy.' Caleb staarde een moment de weg af, maar draaide zijn hoofd toen weer terug naar Lainey. 'Jouw stiefvader was het jongste kind en de enige jongen in een hele rij meisjes, het leek hem allemaal iets lastiger af te gaan: het leren op school, de omgang met anderen, het leren van een vak. Tijdens zijn jeugd hoorde hij steeds dat hij niets goed deed. Misschien kwam er een moment dat hij er zelf in ging geloven. Het werd een manier van leven voor hem. Een gewoonte. Misschien was het makkelijker om maar gewoon zijn gang te gaan en de mensen bij voorbaat te kwetsen. Misschien was dat ook wel zijn houding tegenover God.' Hij maakte de teugels van het paard los van het hek. 'Maar hij ontdooit. Heel langzaam. Bertha zou zeggen: *"En Baam fallt net uff der eracht Hack."* Een eik vel je niet met de eerste slag.'

Lainey fronste haar wenkbrauwen. 'Bertha zei ook altijd: "Goed hooi komt zelden van slecht gras."'

Caleb grinnikte. 'Nou nou. Hoe kan een man op de drempel van de dood staan en dan nog niet veranderen?'

Lainey was niet overtuigd. Volgens haar was haar stiefvader niet in staat te veranderen.

Caleb zag haar kijken. 'Laat ik het anders zeggen. Voordat Simons lichaam Bess' beenmerg kon accepteren, moesten de artsen eerst zijn eigen beenmerg doden. Alleen dan zou zijn lichaam het nieuwe beenmerg accepteren, het offer van Bess. Het heeft iets spiritueels. Ik beschouw Simon als een herboren mens. Het duurt alleen een tijdje voordat hij zijn oude gewoonten heeft afgelegd, het oude beenmerg dood is. Zijn oude manier van leven.'

Zo had ze het nog niet bekeken.

'Maar,' waarschuwde Caleb, 'het duurt dus even.' Hij haalde zijn schouders op. 'Maakt niet uit. God heeft alle tijd. Dat is een van de dingen waar Hij geen tekort aan heeft.'

Lainey rolde met haar ogen. 'God mag dan genoeg tijd hebben, ik niet. En ik heb ook niet meer zo veel geduld. Het lijkt wel of ik probeer een beer te verzorgen die kiespijn heeft.'

Caleb lachte. 'Lainey, nu je stiefvader weer meer energie heeft, moet je hem misschien voor je aan het werk zetten.' Hij klom in het rijtuigje. 'Werken is goed voor de mens. Zelfs voor zo'n rare ouwe vent als Simon.'

Lainey keek hem na terwijl hij in zijn rijtuigje de weg af-reed en ze vroeg zich af of wat Caleb had gezegd, waar kon zijn. Zou Bess' offer Simon van binnenuit veranderen?

Ze hoorde Simon roepen dat ze op moest schieten met zijn avondeten. *Geen schijn van kans, dus.*

12

Jonah en Lainey waren op weg terug naar Laineys huisje, ze hadden spullen gekocht die Lainey nodig had voor de taarten die ze ging bakken. Op de top van de heuvel kwam Rose Hill Farm in zicht. Dit was Laineys favoriete uitkijkpunt. Het dak van haar huisje daar beneden was nauwelijks zichtbaar, het lag verborgen achter de bomen, maar het gaf haar een goed gevoel te weten dat hun huizen zo dicht bij elkaar lagen. Plotseling kwam er luid toeterend een auto langs het rijtuigje geraasd, waardoor het paard schrok. Jonah reed snel naar de kant van de weg en stopte daar.

'*Dutt's weh?*' vroeg hij aan Lainey. Of ze zich zeer had gedaan.

'Een beetje geschrokken, maar niets kapot verder,' antwoordde ze.

Jonah trok zijn wenkbrauwen op. 'Verstond je wat ik zei?'

Lainey keek naar hem op. 'Ik versta meer dan jij misschien denkt.'

Hij grijnsde. 'Dat geloof ik graag.' Hij keek weer naar het paard. 'Bij mijn weten heeft Frieda nog nooit gesteigerd.'

Lainey keek de weg af en zag heel in de verte een zwarte auto rijden. 'Het was niet Frieda's schuld, maar van die auto.'

Jonah stapte uit het rijtuigje om het paard te kalmeren. Toen ze bij het huisje aankwamen, stond het zwarte autootje voor het huis geparkeerd.

'O, nee,' zei Lainey bezorgd. Ze sprong uit het rijtuigje en haastte zich naar binnen. Intussen bond Jonah het paard vast aan het hek.

In de woonkamer zaten haar *Englische* vriendinnen, Robin en Ally. Simon leek het gezelschap van de twee jonge vrouwen zeer op prijs te stellen en vermaakte hen met zijn verhalen.

Robin herkende Lainey het eerst. Robin was niet echt een mooie vrouw, en zeker niet knap, maar ze had wel een grote aantrekkingskracht op mannen. Ze had een rechte neus, een brede kaak en een paar grote, heldere groene ogen. Toen ze haar vriendin zag, keek ze haar met gefronste wenkbrauwen aan en glimlachte niet. Haar ogen gleden langzaam onderzoekend langs Laineys gebedsmuts, haar blauwe jurk van Eenvoud en haar witte schort, daarna weer terug naar haar gesteven witte muts. 'Je ziet eruit als…'

'Iemand van Eenvoud?' vroeg Lainey.

'Dan is het dus toch waar,' zei Robin. 'Wat je ons schreef. We dachten dat je een grapje maakte. Ze hebben je in hun greep. Het is een sekte, precies zoals hij zei.'

'*Wie* zei dat?' vroeg Lainey.

'Hij,' antwoordde Ally en ze wees naar Simon. Ally was een mollige vrouw en zag er leuk uit. Ze had iets vriendelijks en begripvols over zich.

Lainey keek woedend naar haar stiefvader. 'Luister niet naar hem. Hij zegt altijd heel rare dingen. De Amish zijn geen sekte.'

'Het is een sekte van de ergste soort!' zei Simon. 'Zolang je hetzelfde denkt als zij, lijkt het allemaal lief en aardig. Maar zet je één heel klein stapje buiten die lijn, dan storten ze zich op je als een wolf op een kudde schapen.' Hij sloeg zijn armen over elkaar voor zijn borst. 'Als dat geen sekte is, wat dan wel?'

Ally staarde door het raam naar buiten naar Jonah, die de zwarte auto aan het bekijken was. 'Wie is dat?'

'Dat is haar vriend!' riep Simon. 'Hij verzamelt takjes en blaadjes om een liefdesnestje te bouwen, als een koppel duiven in het voorjaar.' Hij maakte een veeggebaar met zijn hand. 'Als ze gedoopt is, gooit ze me op straat. Doet ze me in de *Bann*, net als de rest.'

Lainey hief haar handen op en keek haar stiefvader aan. 'Waarom zegt u zulke dingen over mij?' Ze had een keer tegen hem gezegd dat ze haar doop zou uitstellen tot hij beter was en op zichzelf kon wonen, om te voorkomen dat er problemen zouden ontstaan juist doordat hij in de *Bann* was. Waarom draaide hij het om?

Robin liep naar het raam, ging naast Ally staan en gluurde samen met haar naar Jonah. Lainey keek over hun schouders mee. Als ze zo op een afstandje naar hem keek zoals buitenstaanders dat deden, voelde ze een golf van genegenheid in zich opwellen. Jonah was zo'n knappe man.

'Nee, hè,' zei Robin. 'Ze heeft het echt flink te pakken. Het is nog erger dan we dachten.'

Jonah had een redelijk goed idee van wie de zwarte auto kon zijn. Lainey had hem verteld over de twee *Englische* vriendinnen met wie ze had samengewoond, dat ze het goed meenden maar dat ze nogal uitbundige types waren. Hij zag dat de twee door het raam naar hem keken. Hij nam de tijd om het paard water te geven en op stal te zetten, in een poging zijn ongemak te beteugelen. Zouden Laineys vriendinnen haar verleiden weer terug te keren naar het normale leven?

Misschien was dit goed, zei hij tegen zichzelf terwijl hij de emmer met water leeg kiepte. Het moment was gekomen dat Lainey voor zichzelf moest uitmaken of ze echt het leven van een Amish wilde leiden. Of ze er zeker van was dat

God dit echt van haar vroeg. En voordat zijn gevoelens voor haar dusdanig waren dat hij niet meer terugkon, moest hij toegeven. Hij hoopte dat hij dat stadium niet al voorbij was. Behoedzaam liep hij naar de veranda van het huisje.

Lainey ving hem buiten op. 'Mijn vriendinnen zijn er.' Ze keek ongemakkelijk. 'Ze denken dat ik gek ben geworden.'

Jonah zag dat ze het meende en probeerde een grijns te onderdrukken. 'Is dat zo?'

Haar gezicht ontspande zich en ze glimlachte. 'Niet gekker dan normaal.'

Als ze zo lachte, die brede glimlach met die volle lippen, kreeg Jonah altijd het gevoel dat hij haar moest kussen. Hij voelde de drang haar in zijn armen te nemen, maar drukte dat weg omdat het niet mocht en zei: 'Laat het ze dan zien. Ze zijn hier omdat ze om je geven. Laat ze zien dat je niets veranderd bent.'

Lainey knikte, ze draaide zich om en wilde naar binnen te gaan. Plots bleef ze staan en ze draaide zich vlug terug. 'Ik wil… bij voorbaat mijn excuses aanbieden als ze misschien iets zeggen wat… beledigend is.'

Jonah glimlachte geruststellend en liep achter haar aan naar binnen.

Lainey gebaarde naar Jonah. 'Robin, Ally, dit is mijn vriend Jonah Riehl.'

De vrouwen namen hem van top tot teen op en er viel een ongemakkelijke stilte. Robin – de langste van de twee, de vrouw met de strak getuite lippen – liep een paar passen naar hem toe en schudde hem de hand. Het gebaar leek hem niet oprecht; ze keek hem schrander en spottend aan. Jonah draaide zich om naar de andere vrouw om ook haar de hand te schudden. Ally had een klein, rond gezicht en een stevig, mollig lichaam. Het beeld van een mus die achter een roofvogel aankwam, schoot door zijn hoofd.

'Ik zag dat een van de banden van jullie auto lek is,' zei Jonah.

'We rijden al sinds we in Lancaster zijn op drie banden,' zei Robin, alsof dat niet zo erg was.

'Als jullie een reserveband hebben, zet ik hem er even voor jullie op,' bood hij aan.

Robin wisselde een verbaasde blik met Ally. 'Ik dacht dat jullie Amish niets met auto's te maken wilden hebben.'

Nu was het Jonahs beurt om een blik met Lainey te wisselen. 'Weten hoe iets werkt en er gebruik van maken zijn twee verschillende dingen.' Hij deed zijn jas uit en gooide hem op een stoel. Daarna rolde hij zijn mouwen op en liep naar buiten, naar de auto.

Toen Jonah naar buiten was gelopen, draaide Ally zich om naar Lainey. 'Die lieve oude man wilde net iets voor ons in de keuken ritselen. We vergaan van de honger!'

Lieve oude man? Simon? Lainey hoorde gescheld in de keuken en haastte zich erheen. Simon probeerde snel een gehaktbrood op te bakken. Hij wreef boter op zijn hand. Uit de bakpan steeg een kringel zwarte rook op. Lainey pakte snel een theedoek en haalde de zware gietijzeren pan van de pit.

'Gehaktbrood?' vroeg ze aan Simon terwijl hij zijn hand onder het koude water hield. 'Waarom biedt u mijn vriendinnen op dit uur van de dag gehaktbrood aan?' Ze gooide het raam open om de rook te verdrijven.

'Ze wilden iets uit de streek,' antwoordde hij, intussen zorgvuldig zijn hand bestuderend.

'Goed,' zei Lainey en ze pakte een paar vorken uit een lade. 'Als dat is wat ze willen, dan krijgen ze dat.' Ze had net een gehaktbrood in de stad gekocht omdat Simon had gezeurd dat hij dat voor zijn ontbijt wilde.

Het irriteerde haar dat haar stiefvader achterover ging zitten en zich alleraardigst gedroeg tegenover haar twee vriendinnen. Tegen haar sprak hij altijd op een ruziënde toon, al zocht hij geen ruzie. Waarom deed hij dit eigenlijk, hij had nog nooit eerder gekookt! Lainey pakte een paar borden en bekers uit de kast en bracht ze naar de tafel. Tegen de tijd dat ze voor iedereen wat te drinken had ingeschonken, was Jonah terug van het wisselen van de band. Hij keek even naar het aangebrande gehaktbrood en zei dat hij moest gaan.

'Alsjeblieft, Jonah. Blijf nog even. Ga zitten en praat even met de visite.' Lainey wilde dat hij haar vriendinnen leerde kennen en zij hem. Bovendien gedroeg Simon zich beter als Jonah in de buurt was. Ze wees naar de plek die ze voor hem gereserveerd had aan de tafel.

Te laat realiseerde Lainey zich dat Jonah niet aan dezelfde tafel kon zitten als Simon. Hij aarzelde en keek ongemakkelijk. Ze sprong op en bood hem een glas ijsthee aan. In plaats van weer te gaan zitten, leunde ze nonchalant tegen het keukenaanrecht en hij volgde haar voorbeeld. Lainey had Caleb dat ook eens zien doen. Zo respecteerde hij de regels van de kerk zonder een scène te maken of onbeleefd te zijn tegen anderen.

Jonah nam een slok van de ijsthee. 'Zo, wat doen jullie hier in Harrisburg?'

'We zijn cosmetologen,' antwoordde Ally.

'Ze bestuderen de sterren,' zei Simon tegen Jonah, terwijl hij met een klap het laatste restje uit de ketchupfles op zijn bord sloeg.

Robin proestte het uit en Lainey wisselde een geamuseerde blik met Jonah. 'Dat heet kosmoloog,' fluisterde Lainey tegen haar stiefvader.

'Dat is hetzelfde,' zei Simon.

'Lijkt me niet,' zei Robin. 'We werken in een schoonheidssalon.'

'Ha!' riep Simon. 'Dat is hetzelfde. Jullie veranderen steenkool in diamant!' Hij grinnikte om zijn eigen grapje.

Om de een of andere reden irriteerde het Lainey nog meer dat Simon Robins corrigerende opmerking weglachte. Als zij die opmerking had gemaakt, zou hij haar hebben afgeblaft.

Ally prikte voorzichtig met haar vork in het gehaktbrood. 'Wat is dit?'

'Vleesaf…' zei Simon, zijn antwoord half inslikkend, en hij sneed een stuk van het gehaktbrood door met zijn vork. Ally keek op. 'Vreselijk?'

'Juist,' zei Simon. 'Van het varken. Hoofd, hart, lever en andere restanten. Gemalen en gemengd met maismeel en bloem.' Hij nam een hap en kauwde er flink op. 'Daarom heet het waarschijnlijk gehaktbrood.'

Robin trok een vies gezicht. 'Het klinkt vreselijk!'

'Juist,' zei Simon. 'Dat zei ik toch. Vleesafval.'

Lainey glimlachte zijdelings naar Jonah en Jonah beantwoordde haar glimlach. Even was er sprake van een innige verbondenheid tussen hen, die alle anderen buitensloot. Het duurde maar heel even, maar het ontging niemand aan tafel.

Toen Jonah weg was, wees Lainey Robin en Ally boven de logeerkamer. Nu ze alleen waren, had ze het gevoel dat ze zich schrap moest zetten.

'Lieve help, deze kamer ziet er net zo kaal uit als de benedenverdieping!' zei Robin terwijl ze naar binnen liep. Er stond een lits-jumeaux met handgemaakte quilts en een eenvoudig nachtkastje ertussen. Er hingen geen gordijnen voor de ramen, geen platen of posters aan de muur en er lagen geen kleden op de vloer. Het was een kamer van Eenvoud.

Lainey keek net als Robin en Ally rond in de kamer, en toen weer naar haar vriendinnen. Terwijl ze elkaar aanstaarden, leek er een geprikkelde stemming te ontstaan, maar het bleef stil.

Ten slotte zuchtte Robin overdreven. 'Je wilt toch niet zeggen dat je van plan bent om met die simpele boer te trouwen, of wel soms?' vroeg ze, terwijl ze zich met een zwaai op een van de bedden liet vallen. 'Die man stinkt naar de boerderij!'

Lainey vond dat Jonah lekker rook... naar het zweet van hard werken. Gemengd met de andere geuren van de zomer, van zoete klaver en gemaaid hooi. Vanochtend had hij een van de buren geholpen met dorsen op diens land.

'Je stiefvader vertelde ons dat Jonah geen toilet in huis heeft,' zei Ally stomverbaasd. 'En ook geen stromend water.'

Lainey kromp ineen. 'Rose Hill Farm was van zijn moeder en die is onlangs gestorven. Hij is nu binnen leidingen aan het aanleggen.' Dat was het eerste wat Jonah na de dood van zijn moeder deed en Bess was er maar wat blij mee.

Ally ging op het andere bed zitten. 'Heeft hij tegen je gezegd dat hij van je houdt?'

'Niet met zo veel woorden,' zei Lainey, terwijl ze hun een paar handdoeken gaf. 'De Amish gebruiken andere uitingen van genegenheid dan wij... jullie. Ze tonen hun gevoelens door iets voor iemand te doen.' Zoals die keer dat Jonah hout voor haar had gehakt en het in een keurige stapel bij haar voordeur had gelegd. Ze dacht aan de keer dat hij de groentetuin voor haar had omgespit en haar daarna had geholpen de boel aan te planten. Of dat hij met haar en Simon mee was gegaan naar de afspraken in het ziekenhuis. En vandaag had hij zelfs de band van de auto van haar vriendinnen verwisseld, zonder dat ze ook maar één woord van dank tegen hem hadden uitgesproken. Waren die dingen geen bewijs genoeg van zijn liefde? Ze realiseerde zich dat haar gedachten van haar gezicht waren af te lezen en haar wangen werden rood. 'Jonah Riehl zal een voortreffelijke echtgenoot zijn,' voegde ze er nog aan toe. Ze wist niet zeker waarom ze dat zei, maar ze had het gevoel dat ze hem moest verdedigen.

'O, echt?' vroeg Robin met spottende verbazing. 'Ik geef toe… als hij die baard afscheert, onder de douche en naar de kapper gaat en een T-shirt en een spijkerbroek aantrekt, dan is hij best een knappe vent. Maar met die wandelstok? En die manke poot van hem? Hoe oud is die vent eigenlijk?'

'Helemaal nog niet zo oud,' antwoordde Lainey kordaat. Ze vond Jonah fantastisch zoals hij was: een wijs man, vriendelijk en hij zag er geweldig uit.

Robin stond op en wees met een vinger naar Lainey. 'En jij dan? Jij zei altijd dat je niet zo nodig hoefde te trouwen. Voor Lainey O'Toole was dat niet nodig!'

Het zat Lainey dwars wat Robin zei. Het was waar, ze had meer dan eens aangegeven dat trouwen niets voor haar was. Had ze dat niet zelf allemaal al honderdduizend keer bedacht? Maar dat was voordat ze Jonah kende en om hem gaf. Het was beangstigend… dat je je realiseerde dat je zo veel van iemand hield en dat je hoopte dat die persoon ook van jou hield, meer dan je ooit had durven dromen.

'Denk je echt dat hij met je wil trouwen?' vroeg Ally. 'Wordt hij er niet uit geschopt als hij met iemand van buiten de commune trouwt?'

Lainey verstijfde. 'Niemand heeft ooit iets gezegd over trouwen.' Dat klopte. Jonah had er nooit op welke manier dan ook op gezinspeeld dat hij wilde trouwen. Hij leek elke discussie over hun beider toekomst uit de weg te gaan. Lainey wist niet of hij van plan was terug te gaan naar Ohio of hier in Stoney Ridge te blijven. Het enige wat ze zeker wist, was dat Sallie Stutzman inmiddels getrouwd was met zijn zakenpartner Mose en dat hij niet gebukt leek te gaan onder dat nieuws. Lainey vroeg zich regelmatig af of Jonah er überhaupt over nadacht met haar te trouwen; zij dacht aan niets anders. 'De Amish wonen niet in communes. En ze zijn ook geen sekte.'

'Maar hoe moet het dan met je koksopleiding?' vroeg Ally. 'Je hebt jarenlang krom gelegen en al je geld gespaard! Het was je droom!'

Lainey haalde haar schouders op. 'Ik heb de laatste paar maanden beter leren koken dan ik ooit had gekund op een reguliere opleiding. Hier is voedsel meer dan voeding voor het lichaam. Samen eten voedt de onderlinge verbonden-heid. De vrouwen geven één grote familie te eten.'

'Dat is iets anders dan je stiefvader ons vertelde,' zei Ally. 'Amish vrouwen worden onderdrukt. Zij staan in dienst van de mannen, de mannen hebben de controle over alles en zijn bekrompen. De vrouwen mogen niet zeggen wat ze vinden, ze moeten doen wat hun man zegt, ze hebben geen zelfres-pect, ze krijgen minstens een dozijn kinderen...'

'En jij dan... zo'n onafhankelijke jonge vrouw!' viel Robin haar vriendin in de rede. 'Hoe vaak heb je ons niet de les gelezen dat we onszelf moesten respecteren en niet verliefd moesten worden op elke jongeman die onze kant op keek? Dat we een doel moesten hebben en plannen moesten maken? En dat een man alleen maar onze dromen om zeep zou helpen?'

Ally stemde zonder iets te zeggen knikkend in met wat Robin zei.

Robin stak haar handen in de lucht. 'Maar dan komt er ineens een vent met een baard en een rijtuigje voorbij – en ook nog een stok en een tienerdochter – en Lainey valt als een blok voor hem.' Ze keek achterom naar Ally met een blik van 'wat gebeurt hier toch allemaal?', draaide zich toen om en keek Lainey aan. 'Nou, liefje, als jij niet omgedraaid bent, weet ik het niet.'

Lainey ging op het bed zitten. 'Luister, alle twee. Ik word inderdaad Amish. Maar niet om Jonah. Dit heeft niets met Jonah te maken.'

Robin en Ally keken elkaar twijfelend aan.

'Ik word Amish omdat ik denk dat God dat van mij vraagt.' Toen ze het hardop uitsprak, realiseerde ze zich ineens dat het precies was zoals ze zei. Ze geloofde echt dat God haar in deze richting leidde.

Robin legde haar handen tegen haar slapen, alsof ze hoofdpijn had. 'Het liefst zou ik denken dat die bonnet een beetje te strak op je hoofd zit, maar je bent altijd wild enthousiast geweest over dat gedoe met God. Ik had alleen nooit gedacht dat je zover zou gaan.'

Dat stak, maar Lainey had niet de behoefte erop te reageren. Ze stond zonder een woord te zeggen op en ging naar beneden om het eten klaar te maken. Omdat ze zich nog steeds gekwetst voelde, besloot ze een paar minuten in haar eentje op het trapje van de veranda te gaan zitten en naar de ondergaande zon te kijken. Waarom meenden anderen, net wanneer je echt bereid was naar God te luisteren, te moeten denken dat je er dan ook meteen tot aan je oren in zat? Misschien omdat God ons naar plekken leidt die we niet meteen verwachten. Lainey keek omhoog naar de rode stralen die aan alle kanten uit de ondergaande zon schoten. Wat had Jonah ook alweer gezegd? Avondrood, mooi weer op de boot. Ochtendrood, water in de sloot.

De wind blies strengetjes van haar losjes opgemaakte haar los en duwde haar jurk tegen haar benen. Ze streek het schort glad over de blauwe jurk die Bess voor haar had gemaakt. Misschien moest ze er niet te hard over vallen dat Robin en Ally bezorgd waren. Als iemand haar zes maanden geleden had gezegd dat ze eenvoudige kleding zou gaan dragen en een leven van Eenvoud zou gaan leiden, verliefd zou worden op een man van Eenvoud, in Stoney Ridge zou gaan wonen, dan zou ze hard hebben gelachen.

Maar nu was ze hier en ze was zo blij… met het eenvoudige leven hier, het feit dat de mensen zich om elkaar bekommerden en dat het geloof in God en het leven een harmonieus geheel vormden. Hier hoorde ze thuis.

De eerste ster verscheen boven de horizon. Een paar minuten naar het donkerblauw van de wijde, lege avondlucht kijken en je problemen leken ineens teruggebracht tot normale proporties. Ze lachte even terwijl ze opstond. *Misschien is dat wel een beetje gek.* Maar het paste wel bij haar.

Robin en Ally probeerden Lainey tijdens het avondeten en een groot deel van de avond ervan te overtuigen dat ze met hen mee terug moest gaan naar Harrisburg, maar slaagden er niet in haar van gedachten te doen veranderen.

'Kunnen jullie niet gewoon blij voor me zijn?' vroeg Lainey ten slotte. 'Ik ben nog steeds ik. Ik mag dan kleren van Eenvoud dragen en geen gebruik maken van de moderne gemakken…'

'Zeg dat wel,' viel Robin haar spottend in de rede.

'…maar ik ben echt, oprecht gelukkig.' Lainey zag dat ze haar nog steeds niet geloofden en dat deed zeer. Ze waren met z'n drietjes al vanaf de middelbare school vriendinnen; Robin en Ally waren dan wel geen familie, maar ze stonden haar wel zeer na. Zoals zij naar haar keken – vooral Robin, maar Ally liep altijd achter Robin aan – leek het net alsof ze moest kiezen tussen een leven als Amish of haar oude vriendinnen. Waarom moest dat?

Ze had gedacht dat het andersom zou zijn, dat Jonah zijn wenkbrauwen zou fronsen als hij haar *Englische* vriendinnen zag. Ze wist dat er Amish waren die de *Englischers* zo veel mogelijk vermeden, alsof ze anders ten prooi zouden vallen aan wereldlijk verval. Jonah leek dat anders te zien. Toen hij gistermiddag vertrok, had hij zachtjes voorgesteld dat ze hen morgenmiddag mee zou nemen naar Rose Hill Farm. Hij wilde dat ze Bess zouden ontmoeten.

Zondagochtend vroeg om zeven uur liep Lainey op haar tenen hun slaapkamer binnen om te vragen of ze met haar mee wilden naar de kerk. Ze dacht dat als ze zelf bij de bijeenkomst waren, ze zouden zien hoe aardig en oprecht deze mensen waren, en dat ze dan zouden begrijpen waarom ze zich zo tot deze gemeenschap aangetrokken voelde. Al zagen ze alleen maar wat voor geweldige vader Jonah voor Bess was, misschien dat ze dan zouden begrijpen waarom ze om hem gaf. En als ze Bess ontmoetten, zouden ze begrijpen waarom Lainey zo dicht mogelijk in haar buurt wilde zijn. Ze wilde dat Robin en Ally meegingen naar haar kerk, omdat die een steeds groter deel van haar leven uitmaakte, de basis vormde van haar leven.

Robin deed één oog open en zei zeer empathisch: 'Nee, geen sprake van.'

Bess kon niet wachten tot ze Laineys *Englische* vriendinnen zou zien. Haar vader had haar verteld wat hij over hen wist, maar dat was niet veel. Lainey had een keer of twee hun naam genoemd tegen Bess, maar was vervolgens van onderwerp veranderd, alsof ze niet goed wist hoe haar verleden bij het heden moest komen. Bess was nieuwsgierig naar hen. Ze wist dat ze belangrijk waren voor Lainey en wilde heel graag van alles over haar weten. Bess was gefascineerd door Lainey.

Na een lichte lunch na de kerkdienst gingen Bess, Jonah en Lainey terug naar het huisje. Toen Jonah de teugels van het paard aan het hek vastmaakte, hoorden ze Simon zingen. Het was onduidelijk gebrabbel, het klonk vreemd en vals. En hard. Heel erg hard. Jonah gebaarde naar de twee vrouwen dat ze even moesten wachten en hij ging naar binnen. Eerst opende hij de deur voorzichtig, daarna duwde hij hem wijd open.

Jonah keek om naar Lainey, met een blik van pure walging in zijn ogen. '*Er is gsoffe.*' Simon was dronken. Jonahs geduld met hem hing aan een zijden draadje.

Lainey en Bess gingen door de deur naar binnen. Op de grond stond een bijna lege fles met een bruine vloeistof erin en Simon lag uitgestrekt op de bank uit volle borst te zingen. Om hem heen hing een damp van alcohol, hij rook zuur naar oud zweet. Hij keek heel jolig.

Lainey liep stampvoetend naar hem toe en raapte de fles van de grond. 'Waar hebt u die vandaan?'

Simons borst ging hortend en stotend op en neer terwijl hij ademhaalde. 'Denk maar niet dat je ook een slok krijgt,' lalde hij.

'Ik neem aan van je *Englische* vriendinnen,' zei Jonah. Hij pakte de fles aan van Lainey, liep naar buiten en goot hem leeg in het gras.

'Hebben Robin en Ally je die fles gegeven?' vroeg Lainey.

'Het kan zijn… dat ze hem… hebben achtergelaten,' antwoordde haar stiefvader. 'Ze gingen naar de stad om een nieuwe band te halen; toen ze terugkwamen, hebben ze een hele tijd op je zitten wachten, maar je kwam niet. Ze moesten voor het vallen van de avond in Philly zijn voor een rockconcert. Zei dat ik wel gedag zou zeggen.' Simon wuifde achteloos met zijn hand in de lucht.

Het was stil in de kamer. Bess zag hoe teleurgesteld Lainey keek. Jonah zag het ook. Hoe konden haar oude vriendinnen zo vertrekken?

Toen rechtte Lainey haar rug. 'Hebt u hen gevraagd die sterke drank voor u te kopen?' vroeg ze.

'Hé jullie, niet zo neerbuigend!' beet Simon hen toe. 'Maar jullie zijn niet de enigsten. Ik weet niet beter. Niemand gelooft in mij! Niemand staat ooit aan mijn kant!'

Uiteindelijk begon hij steeds langzamer te praten, zijn handbewegingen werden minder nadrukkelijk. Zijn arm viel langs zijn lichaam en al snel hing ook zijn hoofd alsof het loodzwaar was. Toen zei hij niets meer. Zijn gezicht was lijkbleek, maar hij weigerde om genade te vragen, begrip of een tweede kans.

Bess voelde een golf van medelijden voor hem. Ze keek naar zijn dunne, vette haar en zijn lange, smalle en bleke gezicht. Er was iets oprechts in de manier waarop hij had gesproken. Het was zijn versie van het verhaal van zijn leven, want het was zijn leven.

'Goed dan,' zei Lainey. Iets in de toon waarop ze sprak, zorgde ervoor dat iedereen naar haar keek. 'U moet nu gaan. Als u dat zo voelt, als u dat vindt – na alles wat uw zus voor u gedaan heeft om ervoor te zorgen dat Jonah en Bess hiernaartoe kwamen, na alles wat Bess heeft moeten doorstaan om haar beenmerg te doneren en na alles wat ik heb gedaan om ervoor te zorgen dat die erbarmelijke gezondheid van u weer een beetje beter werd – als u er zo over denkt, dan moet u vanmiddag nog weg.'

Het klonk vastberadener dan zelfs Bess het zou hebben gezegd. Ze keek Lainey bewonderend aan. Jonah ook. Er klonk geen haat, geen wraak in haar stem. Ze zei het gewoon zoals het was. Niettemin, Simon schrok.

Het kwartje leek te vallen. Simon wist dat ze het meende. Hij keek hen een voor een aan, alsof hij hen nog nooit eerder had gezien. Verslagen gaf hij zich over.

Na het bezoek van Robin en Ally sloeg Simon een andere weg in. Zijn gezondheid en kracht gingen zienderogen vooruit. Hij lag nu in de logeerkamer en was blij toen de vrachtwagen met het gehuurde ziekenhuisbed wegreed. Hij deed nog wel regelmatig een dutje, maar kreeg meer kleur in het gezicht en kwam ook wat aan.

Na het bezoek van haar vriendinnen was Laineys besluit om Amish te worden wat minder vast dan eerst. Ze hadden haar aan het twijfelen gebracht wat betreft Jonah en dat knaagde aan haar. Haar vriendinnen waren geschokt dat hij nooit tegen haar had gezegd dat hij van haar hield of had gehint op een leven samen. Dat zat haar ook dwars.

Ze wist dat ze niet alleen aan wat een man zei moest afmeten of hij van een vrouw hield. Hoe vaak had ze niet de stukken bij elkaar geveegd als de harten van haar vriendinnen weer eens gebroken waren door een man die hardop zijn liefde had verklaard? Ze was de tel inmiddels kwijt. Het was makkelijk gezegd, dat wist ze.

Maar een deel van haar wilde heel graag weten of Jonah echt iets voor haar voelde. Voelde hij hetzelfde voor haar als zij voor hem? Ze wist dat er nog een hoop geregeld moest worden op Rose Hill Farm, maar ze vroeg zich af of hij van plan was binnenkort terug te gaan naar Ohio. Hoe moest het met zijn zaak daar?

Zou hij ooit tegen haar zeggen dat hij van haar hield?

Was dat nodig?

Het voelde alsof ze op een kruispunt stond en niet wist welke kant ze op moest. De ene kant op was de *Englische* manier: wat ik zeg is wat ik voel.

De andere manier was de Amish manier: niet zeggen maar doen.

Het bezoek van haar vriendinnen had haar laten zien hoe *Englisch* ze eigenlijk was. Amish worden hield zo veel meer in dan hun taal leren en hun gewoonten en gebruiken. Haar perceptie van dingen veranderde ook, al waren die dingen nog zo klein. Uitingen van genegenheid, bijvoorbeeld.

Als ze zo dacht over het horen van de woorden 'ik houd van je', wat begreep ze dan nog meer niet? Dat ze ondergeschikt zou zijn aan haar man, bijvoorbeeld. Wat als die man verkeerde beslissingen nam? En wat één ding betreft, had Robin gelijk: Amish vrouwen dienden in de eerste plaats de mannen. Ze had Amish vrouwen op het veld zien werken, zij aan zij met hun man, maar ze had nog nooit een Amish man in de keuken zien staan. Waarom hoefden Amish mannen helemaal niets in het huishouden te doen? En hoe moest het met haar taartenbedrijf? Ze vond het heerlijk om te bakken. Kon ze dat werk wel blijven doen als ze een hele rits kinderen had?

Lainey hield haar mijmeringen voor zich, maar als ze alleen was, kwam de twijfel weer omhoog, als een vlieg die zo irritant bleef zoemen dat je hem weg wilde jagen.

Misschien was dit toch niet de juiste weg voor haar. Misschien was het onmogelijk voor een *Englischer* om Amish te worden. Misschien was het nog niet te laat om weg te gaan en terug te keren naar haar oorspronkelijke plan... een koksopleiding volgen.

En een onafhankelijk leven leiden. Als alleenstaande.

In haar eentje.

Na het vertrek van Sallie naar Ohio had Jonah tegen Bess gezegd dat ze nog een tijdje moesten blijven om Rose Hill Farm op te ruimen en *Mammi's* zaken op orde te brengen. Bess vond het geweldig. Ze hield van Stoney Ridge. Ze hield van Lainey. Ze was hopeloos verliefd op Billy. En, als kers op de taart, het betekende dat ze algebra niet over hoefde te doen. Maar het betekende ook dat ze een zware klus hadden te klaren. *Mammi* gooide nooit iets weg. Bess en haar vader probeerden elke dag iets op te ruimen: een kast, een bureau, een ladekast. Voor Bess voelde het als een mogelijkheid even in het leven van haar grootouders te gluren. Vooral dat van *Mammi*. Alles waardoor ze haar oma beter begreep, koesterde ze. *Mammi* leek het soort vrouw dat nooit echt jong was geweest, maar nu vond Bess allerlei brieven en briefjes die *Mammi* jaren geleden had geschreven en ontvangen.

Bess miste *Mammi* meer dan ze ooit voor mogelijk had gehouden. Ze vond het vreselijk als ze terugdacht aan de schok die ze kreeg toen ze zich realiseerde dan *Mammi* er niet meer was. Op onverwachte momenten kreeg ze tranen in haar ogen, maar die waren meestal even snel weer weg. Toch voelde ze altijd, als een schaduw die over haar heen hing, die scherpe pijn van het verlies.

Het meest spijtig vond ze nog dat ze haar oma en de onverwachte manier waarop ze uit de hoek kon komen net begon te begrijpen… en nu was ze er ineens niet meer. Bess had nog nooit zo onverwacht een naaste verloren. Dit moet zijn wat haar vader voelde toen haar moeder om het leven kwam bij dat ongeluk. Als een verse wond die maar langzaam wilde helen.

Maar God had altijd het beste met hen voor. Daarvan was ze overtuigd.

Op een avond was Jonah al naar bed, maar Bess was nog klaarwakker. Ze besloot voor zichzelf een pot kamillethee te zetten. Toen het water in de ketel had gekookt, liep ze naar buiten de tuin in, met een mok in haar hand. Het zou vannacht voor het eerst deze herfst hard gaan vriezen. Bess zoog de koude lucht in haar longen en toen ze haar adem weer uitblies, hing die even als een dunne witte wolk in de lucht, maar hij vervloog snel. Ze rook een geur van brandend hout, kennelijk had iemand de kachel aan. Ze rilde, draaide zich om en ging weer naar binnen.

Bess besloot nog een laatste lade van een bureau op te ruimen voordat ze naar bed ging. Ze vond een grote envelop zonder opschrift en maakte hem open. Er zaten vergeelde krantenknipsels in. Dat vond Bess vreemd, want haar oma las niets anders dan de Amish krant, *The Budget*, en het waren krantenknipsels van de *Stoney Ridge Times*. Ze pakte de lamp, liep naar de keukentafel en spreidde de knipsels uit op de tafel. Toen ze besefte wat ze aan het lezen was, begon ze te rillen. De knipsels gingen over het ongeluk met het rijtuigje waarbij haar moeder om het leven was gekomen. Er zat zelfs een korrelige maar akelige zwart-witfoto bij. Ze zag het vernielde rijtuigje en het paard dat stil op de achtergrond lag. Bess hield de foto bij de lamp. Het was nauwelijks te zien, maar op de achtergrond stond een ambulance met wijd open deuren. Ze raakte de foto voorzichtig aan. Was dat haar moeder op de brancard?

Er waren nog andere krantenknipsels. Doorlopende artikelen over de rechtszaak waarin haar vader moest getuigen tegen de chauffeur die het rijtuigje had geramd. De citaten met de uitspraken van haar vader raakten haar diep. Hij was een jongeman, nog maar 21 jaar oud, net weduwnaar geworden, en hij had een kind dat hij moest opvoeden. Toch werd hij heel duidelijk en correct geciteerd. En er waren nog meer artikelen, die beschreven hoe stomverbaasd iedereen in het land was dat een man een vergoeding van de verzekering had geweigerd. Er stonden foto's van haar vader bij het artikel. Bess zag dat hij probeerde zijn hoofd gebogen te houden, weg van de camera's. Geen wonder dat haar vader weg wilde uit Stoney Ridge. Hij was heel erg op zijn privacy gesteld.

Bess verzamelde de krantenknipsels en stopte ze terug in de envelop. Er viel een knipseltje op de grond. Ze bukte zich om het op te rapen en hield het bij de lamp. Het was een overlijdensbericht, slechts één alinea groot, van een pasgeboren baby'tje dat gestorven was aan wiegendood. *Ouders: Elaine O'Toole Troyer (overleden) en Simon Troyer. Overgebleven kind: Lainey O'Toole.*

Ze las het, nog eens en nog eens, en voelde zich verward. Lainey had nooit verteld dat ze een zusje had. Bess vroeg zich af waarom *Mammi* dat knipseltje had bewaard. Was het omdat het oom Simons enige kind was? Maar waarom in deze envelop? Toen zag ze de datum. Laineys zusjes was op dezelfde dag gestorven als het ongeluk met het rijtuigje had plaatsgevonden. Ze stopte het knipseltje terug in de envelop. Morgen zou ze Lainey ernaar vragen.

13

Lainey hoorde gerommel van de donder in de verte en haastte zich naar buiten om de was van de lijn te halen voordat het begon te regenen. De lucht hing vol zware wolken, een teken dat er storm op komst was. Het bliksemde opnieuw, deze keer veel dichterbij. Zo dichtbij, dat haar oren pijn deden van de klap die erop volgde. Ze wist dat deze regenstorm genadeloos tekeer zou gaan. Ze keek op en zag Bess over het hek springen en naar haar toe komen. Onder haar arm droeg ze een grote gele envelop.

'Wat doe je hier met dit weer?' vroeg Lainey haar terwijl ze een stugge handdoek opvouwde. Toen Bess geen antwoord gaf, gooide ze de handdoek in de washand en draaide haar hoofd om naar haar.

Bess keek vreemd. 'Ik was *Mammi's* bureau aan het opruimen en toen vond ik dit.' Ze gaf Lainey de gele envelop. 'Maak hem maar open.'

Lainey ging op het trapje naar de keuken zitten en maakte de envelop open. Toen ze de koppen van de vergeelde krantenknipsels las, hapte ze naar adem. Ze bladerde door de knipsels en stopte bij het overlijdensbericht van Colleen. Verontrust keek ze op.

Bess wees op het krantenknipsel. 'Waarom zou mijn oma dat hebben bewaard? Waarom… en ook in die envelop?'

Laineys hart ging heftig tekeer, zo in paniek was ze. Het werd tijd dat Bess de waarheid te horen kreeg, daar was ze van overtuigd. Mevrouw Riehl was dezelfde mening toegedaan.

Jonah had het haar allang moeten vertellen. Het werd tijd.

Maar Jonah was degene die het haar moest vertellen.

Ze klopte zachtjes op de trede waar ze zelf zat, maar Bess schudde haar hoofd. Lainey boog haar hoofd en zweeg even, bad stilletjes tot God dat Hij haar de juiste woorden in de mond zou leggen. Toen tilde ze haar hoofd op en keek Bess kalm aan. 'Er is iets wat je moet weten. Het gaat over jou en mij. Over je vader en je moeder.' Ze vertelde Bess het hele verhaal, tot in detail, steeds peilend hoe Bess het nieuws opnam. Bess stond met haar armen gekruist voor haar borst, een raadselachtig kalme blik in haar ogen. Lainey stond op, stak haar hand uit en wilde haar aanraken. 'Bess, kun je me vertellen wat je nu denkt?'

Bess keek naar de wapperende stukjes papier, alsof ze zich concentreerde op hoe ze werden opgetild door de wind.

'Bess?' Toen hoorde Lainey Simon vanuit het huis om haar roepen. Ze probeerde het te negeren, maar zijn roep werd steeds luider. Ze zuchtte. 'Ik ga even bij mijn stiefvader kijken, ik ben zo terug.'

Lainey ging naar binnen, waar Simon tegen haar tekeerging omdat er nog een raam openstond. Hij kreeg het koud door de wind, klaagde hij. Ze sloeg het raam met een klap dicht, keek Simon aan en rolde met haar ogen. Daarna liep ze weer naar buiten om het gesprek met Bess af te maken.

Maar toen ze weer buiten kwam, was Bess weg.

Lainey haastte zich naar Rose Hill Farm om Jonah te vertellen dat ze Bess de waarheid had verteld: dat Simon eigenlijk Bess' vader was. Ze trof hem aan in de schuur, waar hij net Frieda hooi gaf.

Jonah was stomverbaasd. Hij zei een hele tijd niets, leek

het niet te kunnen bevatten. Inmiddels roffelde de regen als een trommel op het metalen dak. Toen de waarheid tot hem doordrong, keek hij verbijsterd. 'Je hebt het haar verteld van Simon?' vroeg hij haar.

'Ze vroeg me ernaar, Jonah. Ze had een stapeltje kranten-knipsels gevonden die je moeder had bewaard. Er zat er een tussen over de dood van Simons kindje. Ze vroeg me recht op de vrouw af of ik een idee had waarom je moeder dat krantenknipsel had bewaard.'

Jonahs gezicht was inmiddels lijkbleek en strakgespannen. 'Maar waarom? Waarom heb je het haar verteld?'

Lainey wachtte even en antwoordde toen: 'Ik wilde niet tegen haar liegen.'

'Je had kunnen wachten.'

'Hoelang nog, Jonah? Wanneer ging jij het haar ooit ver-tellen? Je gaat dit gesprek al maanden uit de weg!'

'Misschien *hoefde* ze het niet te weten. Sommige dingen kun je misschien maar beter met rust laten.'

Hij keek zo gekweld. Lainey wilde haar arm om Jonahs brede schouders leggen, proberen hem met haar aanraking te troosten. Maar hij leek ineens heel broos, alsof hij zou breken als ze hem aanraakte. Ze wilde hem zo graag op de een of andere manier troosten, maar wist niet hoe. Wat kon ze onder deze omstandigheden tegen hem zeggen? Wat haar ook te binnen schoot, het leek ontoereikend.

Jonah keerde zijn gezicht naar haar. 'Waar is ze? Ze is on-getwijfeld van streek.'

'Ik weet niet waar ze is, maar ze was niet van streek,' zei Lainey verrassend vriendelijk. 'Echt niet.'

Jonah keek haar boos aan. 'Hoe kan het dat ze *niet* van streek is?'

Ze vouwde haar armen over elkaar voor haar borst. 'Je onderschat haar, Jonah.'

'O? Jij denkt dat je Bess goed kent, al ken je haar nog maar een paar maanden?' Nu was hij furieus. 'Waar *is* ze dan?'

Lainey moest hem het antwoord schuldig blijven.

'Het regent pijpenstelen, waarom is ze niet thuis? Waar is mijn dochter?' Jonah pakte een hoofdstel en liep naar Frieda's stal. Hij deed het paard snel het bit in en maakte de gespen vast. Hij leidde haar aan haar teugels de stal uit, naar de deur. Op het moment dat hij de schuur zou verlaten, draaide hij zich om naar Lainey en keek haar woedend aan.

'Als er iets met haar gebeurt, Lainey… als…' Hij schudde zijn hoofd, alsof hij zichzelf dwong zijn mond te houden, toen ging hij.

Het stortregende. Het was koud en de regen striemde van opzij door de felle wind. Jonah merkte het nauwelijks. Toen hij hoorde wat Lainey had gedaan, voelde hij zo'n paniek in zich opkomen dat hij een moment geen adem meer kreeg. Hij was woedend op Lainey. Ze had het recht niet!

'Bess is *mijn* kind!' zei hij hardop. De woorden schoten uit zijn mond en kwamen diep van binnenuit; ze waren de uiting van een oud, lang verborgen verdriet. Hij moest Bess vinden en het haar uitleggen. Maar waar kon ze zijn? Het voelde alsof de wereld heel kwetsbaar was. Heel gevaarlijk.

Toen hij met het paard langs de boerderij van de familie Lapp reed, schoot het hem te binnen dat Billy misschien wel wist waar Bess kon zijn. De twee hadden deze zomer uren samen doorgebracht en Jonah had zich er zorgen om gemaakt. Bess was nog te jong om serieus met jongens bezig te zijn. Ineens gloeide de hoop in hem op. Misschien was Bess naar Billy gegaan om troost te zoeken bij hem.

Jonah keerde het paard om en galoppeerde naar de boerderij van de familie Lapp.

Toen Billy de gefrustreerde, angstige blik in Jonahs ogen zag en hoorde dat Bess vermist was – dat ze van slag was om iets – had hij wel een idee waar ze naartoe kon zijn gegaan.

'Geef me een uur,' zei hij tegen Jonah. 'Als ik over een uur niet terug ben – nee, geef me anderhalf uur – dan kunt u gaan zoeken. Maar het heeft geen zin dat we beiden tot op de draad nat worden. Ik denk dat ik weet waar ze is.' Hij griste een oliejas mee en liep naar de schuur.

Jonah kwam achter hem aan. 'Zeg me waar het is, dan ga ik haar zoeken.'

'Het is moeilijk te vinden. Vertrouw me, meneer Riehl.' Billy zadelde zijn pony. 'Gaat u maar naar huis, voor het geval ze daar naar terugkeert.' Hij reed weg nog voordat Jonah bezwaar kon maken.

Ongeveer een maand geleden hadden Billy en Bess een verlaten kraaiennest gevonden bij Blue Lake Pond, hoog op een richel maar beschut tegen de regen door de takken van een boom die ervoor stond. Hij was ervan overtuigd dat ze daar was, als hij zijn ogen dicht deed, kon hij haar bijna zien zitten. Toen hij bij het meer kwam, bond hij de teugels van de pony aan een boomstam. De wind zwiepte door de bomen en de pony trappelde ongeduldig, maar de regen was inmiddels iets minder fel. Billy liep naar de richel en gleed onderweg een paar keer uit. Daar op de richel zat Bess, bevend en doorweekt, met haar knieën tegen haar borst, haar armen eromheen geslagen. Hij riep haar en ze keek geschrokken op; ze legde een vinger tegen haar lippen. Bess wees op het nest. Er zat een zwarte vrouwtjeskraai op en die hield haar blik strak op hen gericht.

'Ik heb zitten kijken hoe ze in die boom landde. Ze denkt dat ie van haar is, dat het haar boom is. Ze vliegt steeds weg en komt dan weer terug, en kijkt hoe ik naar haar zit te kijken. Dat doen kraaien. Ze leidt haar eigen kraaienleven,' zei ze zachtjes, haar ogen strak op de vogel gericht.

Billy ging vlak naast haar zitten. 'De stoom komt uit je vaders oren. Hij zei dat je van streek was om iets.'

'Ik ben niet van streek.'

Hij keek haar eens goed aan en zag dat ze de waarheid sprak. Bess zag er helemaal niet uit alsof ze van streek was. Ze was nat, had het koud en zat te rillen, maar ze was kalm. Ze had een vredige blik in haar ogen. Andy zei altijd dat ze er heel lief uitzag en op dit moment had hij gelijk.

Bess draaide haar gezicht als een bloem naar de lucht en glimlachte flauwtjes. 'Billy, is het niet een wonder? Dat de kraai hier is? God heeft de natuur zo gemaakt dat dingen weer nieuw kunnen worden.' Ze draaide zich om naar hem. 'Er zullen weer vogels rond Blue Lake Pond vliegen en vissen in het meer zwemmen.'

Billy was zo opgelucht dat Bess was waar hij dacht dat ze zou zijn, dat hij niet eens na had gedacht over het feit dat de kraai er was. 'Asjemenou, je hebt gelijk.' Hij keek over het meer en hoorde ergens een specht hard hameren in een boom. Hij glimlachte.

'God doet dat ook met mensen. Hij maakt de dingen zo, dat ze hun weg terug kunnen vinden naar Hem.' Bess legde haar kin op haar knieën. 'Weet je wat ik zo leuk vind van omhoogkijken naar de lucht? Het helpt me niet te vergeten dat ik heel klein ben en God zo immens groot.' Ze tilde haar hoofd op en keek naar de lucht. 'Achter die wolken is een overstelpende hoeveelheid sterren, er komt geen einde aan, het zijn er zo veel, zo veel, dat onze problemen, hoe groot ook, erbij in het niet vallen.'

Billy wist niet precies waar ze het over had, maar het werd langzaam avond en ze waren doorweekt en koud. Hij wist dat Jonah buiten zinnen was van ongerustheid. Hij stond op en reikte Bess de hand. 'Misschien kun je dat gefilosofeer bewaren voor thuis, bij het warme haardvuur, als je droge kleren aanhebt.'

Jonah had Billy een uur gegeven, zoals afgesproken, maar nu was dat uur voorbij en hij was vastbesloten Bess te gaan zoeken. Hij trok een waterdichte jas aan en zette zijn zwarte hoed op... maar toen zag hij een pony naar de oprijlaan lopen met twee gestalten op zijn rug. Jonah rende naar buiten, de traptreden van de veranda af. Nu zag hij wie het waren, Billy zat voorop en Bess achter hem. Ze hield Billy stevig vast. Een enorme golf van opluchting ging door hem heen, als de opluchting die volgde op de eerste regenstorm na een lange periode van droogte: plotseling, compleet en overweldigend.

Het eerste wat Jonah deed, was een grote handdoek om Bess heen slaan en haar bij het haardvuur neerzetten.

'Het spijt me dat u zo bezorgd om me bent geweest, papa,' zei ze tegen hem. Ze zag de tranen in zijn ogen prikken.

Hij bracht haar een kop hete thee en bleef haar maar vragen of het wel ging, terwijl zij probeerde uit te leggen hoe ze zich voelde. Ze zag dat hij zich grote zorgen had gemaakt. Billy had haar daarvoor gewaarschuwd toen hij naar huis ging.

Bess wist dat het normaal was als ze zich geschokt had gevoeld door wat Lainey haar vandaag had verteld, of op z'n minst erg van streek. Ze had echter een vreemd gevoel gehad dat God haar om de een of andere reden had beschermd. Ze zei tegen Jonah dat ze zich gezegend voelde dat hij haar vader was, waardoor zijn ogen zich opnieuw vulden met tranen.

'Het is net als met de rozen, papa. Ik ben een tak die geënt is op deze goede stam. Jouw stam. De stam van de Amish. En de sterke wortels van God geven ons beiden kracht.' Die gedachte was bij haar opgekomen toen ze op de richel zat en ze had hem in gedachten steeds opnieuw uitgesproken. Ze vond het mooi klinken.

Haar vader boog zijn hoofd. Ze wilde dat ze hem duidelijk kon maken dat alles in orde was. Dat alles op zijn pootjes terecht zou komen, zoals *Mammi* had gezegd.

Bess ging naar hem toe, knielde neer bij zijn stoel en legde haar hand op de zijne. 'Alstublieft papa, geef Lainey niet de schuld. Het enige wat ze heeft gedaan, is mij de waarheid vertellen.' Toen ze op die richel zat, had ze zich nog iets anders gerealiseerd, iets wonderlijks. Een brede glimlach verscheen op haar gezicht. 'Papa, realiseert u zich dat Lainey mijn halfzus is?'

Lainey klopte aarzelend op de deur van Rose Hill Farm, er niet helemaal zeker van hoe ze door Jonah ontvangen zou worden. Een paar uur geleden leek hij heel boos op haar en ze kon hem dat niet kwalijk nemen, vanuit zijn standpunt gezien. Maar dat betekende niet dat ze het met hem eens was. Toch moest ze weten of Bess veilig thuis was gekomen.

'Lainey,' zei Jonah toen hij de deur opendeed. Hij legde

een hand op zijn voorhoofd. 'Ik wilde vanavond naar je toe komen. Bess is weer thuis. Alles is goed met haar. Ze is veilig.'

Lainey slaakte een diepe zucht van opluchting. 'Mooi zo. Ik bedoel, ik ben blij dat ze thuis is.' Ze draaide zich om en wilde weer gaan.

'Je… had gelijk. Ze was niet van streek. Totaal niet.'

Lainey draaide zich om en keek Jonah aan. 'Maar toen ik het zei, geloofde je me niet.'

Jonah keek ongemakkelijk, maar sprak haar niet tegen. 'Ze is boven, droge kleren aantrekken. Wil je niet binnenkomen en even wachten tot ze klaar is?' Hij keek haar smekend aan.

'Nee. Maar zeg maar tegen haar dat ik langs ben geweest.' Ze zag dat deze opmerking hem kwetste en had meteen spijt dat ze zo kortaf was geweest. Het enige wat er nu toe deed, was dat Bess weer thuis was.

Lainey wilde weggaan, maar Jonah raakte zacht haar arm aan om haar tegen te houden. Fluisterend zei hij: 'Ze zei dat ze het gevoel had dat God een doel had met dit alles. Door haar te behoeden.'

Lainey keek hem recht in het gezicht aan. 'Ze heeft absoluut gelijk.'

Jonah kwam een stap dichterbij. 'Lainey. Het spijt me dat ik aan je oordeel twijfelde. Wat dit soort zaken betreft, is het jouwe veel beter dan het mijne.'

'We kunnen er morgen over praten.'

'Ik wilde Bess niet kwijt.'

'Je houdt van je dochter.' Haar stem klonk vlak, zij het niet opvallend. 'Het is normaal dat je degene van wie je houdt zo dicht mogelijk bij je wilt houden.'

'Misschien kun je daar ook te ver in gaan.' Jonah wendde zijn blik af. 'Ik vroeg me vanavond af of dit misschien een test is van God, zoals hij Abraham testte met Isaak.' Hij vouwde zijn armen over elkaar tegen zijn borst. 'Alsof Hij wil, dat ik voor mezelf duidelijk krijg of ik volledig op Hem vertrouw of niet.'

Zijn woorden stemden Lainey iets milder. 'Dat is het moeilijkst, als je maar half vertrouwt.'

Jonah wreef met zijn hand over zijn voorhoofd. 'De afgelopen vijftien jaar was dat zo. Het lukte me maar niet het los te laten. Vreselijk was het. Ik heb niet echt geleefd. Ik heb maar een beetje stilletjes rondgeslopen, in een poging verder onheil te voorkomen.'

'Dat werkt niet,' zei Lainey zachtjes maar vastberaden. 'Het resultaat is dat je niet bewust leeft.' Ze zag door het raam dat Bess de trap naar de keuken af kwam en rondkeek in de kamer, waar haar vader was. 'Toe maar. Praat met haar.'

Jonah stak zijn handen uit naar haar. 'Kom mee naar binnen. Ik wil graag dat we samen met haar praten.'

Lainey aarzelde. Ze had de hele middag allerlei twijfels gehad over Jonah. Ze schudde haar hoofd. 'Nee. Ik kan beter naar huis gaan.'

Jonah keek goed naar haar. Haar woorden en lichaamstaal leken ferm, maar alleen oppervlakkig gezien. Het was alsof ze aan de rand van de afgrond stond. 'Lainey, alsjeblieft?' Hij vroeg het haar zo vriendelijk, dat ze smolt. Jonah had zijn handen nog steeds uitgestoken en wachtte tot zij een stap in zijn richting zou zetten. Meer niet.

Er viel een stilte tussen hen. Lainey voelde dat ze bezwangerd was van alle gedachten die nooit waren uitgesproken.

Jonahs gezicht ontspande zich even, vertrouwen en hoop werden zichtbaar.

Ineens begreep Lainey het. Dit was de echte Jonah.

Haar Jonah. Hij was niet zoals Robin en Ally dachten dat hij was: een lomperik en een controlfreak. Natuurlijk, de beschrijving die ze hadden gegeven, was die van een man als Simon! Jonah was niet zoals Simon, totaal niet. Eerder het tegenovergestelde. Hij vroeg haar wat ze van dingen vond en wilde echt weten wat ze dacht. Hij hielp haar met het opzetten van haar taartenbedrijf. Waarom had ze haar eigen beeld van de waarheid laten beïnvloeden door Robin en Ally? Hoe had ze dat kunnen laten gebeuren? Haar vriendinnen vonden dat Amish vrouwen zichzelf niet respecteerden. Dan hadden ze mevrouw Riehl eens moeten zien! Bertha Riehl had meer zelfachting dan wie dan ook die ze ooit had gekend. En ze was Amish tot op het bot.

Lainey voelde zich opgelucht. Ze wist hoe Jonah in elkaar zat, fundamenteel in elkaar zat, en dat was belangrijk. Toch stelde ze zich terughoudend op tegenover hem, vertrouwde ze niet op de liefde die zo plots was gekomen en uit zo'n onverwachte hoek. Lainey keek hem lange tijd met tranen in haar ogen gepijnigd aan. Toen stak ze haar handen uit en verstrengelde haar vingers met de zijne. Jonah trok haar aan haar handen dicht naar zich toe. Lainey voelde dat hij zijn armen om haar heen sloeg en ze hielden elkaar stevig vast, alsof ze nooit anders hadden gedaan.

Dinsdagavond kwam mevrouw Stroot bij Lainey langs met een bestelling voor honderd pompoentaartjes en zeventig pecannoottaartjes voor de parade in Stoney Ridge ter gelegenheid van Veteran's Day. Ze moesten vrijdagmiddag klaar zijn. Lainey was dolgelukkig en stemde meteen toe toen mevrouw Stroot haar vertelde over de bestelling. Ze had het geld hard nodig; thuis een eigen bedrijf opzetten was duurder dan ze dacht en het bedrag op haar spaarrekening slonk zienderogen.

De volgende dag – het was herfst en het grijze schemerlicht viel door het raam naar binnen – zat Lainey aan de keukentafel en bedacht dat ze tijdelijk even niet goed bij haar verstand was geweest. Hoe kon ze ooit in zo'n korte tijd zo veel taartjes bakken? Ze moest nog steeds wennen aan de gasoven. Niet alle taartjes zagen er even goed uit. Zelfs met Bess' hulp werd het niets. Lainey had een schrijfblokje in haar hand, ze probeerde een lijstje te maken met alle ingrediënten die ze nodig had. Moedeloos legde ze het potlood neer en staarde naar een vast punt op het plafond.

'Het lukt me niet,' zei ze tegen zichzelf. 'Het is mijn eigen schuld. Ik wilde te graag. Ik dacht dat het me zou lukken, maar dat is niet zo.'

'Natuurlijk gaat het je lukken,' zei Simon.

Lainey had niet eens gemerkt dat hij de keuken binnengekomen was voor koffie en haar had gadegeslagen. 'Mijn taartjes lukken niet altijd. Ik zou een dubbele hoeveelheid moeten maken om er zeker van te zijn dat ik er genoeg heb.'

Simon haalde achteloos één schouder op. 'Ik heb nog liever een stuk van jouw slechtste taart dan een stuk taart van iemand anders.'

Laineys hoofd schoot omhoog. Ze kon haar oren niet geloven. Was dat haar stiefvader die haar een compliment maakte? Ze snapte het eigenlijk ook niet.

Simon wendde zijn blik af, hij voelde zich in verlegenheid gebracht. 'Maak die lijst maar af. Dan ga ik naar de stad en haal die spullen voor je. Toe, maak voort.'

Tranen welden op in haar ogen. 'Oom Simon... ik weet niet wat ik moet zeggen.'

'Zeg maar niets, anders trek ik mijn aanbod in,' mopperde hij, maar hij keek tevreden.

Het werden twee van de drukste dagen in Laineys leven en zeker ook in dat van Simon. Ze rolden samen met Bess en Jonah een oneindige hoeveelheid taartdeeg uit, kraakten pecannoten totdat hun vingers onder de blaren zaten en pijn deden, ze roerden de vulling door elkaar en proefden het resultaat. In de keuken hing een witte waas meel en een zware geur van vanille, kruidnagel, pompoen en melasse. De taartjes werden als kleine kunstwerkjes op de bakroosters gelegd. Lainey was nogal perfectionistisch; alleen de beste taartjes mochten naar mevrouw Stroot. Ze stuurde Simon steeds opnieuw naar de winkel om pakken van tien pond suiker en grote kannen bakvet te halen. Hij ging zonder klagen, hetgeen haar verbaasde. Hij reed met Jonahs paard en rijtuigje alsof hij nooit anders had gedaan. Boomer reed mee als zijn bewaker, zoals hij ook altijd met Bertha had gedaan. Simon vond het leuk om op Boomer te mopperen, maar als hij ergens naartoe ging, floot hij altijd of de hond met hem meeging.

Vrijdagmorgen waren de taartjes klaar en konden ze worden afgeleverd in de roze dozen van mevrouw Stroot. Jonah en Simon, met in hun kielzog Boomer, brachten de taartjes naar de plek waar de lunch zou worden gehouden. Daarna kwamen ze terug om de taartjes op te halen die de selectie niet hadden doorstaan en bezorgden die bij een paar dankbare buren.

'Ze heeft me compleet afgebeuld als een roedel jachthonden,' mopperde Simon zondagmiddag tegen Caleb. 'Ze probeert me weer in het ziekenhuis te krijgen en wil me vast dood hebben.' Boomer lag lui uitgestrekt naast Simon.

Lainey was er inmiddels aan gewend en sloeg geen acht op de toon die hij aansloeg. 'Niet liegen tegen de bisschop, oom Simon,' riep ze vanuit de keuken. Ze veegde haar handen af aan haar schort en leunde tegen de deurpost. 'Maar ik moet zeggen, u hebt me goed geholpen. Zonder u had ik die grote bestelling van mevrouw Stroot deze week niet kunnen uitvoeren.'

Simon draaide zich om naar Caleb. 'Dat is absoluut waar. Ik heb haar gered.' Hij aaide Boomer over zijn grote kop.

Toen glimlachte Simon – voor het eerst, dacht Lainey – en het was maar heel even. Maar toch, Simon had geglimlacht.

Op een avond laat stond Billy onder het raam van Bess steentjes te gooien. Hij zette zijn handen rond zijn mond en fluisterde hardop: 'Kun je naar beneden komen?'

Bess had het gevoel dat ze vleugels kreeg en begon te zweven. Ze kleedde zich snel aan en haastte zich naar beneden. Maggie had gezegd dat ze er vrij zeker van was dat Billy weer met Betsy ging, maar Bess geloofde het niet. Als hij nog geïnteresseerd was in Betsy, zou hij dan nu gekomen zijn om haar te zien?

Bess deed zo zacht ze kon de keukendeur open en trof Billy onder aan het trapje. Ze bleef op de onderste tree staan, zodat ze op gelijke ooghoogte was met hem. Ze kon niet verbergen dat ze dolblij was hem te zien. Maar toen hij het zag, leek hij gekweld. Angst schoot door haar lichaam, maar die duwde ze weg.

'O, Bess,' zei hij, terwijl hij haar hand vastpakte en tegen zijn gezicht drukte.

In het hoofd van Bess gingen alle alarmbellen af. Er was iets helemaal mis, ze wist het zeker. Ze wist alleen niet wat. Bess keek Billy recht in het gezicht aan. Hij keek moeilijk, zo emotioneel was hij, en hij zocht naar woorden. Ze kon bijna horen hoe zijn hersens kraakten.

'Ik moet je iets vertellen. Ik wil dat je het eerst van mij hoort.' Billy slikte moeilijk. 'Het gaat over mij. Over mij en Betsy. We gaan trouwen. Betsy wil niet wachten.'

Het was dus waar. Bess zei niets, ze kon het niet geloven.

Ze knipperde haar tranen weg en sloeg haar ogen neer om haar verwarring te verbergen. Een scherp gevoel van teleurstelling schoot door haar lichaam.

Billy pakte haar aan haar armen beet en trok haar dicht tegen zich aan. 'Je weet het toch? Dat je heel speciaal voor me bent?'

Hij kuste haar op haar mond. Het was een andere soort kus, anders dan de kus die hij haar gaf de avond voordat ze moest worden geopereerd. Het was alsof hij vastbesloten was dit moment vast te houden in zijn geheugen. Vol ontzetting realiseerde Bess zich, dat hij dacht dat dit hun laatste kus zou zijn.

Ze klampte zich aan hem vast, wilde dat het eeuwig zou duren, maar veel te snel trok hij zich terug. Hij draaide zich om en liep de oprijlaan af. Bess staarde hem na terwijl hij wegliep, kin op de borst, handen diep in de zakken, prachtig in het maanlicht. Zo voelde het dus om een gebroken hart te hebben.

Toen Billy uit het zicht verdwenen was, ging Bess terug naar binnen, naar boven naar haar kamer. Ze deed de deur achter zich dicht en ging op bed liggen. Haar lichaam begon te schokken en ze snikte het uit. Eenmaal begonnen met huilen, was ze moeilijk meer te stoppen. Ze huilde omdat ze Billy voorgoed kwijt was, omdat het leven soms zo oneerlijk leek. Ze huilde omdat ze *Mammi* miste. Ze wilde dat haar oma er was.

Toen Billy die avond van Rose Hill Farm naar huis liep, voelde hij zich zo gemeen. Hij haatte het Bess op deze manier pijn te doen. Ze leek zo vol vertrouwen, zo begerig hem te plezieren toen ze naar buiten kwam. Tot zijn schrik zag ze er ook nog eens heel knap uit. Haar zachte blanke huid leek te glanzen en de lichtblauwe jurk die ze aanhad, gaf haar ogen de kleur van een tropisch blauwe zee.

Nadat hij had verteld dat hij met Betsy ging trouwen, had ze hem zo gepijnigd aangekeken dat hij het gevoel had dat hij haar verwond had. Het deed hem pijn in het hart en zijn ogen vulden zich met tranen. Billy had zijn blik moeten afwenden, zodat Bess het niet zou zien. Hij wilde dat ze tegen hem had geschreeuwd of hem iets naar het hoofd had gegooid. De teleurstelling in haar ogen had hem diep geraakt. Hij vond het vreselijk dat hij haar over hem en Betsy moest vertellen. Ineens realiseerde hij zich dat waar hij echt bang voor was, het feit was dat hij Bess zou kwetsen. Dat ze boos werd, kon hij verdragen, maar dat ze pijn had, kon hij niet aanzien.

Bess moest de roddels over hem en Betsy hebben gehoord. Ze moest hebben gemerkt dat hij haar de laatste paar weken niet onder ogen durfde te komen. Maar ze leek geschokt toen hij haar het nieuws vertelde. Hij voelde zich beschaamd, zij zag altijd het goede in hem.

Kon hij op twee meisjes tegelijkertijd verliefd zijn? En nog wel zulke verschillende meisjes. Bess was zo nieuwsgierig, had ogen als schoteltjes en het enthousiasme spatte van haar gezicht af als ze iets nieuws ontdekte. Hij dacht terug aan die onverwachte momenten dat hij die havik zag vliegen of dat kolibrienest vond, met die tere boomschors langs de rand. Hij vergat nooit hoe blij ze was toen hij haar dat krantenartikel bracht waarin stond dat het Hooggerechtshof besloten had de zaak Wisconsin versus Yoder in behandeling te nemen. Met een stralend gezicht van blijdschap had ze het artikel gekust en verklaard dat ze zo lang ze leefde, nooit meer één voet in een schoolgebouw zou zetten. Hij vond het vreemd dat ze zo blij was klaar te zijn met school. Hij kende geen ander meisje dat zo slim was.

Maar aan de andere kant was daar Betsy. Hij was zo lang hij zich kon herinneren al gek op haar. Uiteindelijk bleek dat ze net zo ondersteboven was van hem. Ze zoenden zo vaak mogelijk: achter de schuur tijdens de bijeenkomsten, als ze elkaar onderweg tegenkwamen, in het rijtuigje en – het best van al – als hij bij haar thuis was, haar ouders naar bed waren en ze alleen waren. Voordat hij naar bed ging, dacht hij eraan hoe hij haar kuste en zodra hij wakker was, dacht hij er weer aan. Hij leefde voor die momenten.

Waarom had hij dan zo vaak dat pijnlijke en verwarde gevoel van ongerustheid?

Billy wreef geïrriteerd met zijn hand langs zijn gezicht. Wat was er met hem aan de hand? Wat voor soort man was hij?

Hij wilde dat het met Betsy allemaal wat langzamer ging, maar zij leek erop gebrand zich zo snel mogelijk te laten dopen en dan te trouwen. Zes maanden geleden zou hij een gat in de lucht hebben gesprongen als Betsy Mast tegen hem had gezegd dat ze met hem wilde trouwen. Nu had hij een stevige knoop in zijn maag. Sterker nog, ineens realiseerde hij zich dat hij Betsy niet had *gevraagd* met hem te trouwen. Ze hadden bij het meer liggen zoenen en ze had steeds gezegd hoe fijn het zou zijn als ze niet hoefden te stoppen maar elke ochtend in elkaars armen wakker konden worden. Hij moet hebben gemompeld dat hij dat ook vond, want voordat hij het wist, had ze een afspraak bij de bisschop. Billy wist dat hij het eerst aan Bess moest vertellen, voordat ze naar de bisschop zouden gaan.

Billy maakte de kraag van zijn hemd los. De laatste tijd had hij steeds vaker het gevoel dat hij geen adem meer kreeg.

Jonah zag dat Bess verdriet had. Ze was stilletjes, zag bleek en haar ogen waren gezwollen alsof ze had zitten huilen. Dit waren van die momenten dat hij verlangde naar een vrouw. Bess had een moeder nodig. Hij hoopte dat ze met Lainey wilde praten over wat haar dwarszat, maar Lainey ging vandaag met haar stiefvader naar het ziekenhuis voor een controle. Meestal betekende dit, dat ze de hele dag weg was.

Toen Billy eerder die dag langskwam om te zeggen dat hij zijn werk op Rose Hill Farm moest opzeggen, wist Jonah genoeg en had hij wel ongeveer een idee waarom Bess zo van slag was. Lainey had de week daarvoor tegen hem gezegd dat ze Billy de laatste tijd een paar keer met een meisje in zijn open rijtuigje had zien rijden.

Jonah trof Bess aan in de schuur, Boomer naast haar, waar ze de droge blaadjes aan het verzamelen was en in zakken stopte. Wanneer ze ze aandrukte, klonk er een geluid als van knisperend papier. Hij had met haar te doen. Haar hoofd was gebogen en haar schouders hingen naar beneden. Ze had een opgedroogde traan op haar wang.

'Bess, ik moet je iets vertellen.'

Ze stopte met werken, maar hield haar hoofd gebogen.

'Jij en ik hebben iets gemeen, heb ik ontdekt.' Hij vond het altijd moeilijk dingen recht vanuit zijn hart te zeggen, maar hij moest het kwijt. 'Als we van iemand houden, doen we dat met heel ons hart.'

Bess zette de zak neer en boog zich voorover om Boomer een zacht klopje te geven.

Raar eigenlijk, dacht hij, *dat het altijd makkelijker is om over belangrijke zaken te praten als we onze blik hebben afgewend.* Hij legde zijn stok op de vloer, leunde met zijn heup tegen de tafel met daarop de rozenblaadjes en vouwde zijn handen voor zijn borst. 'Ik heb deze zomer iets ontdekt. Namelijk dat ik de neiging heb om iemand van wie ik houd voorop te stellen. Dan vult die iemand de plek die God in mijn leven zou moeten hebben. Ik deed het met je moeder en toen zij dood was, had ik lange tijd een leeg gevoel. Ik deed het ook met jou en toen ik erachter kwam dat oom Simon je vader was, voelde ik weer die leegte.' Hij wierp een terloopse blik op haar. 'God leert mij steeds dezelfde les. Dat ik me wat minder vast moet houden aan anderen en meer op Hem moet vertrouwen.'

Jonah kruiste zijn ene laars over zijn andere. 'Lainey is een goed voorbeeld voor ons. Zij vertrouwt altijd op de juiste manier op God.' Door haar was hij een betere persoon. Lainey had de gave hem zijn rigide opvattingen te laten bijstellen… zijn mening over Simon, bijvoorbeeld. Of dat Bess de waarheid niet hoefde te weten. Het was niet makkelijk, maar meestal had ze gelijk. Hij was haar bijna kwijtgeraakt die nacht. Hij had zichzelf zo ingehouden, was na Rebecca's dood zo bang weer iemand lief te hebben. 'Toen wij teruggingen naar Ohio, vond Lainey dat jammer en ze miste ons, maar ze was er niet kapot van. Ze legde ons leven in handen van God.' Jonah keek op naar Bess. 'En God heeft ons hier teruggebracht, denk je ook niet?' Maar hij wist dat de dingen zelden aardig of goed uitpakten in zijn leven.

Bess stond op en pakte een handvol rozenblaadjes, ze liet ze door haar vingers glijden en weer op de tafel vallen. 'Ik denk niet dat God Billy en mij weer bij elkaar brengt. Hij gaat met Betsy Mast trouwen.'

Dat was er dus gebeurd. Jonah legde zijn grote hand over die van Bess. Hij wilde dat hij iets beters en vriendelijks te zeggen had. 'Dan mogen we erop vertrouwen dat God een plan heeft met Billy en Betsy. En dat Hij met jou een ander plan heeft. Een goed plan.'

Toen haar vader dat zei, dook Bess in zijn armen. Ze stonden even stil tegen elkaar aan, Jonahs kin rustte op Bess' hoofd. Totdat Boomer ineens abrupt overeind kwam. Zijn nekharen stonden rechtop en hij begon hard te blaffen. Hij stoof naar buiten en rende al blaffend de oprijlaan af.

'Er komt vast iemand aan,' zei Jonah. 'Ik ga even kijken wie Boomer zo de stuipen op het lijf jaagt.' Voordat hij zich omdraaide om te gaan, streelde hij met de rug van zijn hand zacht over haar wang. 'De meeste dingen komen eigenlijk altijd wel op hun pootjes terecht.'

Bess glimlachte flauwtjes naar hem. 'Dat zei *Mammi* ook altijd.'

Na hun bezoek aan het ziekenhuis zette de taxi Lainey en Simon af bij haar huisje. Lainey was zo blij, dat ze het gevoel had dat ze zweefde. Ze zette Simons lievelingsthee voor hem en zei tegen haar stiefvader dat ze zo terug was, dat ze even iets moest doen. Dolgelukkig haastte ze zich de heuvel op naar Rose Hill Farm. Onder aan de heuvel stond Boomer en ze bleef staan om hem over zijn kop te aaien. Toen ze opkeek, was daar Jonah. Lainey liep naar hem toe, ze had een brede glimlach op haar gezicht.

'Alles is goed met Simon, Jonah. De dokters hebben hem helemaal gezond verklaard! Hij moet elk halfjaar terug voor controle, maar hij kan weer een normaal leven gaan leiden… wat dat ook mag betekenen.'

Jonah legde zijn armen om haar middel en zwaaide haar lachend in het rond. 'Nu kunnen we eindelijk plannen maken!'

'Wat voor plannen?' vroeg ze hem resoluut toen hij haar neerzette. Ze moest het weten.

Jonah haalde diep adem. 'Plannen om te trouwen, jij en ik,' zei hij gortdroog. 'Dat wil zeggen, als je me wilt hebben.'

Toen ze niets zei, betrok zijn gezicht. Hij leek ineens zo serieus, kwetsbaar en oprecht, dat alle twijfel over zijn liefde voor haar verdampte als de stoom boven een kop hete thee. In plaats daarvan spoelde er een golf van gevoelens van zeker weten, veiligheid en tederheid en een overweldigende liefde door haar heen. De liefde die ze voor hem voelde, was zo groot, dat ze bijna geen lucht meer kreeg.

Het volgende moment lag ze in zijn armen en kusten ze elkaar. Lainey had het gevoel dat ze droomde, maar voelde zijn sterke armen om haar heen, de passie en warmte van zijn kus. Hij hoefde niet meer te zeggen dat hij van haar hield. Dat wist ze zo ook wel.

Vanaf de zijkant van de schuur sloeg Bess haar vader en Lainey gade. Ze kon niet horen wat ze zeiden, maar zag dat ze gelukkig waren. En van elkaar hielden, dat was duidelijk te zien. Toen ze elkaar voor het eerst zagen, wist haar oma dat al.

Boomer rende terug de heuvel op naar Bess toe en zakte zwaar hijgend neer aan haar voeten. Toen Bess zag dat haar vader zich vooroverboog om Lainey te kussen, draaide ze zich om en deed de schuurdeur dicht. Ze wist wanneer ze de dingen op hun beloop moest laten. Maar ze glimlachte en ging weer aan het werk. Zou *Mammi* niet heel blij zijn geweest dat het ondanks alles toch zo was gegaan?

Caleb Zook gaf geen toestemming voor de verloving van Billy en Betsy. Hij legde hun kalm uit dat hij het gevoel had dat ze meer tijd nodig hadden, vooral omdat Betsy nog maar net terug was van haar *rumschpringe*. Als ze er volgend jaar om deze tijd nog hetzelfde over dachten, wilde hij hen graag trouwen. Maar dan moest Betsy zich natuurlijk wel eerst voorbereiden op haar doop.

Billy was zichtbaar opgelucht. Het voelde alsof de kraag van zijn hemd niet meer zo strak zat, zoals de afgelopen weken het geval was. Toen ze in zijn rijtuigje naar huis reden, probeerde hij Betsy gerust te stellen, maar ze kon het niet geloven en zei niets.

Bij het huis van haar ouders aangekomen bleef ze in het rijtuigje zitten, ze keek naar het achterwerk van het paard en zei kalm: 'We kunnen ook weglopen.'

Billy zou Betsy niet veel weigeren, maar hier was hij heel resoluut in. 'O, nee. We gaan niet tegen de bisschop in. Ik wil niet op basis van verkeerde argumenten een huwelijk aangaan.' Hij wierp een vluchtige blik op haar. 'Eerlijk gezegd ben ik het eens met de bisschop. Ik hoopte altijd ooit met je te kunnen trouwen, Betsy, maar dan over een paar jaar, als ik eenentwintig ben.' Hij streelde haar zacht over de wang. 'We hebben nog een heel leven voor ons.'

Betsy hield haar hoofd gebogen. 'Dat leven begint voor mij nu.' Ze draaide zich naar hem om en keek hem indringend en onderzoekend aan. 'Je bent een aardige jongen, Billy. Maar nog wel een jongen.' Vervolgens sprong ze zonder verder nog iets te zeggen uit het rijtuigje en liep naar haar huis.

Hij had het vreemde gevoel dat ze dat wel gezegd had, maar eigenlijk iets heel anders bedoelde.

De week daarop vertrok Betsy Mast opnieuw. Maggie haastte zich naar Rose Hill Farm om Bess het nieuws te vertellen. Ze trof Bess aan in de achtertuin, waar ze net toen het begon te schemeren de was van de lijn haalde.

'Betsy gaat naar een tante in Maryland.'

'O,' zei Bess.

'Een *tante*,' benadrukte Maggie op een samenzweerderige fluistertoon.

'Ik hoorde je wel.'

'Ze krijgt een baby, Bess.' Maggies ogen glansden. Het idee alleen al, schandalig!

Bess snakte naar adem. 'Geen praatjes, Maggie.'

'Het zijn geen praatjes! Ik heb het haar vader tegen mijn vader horen zeggen. En hé, mijn vader is de bisschop!'

Bess was zo verbaasd dat ze een moment stokstijf bleef staan. 'Van Billy.' *Mijn Billy.*

Maggie sloeg haar handen voor haar gezicht. 'Nee, Bess. *Niet* van Billy. *Denk nu eens goed na!* Die *Englische* jongen van Hay and Grain! Hij heeft haar gewoon gebruikt en toen gedumpt. Hij was helemaal niet van plan met haar te trouwen. Daarom kwam ze terug. Ze probeerde Billy erin te luizen!'

Maar Bess wist beter. 'Billy was misschien niet op de hoogte van alle details, Maggie, maar hij wilde maar wat graag.' Ze had een beetje met Billy te doen. En ook wel met Betsy. Het leven bracht Betsy niet wat ze ervan had verwacht.

Maggie plantte haar handen in haar zij. 'Je gaat me toch niet vertellen dat jij een oogje op Billy hebt?'

'Ik geloof van wel.' En vreemd genoeg meende Bess het nog ook.

Ze dacht terug aan de tijd dat alleen de gedachte daaraan al pijn deed. Zo intens veel pijn… maar die pijn was nu een heel stuk minder.

14

Heen en weer ijsberend op de stoep in Harrisburg probeerde Jonah de moed te verzamelen om de Shear Delight Hair Salon binnen te gaan. Hij was nog nooit in zo'n gelegenheid geweest – had er zelfs nooit eerder een gezien en was een beetje bang. In de stoelen zaten allemaal vrouwen van verschillende leeftijd met een groot plastic schort om. Sommigen zaten onder een enorme metalen bol. Jonah liep nog een keer langs de kapsalon en probeerde moed te verzamelen, waarna hij diep ademhaalde en naar binnen ging.

De vrouw achter de toonbank keek de lange, slungelige man van Eenvoud met de zwarte hoed aan en haar mond viel open van verbazing. Nadat ze zich hervonden had, flapte ze eruit: 'Knippen?'

'Nee!' fluisterde Jonah. 'Nee… ik ben op zoek naar, uh, Robin en Ally.' Hij wees naar de twee vrouwen achter in de lange ruimte.

'Ze zijn momenteel bezig met klanten. Ga zitten, dan zeg ik dat u er bent.'

Er zat een oudere vrouw met blauw geverfd haar en Jonah ging naast haar zitten. De vrouw staarde Jonah aan. Hij was eraan gewend dat de *Englischers* hem aanstaarden, maar voelde zijn wangen rood worden. Of misschien kwam het wel door de stank hier. Hij had nog nooit zulke giftige dampen geroken; zijn ogen begonnen ervan te tranen. Jonah dacht dat de geur van een varkensboerderij erg was, maar deze kapsalon was nog veel erger. Hij pakte een tijdschrift, sloeg het open en legde het snel weer terug op de tafel toen hij zag wat erin stond. Hij sloeg zijn benen over elkaar, zette ze weer naast elkaar, wreef zich in zijn handen en wierp toen een blik door het raam naar buiten. Intussen zat de vrouw met het blauwe haar hem nog steeds aan te staren.

Uiteindelijk hoorde hij Robin achter in de salon luid roepen: 'Nee, dat kan niet! Een orthodoxe rabbi? Voor ons?'

Jonah draaide zich om naar de stoel waar Robin aan het werk was en stond op toen hij zag dat ze naar hem toe kwam lopen. Hij stak zijn hand uit om die van haar te schudden, maar haar handen waren bedekt met een zwarte modder.

Robin stak haar handen in de lucht. 'Sorry. Ik ben het haar van mevrouw Feinbaum aan het verven.'

Hij zag dat zij hem niet herkende, maar Ally wel. Die was achter Robin komen staan en gluurde over haar schouder.

'Jonah!' Ze gaf Robin een por met haar elleboog. 'De vriend van Lainey.' Ze draaide zich nieuwsgierig om naar Jonah. 'Alles goed met Lainey?'

'Prima,' antwoordde Jonah. 'Ik wilde jullie even spreken. Het kan heel kort.'

Ally en Robin keken elkaar aan. De vrouw in de stoel met de zwarte modder op haar hoofd riep Robin en ze klonk bezorgd. 'Ik moet eerst het haar van mevrouw Feinbaum afmaken, daarna kan het wel even,' zei Robin.

Jonah knikte, liep terug en ging weer zitten.

De vrouw met het blauwe haar staarde Jonah opnieuw aan. 'Bent u een Quaker?' vroeg ze met een piepstem.

'Nee,' antwoordde Jonah. 'Amish.'

De vrouw fronste haar wenkbrauwen. 'Jullie betalen geen belasting.'

'Ja, dat doe ik wel,' zei Jonah geduldig.

'Jullie vechten niet in het leger.'

'Dat klopt. Maar we doen wel dienst. Als gewetensbe-zwaarde.'

'Nou en. Dat is niet hetzelfde.'

Jonah hoopte dat het bij deze opmerkingen bleef.

'Ik begrijp niet dat jullie in dit land kunnen wonen, er wel alle voordelen van kunnen plukken maar daar niets voor terug hoeven doen.'

Jonah zuchtte. Hij kreeg hoofdpijn van de dampen in de salon. Hij hoopte maar dat het allemaal goed zou komen. Eigenlijk was het een heel slecht idee van hem geweest hier-naartoe te komen.

Net toen de vrouw met het blauwe haar Jonah nog eens wilde vertellen hoe ze erover dacht, kwamen Ally en Robin aanlopen. Hij sprong overeind.

'Ik heb maar tien minuten, dan moet ik mevrouw Fein-baum spoelen,' zei Robin.

Jonah wierp een vluchtige blik op de vrouw met het blau-we haar, die hem nog steeds aan zat te staren. 'Kunnen we even naar buiten gaan?'

Buiten op de stoep legde Jonah uit dat hij en Lainey het plan hadden binnenkort te trouwen.

Robin fronste haar wenkbrauwen. 'Zo'n vermoeden had ik al.'

'Ik kom jullie allebei uitnodigen voor de trouwerij,' zei Jonah.

'Waar is Lainey?' vroeg Ally. 'Waarom is ze niet meegeko-men?'

'Ze weet niet dat ik hier ben,' antwoordde Jonah. 'Jullie zijn weggegaan… zonder gedag te zeggen, ik denk dat haar dat pijn heeft gedaan.'

'Jammer dan,' zei Robin bruusk. 'Jullie kerkdienst duurde veel te lang. We moesten weg.'

'Robin,' zei Ally overredend. Ze stond op het punt te

zwichten, zag Jonah aan haar gezicht. Ally keek hem aan. 'Heel aardig van je, dat je helemaal hiernaartoe bent gekomen.'

'Lainey beschouwt jullie als familie,' zei hij. 'Dat Lainey ervoor kiest' – Jonah benadrukte dat laatste woord – 'Amish te worden, wil nog niet zeggen dat jullie geen deel meer kunnen uitmaken van haar leven. Ze... we... willen graag dat jullie erbij zijn. Op de trouwerij. En deel uitmaken van haar leven. Ons leven.'

'*Ach*,' zei Ally. Haar hele gezicht verzachtte. 'Je houdt echt van haar, nietwaar?'

Robin rolde met haar ogen. 'Ik moet terug naar mevrouw Feinbaum.' Ze beet op haar lip. 'We zullen erover nadenken.' Ally legde haar hand op de deurklink van de kapsalon. 'Ik denk dat ze op een dag wakker wordt en dan spijt heeft van al dat belachelijke gedoe waar ze nu mee bezig is. En wat dan?'

Ally wachtte tot Robin binnen was. 'Let maar niet op haar, Jonah. Ze is verbitterd omdat ze er net achter is gekomen dat haar vriend haar heeft bedrogen. Als ze daar overheen is, zal ze blij zijn dat Lainey de ware liefde gevonden heeft.'

'Goed, jullie komen dus naar de trouwerij?' vroeg Jonah.

'O... dat weet ik nog niet. Het zal ervan afhangen hoelang Robin nodig heeft om er overheen te komen.' Ze trok een raar gezicht. 'Mijn ervaring is dat je beter kunt wachten tot Robin weer in een beter humeur is. Dan probeer ik met haar te praten.' Ally draaide zich om en wilde naar binnen gaan. 'Ik beloof niets. Maar... ik zal het proberen.'

Ze deed de deur wijd open, zodat de mevrouw met het blauwe haar naar buiten kon. Jonah zag haar in zijn richting komen en besloot dat dit een uitstekend moment was om terug te gaan naar het busstation en daar op de bus naar Stoney Ridge te wachten.

Jonah en Lainey besloten dat Simon nadat ze getrouwd waren in het huisje mocht blijven wonen, met dien verstande dat hij er goed voor moest zorgen en weer naar de kerk moest gaan.

Simon keek bedroefd en schudde met zijn vuist. 'Daar heb je het al. Ik wist het! Ik *wist* het! Chantage!'

'We zeggen niet dat u naar de Amish kerk moet,' legde Jonah uit, 'behalve natuurlijk als God u daarnaartoe leidt. Maar we willen wel dat u naar een kerk gaat. U moet uw godsdienstplichten vervullen.'

'Dat is regelrechte chantage!'

Maar ze hielden voet bij stuk en onwillig ging Simon akkoord met de voorwaarden.

Het was inmiddels half december en toen Lainey zich op een zondagmorgen kleedde voor de kerk, realiseerde ze zich dat het niet vreemd meer voelde kleren van Eenvoud te dragen. Eigenlijk zou het vreemd voelen als ze ze niet droeg. Toen ze vorige week in de stad was, zag ze welke kleren de jonge meisjes daar droegen, al was het winter: minirokjes en diep uitgesneden topjes. Zes maanden geleden zou ze er niet over hebben nagedacht hoeveel bloot er te zien was. Nu voelde ze zich plaatsvervangend beschaamd.

Toen Jonah en Bess langskwamen om haar op te halen, vroeg ze haar stiefvader – als altijd – of hij met hen mee wilde naar de kerk. Hij zat aan de keukentafel koffie te drinken.

Simon gaf haar antwoord dat hij haar al drie of vier maanden gaf: 'Zeg eens, waarom zou ik dat doen?'

Als ze tijd had, probeerde ze hem redenen te geven waarom hij beter wel mee kon gaan... zonder succes overigens. Maar vandaag was het een speciale dag en ze had geen tijd te verliezen.

Lainey haastte zich naar het rijtuigje en glimlachte toen ze Bess en Jonah zag. Ze kneep even in Bess' hand. Ze was zo blij dat dit een dag van hen samen was. Vandaag werden ze allebei gedoopt.

'Ik zou alleen willen dat *Mammi* er ook was,' zei Bess zachtjes.

'Mijn moeder kennende,' zei Jonah, 'had ze vast wel een vermoeden dat het zo zou lopen.' Hij glimlachte naar de twee vrouwen. 'En anders had ze er wel op aangestuurd.'

De afgelopen paar weken hadden Lainey en Bess deelgenomen aan de voorbereidingen voor de doop en samen met de voorgangers de geloofsbelijdenis bestudeerd. Gisteren hadden ze nog een bijeenkomst met de voorgangers gehad, waarin ze hadden kunnen 'omkeren', als ze dat hadden gewild. De voorgangers en ook de bisschop hadden steeds benadrukt dat het beter was de gelofte niet af te leggen dan het wel te doen en haar later te breken. Maar Lainey en Bess hadden geen twijfels.

Het was een plechtige zondagse bijeenkomst. Lainey en Bess droegen nieuwe kleren die ze speciaal voor de gelegenheid hadden gemaakt: een zwarte jurk, een zwarte gebedsmuts, een lang, wit, fijn linnen schort en dito cape, zwarte kousen en stevige zwarte veterschoenen. Ze liepen in een rij naar binnen en gingen in het midden zitten, bij de bank van de voorgangers. Ze zaten de hele dienst met gebogen hoofd, in afwachting van wat er komen ging. Toen het zover was dat ze zouden worden gedoopt, liep de diaken weg uit de dienst en kwam terug met een emmertje water en een tinnen kom. De bisschop draaide zich om naar Lainey en Bess. Hij herinnerde de kandidaten eraan dat ze hun gelofte niet gingen afleggen aan de voorgangers maar aan God. Hij vroeg hun te knielen, als ze nog steeds deel wilden gaan uitmaken van het lichaam van Christus.

Bess en Lainey knielden.

Caleb Zook stelde hun een paar eenvoudige vragen, die ze beantwoordden. Vervolgens maakte de vrouw van de diaken de linten van Laineys muts los en haalde de muts van haar hoofd. Caleb legde zijn handen op haar hoofd en sprak: 'Nu je je geloof hebt beleden voor God en al Zijn getuigen, doop ik je in de naam van de Vader, de Zoon en de Heilige Geest, amen.' Hij had boven Laineys hoofd van zijn handen een kommetje gemaakt en de diaken goot er water in. Lainey zat nog steeds op haar knieën, het water druppelde langs haar haar en gezicht naar beneden.

Vervolgens was het de beurt aan Bess.

Toen het ritueel van de doop klaar was, pakte de bisschop eerst de hand van Bess, toen die van Lainey en zei: 'In de naam van God en de Kerk reiken we je de hand en heten je welkom als nieuw lidmaat. Sta op.'

Terwijl ze opstonden, ontvingen ze een heilige kus van de vrouw van de diaken, die eerst bij de een, toen bij de ander de gebedsmuts weer op het hoofd zette en de koordjes vastbond. Lainey zocht Jonahs ogen terwijl ze wachtte tot Bess' gebedsmuts weer vastzat. Hun blikken kruisten elkaar en ze keken elkaar aan; Lainey was helemaal in de war toen ze zag dat de tranen langs zijn wangen stroomden.

Jonah voelde een steek in zijn hart. Vijftien jaar lang had hij gebeden voor dit ene moment. Dat Bess, zijn dochter, haar knie zou buigen, en dat Lainey, zijn aanstaande bruid, hetzelfde deed, voelde als een perfect en heilig moment. Alsof het luchtruim openging en hij een korte glimp opving van het grootse en wonderbaarlijke plan van God, waarin alle dingen voorgoed met elkaar werden verweven. Hij zou deze dag nooit, nooit vergeten.

Het was een prachtig moment voor een vader als zijn kind lid werd van de kerk. Onwillekeurig schoten Jonahs gedachten terug naar de tijd toen Bess nog een klein meisje was. Hij wilde dat ze dat kleine meisje bleef, maar ze werd steeds groter. Groeide op tot een mooie, wijze jonge vrouw.

Hij kon nauwelijks wachten tot Caleb de dienst eindigde en dan zou aankondigen dat hij en Lainey voornemens waren te trouwen. Het huwelijk zou plaatsvinden op een donderdag, de week voor Kerst, op Rose Hill Farm. Hij kon haast niet wachten tot Caleb uitgepraat was.

Normaal gesproken was de bisschop niet lang van stof, maar vandaag duurde zijn preek maar en duurde hij maar, het was één lange vermaning aan de aanwezigen de nieuwe leden behulpzaam te zijn. Toen kregen Lainey en Bess nog op het hart gedrukt dat ze trouw moesten zijn aan de kerk en de voorgangers. Jonah voelde zich opgelucht toen Caleb de dienst eindigde met Romeinen 6. Caleb wierp steeds steelse blikken op de deur. Jonah dacht dat de anderen het niet zagen, maar hij vroeg zich af wat er aan de hand was. Het leek alsof er geen einde kwam aan Calebs preek. Toen stemden de andere voorgangers kort in met Calebs boodschap. Die was zo lang aan het woord geweest, dat zij het gelukkig kort hielden. Ten slotte stond Caleb op en vroeg iedereen te knielen voor gebed. Net toen hij klaar was met bidden, meende Jonah te horen dat de deur voorzichtig piepend openging. Hij deed zijn ogen open en zag Caleb met zijn hand naar iemand gebaren.

Iedereen draaide zich om naar de deur. Het was Simon.

Bess snakte naar adem en Lainey en Jonah wisselden een verbijsterde blik terwijl Simon met opgeheven hoofd door het middenpad naar de bisschop liep. Boomer kwam achter hem aan. Caleb stak zijn hand uit naar Simon, alsof hij hem had verwacht. Langzaam knielde Simon neer, met zijn gezicht naar de kerk, naar zijn familie. Boomer ging naast hem zitten alsof dat de beste plek was voor een winters dutje. Caleb las een korte boodschap voor uit de Bijbel, over dat de trouwe Herder niet rustte voordat Hij dat ene verloren schaap terug had.

Toen werd het stil.

Met trillende stem zei Simon: 'Ik ben dat verloren schaap. Ik heb gezondigd tegen God. Ik beken dat ik hovaardig ben geweest, zondig. Ik beken dat ik schuldig ben aan dronkenschap. O, en dat ik lui ben geweest. Ik ben nog wel eens driftig. Ik ben een slechte echtgenoot voor Elaine geweest.' Hij wierp een vluchtige blik op Lainey. 'Misschien ben ik ook niet zo'n goede vader geweest.' Simon keek omhoog naar de dakspanten in het plafond. 'En er zijn nog wel een paar zonden, maar die wil ik graag tussen mij en God houden.' Hij veegde met de achterkant van zijn mouw de tranen van zijn gezicht. 'Maar ik wil een nieuwe start maken. Ik ben er klaar voor berouw te tonen.'

Caleb legde zijn handen op Simons hoofd. 'Toen een zondaar naar Jezus werd gebracht en deze berouw toonde, zei Hij tegen de zondaar: "Ga en zondig niet meer."' Caleb hielp Simon opstaan. 'Dit is onze broeder Simon, hij is voorgoed thuis.' Hij herinnerde de kerkleden aan het feit dat Simon nu weer een geacht kerklid was. '*Geduh is geduh.*' Klaar, zand erover. Over zijn zonden werd niet meer gesproken. De Heere God had ze weggewassen, zei hij. Ze waren er niet meer.

Toen kondigde Caleb het voorgenomen huwelijk aan van Jonah Riehl en Lainey O'Toole. De mensen draaiden zich om naar Jonah. Ze vonden waarschijnlijk dat hij er heel raar uitzag, met die grijns van oor tot oor. Maar het kon hem niet schelen. Dit was me het dagje wel.

'Laten we ons slotgezang zingen,' zei Caleb, terwijl zijn ene hand rustte op Simons schouder. Met zijn andere hand gebaarde hij naar de *Vorsinger* dat hij in moest zetten.

Alsof het signaal van de bisschop voor hem bedoeld was om de toon te zetten, begon Boomer luid te blaffen en – wat zelden gebeurde – de kerkgangers schudden van de lach.

Een week voor de trouwdag van Jonah en Lainey, kwam Caleb Zook op een grijze wintermiddag langs op Rose Hill Farm, voor Bess. Hij trof haar aan in de kas, waar ze keek of de jonge rozenplanten niet te koud stonden.

Caleb liep rond in de kas en bestudeerde de planten. Bess was verrast hem hier te zien en vroeg zich even af of ze misschien iets verkeerds had gedaan. In Ohio kwam de bisschop eigenlijk alleen maar langs als het hij iets vervelends te melden had. Ze zag dat hij diep nadacht over iets en dat maakte haar nerveus. Hij kwam langzaam naar de plek toe gelopen waar Bess aan het werk was. Ze wikkelde stukken jute om de planten en bond ze vast met een touwtje.

'Zo Bess, heb je al bedacht wanneer je Simon gaat vertellen dat hij je echte vader is?'

Bess verstijfde. *Dat* had ze niet verwacht. Ze keek de bisschop aan. 'U had tegen me gezegd dat ik zelf moest beslissen of ik dat wilde.'

'Dat vind ik nog steeds.'

Bess ging verder met het omwikkelen van de rozen. 'Jonah is mijn echte vader.'

Caleb nam zijn hoed van zijn hoofd. 'Ja, maar…'

'Dat is mijn antwoord,' viel Bess hem in de rede. Ze stond versteld van zichzelf. Normaal gesproken zou ze nooit zo direct zijn tegen iemand die ouder was dan zijzelf, laat staan hem of haar in de rede vallen. Maar de bisschop had iets waardoor ze het gevoel had dat ze gewoon tegen hem kon zeggen wat ze dacht. 'Simon mag dan mijn biologische vader zijn, Jonah is mijn *echte* vader. Altijd geweest.' Bess keek Caleb recht in het gezicht aan. 'Ik heb er lang en hard om gebeden, maar zoals het er nu naaruit ziet, wil ik mijn geheim graag bewaren.'

Caleb keek haar een hele poos aan, zette toen zijn zwarte vilten hoed met brede rand weer op zijn hoofd. 'Dan laten we het zo.' Hij draaide zich om en liep weg, maar bij de deur bleef hij staan en hij legde zijn hand op de deurpost. Hij keek om naar haar. 'Ik denk dat je gelijk hebt, voor wat het waard is. Voorlopig in elk geval. En misschien wel een hele poos. Maar ik hoop wel dat Simon het ooit te horen krijgt. Het zou goed voor hem zijn als hij wist dat zijn leven op deze aarde iets goeds heeft voortgebracht.'

De dag dat Jonah en Lainey trouwden, was het zonnig weer maar bitterkoud. Diverse vrienden uit Ohio waren overgekomen voor de gebeurtenis, zo ook Mose en Sallie – pasgetrouwd – en haar recalcitrante tweeling, en Levi Miller, de jongen die zo gek was op Bess. Toen ze hem gisteren zag, stelde ze opgelucht vast dat zijn hoofd en lijf eindelijk in verhouding begonnen te komen met zijn oren. En zijn haar stond niet meer zo recht overeind. Meestal zag het eruit alsof iemand hem net onder de waterpomp had gehouden.

De meubels waren van de begane grond naar de eerste verdieping gebracht en het hele huis was schoongemaakt. Een aantal gemeenteleden had tafels beschikbaar gesteld, zodat de maaltijd binnen kon worden opgediend, maar de huwelijks-plechtigheid zou in de schuur plaatsvinden. De wagen bracht de houten kerkbanken die op de lege vloer zouden worden neergezet. In de wagen zaten ook borden, glazen en bestek, maar een van de buren was bereid haar goeie servies – met een roze rozenpatroon – uit te lenen en dat was groot genoeg om er alle tafels mee te kunnen dekken. Andere buren boden hun waterglazen, limonade- en koffiekannen, kop en schotels en glazen schaaltjes voor augurken en pittige bijgerechten aan.

Jonah en Lainey wilden geen poespas, maar vonden het wel goed dat Bess papieren servetten bestelde met daarop de naam van de bruid, de bruidegom en de huwelijksda-tum: JONAH EN LAINEY RIEHL, 16 DECEMBER 1971. De bruid, de bruidegom en de getuigen, Bess en Simon, zouden aan de *Eck*, de speciale hoektafel, zitten. Er lag een groot blauw tafelkleed op, met daarop een bruidstaart, bestaande uit twee lagen, die Lainey zelf had gemaakt en geglazuurd.

Bijna alle vrouwelijke kerkleden waren de afgelopen paar dagen op Rose Hill Farm te vinden. Deze ervaren kook-sters hadden met elkaar het eten voor de 250 gasten voor-bereid. Voorwaar een immense klus. Op het menu voor het middagmaal stonden geroosterde eend en kip, aardappelpu-ree met jus, sausjes, koude ham, koolsla, mais, zelfgebakken brood, twee soorten gelei in schaaltjes van geslepen glas en een grote variatie aan taart en koekjes. Later op de dag zou er nog een tweede maaltijd worden geserveerd. Die was wel kleiner, omdat de meeste mensen naar huis moesten om nog werk te doen.

Bess hielp Lainey die ochtend boven zich klaar te maken. De donkerblauwe jurk had Lainey zelf gemaakt. Ze probeer-de de witte muts vast te pinnen op haar haar, maar de spelden vielen steeds op de grond.

'Kijk mij eens, Bess! Mijn handen trillen!'

Bess lachte. 'Het is een belangrijke dag! Je mag best een beetje zenuwachtig zijn.'

Ze raapte de pinnen van de grond en pakte een kam om Laineys haar in een knot te doen. Het was inmiddels behoorlijk lang, ze kon er in elk geval een klein knotje mee maken, maar in haar nek piepten er altijd een paar krullen uit. Bess zuchtte. Zulke krullen had zij nu altijd willen hebben. Ze zette de muts voorzichtig op Laineys hoofd en pinde hem vast op de goede plek.

Er kwam een auto de oprijlaan oprijden. Lainey liep naar het raam en haar adem stokte even in haar keel. Bess kwam achter haar staan. 'Nee maar, dat... dat is Robins auto. Kijk! Zij zijn het! Robin en Ally!' Ze draaide zich om naar Bess. 'Heb jij...?'

Bess schudde haar hoofd en glimlachte. 'Nee. Het was papa's idee. Hij is helemaal naar Harrisburg gegaan om hen uit te nodigen. Hij heeft tegen hen gezegd dat je hen als familie beschouwde en dat het zonder hen geen echte trouwdag zou zijn.' Ze lachte. 'Zie je papa voor je in een kapsalon?'

Lainey sloeg haar handen ineen. 'O, Bess. Ik had nooit kunnen dromen dat God me dit allemaal zou schenken. Jou. Jonah. Simon. Ik had nooit gedacht zelf nog eens familie te hebben.'

Bess ging op het bed zitten. '*Mammi* wel, denk ik. Maar ja, er hoefde maar iemand te niezen in de stad, of zij meende al te weten wat er aan de hand was.'

Lainey kwam naast haar zitten. 'Ik denk dat je gelijk hebt dat ze het op de een of andere manier wist. Ze leek altijd bij voorbaat te weten...'

'...wat er ging gebeuren,' maakte Bess haar zin af.

Ze moesten allebei lachen, maar hielden daar abrupt mee op toen er op de deur werd geklopt.

'Het is tijd, de bisschop vraagt of jullie zover zijn,' zei iemand aan de andere kant van de deur. 'Het wachten is alleen nog op de bruid.'

Laat op de avond, toen de meeste mensen naar huis waren, stapten de jonge mensen met z'n allen in een paar rijtuigjes en reden naar Blue Lake Pond voor een vreugdevuur op het strand. Het waaide en het was ijskoud, Bess' oren tintelden terwijl ze over het bevroren strand naar het enorme, hoog oplaaiende vuur liep. De jongens hadden hun zondagse kleren nog aan: zwarte broek, wit hemd en een vest. De meisjes zagen er keurig netjes uit met een fris wit gesteven schort onder een donkere cape. Voordat Bess bij het vuur ging zitten, wierp ze een blik op het meer dat voor haar lag, zilver verlicht door de maan en de vorst.

Andy en Levi maakten een plaats tussen hen vrij, zodat ze daar kon gaan zitten. Doodmoe maar gelukkig liet Bess zich op de grond vallen. Er waren zo veel vrienden, nieuwe en oude, en ze zaten allemaal in een grote kring. Het was vredig hier en dat gaf haar een goed gevoel.

De wolken voor de maan dreven weg en een paar minuten was het bijna even licht als overdag. Bess zag iemand aarzelend naar de kring toe komen lopen en daar wachten, alsof hij er niet zeker van was of hij erbij hoorde. Het was Billy Lapp. Ze had hem sinds het vertrek van Betsy een paar keer gezien tijdens een kerkdienst, maar niet meer gesproken. Hij was vandaag bij de huwelijksdienst geweest en ze had hem met Andy en andere vrienden aan tafel zien zitten, maar Bess was te druk geweest met Lainey en haar vader.

Er werd naar Billy gezwaaid, maar hij aarzelde en zwaaide niet terug. Zijn ogen zochten die van Bess. Ze glimlachte naar hem. Haar welkom was gemeend. Pas toen kwam hij in de kring zitten.

Iemand schoof op om ruimte te maken en Billy ging zitten op de manier waarop hij altijd zat: benen uit elkaar, ellebogen op de knieën. Andy Yoder begon te zingen en de anderen vielen in. Hun adem stroomde in witte flarden uit hun mond.

Bess keek weer naar het vuur. Ze luisterde naar de stemmen in het donker, was blij dat Billy er ook bij was, dat ze met al hun vrienden rond het vuur zaten. Maar ze was nog blijer dat ze geen buikpijn meer kreeg als ze aan hem dacht. Nog niet zo heel lang geleden kreeg ze een fysieke reactie als ze zo dicht bij Billy in de buurt was. Dan beefde ze over haar hele lichaam, werden haar wangen rood, bonsde haar hart en ging haar fantasie met haar op de loop. Toen dacht ze alleen maar aan Billy, vanaf het moment dat ze wakker werd totdat ze in slaap viel. Zag ze zijn gezicht zelfs in de wolken of in een vuur als dit, of in de flauwe weerspiegeling op het water van Blue Lake Pond. Dat was vanaf de eerste keer dat ze elkaar ontmoetten, heel lang zo geweest.

Vanavond zag ze in het vuur alleen de vlammen, de rook en de vonken. Ze keek naar de lucht, maar zag nergens in de wolken het knappe gezicht van Billy Lapp.

Billy had naar haar zitten kijken. Toen hij zag dat ze ook naar hem keek, maakte hij een subtiel gebaar naar de bomen... een teken dat hij haar daar wilde spreken. Uit nieuwsgierigheid – of was het uit gewoonte? – glipte ze weg en ging naar hem toe. Ze liepen met z'n tweetjes langs de oever tot ze uit het zicht van de anderen waren.

Billy bleef staan en draaide zich naar haar om. Hij slikte moeilijk. 'Bess, mag ik je vanavond thuisbrengen?'

Bess keek hem aan en haar ogen gleden langs het gezicht waar ze zo veel van gehouden had, elk lijntje, elk plooitje dat haar zo dierbaar was geweest.

Het zou heel makkelijk zijn als ze ermee zou instemmen vanavond met hem naar huis te gaan. Dan waren ze weer terug bij af. Over een tijdje zou Betsy Mast vergeten zijn.

Maar Bess zou zich altijd blijven afvragen wat er zou gebeuren als Betsy weer opdook. Of wat er gebeurd zou zijn als ze nooit weg was gegaan. Dat was te veel gevraagd. Bess wilde zich dat niet meer afvragen, geen twijfels meer hebben en zich geen zorgen meer hoeven maken.

'Nee, Billy.' Haar stem klonk vriendelijk, beleefd en oprecht. 'Maar bedankt.'

Billy keek verrast en verdrietig. Eerder verdrietig dan verrast.

Hij wilde iets zeggen.

'Bess, ik geef echt om je…' Toen zweeg hij.

Bess zei niets. Zijn woorden dreven weg in de stille nacht.

'Het was niet mijn bedoeling…' Weer maakte hij zijn zin niet af.

'Het is goed, Billy,' zei Bess. 'Echt.' Het *was* goed. '*Mammi* zei altijd tegen me: "*Gut Ding will Weile haben*."' Goede dingen hebben tijd nodig. Ze dacht altijd dat *Mammi* daar het eten mee bedoelde – je moest bijvoorbeeld niet snel korstdeeg willen maken – maar nu wist Bess dat dit ook gold voor andere dingen. Zoals de liefde. En het herstellen van een gebroken hart.

Misschien, als de tijd er rijp voor was, vonden Bess en Billy de weg naar elkaar. Maar misschien ook niet. Dat moment lag verscholen in de verre onzichtbare toekomst. En als Bess één ding had geleerd, was het dat je op je vijftiende niet vooruit kon zien.

Ze meende tranen in Billy's ogen te zien en wendde haar blik snel af. Toen liep ze stilletjes langs hem heen, terug naar het vuur, terug naar haar vrienden.